LINDA CASTILLO

SAAT DER SÜNDE

Der neue Fall für Kate Burkholder

Thriller

Aus dem amerikanischen Englisch
von Helga Augustin

FISCHER Taschenbuch

Aus Verantwortung für die Umwelt hat sich der S. Fischer Verlag zu einer nachhaltigen Buchproduktion verpflichtet. Der bewusste Umgang mit unseren Ressourcen, der Schutz unseres Klimas und der Natur gehören zu unseren obersten Unternehmenszielen.

Gemeinsam mit unseren Partnern und Lieferanten setzen wir uns für eine klimaneutrale Buchproduktion ein, die den Erwerb von Klimazertifikaten zur Kompensation des CO_2-Ausstoßes einschließt.

Weitere Informationen finden Sie unter: www.klimaneutralerverlag.de

MIX
Papier | Fördert gute Waldnutzung
FSC www.fsc.org
FSC® C083411

Erschienen bei FISCHER Taschenbuch
Frankfurt am Main, August 2023

Die amerikanische Originalausgabe erschien 2022
unter dem Titel »The Hidden One« bei Minotaur Books,
an imprint of St. Martin's Publishing Group, New York, USA.

Dieses Werk wurde im Auftrag von St. Martin's Press
durch die Literarische Agentur Thomas Schlück GmbH,
30161 Hannover, vermittelt.

Für die deutschsprachige Ausgabe:

Hedderichstraße 114, 60596 Frankfurt am Main

Redaktion: Inge Seelig
Satz: Dörlemann Satz, Lemförde
Druck und Bindung: CPI books GmbH, Leck
Printed in Germany
ISBN 978-3-596-70610-5

Dieses Buch widme ich meinen Freunden in Ohio, Denise Campbell Johnson und Mark O. mit Dank für den fröhlichen Lunch im Amisch Country, bei dem der Funke einer Idee zu einem lodernden Feuer entfacht wurde.

Ein Mensch sieht, was vor Augen ist;
der Herr aber sieht das Herz.

1. Samuel 16,7

PROLOG

Er hatte immer gewusst, dass dieser Augenblick kommen würde. Der Tag des Jüngsten Gerichts. Die große Abrechnung. Das Urteil, das schon sein ganzes Erwachsenenleben wie ein Damoklesschwert über ihm hing. Viele Jahre hatte er seine Schuld abgestritten. Jede wache Minute hatte er versucht zu beweisen, nicht getan zu haben, was man ihm vorwarf, und Wiedergutmachung geleistet. Denn er hatte es getan. Beinahe war es ihm gelungen, sich selbst zu überzeugen, dass nichts davon geschehen war. Er hatte sich seine eigene Wahrheit geschaffen, und an der hielt er fest mit der Verzweiflung eines Mannes, der wusste, dass sein Leben davon abhing.

Doch während er die Dummköpfe – und vielleicht auch das eigene Gewissen – hinters Licht führen konnte, ließ sich das Schicksal nicht täuschen. Das Untier, das in seinem Inneren lauerte und vor dem er so lange weggerannt war, hatte ihn schließlich eingeholt.

Warum er dem Treffen zugestimmt hatte, war ihm nicht klar. Irgendein innerer Zwang. Wohl auch Neugier. Oder aber die irrsinnige Vorstellung, die Wahrheit zu sagen mache ihn frei. Doch was wusste ein Meisterlügner schon von Wahrheit? Vielleicht war das Bedürfnis, es zu Ende zu bringen, ein für alle Mal einen Schlussstrich zu ziehen, ebenso einfältig, wie zuzugeben, dass er verdiente, was immer auch passieren würde.

Komm zur Windmühle. Um Mitternacht. Komm allein.

Es war die dritte Nachricht dieser Art in zwei Wochen. Gewöhnliche Menschen würden solche Aufforderungen ignorieren oder in den Müll werfen, Unschuldige würden sie der Polizei übergeben. Aber er war kein gewöhnlicher Mensch, sosehr er es auch glauben wollte. Und ganz bestimmt war er nicht unschuldig. Nein, dachte er düster, das nicht. Er musste mit dem Problem umgehen, sich ihm stellen und es endgültig aus der Welt schaffen. Die Dinge wieder in Ordnung bringen, falls das irgendwie möglich war. Und es dann ein für alle Mal ad acta legen.

Doch wie konnte jemand davon wissen? Wie konnte jemand in seiner Vergangenheit das entdecken, was er so akribisch verborgen gehalten hatte? Aber die eigentliche Frage, die ihn seit der ersten Nachricht am meisten ängstigte und jede Nacht wachhielt, war: Wie konnte sich jemand an etwas erinnern, das er selbst so gut wie vergessen hatte?

Ich weiß, wer du bist. Ich weiß, was du getan hast. Ich kenne deine Geheimnisse. Alle.

Seit Tagen wurde er von diesen Worten gepeinigt. Er hatte weder gegessen noch geschlafen und war keinen Moment lang zur Ruhe gekommen. Verzweifelt wollte er glauben, die Bedeutung, die Absicht der Nachrichten falsch interpretiert zu haben; dass der Grund für die mysteriösen Worte ein belangloser Vorfall oder aber ein banaler Ausruf gewesen war, mit dem er jemanden in der Gemeinde provoziert hatte. Konnte es sein, dass er etwas in sie hineinlas, was gar nicht gemeint war?

Ich weiß, wer du bist.

Nein, dachte er, als er am südlichen Rand des Waldes entlanglief, diese Worte waren nicht falsch zu verstehen. Aber richtig oder falsch oder etwas dazwischen, er musste der Sache auf den Grund gehen – sie beenden, bevor die Situation außer Kontrolle geriet –, und das ging nur auf eine einzige Weise.

Der Wind rüttelte an den Blättern der Bäume, schnitt eiskalt durch Jacke und Kleider. Die alte Farm lag ziemlich weit weg, und er war froh, den Spazierstock mitgenommen zu haben. Auch eine Laterne hatte er dabei, aber die brauchte er nicht. Der Dreiviertelmond bot mehr als genug Licht, um dem teils überwucherten Feldweg zu folgen.

Als der Weg eine Biegung machte, durchquerte er den Graben und ging auf der anderen Seite weiter bis zum Stacheldrahtzaun. Dort hängte er den Gehstock an den obersten Strang, testete dessen Festigkeit, trat auf den untersten Strang und schwang das Bein oben drüber. Sein Knie protestierte, als er auf der anderen Seite aufkam, ebenso der Fuß – das Los eines Mannes, der zu alt geworden war.

Er ging weiter, und nach zwei Minuten tauchten in der Ferne die Umrisse der baufälligen Scheune und der Windmühle auf. Die metallenen Flügel, vom stürmischen Wind angetrieben, jaulten wie Todesfeen. Normalerweise liebte er dieses Geräusch, doch heute Nacht ließ es ihn frösteln, und das hatte nichts mit der Kälte zu tun.

»Hallo?«, rief er. »Ist da jemand?«

Doch außer dem Kreischen der Turbine, dem Klappern der lockeren Holzverkleidung und dem Scheppern der Flügel im Wind hörte er nichts.

Er stapfte durch das Gras weiter zum Sockel der Mühle, wobei ihn seine Füße daran erinnerten, dass er bereits zwei Meilen gelaufen war. Mürrisch knurrend lehnte er den Gehstock an den Lattenzaun und ließ sich auf den brüchigen Betonboden nieder. Er zog die Jacke fester um sich und schob die Hände in die Taschen, denn er fror, und seine Gelenke schmerzten. Zehn Minuten würde er dem Initiator des mitternächtlichen Treffens geben, um aufzutauchen. Weitere zwei Minuten, um sein Anliegen vorzutragen und seine Absicht zu erklären. Wenn niemand kam, würde er nach Hause gehen und die Zettel wegwerfen. Er würde die albernen Mitteilungen vergessen, wie er über die Jahre so vieles andere vergessen hatte.

Er wünschte, er hätte die Handschuhe nicht zu Hause auf dem Küchentisch vergessen, und überlegte gerade, die Tabakpfeife, die immer in seiner Tasche steckte, anzuzünden, als aus dem Dunkel eine Stimme erklang.

»Ich hatte nicht damit gerechnet, dass du kommst.«

Er schreckte zusammen, hievte sich auf die Füße und blickte mit zusammengekniffenen Augen in den düsteren Winkel bei der Scheune. Das Gesicht musste er nicht sehen, er wusste auch so, wem die Stimme gehörte. Der Blitzstrahl des Wiedererkennens durchfuhr ihn mit ganzer Wucht, traf ihn bis tief in seine Seele – was davon noch geblieben war.

»Meine Knochen sind zu alt, um noch so weit zu laufen«, sagte er mit ruhiger Stimme, trotz des Aufruhrs seiner Gefühle. »Vor allem um eine Zeit, wenn ein alter Mann zu Hause im Bett liegen und schlafen sollte.«

»Und wie schläfst du so?«

»Der Herr liebt die Seinen und lässt sie ruhig schlafen.« So etwa stand es in der Bibel. »Schließlich liebt Gott alle seine Kinder.«

Eine Gestalt trat aus dem Schatten, und das Gefühl von Verrat traf ihn so hart, dass ihm die Luft wegblieb und er weiche Knie bekam. Nicht in hundert Jahren hätte er das erwartet. Nicht das.

»Du kennst Gott nicht«, sagte die Gestalt. »Du kennst nur Lügen.«

In dem Moment bemerkte er das Gewehr, das sein Gegenüber mit dem Lauf nach unten hielt. Nicht bedrohlich. Eher wie ein Jäger es hielt, der nach einem langen Tag des Jagens müde und auf dem Weg nach Hause war. Dennoch klopfte sein Herz heftig.

»Was willst du?«, fragte er.

Das Lachen klang bitter. »Ich will, dass du verschwindest.«

Dutzende Gedanken malträtierten seinen Verstand – die Erkenntnis, dass er in Gefahr war, was ihn gleichzeitig fassungslos machte und wie eiskaltes Wasser auf einen freiliegenden Nerv traf, wie ein Tritt gegen einen gebrochenen Knochen.

Jetzt richtete sich das Gewehr auf ihn, Finger am Abzug. Das Zittern der Mündung kaum wahrnehmbar.

»Ich fürchte um deine Seele«, flüsterte er.

»Und ich um deine. Was noch davon übrig ist. Wir wissen beide, dass du nicht in den Himmel kommst.«

Die Laterne glitt ihm aus der Hand und fiel scheppernd zu Boden. Der Glaszylinder zerbrach, doch er registrierte es kaum. Heftig atmend, hob er den Arm und machte einen Schritt zurück. »Opfere dein Leben nicht für meins. Das bin ich nicht wert.«

Die geflüsterten Worte eines Gebetes wehten mit einer Brise herüber, eisig wie ein Schrei in der Nacht. Schlagartig wurde ihm alles klar. Er drehte sich um und lief los, mit schwerfälligen Schritten und ausgestreckten Armen. Keuchende Laute entwichen seinem offenen Mund. Der Schmerz, den er zuvor empfunden hatte, war Todesangst gewichen. Hektisch blickte er sich um, doch weder Häuser noch Bäume waren zu sehen, hinter denen er Deckung finden könnte, und so schleppte er sich zu dem wenige Meter entfernten Zaun. Der Wald war seine einzige Hoffnung. Wenn er den Stacheldraht überwand, könnte er es schaffen. Mit dem Rest würde er sich später befassen.

Er lief so schnell es seine Gelenke erlaubten, doch seine Schritte waren staksig und mühevoll wie die eines alten Hundes. Zweimal stolperte er, ruderte heftig mit den Armen und konnte sich gerade noch rechtzeitig fangen. Hinter sich hörte er die stampfenden Schritte seines Verfolgers, das Durchladen des Gewehrs und Worte, die er nicht verstand.

Dann traf ihn ein wuchtiger Schlag in den Rücken, wie ein Baseball, der ihn mit hundert Stundenkilometern zwischen den Schulterblättern erwischte. Er taumelte vorwärts, Donnerkrachen in den Ohren, und fiel vornüber.

Er schlug mit dem Gesicht so heftig auf den Boden, dass seine Nase knackte. Er fühlte die kalte Erde an seiner Haut, totes Wintergras stach ihm in den Leib. Er spuckte einen Zahn aus, fühlte die Lücke mit der Zunge. Als die Schmerzen seinen Körper durchfluteten, wurde ihm die Schwere seiner Verletzung bewusst, und eine hilflose Panik überkam ihn, der er nichts entgegenzusetzen hatte. Er lag einfach nur da, Nebelschwaden im Kopf. Warum konnte er nicht aufstehen? Warum konnte er nicht laufen?

Erst jetzt wurde ihm klar, dass er angeschossen und schwer verletzt war. Er blutete stark, konnte sich nicht bewegen. Der Schütze kam näher, blieb kurz vor ihm stehen. Er hob den Kopf, wollte sehen, was jene Augen offenbarten …

»Gott kannst du nichts vormachen«, sagte die Stimme, die er so gut kannte. »Er sieht in deinem Herzen, was andere nicht sehen können.«

Er wollte antworten, aber sein Mund war plötzlich voll. Als er ihn aufmachte, floss ein Schwall warmes, salziges Blut auf den Boden. Der schwarze Lauf des Gewehrs kam näher. Er versuchte sich darauf zu konzentrieren, doch seine Augen rollten nach oben weg. Dann spürte er die eiskalte Mündung an der Schläfe, roch das Waffenöl.

Mit geschlossenen Augen lauschte er dem Knarren der Windmühle, dem Drehen der Flügel und dem Flüstern des Windes im hohen Gras.

Eine Explosion aus weißem Licht.

Ein weiterer Donnerschlag.

Und die Windmühle stand still.

1. KAPITEL

Achtzehn Jahre später

Doyle Schlabach war froh, die Eselstuten gekauft zu haben. Sein *Datt*, der letzten Winter mit ihm zur Pferdeauktion in Belleville gefahren war, hatte Vorbehalte gegen den Kauf gehabt. Nimm die Belgier, hatte er gesagt. Die ziehen besser und sind kräftiger. Doyle hatte noch nie mit seinem *Datt* über etwas diskutiert, und sein Urteilsvermögen bei Vieh anzuzweifeln wäre ihm nie in den Sinn gekommen. Aber die beiden Eselstuten waren genau das gewesen, was er brauchte: zwar nicht ganz so stark wie die Belgischen Kaltblüter, aber klug und willig und einfacher zu halten. Laut Information des Züchters war ihre Mutter von einem Holländischen Kaltbluthengst gedeckt worden. Doyle war überzeugt, dass es im ganzen Tal kein anderes Team gab, das kräftiger ziehen konnte als die beiden. Und sie würden ihn nicht arm machen.

Heute Morgen erntete er Heu auf dem vierzehn Hektar großen Südfeld, das er bei der Versteigerung der alten Duffy-Farm für einen guten Preis bekommen hatte. Mit Hilfe seines Vaters hatte er die alte Scheune darauf abgerissen, den Schutt beseitigt, den Boden gepflügt und Alfalfa ausgesät. Im Frühjahr war das Tal von Gott mit viel Regen gesegnet worden und er dadurch mit einer reichen Ernte. Es würde das beste Jahr werden, das er je hatte.

Die Junisonne brannte Doyle im Nacken, als er die beiden Maultiere übers Feld lenkte. Der Duft des frisch geschnittenen Alfalfas stieg ihm in die Nase, und nicht zum ersten Mal dankte er Gott, dass er ihn so reich beschenkt hatte. Er dachte an die Mockturtlesuppe, die es zu Mittag geben würde, und das Wasser lief ihm im Mund zusammen. Mit einem Schnicken der Zügel trieb er die Tiere zu mehr Tempo an.

»*Kumma druff!*«, rief er. Macht los.

Das Klirren des Zaumzeugs, vermischt mit dem flinken Schnippschnapp der Messerklingen des Mähers versetzten ihn in jenen Zustand innerer Ruhe, die er stets bei der Feldarbeit empfand.

Er hatte das hintere Ende erreicht und wendete gerade, um auf dem Rückweg die letzten Büschel zu schneiden, als der Mähbalken gegen einen Stein stieß.

»Brrr.« Doyle brachte die Maultiere zum Stehen. »*Was der schinner is letz?*«, knurrte er. Was ist das denn jetzt wieder?

Die Gegend hier war nicht besonders steinreich, aber ein paar Brocken hatte er beim Pflügen und Einsäen doch entdeckt. Steine in einem Feld bedeuteten immer Ärger, und das Letzte, was er jetzt brauchte, war eine kaputte Klinge.

Er sah hinter sich zu der Stelle, wo die Messerklinge über dem Boden hing, und entdeckte den Übeltäter – einen großen Stein, der Farbe nach Kalkstein. Leise fluchend machte er die Zügel fest, schob die Handbremse nach vorn und stieg ab. Neben dem Mähbalken ging er in die Hocke, griff nach dem Stein, um ihn über den Zaun in den Wald zu werfen, hielt bei der Berührung aber ruckartig inne. Seine Nackenhaare sträubten sich.

Doyle nahm das runde Ding in die Hand und wusste sofort, dass es kein Stein war: zu leicht, wahrscheinlich hohl, und die Oberfläche zu glatt. Er wischte die Erde ab, drehte es um. Beim Anblick der vorstehenden Zähne, der Augenhöhlen und des schwarzen Nasenlochs schauderte ihn. Als passionierter

Jäger und jemand, der sein Vieh selbst schlachtete, wusste er sehr gut, wie ein Tierschädel aussah. Das hier war keiner.

Er schoss aus der Hocke hoch, ließ den Schädel fallen und machte einen Schritt zurück, um ein Haar wäre er über den Mähbalken gefallen. Plötzlich wurde ihm die Nähe zum Wald bewusst, und ihm fielen die Geschichten ein, die er als Kind über diesen Ort gehört hatte. Obwohl es heute heiß war, bekam er Gänsehaut an den Armen. Mit dem Gefühl, Blicke im Rücken zu spüren, drehte er sich um und sah zu der Stelle, wo früher die alte Scheune gestanden hatte. Aber dort war niemand.

Schnell geiste, dachte er. Gespenster.

Auf wackligen Beinen wich er zurück, konnte den Blick aber nicht von dem Schädel lassen. Er kletterte auf den Mäher, setzte sich auf den Stahlsitz und zog mit zittriger Hand an dem Hebel, der den Mähbalken anhob.

»Kumma druff!«, rief er, die Zügel in der Hand, *»ya!«* Das Heu war vergessen, er trieb die Maultiere in einen leichten Galopp.

2. KAPITEL

Samstagvormittags herrscht in der Innenstadt von Painters Mill geschäftiges Treiben. Alles pulsiert ein bisschen schneller, und eine Energie liegt in der Luft, die Autofahrer auf der Hauptstraße dazu verlockt, das Fenster herunterzulassen und mit allen Sinnen in dieses Gewusel einer amerikanischen Kleinstadt einzutauchen. Oder, wenn sie Zeit haben, in eine der altmodischen Parkuhren fünfundzwanzig Cent zu werfen und den Nachmittag mit Shoppen zu verbringen.

Ich heiße Kate Burkholder, ich bin die Polizeichefin in diesem hübschen kleinen Ort. Ich bin hier geboren und amisch aufgewachsen, doch mit achtzehn habe ich die Gemeinde der Amischen verlassen und bin ins nahe gelegene Columbus, Ohio, gezogen. Dort musste ich lernen, mit meiner Entscheidung klarzukommen und mich in diesem so anderen Leben zurechtzufinden. Ich habe die Abendschule besucht und die Hochschulreife erlangt. Danach bin ich aufs College gegangen, habe einen Abschluss in Strafrecht gemacht – und landete bei der Polizei. Ich habe Jahre gebraucht, um zu lernen, *nicht* mehr amisch zu sein. Und obwohl ich mich in dieser Zeit persönlich und beruflich enorm weiterentwickelt hatte, musste ich mir schon bald eingestehen, dass ich meine Heimat vermisste.

Als dann die Chefposition bei der Polizei hier frei wurde, kam ich zurück. Zwar bin ich noch immer Anabaptistin, jedoch nie zu meinen amischen Wurzeln zurückgekehrt. Das hat viele Gründe, einige amische Glaubensgrundsätze kann ich immer noch nicht akzeptieren. Ich arbeite daran, mich mit meiner Familie auszusöhnen, denn das ist mir wichtig. Manche Mitglieder der Amisch-Gemeinde weigern sich, mit mir zu reden, doch inzwischen verletzt mich das nicht mehr. Wie in den meisten Beziehungen, endet die Arbeit daran nie, und Painters Mill ist mein Zuhause.

Als Chief habe ich am Wochenende meistens frei, es sei denn, es gibt einen Notfall oder ich springe für einen meiner Officer ein. Beides ist an diesem Samstagmorgen nicht der Fall, und ich bin nur in der Stadt, um ein Vogelhaus abzuholen, das ich meinem Lebensgefährten, John Tomasetti, nächste Woche zum Geburtstag schenken will. Tomasetti ist Agent im Ohio Bureau of Criminal Investigation, der beste Freund, den ich je hatte, und die Liebe meines Lebens. Ich habe das Vogelhaus bei einem amischen Möbelbauer bestellt, dessen Laden etwas abseits der Main Street liegt. Er hat versprochen, es heute Morgen fertig zu haben, und ich freue mich darauf, es pünktlich zum Geburtstag überreichen zu können.

Ich sitze im Explorer und fahre im Schneckentempo die Main Street entlang, als der Polizeifunk zum Leben erwacht.

»10–6-A«, ertönt die Stimme meiner Mitarbeiterin, die am Wochenende in der Telefonzentrale arbeitet – der Polizeicode für Verkehrsbehinderung durch ein parkendes Vehikel.

Ich spreche ins Mikrophon: »Wo genau, Margaret?«

»Main Street, Chief. Joe Neely hat gerade angerufen, irgendetwas spielt sich da vor seinem Laden ab.«

Joe Neely ist der Besitzer eines der neuen Gewerbe in der Stadt, eines edlen kleinen Cafés namens Mocha Joe's, wo ich schon unzählige Male war.

»Eine Schlägerei?«, frage ich.

»Noch nicht, aber er sagt, auf der Straße stehen Leute und streiten. Alle Parkplätze sind blockiert, und jemand weigert sich wegzufahren.«

Painters Mill ist eine Touristenstadt, wenn am Samstag der Verkehr zusammenbricht, ist das ein gewaltiges Ärgernis. »Ich bin ganz in der Nähe«, sage ich. »Ich kümmere mich darum.«

»Verstanden.«

Weiter vorn auf der Straße sehe ich nun bereits den Menschenauflauf. Ich mache das Blaulicht an und überhole das Auto vor mir. Aber der Verkehr stockt, also lasse ich den Explorer einfach stehen und gehe zu Fuß weiter. Als Erstes sehe ich einen amischen Buggy mit angeschirrtem Traber, dem sichtlich unwohl ist inmitten so vieler Menschen. Auf dem Beifahrersitz des Buggys sitzt eine grau gekleidete Frau. Sie trägt eine *Kapp* aus Organdy und hält ein zappelndes Kleinkind an sich gedrückt. Die meisten Buggys in dieser Gegend kenne ich, und ich weiß, dass dieser Abner Nisley und seiner Frau, Mary Jo, gehört. Sie sind Swartzentruber-Amische und die Eltern von neun Kindern. Jahrelang hatte Abner es unterlassen, am Buggy das Schild »Langsam fahrendes Vehikel« anzubringen, was in Ohio gemäß Straßenverkehrsordnung Pflicht ist. Ich hatte ihn ein halbes Dutzend Mal angehalten und verwarnt. Als das jedoch keine Wirkung zeigte, verpasste ich ihm stattdessen Strafzettel. Dass ihn seine Weigerung Geld kostete, überzeugte ihn schließlich, auch wenn er das Schild für überflüssigen Zierrat hält.

Im schiefen Winkel vor dem Buggy steht ein silberner Toyota RAV4 mit Ohio-Nummernschild. Eine Frau in Jeans und weißer Bluse mit hochgerollten Ärmeln schreit etwas in ihr Handy, gestikuliert aufgebracht und starrt den amischen Mann neben sich wütend an. Mehrere Passanten nehmen Videos mit ihrem Smartphone auf, vermutlich hoffen sie, damit einen viralen Hit in den sozialen Medien zu landen.

Ich neige den Kopf leicht zur Seite, um ins Ansteckmikro am Revers zu sprechen, aber da ist gar kein Ansteckmikro, denn an meinem freien Tag trage ich natürlich keine Uniform. Seufzend hole ich meine Polizeimarke heraus, dann bahne ich mir einen Weg durch das lärmende Durcheinander.

»Chief Burkholder?«

Ich blicke nach rechts, wo Joe Neely auf mich zukommt. Ich verlangsame meinen Schritt. »Was ist hier los?«, frage ich ihn.

Neely, der wie immer eine kaffeebefleckte Schürze und seine Mocha-Joe's-Kappe trägt, geht neben mir her. Normalerweise ist er nicht aus der Ruhe zu bringen und bleibt selbst in der morgendlichen Rushhour gelassen, wenn die unter Koffein-Entzug leidenden Kunden wie Zombies vor seiner Tür Schlange stehen. Doch heute Morgen atmet er schwer, hat Schwitzflecken unter den Achseln und Schweißperlen auf der Oberlippe.

»Das Buggy-Pferd hat auf die Straße geschissen«, sagt er, »und die Dame mit dem Toyota ist reingetreten.«

»Das hat ihr vermutlich nicht gefallen«, murmele ich und dränge mich zwischen zwei Teenagerjungen hindurch, die stehen geblieben waren, um den Grund für die Aufregung herauszufinden.

Joe verzieht den Mund. »Sie ist stinksauer, Chief. Ist zu ihm hin und hat ihn angeschrien. Als ich sie dann bat, ihren Wagen wegzufahren, hätte sie mir am liebsten den Kopf abgerissen.«

»Wurde jemand handgreiflich?«, frage ich.

»Noch nicht, aber ich möchte nicht in der Haut des amischen Mannes stecken.«

»Mal sehen, ob ich die Gemüter beruhigen kann«, sage ich. Joe dreht sich um und geht zurück, ich dränge mich durch die Menschenansammlung.

Als Erstes sehe ich Abner Nisley, in der üblichen amischen Kleidung – Strohhut, dunkle Hose, Hosenträger, Arbeitshemd –, er steht mitten auf der Straße, in angespannter Haltung, den Blick auf den Asphalt geheftet. Die Hände hat er tief in den Hosentaschen versenkt. Die Frau in Jeans und der weißen Bluse steht keinen halben Meter vor ihm und schreit etwas, das ich akustisch nicht verstehe. Aber angesichts des sinnbildlichen Schaums vor ihrem Mund, gehe ich davon aus, dass es nichts Nettes ist.

Sie ist etwa dreißig Jahre alt, blond, blaue Augen und hochrote Wangen.

Ich erreiche die vordere Zuschauerreihe und steuere auf sie zu. »Ma'am? Ich bin von der Polizei in Painters Mill. Was ist das Problem?«, frage ich und halte meine Polizeimarke hoch.

Die Frau dreht sich zu mir um, zeigt zum Pferd. »Dieses Pferd hat überall hingeschissen! Direkt auf meinen Parkplatz!« Jetzt zeigt sie auf ihren Fuß. »Sehen Sie sich das an! Meine Sandale ist voller Scheiße! Das ist gesetzeswidrig.«

Ich sehe auf besagte Sandale, ohne beim Anblick zusammenzuzucken, was nicht einfach ist. Sie muss voll in die Pferdeäpfel getreten sein, und nun quillt der Mist zwischen ihren Zehen und unter ihren kunstvoll lackierten Nägeln hervor.

»Die Schuhe habe ich gerade neu gekauft.« Sie kneift den Mund zusammen und schüttelt den Kopf. »Das ist absolut ekelhaft. Verlangen Sie von den Amischen hier denn nicht, ihren Dreck wegzumachen? Warum benutzen die keine Tüten oder sonst irgendwas, um die Scheiße aufzuheben? Denken Sie doch nur an all die Krankheiten!«

In Ohio ist die Benutzung von Kotbeuteln für Pferde nicht gesetzlich vorgeschrieben. Einige Städte und Dörfer mit amischer Population haben zwar gegenteilige Verordnungen erlassen, Painters Mill gehört jedoch nicht dazu. Da diese Frau offensichtlich aufgebracht ist, behalte ich das für mich und versuche es diplomatisch.

»Hören Sie, ich habe ein paar Wasserflaschen und Küchentücher im Kofferraum«, sage ich ruhig. »Wir gehen zu meinem Wagen und säubern die Schuhe.« Ich blicke an dem Autostau entlang. »Können Sie Ihren Wagen bitte zurück auf den Parkplatz fahren?« Ich schenke ihr ein Lächeln. »Danach lade ich Sie zum Kaffee ein.«

Sie lächelt nicht. »Wasserflaschen? Machen Sie Witze? Ich bin zum Mittagessen verabredet. Ich kann da nicht hingehen und nach Scheiße riechen.« Wütend zeigt sie auf Abner Nisley. »Sie da. Spritzen Sie meinen Fuß ab, sofort!«

Abner sieht mich schulterzuckend an. *»See is weenich ad.«* Sie ist ein bisschen daneben.

Die Frau sieht ihn an, als habe er sie beleidigt, und würde ihm wohl gern eine runterhauen. In dem Moment fängt einer der Autofahrer im Stau an zu hupen. Das ist mein Zeichen, den Disput zu beenden, bevor er eskaliert.

Ich sehe die Frau an. »Fahren Sie Ihren Wagen auf den Parkplatz, dann finden wir eine Lösung. Jetzt, sofort. Sie behindern den Verkehr.«

»Chief Burkholder! Katie!«

Ich drehe den Kopf in Richtung der Stimme, die ich kenne, und sehe Beatrice Graeff auf uns zusteuern. Sie ist die Besitzerin des Blumenladens neben dem Café und gehört zum festen Inventar von Painters Mill. Weißhaarig und zierlich – sie wiegt sicher wenig mehr als vierzig Kilo – ist sie wie stets wie aus dem Ei gepellt mit Hosenanzug von Dior und einem Topfhut, ihrem Markenzeichen. Die Leute machen ihr Platz, als sie mit Handfeger und Kehrschaufel zu uns kommt. »Ich sammle schon den ganzen Sommer den Kot der Pferde auf«, sagt sie in die Runde. »Und ich sage Ihnen, das ist reines Gold. Ich hab hinterm Haus einen Kompostbehälter und eine Wagenladung Teerosen, die nur darauf warten, wieder eine Fuhre Stickstoff zu kriegen.«

Alle drei schweigen wir, als die schmächtige Frau vor uns stehen bleibt und Abner Nisley Handfeger und Kehrschaufel hinhält. »Wenn Sie so freundlich wären, junger Mann, meine Knie sind auch nicht mehr das, was sie einmal waren.«

Der amische Mann nickt, geht in die Hocke und fegt die Pferdeäpfel auf die Schaufel. Beatrice holt eine Plastiktüte hervor. »Schmeißen Sie's rein, ich nehme alles.« Sie blickt auf die Schuhe der Frau und runzelt die Stirn. »Liebes, Sie gehen am besten zum Schuster unten in der Straße, Mr. Shook macht Ihnen die im Nu sauber.«

* * *

Nach zehn Minuten haben der Buggy und das Auto die Straße frei gemacht, und der Verkehr auf der Main Street fließt wieder. Ich stehe auf dem Bürgersteig vor Mocha Joe's und nippe an meinem Kaffee, als mein Handy klingelt. REVIER steht auf dem Display, und ich nehme ab.

»Konnten Sie das übelriechende Problem lösen, Chief?«, fragt Margaret, ein verhaltenes Kichern in der Stimme. »Ich hab gehört, die Frau sei voll reingetreten.«

Ich lächele. »Desaster abgewendet.«

»Tut mir leid, dass ich Sie an Ihrem freien Tag behellige, aber hier stehen drei Herren, die Sie sprechen wollen. Anscheinend sind sie den ganzen Weg von Pennsylvania hierhergekommen.«

»Pennsylvania? Wissen Sie, was sie wollen?«

»Das wollten sie mir nicht verraten, Chief. Nur, dass es wichtig ist und sie ungern bis Montag warten wollen.« Sie senkt die Stimme. »Es scheint etwas Ernstes zu sein.«

Ich seufze, denke an das Vogelhaus, das ich dann wohl heute Nachmittag abholen muss. »In zwei Minuten bin ich da.«

Ich werfe den leeren Kaffeebecher in den Müll und gehe zum Explorer.

* * *

Das Polizeirevier von Painters Mill befindet sich in einem hundert Jahre alten Gebäude aus rotem Back- und hellem Sandstein. Es hat nichts von dem Charme der meisten anderen historischen Häuser der Stadt, innen ist es im Winter zugig und im Sommer drückend heiß, zudem voller unerklärlicher Geräusche und Gerüche, die wenigsten davon angenehm. Trotz aller Defizite ist das Revier mein zweites Zuhause, und wenn ich hier eintrete, sehe ich nicht die Risse in der Wand oder den schadhaften, schmutzigen Stuck, nicht das veraltete Mobiliar oder den verkratzten, hundert Jahre alten Holzboden. Stattdessen spüre ich eine Wärme, die nichts mit der Temperatur zu tun hat, sondern mit dem Gefühl, von Menschen umgeben zu sein, die ich schätze und respektiere.

Heute Morgen sitzt Margaret, die außerhalb der Öffnungszeiten des Reviers in der Telefonzentrale arbeitet, an der Rezeption. Sie hat das Headset auf dem Kopf und tippt mit fliegenden Fingern auf eine Tastatur, die so abgenutzt ist, dass die Buchstaben darauf unleserlich sind. Rechts von mir sitzen drei amische Männer – dem Aussehen nach Kirchenälteste – auf dem Sofa, sie wirken deplatziert und fühlen sich offensichtlich unwohl.

»*Guder mariye*«, sage ich. Guten Morgen.

Die Männer erheben sich, alle drei haben offenbar steife Knie oder Gelenkschmerzen. Angesichts ihres mehr oder weniger ergrauten Haars und ihrer gebeugten Haltung, sind sie vermutlich in ihren Siebzigern oder älter. Alle haben volle, Bärte und außer einem weißen Hemd dunkle Sachen an: schwarze Jacke und Hose, schwarzer flachkrempiger Filzhut, schlichte dunkle Schuhe. Ihr Gesichtsausdruck ist so nüchtern wie ihre Kleidung. Der Größte der drei tritt auf mich zu. »Mein Name ist Nelson Yoder. Ich bin der Bischof von Belleville in Pennsylvania.«

Wir schütteln uns die Hand. »Lancaster County?«, frage ich, verwundert, warum diese Männer von so weit herkommen, ohne vorher auch nur angerufen zu haben.

»Kish Valley«, sagt er.

Über Kish Valley weiß ich lediglich, dass es irgendwo mitten in Pennsylvania liegt und dass es dort eine kleine amische Population gibt. Das scheint man mir anzusehen, denn der kleine Mann mit den hellen blauen Augen und fünfzig Pfund Übergewicht um den Bauch herum neigt den Kopf und hält mir die Hand hin. »Eigentlich Kishacoquillas Valley«, sagt er mit heiserer Stimme, »das liegt im Zentrum des Staates. Mein Name ist Nathan Kempf, ich bin der Diakon.«

Ich schüttele seine Hand, die kalt ist und schwielig wie die eines Mannes, der noch immer viel körperlich arbeitet. »In Lancaster war ich schon«, lasse ich ihn wissen, »aber noch nie in dem Tal.«

Er grinst. »Das nehmen wir Ihnen nicht übel, Kate Burkholder.«

Ich grinse ebenfalls. Er gefällt mir.

Der dritte Mann tritt näher. Er ist dünn, hat den knorrigen Körperbau einer Vogelscheuche, einen Bart in der Form einer nassen Socke, und zwei fehlende Eckzähne. »Mein Name ist Mahlon Barkman«, sagt er. »Ich bin einer der Prediger im Tal.«

Auch wir schütteln uns die Hand.

»Wir sind *Diener* der *alt gemee*«, erklärt Yoder.

»Diener« ist ein *deitscher* Ausdruck und bedeutet so viel wie Amtsträger. Bei den Amischen sind das der Bischof, der Diakon und die Prediger; diese Männer sind also die gewählten

Amtspersonen ihres Kirchenbezirks. Und *»die alt gemee«* ist »die Alte Kirche«. Doch während ich Pennsylvaniadeutsch verstehe, weiß ich nicht genau, welcher religiösen Ausrichtung unter den Amischen sie angehören.

»Sie haben eine weite Reise hinter sich«, sage ich.

Die Männer nicken unisono. Sie schieben die Hände in die Hosentaschen, haben die Knie leicht gebeugt und sehen zu Boden. Nur hin und wieder werfen sie Margaret einen Blick zu, die die Computertastatur zum Glühen bringt, während sie insgeheim jedem Wort lauscht.

»Wir haben ein Problem«, sagt der Bischof feierlich. »Wir benötigen Ihre Hilfe.«

Er ist der Wortführer der Gruppe, deren Körpersprache mir sagt, dass sie ein gemeinsames Anliegen haben und sich hinsichtlich ihrer Mission einig sind. Aus irgendeinem Grund brauchen sie mich, um ihr Ziel zu erreichen.

»Gehen wir in mein Büro.« Ich zeige zum Flur und werfe Margaret einen Blick zu.

Sie zieht schulterzuckend die Augenbrauen hoch, was so viel heißt wie: Was zum Teufel ist da los?

»Macht es Ihnen etwas aus, uns einen Kaffee zu machen?«, frage ich.

»Wollen Sie den Herren wirklich unseren Kaffee antun?«, flüstert sie.

Ich weiß nicht, ob sie das ernst meint, doch ich lächele, als ich die Tür zu meinem kleinen Büro aufschließe und die Männer hereinbitte. »Setzen Sie sich«, sage ich, dabei wird mir klar, dass ein dritter Stuhl fehlt; ich hole ihn schnell herbei.

Kurz darauf sitze ich am Schreibtisch, und auch die drei Männer haben Platz genommen, eine Tasse Kaffee in der Hand.

Ich trinke einen Schluck, unterdrücke das Bedürfnis, mich

wegen des bitteren Geschmacks zu schütteln. »Was führt Sie zu uns nach Painters Mill?«

Nelson Yoder verzieht leicht das Gesicht. »Vor zwei Monaten hat einer unserer Glaubensbrüder bei der Heuernte Menschenknochen gefunden. Die Polizei kam, hat die Knochen mitgenommen und mit ihren Apparaten und Chemikalien das getan, was man in so einem Fall tut. Ein paar Wochen später wurden die Knochen identifiziert als die von Ananias Stoltzfus.«

Mir ist weder der Name noch der Fall bekannt, also warte ich.

Diakon Kempf übernimmt. »Ananias war lange Jahre Bischof. Er war ein guter Bischof und hat viele Kommunionen und Taufen, Eheschließungen und Exkommunizierungen durchgeführt.«

Mahlon, der Prediger, schüttelt den Kopf. »Ananias verschwand vor achtzehn Jahren spurlos, so als hätte er sich in Luft aufgelöst.« Wieder Kopfschütteln. »Es war für uns alle eine schlimme Zeit. Bestimmt können Sie sich denken, dass seine Kinder und Enkel außer sich waren vor Sorge und Kummer, weil niemand wusste, was mit ihm passiert war. Natürlich ist unsere Amisch-Gemeinde tätig geworden, und wir haben getan, was wir konnten. Wir haben überall gesucht, wir haben der Familie geholfen, wir haben gebetet, aber …« Der alte Mann zuckt die Schultern. »Er sollte nicht zurückkommen.«

Schweigen tritt ein. Ich sehe mir nacheinander ihre Gesichter an, entdecke Kummer darin, aber keinen, der über die Jahre abnimmt, sondern frischen Kummer, ausgelöst durch die jüngsten Neuigkeiten.

»Konnte die Polizei herausfinden, was ihm zugestoßen ist?«, frage ich.

Der Bischof blickt mich aus wässrigen Augen an und nickt

kurz. »Der Sheriff hat gesagt, auf Ananias sei geschossen worden.«

»Zweimal«, fügt Mahlon hinzu.

»Dann war es also kein Jagdunfall oder Selbstmord«, sage ich zögernd, denn ich weiß, da kommt noch mehr. Und was auch immer es ist, es wird mir nicht gefallen.

Nathan streicht sich nachdenklich über den Bart. »Bei den Knochen lag ein Gewehr, ein rostiger Vorderlader, von Erde bedeckt.«

»Dieser Vorderlader gehört einem von uns.« Der Bischof sieht mich mitfühlend an. »Jonas Bowman.«

Der Name trifft mich wie Dynamit, das in meiner Brust detoniert, unerwartet und schmerzlich. Einen Moment lang bin ich so überrascht, dass ich glaube, mich verhört zu haben. »Jonas Bowman?«, wiederhole ich und fühle, wie meine Wangen zu glühen beginnen. »Sind Sie sicher?«

Die drei Männer tauschen auf eine Weise Blicke untereinander, dass ich mich frage, ob sie mehr über Jonas und mich und unsere gemeinsame Vergangenheit wissen, als mir lieb ist.

Mahlon sagt besorgt: »Bruder Jonas wurde vor zwei Wochen verhaftet. Wegen Mordes.«

Der Bischof starrt hinab auf seine Hände und seufzt. »Sie haben das nicht gewusst?«

Die amische Gerüchteküche hat eine überraschende Reichweite. Aber aus Gründen, die mir selbst nicht ganz klar sind, will ich ihm nicht sagen, dass ich in amischen Klatsch nicht eingeweiht bin und einige Gemeindemitglieder nichts mit mir zu tun haben wollen, weil ich die Glaubensgemeinschaft verlassen habe. Deshalb schüttele ich einfach den Kopf.

Ich kannte Jonas Bowman als Jugendliche. Sein Vater, Ezra, war Prediger unserer Kirchengemeinde hier in Painters Mill. In meiner Kindheit hat Jonas nur am Rande eine Rolle gespielt. Ich sah ihn beim Gottesdienst, und ein paarmal hat er meinem *Datt* auf der Farm geholfen. Als ich älter war, spielten wir gelegentlich Baseball und Hockey und gingen zusammen im Painters Creek schwimmen. Das alles änderte sich, als ich fünfzehn war und er mich nach einem Singen nach Hause fuhr. Das »Singen«, das gewöhnlich nach dem Sonntagsgottesdienst stattfindet, ist für amische Teenager eine Möglichkeit, Gleichaltrige näher kennenzulernen. Dabei sitzen die Mädchen auf der einen Seite des Tisches und die Jungen auf der anderen, und gemeinsam singen sie »lockere« Lieder, die sie abwechselnd vorschlagen.

Es war das erste Mal, dass ich ohne Begleitperson – Bruder oder Schwester, Elternteil oder eine Freundin – im Buggy eines Jungen mitfuhr. In jenem Sommer erlebten wir beide viele »erste Male«. Manche waren gut, manche … weniger. Jonas war neunzehn, und in dem Alter machen vier Jahre Unterschied sehr viel aus. Aber wir waren jung, und das war uns egal.

Plötzlich spüre ich den Blick der drei Männer auf mir und reiße mich aus meinen Gedanken, zwinge mich zurück ins Hier und Jetzt und starre sie an. Der Kaffee in meiner Hand ist kalt, mein Puls schlägt ein wenig zu schnell.

»Jonas hat abgestritten, etwas damit zu tun zu haben?«

»Er sagt, er hätte es nicht getan«, erwidert der Bischof.

»Er ist ein glaubwürdiger Mann«, fügt der Diakon hinzu.

Ich überlege, was zur Identifikation eines Vorderladers gehört, der achtzehn Jahre lang den Elementen ausgesetzt war. Die meisten Schwarzpulvergewehre haben Seriennummern, aber nicht alle, besonders nicht die älteren. Was auch auf ein amisches Jagdgewehr zutreffen kann.

»Hat die Polizei die Patronenhülsen gefunden?«, frage ich.

Alle drei Männer scheinen zu überlegen, dann antwortet

Mahlon Barkman: »Eine der runden Kugeln wurde gefunden, glaube ich.«

»Hatte er ein Motiv?«, frage ich.

Die drei Männer werfen sich Blicke zu. »Jonas und Ananias waren nicht gut aufeinander zu sprechen«, sagt Nathan Kempf schließlich.

Der Prediger liefert die Erklärung. »Jonas' Vater, Ezra, war ja Prediger. Es gab Streit wegen eines Traktors, den Ezra gekauft hatte, als seine beiden Pferde überraschend an der Schlafkrankheit gestorben waren. Ananias hat das nicht akzeptiert und Ezra unter *Bann* gestellt.«

Das ist ein wiederkehrendes Thema unter Amischen. Jemand, in diesem Fall Ezra Bowman, verstößt gegen die Regeln und wird vom Bischof dafür bestraft.

»Und mundtot gemacht«, fügt der Diakon hinzu.

»Zwei Wochen später verstarb Ezra plötzlich.« Mahlon stößt einen tiefen Seufzer aus. »Jonas hat Ananias die Schuld an seinem Tod gegeben. Er meinte, die Belastung hätte ihn umgebracht.«

»Jonas machte Ananias verantwortlich«, sagt Nathan. »Er war wütend, sie stritten sogar in der Öffentlichkeit.«

»Jonas hat sich schlecht benommen«, fügt er hinzu. »Er war jung, erst einundzwanzig, und unbeherrscht. Er machte Sachen.«

»Was für Sachen?«, frage ich.

»Er beschädigte Ananias' Buggy.« Nathan zuckt die Schultern. »Wurde erwischt und bekam Ärger mit der Polizei.«

»Es war nur eine Kleinigkeit«, wirft Mahlon ein.

»Zwei Monate später verschwand Ananias«, ergänzt Nathan.

»Und die Polizei hat den Vorderlader eindeutig mit Jonas in Verbindung gebracht?«, frage ich.

»Der Sheriff ist zu Jonas gefahren und hat ihm das Gewehr gezeigt«, erklärt der Diakon. »Jonas gab zu, dass es ihm gehört. Am nächsten Tag wurde er verhaftet und ins Gefängnis gesteckt.«

»So eine Sünde würde Jonas niemals begehen«, sagt Mahlon. »Er würde einem anderen Mann niemals das Leben nehmen.«

»Er hat um meine Hilfe gebeten?«, frage ich.

Der Bischof schüttelt den Kopf. »Darum würde Jonas nie bitten«, sagt er. »So etwas würde er nie jemandem aufbürden.«

»Sein Leid gehört für ihn zum Plan Gottes.« Diakon Kempf sieht die beiden anderen Männer an. »Nicht Jonas bittet um Ihre Hilfe, Kate Burkholder, wir tun das.«

Ich sehe sie gedankenverloren an, während zahlreiche abschlägige Antworten und Ausreden in meinem Kopf umhergeistern.

»Jonas hat eine Familie, für die er sorgen muss«, sagt Nathan. »Kinder und eine Frau. Er muss sich um seine Schreinerei kümmern, und trotzdem sitzt er im Gefängnis für eine Sünde, die er nicht begangen hat.«

»Die englische Polizei versteht unsere Bräuche nicht. Sie kennen Jonas nicht so, wie wir ihn kennen.« Mahlon presst die Lippen zusammen. »Niemand will uns zuhören.«

»Sie sind Polizistin, Kate Burkholder«, sagt Nathan. »Sie verstehen uns, wie wir denken. Und Sie verstehen auch das althergebrachte Recht.«

»Aber noch wichtiger ist, dass Sie Jonas Bowman kennen.« Der Bischof blickt mich eindringlich an, und ich erkenne in seinen Augen ein feines Gespür, eine Wahrnehmung, die mich nervös macht – aber auch Fragen, die wegen der amischen Anstandsregeln niemals gestellt werden würden.

Ich halte seinem Blick nicht länger stand, sehe hinab auf den

Notizblock vor mir und kritzele etwas darauf. Währenddessen sage ich mir, dass Jonas niemals unsere stillschweigende Übereinkunft brechen würde.

»Wir haben von den Fällen hier in Painters Mill gelesen, die Sie gelöst haben. Sie sind eine gute Polizistin.« Nathan unterstreicht die Worte mit einem Nicken. »Wir bitten Sie um Ihre Hilfe.«

»Wir haben Geld«, wirft Mahlon ein. »Wir bezahlen Sie für Ihre Zeit und übernehmen die Reisekosten.«

Die Männer verfallen in Schweigen, als hätten ihre Überzeugungsbemühungen all ihre Energie aufgezehrt. Eine ganze Minute lang herrscht Stille, unterbrochen nur vom gelegentlichen Klingeln des Telefons im Empfangsbereich sowie von Margarets Tippgeräuschen.

Alles Gesagte wirbelt in meinem Kopf umher. Ich kann nicht aufhören, an Jonas zu denken. An den Jungen, den ich kannte, und den Mann, der er geworden ist. An die gemeinsame Zeit in jenem letzten Sommer. Den nachhaltigen Einfluss, den er auf mein Leben hatte. Und alles in einer Zeit, in der ich zu verletzlich und verwirrt und zu jung war, um zu wissen, dass manche Gefühle nicht kontrolliert werden und manche Taten nicht rückgängig gemacht werden können.

Jonas war charismatisch, charmant und ein Überredungskünstler. Wenn er etwas wollte, war er nicht zu bremsen. Er hat alles gegeben, sei es beim Baseball oder bei der Holzverarbeitung – sogar bei viel persönlicheren Angelegenheiten. Er war ein Mann, den man nicht unterschätzen durfte, er hat mein Leben auf eine Weise berührt, die mir in jenen jungen Jahren gar nicht klar war. Hatte er Fehler? Zweifellos – wie wir alle. Aber sie wurden abgemildert durch sein feines Gespür für richtig und falsch – und durch null Toleranz für Ungerechtigkeit. Wie kann es sein, dass ein Mann, für den es damals nur Schwarz oder Weiß gab, nun des Mordes verdächtigt wurde?

Während diese Männer ihr Anliegen vortrugen, habe ich mich gefragt, wie viel sie über mich und Jonas wissen. Ob ihnen bekannt ist, dass wir beide in jenem letzten Sommer, in dem er in Painters Mill war, eine Menge Schwierigkeiten hatten, die zum Bruch der Amisch-Gemeinde mit seiner Familie geführt hatten. Ob sie wissen, dass ich der Grund bin, warum seine Familie nach Pennsylvania gezogen ist.

»Ihnen ist sicher bewusst, dass ich in Pennsylvania nicht zuständig bin«, sage ich.

»Sie können aber trotzdem etwas tun, um uns zu helfen, nicht wahr?«, fragt Bischof Yoder.

Ich sehe von einem Mann zum anderen. »Ich kann lediglich versuchen, durch ein paar Anrufe herauszufinden, wie der Fall sich entwickelt.«

Wieder werfen sie sich Blicke zu, und diesmal schwingt Enttäuschung und ein unmissverständliches »Hab-ich-doch-gleich-gesagt« in ihrer Gestik mit.

Diakon Kempf erhebt sich. »Wir verbringen die Nacht im Motel hier in Painters Mill. Morgen fahren wir zurück in unser Tal.«

»Wir wären dankbar, wenn Sie unser Anliegen überschlafen, Kate Burkholder, bevor Sie eine Entscheidung treffen.« Der Bischof richtet sich langsam auf. »Es gibt sonst niemanden mehr, an den wir uns noch wenden können.«

Ich sehe den Männern beim Verlassen meines Büros hinterher, mir ist der Schweiß unter den Armen ausgebrochen, und ich spüre einen Knoten im Magen, der vorhin noch nicht da war.

3. KAPITEL

Ich war Jonas Bowman zum ersten Mal an einem kalten, windigen Tag beim Schlittschuhlaufen begegnet, jedenfalls ist das meine früheste Erinnerung an ihn. Ich war elf Jahre alt und hatte mich aus dem Haus geschlichen, um mit meinem Bruder und ein paar anderen amischen Jungen auf dem zugefrorenen Teich der Farm meiner Eltern Eishockey zu spielen. Sie waren alle älter als ich, und als ich mit dem – von meinem Bruder Jacob geliehenen – Eishockeyschläger und meinen Schlittschuhen ankam, schlossen die anderen Jungen mich sofort vom Spiel aus.

Aber davon ließ ich mich nicht abschrecken. Während zwei der Jungen den Schnee vom Eis schaufelten, saß ich auf dem Baumstumpf neben der Feuerstelle und zog meine Schlittschuhe an; ich hoffte, sie würden ihre Meinung ändern, wenn sie sahen, wie gut ich war. Als dann eine große Eisfläche freigeräumt war, nahm ich den Eishockeyschläger und drehte ein paar Runden, um mich warmzulaufen. Ich flitzte über buckliges Eis, schlug einen imaginären Puck, konzentrierte mich auf die Technik und behielt die Jungs im Auge, um zu sehen, ob einer auf mich aufmerksam wurde. Vom anderen Ende des Teiches kam Marvin Beachy, mit dem ich zur Schule ging und der nur ein Jahr älter war als ich, auf mich zu. Er trieb seinen realen Puck mit kleinen Stößen vor sich her, und ich weiß nicht, was in mich gefahren war, aber ich klaute ihm den Puck quasi unterm Schläger weg und zischte damit übers Eis, bohrte die Schlittschuhe in die Oberfläche, dass die Eissplitter nur so sprühten. Gleichzeitig hielt ich Ausschau nach einem Verbündeten, dem ich den Puck zuspielen konnte. Ungefähr in der Mitte des Teiches hörte ich ein Pfeifen, dann Bravorufe, und mein Herz schlug höher. Hinter mir schrie Marvin etwas, aber ich war viel zu sehr auf seinen Puck konzentriert, um mich umzudrehen.

»Hey, seht mal, wie schnell sie ist!«

»Schneller als Marvin!«

Mit stolzgeschwellter Brust flitzte ich weiter übers Eis, hörte mich lachen – bis Eddie Weaver mir sieben Meter vom Ufer entfernt ein Bein stellte und mich zu Fall brachte. Ich hatte keine Chance, den Sturz abzufangen. Ich fiel der Länge nach in einen Haufen Schnee und Eisbrocken, ritzte mir trotz der Handschuhe die Handflächen auf und trotz zwei Paar Strumpfhosen die Knie.

»Das hast du davon, meinen Puck zu stehlen!«, schrie Marvin.

Ich rollte mich von dem Schneehaufen herunter und sah, wie Marvin seinen Puck an sich nahm. Neben ihm stand Eddie Weaver, stolz, den weiblichen Eindringling aufgehalten zu haben. »Mädchen spielen kein Eishockey«, sagte er grinsend.

»Ich schon!«, schoss ich zurück und stand auf.

Marvin zeigte auf mich. »Klar, guckt euch mal ihre dürren Beine an!«

Eddie lachte. »Ich wette, ihre Arme sind genauso dürr.«

»Und obenrum ist sie wahrscheinlich auch ganz platt«, murmelte ein anderer Junge, den ich nicht kannte.

Die Jungen krümmten sich vor Lachen, als hätten sie noch nie so etwas Lustiges gehört.

Die Knie taten mir fast so weh wie mein gekränkter Stolz, aber ich hätte nie geweint, selbst wenn mein Bein bloß noch an einem Hautfetzen gehangen hätte. Nicht in ihrer Gegenwart, niemals. Ich war starrsinnig genug, um damit bis zum Nachhauseweg zu warten.

Ich sah hinüber zu meinem Bruder, der, auf eine Schneeschaufel gestützt, am gegenüberliegenden Ufer stand und uns beobachtete. Er wusste, dass ich genauso gut spielen konnte wie die Jungen, jedenfalls die gleichaltrigen. Aber er blieb stumm.

Als ich so an dem zugefrorenen Ufer stand und zusah, wie die anderen sich aufwärmten, während meine Knie schmerzten und mein elfjähriges Herz vor Wut brannte, kam Jonas Bowman auf seinen Schlittschuhen angefahren, den Blick auf meine Knie geheftet. »Nicht schlecht für so 'ne halbe Portion«, sagte er.

Ich rollte mit den Augen. »Ich bin keine halbe Portion.«

Einen Moment lang sahen wir den Jungen beim Spielen zu, dann zeigte er auf meine Knie. »Du blutest.«

Ich hätte mir die Wunde gern angesehen, verkniff es mir aber. »Tut nicht weh.«

»Du bist ja echt tough.«

»Ich bin eine gute Hockeyspielerin, wirklich.«

Er griff in die Tasche und holte ein Taschentuch hervor. »Hier, bind das drum.«

»Brauch ich nicht.«

»Doch, das brauchst du.« Ein Grinsen machte sich auf seinem Gesicht breit. Er hob die Hand zum Mund, pfiff mit zwei Fingern und rief: »Diese halbe Portion hier will ich in meinem Team!«

Ab diesem Winter war ich ein Mädchen, das Eishockey spielen konnte. Und obwohl ich klein war und das falsche Geschlecht hatte, blieb ich bei der Teamaufstellung nie als Letzte übrig.

Jonas war an jenem Tag ungemein beeindruckt von meiner

rebellischen Psyche. Das Kind in mir war davon überwältigt, dass ein älterer Junge sich für mich einsetzte, und dem Teenager, der ich bald sein würde, raubte es den Atem. Ich konnte nicht wissen, dass mein Herz im Sturm erobert worden war und die Atemlosigkeit, die meine Brust vor Stolz schwellen ließ, nur eine Probe dessen war, was noch auf mich zukommen würde.

Als ich in den Weg zur Farm einbiege, auf der Tomasetti und ich leben, bin ich in Gedanken noch immer bei jenem Tag auf dem zugefrorenen Teich. Auf dem Revier habe ich vorher noch das Sheriff's Department von Mifflin County angerufen, die für Belleville, Pennsylvania, zuständige Strafverfolgungsbehörde. Der Deputy, mit dem ich sprach, wusste nicht viel über den Fall, bestätigte aber das meiste von dem, was die drei alten Männer mir erzählt hatten – dass Bischof Ananias Stoltzfus und Jonas Bowman vor achtzehn Jahren irgendeine Meinungsverschiedenheit hatten und Stoltzfus zwei Monate danach verschwunden war. Jonas wurde damals von der Polizei verhört, aber es gab nicht genügend Beweise, um ihn festzunehmen, und der Bezirksstaatsanwalt weigerte sich, einen Fall weiterzuverfolgen, der lediglich auf vagen Mutmaßungen beruhte.

Vor zwei Monaten wurden dann die Gebeine von Ananias Stoltzfus auf dem Feld einer Farm gefunden. Das Sheriffbüro hat die nahe Umgebung abgesucht und einen Vorderlader sowie eine Kugel Kaliber .50 gefunden. Weil das Gewehr sehr alt war, hatte es keine Seriennummer. Aber als sie es Jonas Bowman zeigten, gab er zu, dass es ihm gehöre, und ließ sich ohne Gegenwehr festnehmen.

Jonas wurde wegen Totschlags angeklagt und sitzt seither in Lewiston, der Justizvollzugsanstalt von Mifflin County. Die Kaution wurde auf fünfhunderttausend Dollar festgesetzt und bislang nicht hinterlegt, auch ein Gerichtstermin wurde noch nicht anberaumt. Eine rasche Internetsuche ergab, dass Totschlag im Staat Pennsylvania mit lebenslangem Gefängnis bestraft werden kann.

Bei einem Anruf in der Justizvollzugsanstalt erfuhr ich, dass Häftlinge nur von einem Anwalt oder von Amtspersonen, die mit dem Fall zu tun haben, angerufen werden können. Ich habe zwar Namen und Telefonnummer von Jonas' Anwalt in Erfahrung gebracht, aber heute ist Samstag, und an Wochenenden ruft er anscheinend nicht zurück.

Ich parke hinter Tomasettis Tahoe, hole das Vogelhaus aus dem Kofferraum meines Wagens und bin auf halbem Weg zur Hintertür, als ich in der Scheune Musik höre. Eine der Schiebetüren steht offen, also klemme ich die Einkaufstüte unter den Arm und mache mich dorthin auf.

Die an den Hang gebaute Scheune im deutschen Stil ist rund hundert Jahre alt, und man sieht es ihr an. Über die Erdrampe erreiche ich die Tür und gehe hinein. Tomasetti steht neben einer schadhaften, längs an die Wand gelehnten Massivholztür. Daneben, an derselben Wand, hat er ein Holzregal in der Höhe einer Küchenablage sowie ein Regal, an dem eine Arbeitslampe klemmt, gebaut. Die Fortschritte, die er hier in der letzten Woche gemacht hat, kenne ich noch gar nicht, was mir bewusst macht, dass ich lange nicht in der Scheune war und zu viel arbeite.

Ich stelle die Tüte auf dem Boden ab und betrachte ihn einen Moment lang. Er trägt verwaschene Jeans und abgewetzte Arbeitsstiefel, aus der Gesäßtasche ragt ein Teppichmesser heraus, und in der rechten Hand hält er ein Maßband; auf dem Holzrahmen liegen viel benutzte Lederhandschuhe. Seine Hemdsärmel sind bis zur Mitte des Unterarms aufgekrempelt, durch ein kleines Loch im Stoff guckt sein Ellbogen heraus.

»Sieht nach einem interessanten Projekt aus«, sage ich.

Er blickt mich über die Schulter hinweg an, er lächelt zwar nicht, aber in seinen Augen erkenne ich Freude. Ich grinse, weil er froh ist, mich zu sehen, und es ihm nicht gelingt, es ganz zu verbergen.

»Du kommst genau richtig«, sagt er bloß.

»Wofür?«

Er wirft mir ein Paar Handschuhe zu, die ich auffange, und geht zum oberen Ende der Tür. »Darf ich vorstellen, meine neue Werkbank.«

»Sieht solide aus.« Ich gehe zum unteren Ende der Tür.

»Hab ich bei dem Altwarenhändler in der Nähe von dem Tierfutterladen entdeckt.«

»Für den einen Schrott, für den anderen ein Schatz.«

»Schaffst du es, sie mit mir zusammen hoch aufs Gestell zu hieven?« Er beugt sich nach unten.

»Mir ist noch keine Tür begegnet, mit der ich nicht fertig geworden bin«, sage ich und beuge mich ebenfalls runter.

Er zählt bis drei, dann heben wir sie gleichzeitig an. Die Tür ist enorm schwer, mit einer glatten Oberfläche und unzähligen Kerben, und wir schaffen es nur laut ächzend, sie aufs Gestell zu manövrieren.

Ich fahre mit der Hand über die Oberfläche. »Guter Fund, Tomasetti.«

»Das Gleiche hab ich gedacht, als du hereingekommen bist.« Ich kann nicht anders und lache. »Du redest mal wieder nur Blödsinn.«

Er kommt zu mir, legt die Arme um meine Taille und drückt mir einen Kuss auf den Mund, wobei mir der Geruch von Sägemehl, Männerschweiß und dem Aftershave von heute Morgen in die Nase steigt.

»Was ist in der Tüte, Chief?«

»Eine Überraschung.« Ich nehme den Bleistift, den er hinters Ohr geklemmt hat, und schiebe ihn in seine Brusttasche. »Zumindest sollte es eine werden, aber daraus wird nun leider nichts.«

Ich halte ihm die Tüte hin und grinse wie eine Idiotin, weil die Situation viel zu ernst erscheint. Denn plötzlich ist es mir wahnsinnig wichtig, alles richtig zu machen und dass ihm das Geschenk gefällt.

»Happy Birthday«, sage ich, verunsichert wegen meiner glühenden Wangen. »Ein paar Tage zu früh.«

Er zieht die Augenbrauen hoch, fragt sich vermutlich, was hinter dieser verfrühten Geschenkübergabe steckt, greift in die Tüte und holt das Vogelhaus heraus – ein rustikales Kunstwerk in Form einer alten deutschen Rundscheune, aus recyceltem Scheunenholz, rostigen Blechschindeln und Sitzstangen aus Zedernholz.

»Echte Wertarbeit.« Er stellt es auf die neue Werkbank und tritt einen Schritt zurück, um es zu bewundern.

»Hab auch eine volle Woche dafür gebraucht«, sage ich trocken.

Seine Mundwinkel gehen hoch, aber er sieht mich prüfend an. Tomasetti ist ein kluger Mann und weiß, dass mich etwas umtreibt. Aber er hat auch ein Gefühl für Timing und verkneift es sich deshalb, mich jetzt zu fragen.

»Sieht hinten im Garten bestimmt schön aus«, sagt er.

»Oder bei der Feuerstelle«, erwidere ich.

Er nickt. »Irgendwo hier müssen Stahlrohre liegen. Ich fahre zum Baumarkt und besorge ein paar Betonsäcke. Wenn du das Loch für den Pfahl gräbst, betoniere ich ihn ein.«

Plötzlich kann ich seinem Blick nicht länger standhalten. Ich streiche mit der Hand über das Dach des Vogelhauses. »Es ist ein Haus für Purpurschwalben«, sage ich. »Sie nisten gern auf freiem Gelände, ohne Bäume drumherum, und das Haus sollte mindestens sechs Meter über dem Boden hängen.« Ich bin eigentlich kein Plappermaul, aber im Moment kann ich anscheinend nicht aufhören.

Tomasetti spürt mein Unbehagen, tritt zu mir, legt mir die Hand auf die Schulter und sucht meinen Blick. »Schwirrt dir irgendetwas im Kopf rum, Chief?«

Als ich ihm in die Augen sehe, scheint der Boden unter mir zu bröckeln, und ich spüre keinen festen Grund mehr unter den Füßen. Die Wärme seiner Hand dringt durch den Stoff meiner Bluse, mein Puls schlägt bis zu Hals. Seit wir uns kennen, haben wir viele Hindernisse überwunden. Wir haben gelernt, uns zu vertrauen, uns zu lieben, wertzuschätzen. Trotzdem gibt es Zeiten, wo ich das Gefühl habe, es nicht verdient zu haben, so glücklich zu sein. So sehr zu lieben.

»Ich glaube, ich muss einen Trip nach Pennsylvania machen«, sage ich.

Er sieht mich fragend an. »Ein Fall?«

»Ja, aber kein offizieller.«

Ich berichte ihm von den drei amischen Männern, die mich im Revier aufgesucht hatten, und alles, was sie mir über die Entdeckung der Gebeine und Jonas Bowman erzählt haben. »Ich habe mit dem Sheriff's Department in Mifflin County telefoniert. Er ist wegen Totschlags angeklagt.«

»Eine ernste Anklage.« Er hält inne. »Und Bowman ist aus Painters Mill?«

Ich nicke. »Seine Familie. Ich kannte ihn in meiner Jugend.«

So wie er mich ansieht, weiß er, dass das nicht die ganze Geschichte ist. Dass ich ihm etwas verschweige, etwas Wichtiges. Aber er weiß nicht so recht, wie er es aus mir herauslocken kann. Timing, denke ich erneut und bin froh, dass Tomasetti so geschickt ist.

»Ihr habt euch nahegestanden?«, fragt er.

Ich starre ihn an und fühle mich bescheuert, weil mein Herz rast und mein Gesicht brennt. Das Gewicht eines unangenehmen Gefühls, das ich nicht genau bestimmen kann, liegt mir wie ein Stein im Magen. Eine absolute Überreaktion, denn was zwischen mir und Jonas einmal war, ist ewig her. Wir waren Kinder, leichtsinnige Jugendliche. Und ich hatte mich damals noch immer nicht ganz von dem Martyrium erholt, das ich wegen Daniel Lapp durchgemacht hatte, dem amischen Nachbarn, der mich im Alter von vierzehn Jahren vergewaltigte. Trotz allem waren die Monate, die ich mit Jonas verbrachte, sehr wichtig für mich. Sie bedeuteten mir etwas, und ich kann in Tomasettis Gesicht lesen, dass er mir das ansieht.

»Ja«, sage ich.

Es ist, als könne er jetzt nicht mehr wegsehen, und sein Blick dringt tief in mein Inneres. Er fragt sich, warum ich das nicht gleich gesagt habe. Und im gleichen Moment weiß ich, dass er das Gespräch nicht forcieren wird – die Frage nicht stellen wird, die zwischen uns steht.

Wie nahe?

»Glaubst du, er hat es getan?«, fragt er.

»Der Junge, den ich in meiner Jugend kannte? Nein, der nicht. Er war ein gutes Kind. Amisch eben. Und er ist amisch geblieben.« Ich zucke die Schultern. »Aber wir wissen beide, dass Menschen sich im Lauf der Zeit verändern können, also heißt das: Ich weiß es nicht.«

»Wie lange ist es her, seit du ihn das letzte Mal gesehen hast?«

»Er ist mit seiner Familie weggezogen, drei Jahre, bevor ich weg bin.« Ich erwähne nicht, dass der Bischof sie aufgefordert hatte, Painters Mill zu verlassen. Und dass ich der Grund war.

Tomasetti ist ungemein feinfühlig. Er ist ein Denker, allzu

ehrlich und einer der klügsten Menschen, denen ich je begegnet bin. Doch trotz seiner vielen Stärken, hat er auch eine zutiefst menschliche Seite. Er laboriert noch immer an den Wunden, die der Mord an seiner Frau und seinen zwei Kindern vor sechs Jahren gerissen hat – ein Verlust, der einen weniger starken Mann zerstört hätte. Aber verunsichern lässt Tomasetti sich ganz gewiss nicht.

»Klingt, als könnte er Hilfe gebrauchen«, sagt er kurz darauf.

»Glaube ich auch.«

»Wie lange wirst du weg sein?«

»Ein paar Tage.« Ich zucke die Schultern. »Höchstens eine Woche.«

Er blickt zu dem Vogelhaus auf der Werkbank, dann zu mir und seufzt. »Was vermutlich heißt, dass ich das Vogelhaus ganz allein aufstellen muss.«

Ich berühre seine Wange. »Tut mir leid, dass ich an deinem Geburtstag nicht hier bin.«

»Ich hatte sowieso vor, ihn dieses Jahr ausfallen zu lassen. So hast du Gelegenheit, mich schneller einzuholen.«

Ich lache. »Mal sehen, was sich machen lässt.«

Er wird wieder ernst, sieht mich gedankenvoll an. »Und du lässt mich wissen, wenn ich etwas tun kann?«

»Das weißt du doch.« Ich nehme seine Hand. »Ich fahre erst Montag, wir haben den Rest des Wochenendes. Lass uns das Rohr suchen und mit dem Vogelhaus anfangen.«

»Ist das dein Angebot, das Loch zu graben?«

»Keine Chance.«

* * *

Es passiert nicht oft, dass ich meine Mitarbeiter für ein außerplanmäßiges Meeting einbestelle. Painters Mill ist eine kleine, ruhige Stadt. Wir operieren mit Minimalbesetzung, haben mit Nachbarschaftsstreits oder Kneipenschlägereien, häuslicher Gewalt und Autorasern zu tun, außerdem müssen wir regelmäßig ausgebrochenes Weidevieh einfangen. Nicht gerade ein risikoreiches Leben für einen Polizisten, aber meine Mitstreiter sind professionell und gut ausgebildet. Heute Morgen muss ich ihnen mitteilen, dass ich ein paar Tage lang weg sein werde, und sicherstellen, dass im Revier alles wie gewohnt weiterläuft. Mein erfahrenster Officer, Rupert »Glock« Maddox, wird während meiner Abwesenheit die Verantwortung dafür tragen.

Den gestrigen Abend habe ich größtenteils mit Packen und Internetrecherchen verbracht, unter anderem in Polizeidatenbasen nach Informationen über das Verschwinden von Ananias Stoltzfus vor achtzehn Jahren gesucht. Da der Fall längst zu den Akten gelegt wurde, bin ich kaum fündig geworden. Der Deputy des Sheriffs von Mifflin County, mit dem ich gesprochen habe, war auch keine große Hilfe, und weder der Sheriff noch der Bezirksstaatsanwalt haben zurückgerufen – so ist das nun mal an einem Wochenende –, aber die ausbleibende Reaktion machte mir deutlich, dass ich bei den Nachforschungen nicht nur als Zivilperson, sondern auch als Außenstehende angesehen werde. Zudem habe ich keinerlei Kollegenkontakte in Pennsylvania, kaum Ressourcen und null Unterstützung. Aber ich gehe auch nicht davon aus, dass ich welche brauche. Belleville ist kleiner als Painters Mill, mit einer sehr niedrigen Kriminalitätsrate. De facto ist seit Stoltzfus' Verschwinden dort kein Mord passiert.

Tomasetti und ich haben das Vogelhaus montiert und den Pfosten im Erdboden eingegraben. Es steht jetzt nahe der Feuerstelle, zwischen Haus und Teich, und sieht wirklich schön aus. Wir haben jede Minute zusammen verbracht, doch ich war mit den Gedanken viel zu oft bei Jonas, dem Jungen, den ich einmal gekannt hatte. Ich fragte mich, was er wohl für ein Mensch geworden war, ob er sich verändert hatte oder immer noch derjenige war, an den ich mich erinnerte.

Es ist Montagmorgen kurz nach sieben Uhr, ich sitze in meinem kleinen Büro und stelle die Notizen für das Meeting zusammen, das etwa fünfzehn Minuten dauern wird. Mein Koffer ist hinten im Explorer, und ich hoffe, spätestens in einer Stunde losfahren zu können. Doch schon jetzt vermisse ich Tomasetti.

»Chief?«

Mona Kurtz steht in der Tür zu meinem Büro. Obwohl sie die Nachtschicht gearbeitet hat, scheint sie topfit und bereit, den neuen Tag in Angriff zu nehmen. Die ersten Jahre hier im Revier hat sie in der Telefonzentrale gearbeitet, gleichzeitig einen Abschluss in Strafrecht gemacht und alles rund um die Polizeiarbeit wie ein Schwamm in sich aufgesaugt. Da sie mit Hilfe des restlichen Teams zudem viel praktische Erfahrung sammeln konnte, hat sie jetzt den Rang des ersten weiblichen Officers von Painters Mill inne.

»Team ist zusammengetrieben und eingepfercht«, lässt sie mich wissen.

»Ich bin mit dem Brandeisen im Anmarsch.« Mit der Kaffeetasse in der Hand, umrunde ich meinen Schreibtisch und gehe mit ihr in unser hutschachtelgroßes Besprechungszimmer.

Ich bleibe in der Tür stehen und lasse den Blick über mein Team schweifen, versuche, meine Freude zu verbergen. Meine Beziehung zu den Männern und Frauen, die für mich arbeiten, ist rein professionell. Außer einer gelegentlichen Party für werdende Mütter oder einem Festessen treffe ich mich nicht privat mit ihnen. Als Chief fand ich es immer wichtig, nicht zu kumpelhaft aufzutreten, eine Philosophie, die aber weder meine Sympathie noch meinen Respekt ihnen gegenüber schmälert. Wir sind alle Teil einer Familie, und wenn man so eng zusammenarbeitet wie wir, muss gegenseitiges Vertrauen nicht lauthals kundgetan werden, weil wir es spüren und wissen, dass uns der Officer neben uns Rückendeckung gibt, wenn es darauf ankommt.

Roland »Pickles« Shumaker ist mein ältester Officer. Inzwischen ist er fast achtzig Jahre alt, würde das aber nie zugeben. Wenn man ihn fragt, bekommt man eine schamlose Lüge, eine überdeutliche Antwort oder sogar eine Verwünschung zu hören. Er ist seit fünfzig Jahren bei der Polizei, wobei seine ruhmreichen Tage einen Undercover-Einsatz bei einer Drogenrazzia mit einschließen. Damals war der dickste Fisch in der Geschichte von Homes County der Polizei ins Netz gegangen, und eine Menge üble Kerle landeten hinter Gittern. Pickles ist mein einziger Teilzeit-Officer. Er arbeitet fünfzehn Stunden die Woche, meistens als Schülerlotse am Zebrastreifen bei der Schule und gelegentlich bei einem Football-Spiel. Jeder weiß, dass er im Streifenwagen Nickerchen hält und heimlich raucht, wenn er sich unbeobachtet wähnt. Letztes Jahr ist er gestürzt und hat einen Monat lang versucht, sein Hinken zu verbergen. Obwohl er alt ist, unterschätzen ihn nur die Dummen. Pickles ist ein hervorragender Hütehund, der die Herde mit seinem Leben beschützen und jeden Wolf bis zum letzten Atemzug bekämpfen würde.

Neben Pickles sitzt Chuck »Skid« Skidmore und nippt an seinem Coffee-to-go von Mocha Joe's. Er ist der Klugscheißer des Reviers und stolz darauf, zumal wir alle seinen Humor zu schätzen wissen. Er ist ein guter Polizist, hat die Ruhe weg und die einmalige Fähigkeit, auch sehr kritische Situationen zu entschärfen.

Glock sitzt am Kopfende des Tisches und zeigt Mona Fotos, wahrscheinlich von seinen Kindern, wenn ich sein Lächeln richtig deute. Er ist ein Familienmensch, ehemaliger Marine mit mehreren Jahren in Afghanistan und der erste afroamerikanische Polizist in Painters Mill. Ich habe ihn kurz nach meiner Ernennung zum Chief eingestellt, was mich persönlich sehr befriedigt, denn Glock ist ein guter Mann.

T. J. Banks ist erst achtundzwanzig Jahre alt und Single. Er hat ein reges Liebesleben voller hochdramatischer Beziehungen, das seine Kollegen immer mal wieder zu spöttischen Bemerkungen veranlasst. Bis zu Monas Einstellung war er das Greenhorn im Revier, hat aber inzwischen als Streifenpolizist viel Erfahrung gesammelt. Er ist ein zuverlässiger Polizist mit einer vielversprechenden Zukunft.

Ich klopfe mit dem Kugelschreiber an meine Kaffeetasse, rufe zur Ordnung. »Ich danke Ihnen allen, dass Sie heute Morgen zu dem außerplanmäßigen Meeting gekommen sind«, sage ich.

Skid hebt seine Kaffeetasse. »Kein Problem, Chief. Nur T. J. hat sich beschwert, weil er seinen Schönheitsschlaf abbrechen musste.«

»Wenn man auch die ganze Nacht auf Achse ist …«, murmelt Pickles.

T. J. setzt sich aufrecht hin, ist jetzt voll da.

Ich sehe ihn an. »Wir wissen Ihr Opfer zu schätzen, T. J.«

Er gibt sich empört, woraufhin alle lachen.

»Ich muss für ein paar Tage die Stadt verlassen und wollte vorher noch schnell Ihre Berichte hören«, sage ich.

»Chief?«

Margaret, die neue Mitarbeiterin in der Telefonzentrale, steht mit erhobener Hand in der Tür, wie eine Studentin mit einer dringenden Frage. Neben ihr taucht Lois, die die erste

Schicht in der Zentrale arbeitet, mit dem Headset auf dem Kopf auf, um ankommende Anrufe zu hören.

»Ich möchte vorschlagen, dass unser Revier in eine neue Kaffeemaschine investiert«, sagt Margaret. »Sie können sich nicht vorstellen, wie viele Besucher sich schon über das grauenvolle Gesöff hier beschwert haben.«

Einige am Tisch kichern.

Glock sieht mich an, die Augenbrauen hochgezogen. »Ich bin dafür, Auggie auf einen Kaffee einzuladen«, sagt er und meint damit unseren Bürgermeister. »Könnte sich günstig auf unser Budget auswirken.«

»Es gibt ja auch sonst nichts, worüber wir uns beschweren könnten«, merkt Skid an.

»Ich finde unseren Kaffee okay«, knurrt Pickles.

Ich wende mich an Margaret. »Stellen Sie einen Antrag und holen Sie die Preise von drei Kaffeemaschinen ein. Ich kümmere mich darum.«

»Ja, Ma'am.«

Ich blicke auf meine Notizen. »Der Bürgermeister hat angerufen und gesagt, Vandalen hätten wieder die Tuscarawas Bridge beschmiert. Wir müssen dort öfter patrouillieren.« Ich sehe Pickles an. »Wir könnten Sie für ein paar zusätzliche Stunden die Woche gebrauchen, wenn Sie die übrig haben.«

Der alte Mann lässt sich Zeit mit der Antwort, bläst den Brustkorb ein wenig auf. »Ich würde die bescheuerten Schmierfinken liebend gern erwischen.«

»Clarice wird sich freuen«, murmelt Skid. Es ist allgemein bekannt, dass Pickles Frau, Clarice, sich beschwert, wenn er zu viel zu Hause ist.

Alle am Tisch lachen.

Ich sehe Glock an. »Sie haben hier das Sagen, während ich weg bin.«

Er salutiert grinsend. »Alles Roger.«

»Lass dir das nicht zu Kopf steigen, Kumpel«, murmelt Skid.

»Geschäftlich oder Urlaub, Chief?«, fragt Mona, nicht weil sie neugierig ist, sondern aus rein beruflichem Interesse.

»Ein bisschen von beidem.« Ich berichte ihnen kurz von dem Fall in Belleville, weil ich weiteren Fragen aus dem Weg gehen und mögliche Gerüchte im Keim ersticken will. »Wenn jemand fragt, ich bin in Urlaub.« Ich lasse den Blick über mein Team wandern, und zum ersten Mal wird mir bewusst, wie ungern ich weg will. Zumal ich diesen Trip aus einem Verantwortungsgefühl heraus mache, das überzogen scheint.

»Ich bin immer erreichbar«, lasse ich alle wissen. »Bei irgendwelchen Problemen, kleinen oder großen, rufen Sie mich auf dem Handy an. Tag und Nacht.«

Damit beende ich das Meeting.

4. KAPITEL

Dreiundzwanzig Jahre zuvor

Als ich zwölf war, verstarb einer unserer englischen Nachbarn, der alte Mr. Delaney, und seine Farm blieb verwaist zurück. In jenem Sommer wandelten wir, mein Bruder Jacob, meine Schwester Sarah, Jonas und ich die Weide des Verstorbenen in ein Baseballfeld um, das groß genug für Spiele der Minor League war. Jacob mähte das Gras auf der viertausend Quadratmeter großen Fläche, und Jonas baute Sitzbänke für die Zuschauer. Sarah und ich nähten Leinensäcke, die wir mit Sand für die Bases füllten, markierten das Spielfeld mit Kalk, kippten eine ganze Schubkarre Sand auf den Mount des Pitchers und buddelten einen flachen Stein ein, der gut sichtbar als Home Plate diente. Jonas organisierte sogar alten Maschendraht für den Batting Cage, den der Batter zum Üben benutzen konnte.

Ich kaufte mir von meinem Geld fürs Babysitten einen Baseballhandschuh und tat damit zum ersten Mal etwas ohne Zustimmung meiner Eltern. Denn dass sie es nicht erlauben würden, hatte ich bereits in so jungen Jahren gewusst. Ich war ihnen zu ehrgeizig und zu interessiert an Aktivitäten, die ich besser meinen männlichen Mitspielern hätte überlassen sollen.

Aber in dem Sommer war ich verrückt nach Baseball, liebte das Schlagen und Rennen. Doch am meisten liebte ich es zu gewinnen und war manchmal eine schlechte Verliererin. Ich erinnere mich noch lebhaft daran, wie ich meine häuslichen

Pflichten in aller Eile erledigte, um so schnell wie möglich aufs Spielfeld zu kommen.

An jenem Tag hatte ich meine Pflichten im Haushalt schon früh erfüllt, rannte zum Spielfeld und sah schon von weitem, dass eine Gruppe englischer Jungen es vereinnahmt hatte; von meinen Freunden war ich die Erste.

Die insgesamt sechs Jungen, alle ein paar Jahre älter als ich, waren mit zwei ATVs – Geländewagen, die als Nutzfahrzeuge eingesetzt werden können – gekommen. Sie trugen diese seltsamen Baseball-Trikots, Kappen und Stollenschuhe, ich hatte meine traditionelle amische Kleidung an: ein malvenfarbenes Kleid, eine *Kapp* aus Organdy und die schnellsten Sneakers, die ich besaß. Den Handschuh und einen Ball in der Hand, bremste ich meinen Lauf und näherte mich ihnen langsam, wobei ich ihre Blicke auf mir spürte.

»He, seht mal«, rief einer der Junge aus. »Da kommt unser neuer Batter!«

Ein dicker rothaariger Junge mit einer Baseball-Gesichtsmaske, die er hoch auf den Kopf schob, kam auf mich zu. Er schien einer der jüngeren Spieler zu sein, war also etwa in meinem Alter, aber dicker und einige Zentimeter kleiner. Er musterte mein Outfit eingehend. »Gehört das Feld hier deiner Mom und deinem Dad?« Er sprach langsam und deutlich, als würde er mit einer Zweijährigen reden – oder mit jemandem, der kein Englisch kann.

»Es gehört Mr. Delaney«, sagte ich und dachte schnell nach, wie ich sie am besten loswerden könnte. »Ihr dürft hier nicht sein.«

»Sagt wer?«

Ein zweiter Junge trat neben ihn, er kniff die Augen zusammen wegen der Sonne. Er war älter, dreizehn oder vierzehn, und seine braunen Haare sahen unter der Cincinatti-Reds-

Kappe hervor, die er mit dem Schild nach hinten trug. Sein Blick klebte an meinem Baseballhandschuh und dem Ball.

»Mr. Delaney«, stieß ich hervor. »Er hat es uns erlaubt.«

»Sie lügt!« Der dicke Junge lachte. »Der alte Delaney hat vor zwei Monaten ins Gras gebissen!«

Mein Gesicht lief rot an, trotzdem versuchte ich, meinen taktischen Fehler wettzumachen. »Seine Familie hat es uns erlaubt«, sagte ich.

»Die Kleine labert nur Scheiße«, sagte der Dicke zu seinem Mitspieler.

Der runzelte die Stirn. »Ich sag's dir ungern, Kid, aber wir waren zuerst hier. Verschwinde.«

»Beeilt euch, Kumpel. Was ist denn los?«

Ich sah an ihm vorbei zu den beiden Jungen, die sich jetzt näherten. Auch sie waren älter, trugen Baseballhelme und Stollenschuhe und schienen ausgesprochen verärgert darüber, dass sich ihr Baseballspiel wegen eines amischen Mädchens verzögerte.

Einer der Jungen zeigte mit dem Daumen auf mich: »Wer zum Teufel ist das?«

Ich sah meine großen Pläne für das Nachmittagsspiel den Bach runtergehen. »Das ist unser Spielfeld«, sagte ich ihnen. »Ihr könnt hier so lange spielen, bis meine Freunde kommen, aber dann müsst ihr gehen.«

Die Jungen brachen in schallendes Gelächter aus.

»Du bist die Einzige, die hier geht. Verdufte«, stieß der Dicke sichtlich belustigt aus.

Noch immer lachend, setzten sie ihre Spielvorbereitungen fort.

»Macht schnell, damit wir endlich loslegen können!«, rief einer.

Wie vor den Kopf gestoßen, musste ich in der heißen Julisonne mit ansehen, wie sie sich für das Spiel fertig machten. Ich dachte an die viele Arbeit, die wir in das Herrichten des Spielfelds gesteckt hatten – an die Säcke für die Plates, die ich genäht, an den Kalk, den wir ohne Erlaubnis meines *Datts* aus dem Eimer in der Scheune gestohlen hatten. Und an das viele Geld für den Baseballhandschuh. Doch am meisten dachte ich an das Spiel, dem ich den ganzen Morgen entgegengefiebert hatte. Heute war der Tag, an dem ich einen Home Run schlagen und allen zeigen wollte, wie schnell ich laufen konnte. Aber diese englischen Jungen ruinierten alles. In dem Moment konnte ich ihnen unmöglich das Spielfeld, für das wir so hart gearbeitet hatten, überlassen. Wie auch, wo sie doch nichts dafür getan hatten?

»Das ist mein Feld, und ihr könnt hier nicht spielen!«, rief ich ihnen hinterher.

Alle sechs Köpfe drehten sich zu mir um. Der dicke Junge wirkte perplex, einer der anderen lachte laut auf. Der Rest tauschte verblüffte oder ärgerliche Blicke aus.

Der Junge, der die Kappe mit dem Schild nach hinten trug, kam auf mich zu. »Was hast du gesagt?«, fragte er und blieb einen Meter vor mir stehen.

Er hatte einen gemeinen Blick, wie ein Kind, das einen Hund treten würde. Oder Streit mit Kleineren anfängt, weil er sicher war, stärker zu sein und sie verprügeln zu können. Mir gefiel nicht, wie er mich ansah, die Hände zu Fäusten geballt. Ich wollte nicht mit ihm reden, inzwischen hatte ich sogar Angst und wünschte, ich hätte meinen Mund gehalten. Ich blickte zurück über meine Schulter, betete, dass Jonas oder Jacob oder auch Sarah auftauchte, aber keiner kam.

Ich überlegte gerade, die Beine unter den Arm zu nehmen, als der Junge mir den Handschuh aus der Hand riss und ihn so weit warf, wie er konnte. »Verschwinde, du kleiner Scheißer!«

Ich sah, wie mein Handschuh in dem nahen schlammigen Teich landete. In der nachfolgenden Stille fing der Dicke an zu kichern, was aber nervös und unangenehm klang. Mein Herz schlug so heftig, dass mir das Blut in den Adern kochte. Ich wusste, ich sollte einfach gehen, das Richtige tun und ein braves Mädchen sein – den anderen das Spielfeld überlassen. Stattdessen schlug ich dem Jungen seinen Handschuh aus der Hand.

»Hey!«

Er griff nach mir, aber ich sprang zur Seite, hob seinen Handschuh auf und schleuderte ihn ins Wasser.

Einer der Jungen brüllte vor Lachen. »Die hat ja echt Kraft im Arm!«

Der Schlag kam wie aus dem Nichts. Einen Moment lang stand ich da und rang nach Luft. Beim nächsten Schlag knackte meine Nase, mein Kopf schnappte zurück, und mein ganzes Gesicht tat weh. Ich stolperte rückwärts und landete so hart auf dem Hintern, dass meine Zähne aufeinanderschlugen.

»Brrr.«

»Lass gut sein, Kumpel!«

»Sie ist noch ein Kind!« Das war der Dicke.

Irgendwo am Rande meines Bewusstseins hörte ich Pferdegeschirr klirren, doch die Bedeutung entging mir. Ich wischte mir über die Nase, sah Blut am Ärmel, war jedoch viel zu wütend, um zu weinen. Die Tränen flossen trotzdem, teils wegen der Schmerzen, teils wegen der Schmach, aber hauptsächlich wegen der Ungerechtigkeit, das Spielfeld verloren zu haben.

»Hast du jetzt genug, Spacko?«, schrie der Brutalo mich an.

Ich stand auf, ohne ihn anzusehen, bekam jedoch mit, dass der Dicke sich zwischen uns stellte. »Ist gut jetzt, Jeffie«, sagte er und warf einen fragenden Blick in meine Richtung, ob ich okay war. »Sie ist amisch. Lass sie gehen.«

Der Brutalo schüttelte angewidert den Kopf, schob zwei Finger in den Mund und pfiff ohrenbetäubend. »Auf geht's, fangen wir an!«

Ich stand noch etwas wacklig auf den Beinen, als jemand schrie: »Stinktiere! Was zum … Verdammte Stinktiere!«

»Scheiße!«

»Lauft!«

Aus dem Augenwinkel sah ich zwei der besagten Spezies schnurstracks zum Spielfeld laufen. Jonas, dachte ich, und drehte mich um. Er stand neben dem Buggy, biss in einen Apfel und sah zu, wie die englischen Jungen auseinanderstoben. Trotz der schmerzenden Nase und des Blutes, das mir am Kinn runtertröpfelte, musste ich lachen.

Ein paar Wochen zuvor hatte er ein halbes Dutzend Stinktierbabys gerettet, deren Mama von einem Auto überfahren worden war. Er fütterte sie mit der Flasche, machte sie handzahm und nahm sie überall mit hin. Er hatte vor, sie im Wald freizulassen, und heute war wohl der Tag, an dem er sein Vorhaben umsetzen wollte. Der Junge, der mich geschlagen hatte, zeigte mit dem Finger auf mich, aber seine Aufmerksamkeit galt den Stinktieren, die sich in seine Richtung bewegten. »Wir sprechen uns noch, du kleiner Scheißer!«

Alle sechs kletterten auf die ATVs, warfen ihre Baseballschläger und -handschuhe nach hinten. Die Motoren sprangen lautstark an, eine Wasserflasche flog in meine Richtung.

»Das ist noch nicht vorbei«, schrie einer von ihnen.

Schmutz und Staub aufwirbelnd, zischten sie ab.

Da ich einen Moment brauchte, um die Spuren meiner Tränen zu verwischen, ging ich zum Ufer des Teichs, streifte Schuhe und Strümpfe ab, hob mein Kleid an und stapfte in das mit Entengrütze bedeckte schlammige Wasser, um meinen Baseballhandschuh herauszuholen.

»Da scheint jemand Prügel bezogen zu haben.«

Ich drehte mich um. Jonas kam auf mich zu, den Kopf zur Seite geneigt und den Blick auf das Blut an meinem Kleid geheftet. Er war jetzt sechzehn und dreißig Zentimeter größer als ich.

»Sieht so aus«, murmelte ich und zog Socken und Schuhe über die schlammverschmierten Füße.

»Du blutest noch«, sagte er. »Leg den Kopf in den Nacken und kneif die Nase zu. Ich hab ein Taschentuch im Buggy. Komm mit.«

Er nahm meine Hand, ging mit mir zum Buggy und setzte mich aufs Trittbrett. Ich sah zu, wie mein Blut auf den Boden tropfte, und betete, dass ich nicht wieder weinen musste.

»Hier, nimm.«

Jonas reichte mir sein zerknittertes Taschentuch, mit dem ich tapfer die Nasenlöcher zusammendrückte.

Eine Weile beobachteten wir die Stinktiere, die auf dem Boden herumschnüffelten und schließlich zu uns getrottet kamen. Jonas gab mir ein Stück seines Apfels, ich hielt es dem kleinsten Tier hin, das es nahm und anfing zu kauen.

»Tut die Nase noch weh?«, fragte er.

Ich blickte hinab auf meine verschmutzten Schuhe und Socken. »Meine *Mamm* wird bestimmt sauer sein.«

»Ich hab Wasser im Buggy. Wir machen alles sauber, und niemand wird es erfahren.« Er nahm das letzte Stück Apfel und gab das Kerngehäuse den anderen Stinktieren.

Ich sah den Tieren beim Fressen zu, fand es lustig, wie sie den Apfelbutzen mit den winzigen Krallenpfoten hielten und die Nase zerknautschten, wenn sie hineinbissen.

»Das ist sicher nicht das letzte Mal, dass du dir eine blutige Nase geholt hast«, sagte Jonas schließlich.

»Die waren gemein«, sagte ich. »Es war nicht meine Schuld.«

»Du hättest ihnen das Spielfeld überlassen sollen«, erwiderte er.

Ich setzte mich gerade auf und löste die Hand von der Nase. Mein Gerechtigkeitsgefühl war verletzt. »Wir haben es gebaut«, sagte ich. »Warum sollten wir es diesen Jungen überlassen, die es uns wegnehmen wollten, obwohl sie nichts dafür getan hatten. Es gehört uns.«

Stirnrunzelnd nahm er meine Hand und führte sie zurück zu meiner Nase. »Du hast recht. Wir haben es gebaut. Aber das Land hier gehört der Familie Delaney, nicht uns.« Er zuckte die Schultern. »Außerdem sind wir Amische, Katie. Wir prügeln uns nicht mit anderen, weder um ein Baseballfeld noch wegen sonst irgendwas.«

»Vielleicht passe ich deshalb nicht dazu.«

»Du passt gut dazu, du musst dir einfach ein bisschen mehr Mühe geben.«

Obwohl wir beide unsere Zweifel nicht so richtig in Worte fassen konnten, ahnten wir damals schon, dass ich mich vielleicht niemals würde anpassen können.

Die amischen Grundsätze kannte ich gut, ihre Wichtigkeit und ihr Wert waren mir bewusst. Sie waren gut, gaben mir ein Gefühl von Geborgenheit. Ich war nicht reif genug, um mein Unbehagen über die Regeln in Worte zu fassen. Aber in mir drinnen wütete ein Kampf, der nichts damit zu tun hatte, dass ich sie nicht verstand, denn ich verstand sie durchaus. Und das sollte Jonas wissen.

»Du glaubst, ich bin zu aufsässig«, murmelte ich.

»Ich glaube, du hast eine aufsässige Natur.«

Ich blickte auf das blutverschmierte Taschentuch, auf mein Kleid und stöhnte, weil ich nicht wusste, wie ich es meiner *Mamm* erklären sollte. Vielleicht sollte ich sagen, ich wäre von einem Ball im Gesicht getroffen worden …

»Wenn du findest, dass die Jungen im Recht waren, warum hast du dann die Stinktiere auf sie gehetzt?«, fragte ich.

»Ich habe nicht gesagt, dass sie im Recht waren, aber du warst es auch nicht.« Ich wollte gerade protestieren, aber er hob die Hand. »Außerdem wollte ich nicht mit ansehen, dass du noch eins drauf kriegst.«

»Vielleicht hätte ich ja zurückgeschlagen«, sagte ich gereizt.

Jonas lachte, obwohl er wusste, dass ich das ernst meinte. »Typisch Katie. Dickköpfig genug, um mit dem Kopf durch die Wand zu wollen.«

»Ich verstehe nicht, wie du das meinst.«

»Du bist dir treu geblieben, obwohl du wusstest, dass du eins auf die Nase kriegen könntest.« Er zuckte die Schultern. »Das ist einerseits ein Segen, andererseits aber ein Fluch, weil du amisch bist und ein Mädchen.«

An dem Nachmittag haben wir trotzdem noch Baseball gespielt und Jacob, Sarah und meiner *Mamm* erzählt, ich hätte einen Flugball auf die Nase bekommen. Ich habe Jonas' Worte, ich sei mir treu geblieben, nie vergessen und mich oft daran erinnert. Besonders dann, wenn es einfacher gewesen wäre, nicht auf dem zu beharren, was ich für richtig hielt, sondern den einfacheren Weg zu gehen und nachzugeben.

Ich fühlte mich Jonas näher als meinem Bruder. Er hörte mir zu, behandelte mich ebenbürtig, als wäre es wichtig, was ich zu sagen hatte. Er erzählte mir Dinge, die er sonst niemandem verriet. Nichts Unangemessenes – in dem Sommer waren wir vollkommen unschuldig –, nur Beobachtungen und Meinungen, die nicht unbedingt mit amischen Erwartungen übereinstimmten. Als ich später immer mehr Schwierigkeiten bekam und die Summe meiner Fehler anstieg, gehörte Jonas zu den wenigen Amischen, die zu mir standen. Er glaubte an mich, auch wenn ich es selbst nicht tat.

5. KAPITEL

Lewistown ist eine mittelgroße Gemeinde mit einem hübschen Zentrum voller historischer Gebäude in so unterschiedlichen Architekturstilen wie Neoklassik und Art déco. Wie in den meisten Städten in diesem Teil des Landes sind auch hier, bei meiner Fahrt entlang der Market Street in Richtung Ortsmitte, die Auswirkungen des ökonomischen Niedergangs der letzten Jahrzehnte nicht zu übersehen.

Die Justizvollzugsanstalt von Mifflin County befindet sich in einem unauffälligen Gebäude an der Ecke Market und Wayne Street. Nach einem halben Dutzend Telefonaten und ein wenig Überredungskunst habe ich schließlich die Besuchserlaubnis erhalten, wobei sich meine Arbeit bei der Polizei als hilfreich erwies. Noch habe ich nicht mit Jonas gesprochen, und als ich die Treppe hinauf zur Glastür und weiter zum Empfangsschalter gehe, hoffe ich inständig, dass alles in Ordnung ist und ich ihn tatsächlich sehen kann.

Die Vollzugsbeamtin in dem verglasten Büro mustert mich eingehend, als ich mich nähere. Ich stelle mich vor und lege Führerschein und Polizeimarke in das Schubfach der Durchreiche.

»Sie sind hier, um einen Häftling zu besuchen?« Sie tippt etwas in ihre Computertastatur.

Ich nicke. »Jonas Bowman.«

»Sie stehen nicht auf der Besucherliste«, teilt sie mir mit.

»Ich habe angerufen«, sage ich. »Der stellvertretende Sheriff hat mich am Wochenende auf die Liste gesetzt.«

Sie runzelt die Stirn. »Muss ich checken.«

Nach zwanzig Minuten habe ich schließlich alle Sicherheitskontrollen hinter mir und alle Fragen zu meinen zwei Dienstwaffen beantwortet, die ungeladen im Wagen weggeschlossen sind. Ein Vollzugsbeamter führt mich in einen Besucherraum mit mehreren Kabinen aus Plexiglas, jeweils ausgestattet mit einem Stuhl, einem Schreibtisch mit Resopalplatte und einem Telefon, das nicht besonders sauber aussieht.

»Er kommt in ein paar Minuten«, sagt er. »Warten Sie kurz hier.«

Das kurze Warten dauert fünfzehn Minuten, und ich überlege schon, einen der Vollzugsbeamten herbeizuwinken, als die Tür zum Besucherzimmer aufgeht und Jonas hereinkommt. Er reckt den Hals, um zu sehen, wer ihn besuchen will. Einige Vollzugsanstalten und Bezirksgefängnisse nehmen Rücksicht auf die religiösen Bedürfnisse ihrer Insassen, aber diese hier nicht. Er hat keinen Hut auf, trägt einen zerknitterten orangefarbenen Overall und Flip-Flops aus Gummi. Das lange Haar mit der Topfschnittfrisur ist typisch für amische Männer. Manche Haftanstalten verlangen sogar, wegen der besseren Identifizierung den Bart abzurasieren. Erleichtert stelle ich fest, dass er den Bart behalten durfte, was für einen amischen Mann von großer Bedeutung ist.

Er erkennt mich sofort und bleibt wie angewurzelt stehen. Ein Beben geht durch seinen Körper, er blinzelt, als traue er seinen Augen nicht. Ich wiederum bebe innerlich, und das Bedürfnis, aufzustehen, zu ihm zu gehen und ihm die Hand zu schütteln oder ihn zu umarmen, ist groß. Natürlich ist das unmöglich.

Er hat sich nur wenig verändert seit unserer letzten Begegnung vor etwa zwanzig Jahren – ein paar Pfund schwerer, das Gesicht hagerer, kummervolle Augen in der Farbe dunkel gerösteten Kaffees. Als ich noch ein Kind war, schien er mir riesengroß, aber er ist nur ein paar Zentimeter größer als ich. Über die Jahre hat sein Gesicht zu viel Sonne abbekommen, was die Krähenfüße um die Augen und die dunkle lederartige Haut seines Nackens verraten. Damals trug er noch keine Brille. Das Gestell ist schwarz und schmucklos.

Er weicht meinem Blick nicht aus, lässt sich auf der Sitzbank nieder und nimmt den Telefonhörer. »Du hast schon immer gewusst, wie man einen Mann überrascht«, stellt er nüchtern fest.

Auch seine Stimme ist unverändert, tief und melodisch mit einer Spur amisch-englischem Akzent, den man auch mir vorwirft. Trotz der Umstände unseres Treffens lächele ich. »Nicht alle Überraschungen waren angenehm.«

»Diese ist es.«

»Andere Umstände wären uns vermutlich lieber gewesen.« In meinen Ohren klingt das wie von einer Person gesagt, deren Puls nicht rast, die nicht offensichtlich von Gefühlen überflutet wird und die keinen Knoten im Bauch hat, den sie, selbst wenn sie es versuchte, kaum lösen könnte.

»Du siehst noch genauso aus wie früher.« Er lehnt sich auf dem Stuhl zurück und mustert mich eingehend. »Nach all den Jahren bist du noch genauso, wie ich dich in Erinnerung habe.«

»Bis auf die *Kapp*.«

»Ich hab immer gewusst, dass du nicht amisch bleibst. Selbst als du erst zwölf warst, war das schwer zu übersehen.«

Ich weiß nicht, was ich dazu sagen soll, und weiche aus Gründen, die ich nicht verstehe, seinem Blick aus. Eine unangenehme Mischung aus Verlegenheit und Unbehagen, mit der ich nicht klarkomme, macht sich in mir breit, und ich sehe an ihm vorbei zu der Tür, durch die er gekommen ist, um tief durchzuatmen und mich zu beruhigen.

»Das Englische passt zu mir«, sage ich.

»Offensichtlich. Du siehst glücklich aus.«

»Das bin ich auch.«

»Du hättest nicht kommen müssen.«

»Doch, das musste ich.« Innerlich ruhiger, sehe ich ihn mir genau an. Er wirkt müde, verlegen, beschämt, gedemütigt. Aber wie so viele Amische, die ich kenne, strahlt er eine Gemütsruhe aus, die alles Negative verblassen lässt. »Wie kommst du zurecht?«

»Mir geht es gut.« Er macht eine ausladende Handbewegung, als wolle er alle Sorge um sein Wohlbefinden abtun. »Man behandelt mich anständig. Die Officer sind professionell, höflich, und das Essen ist nicht allzu schlecht. Ich bekomme drei Mahlzeiten am Tag.«

»Du bist noch immer ein schlechter Lügner.« Das ist wahr, aber es sind harte Worte, denen ich mit einem Lächeln die Schärfe nehme.

Er macht eine wegwerfende Geste, doch bevor er sein Gesicht abwenden kann, scheint hinter seiner Maske aus Gelassenheit etwas Düsteres hervor – eine erste Bruchstelle in seiner Schutzschicht, die größer werden wird, je länger er eingesperrt und sich seiner Situation bewusst ist.

»Ich mache mir Sorgen um meine Frau«, sagt er. »Die Kinder. Sie sind wahrscheinlich ganz durcheinander.«

»Ich fahre gern mal zu ihnen, wenn du willst«, sage ich.

Er reibt sich mit der Hand übers Gesicht, aber das reicht nicht, um den Schmerz darin wegzuwischen. »Danke.«

Ich muss an den Tag denken, an dem meine Schwester mir von Jonas' Heirat erzählt hat. Ich war sechzehn Jahre alt, und obwohl er schon ein Jahr lang nicht mehr in Painters Mill lebte, sehnte ich mich nach ihm und konnte nicht glauben, dass er sich so schnell von mir entfernt und in eine andere verliebt hatte. Es war nicht der erste Herzschmerz in meinem Leben, aber zum ersten Mal spürte ich die Krallen der grünäugigen Bestie Eifersucht.

Er sieht mich an. »Sind die *Diener* bei dir gewesen?«, fragt er. »In Painters Mill?«

»Sie denken, dass ich dir vielleicht helfen kann.«

Er legt die Stirn in Falten und schüttelt den Kopf, als handele es sich bei den drei Kirchenältesten um törichte Teenager. »Sie haben Mitgefühl und meinen es gut, aber ich habe sie gebeten, dich nicht zu involvieren.«

»Sie haben das Richtige getan, Jonas. Vielleicht kann ich wirklich helfen.«

Sein Mund verzieht sich zu einem Lächeln. »Ein Nein hast du noch nie akzeptiert.«

»Schon gar nicht, wenn ich im Recht bin.«

»Was du natürlich immer bist, stimmt's?«

Jetzt lächeln wir beide.

Jonas wird wieder ernst. »Die Sache ist die, Katie: Ich weiß, dass Gott einen Plan hat. Manchmal kennen wir den Plan nicht, aber er ist gottgewollt, und das hier ist ein Teil davon. Ich bin in Seinen Händen, wie wir alle. Aber eines weiß ich sicher, nämlich dass alles so kommen wird, wie es kommen soll.«

Diese elementare amische Überzeugung ist einer der Gründe, warum ich die Gemeinde verlassen habe. Der Drang, ihn darauf hinzuweisen, dass er wegen Mordes angeklagt wird und vielleicht den Rest seines Lebens hinter Gittern verbringt, ist groß, aber ich gebe ihm nicht nach.

»In der Zeitung gab es eine Story über dich als Polizistin«, sagt er. »Darin stand, dass du deine Arbeit gut machst.«

»Ich bin gut darin, Dinge ans Tageslicht bringen.«

»Du hast schon immer gern Fragen gestellt.« Ein flüchtiges

Lächeln umspielt seinen Mund. »Zu viele, wie manche fanden.«

Auch ich lächele. Zwar gehen mir hundert Fragen durch den Kopf, aber das Bedürfnis, konkrete Informationen zu bekommen, wird von dem Wissen gedämpft, dass alle Gespräche – außer denen mit dem Anwalt –, aufgezeichnet und vom Staatsanwalt nach Gutdünken verwertet werden.

»Jonas.« Ohne bewusst darüber nachzudenken, wechsele ich zu *Deitsch*. »Alles, was wir sagen, wird aufgezeichnet.«

Die Information lässt ihn unberührt, als mache er sich über so etwas keine Gedanken, weil es ihm absolut gleichgültig ist. »Glaubst, du, ich gestehe etwas, das mein Schicksal besiegelt, Katie?«

»Du solltest es einfach im Kopf behalten.« Diesmal lächele ich nicht. »Ich muss wissen, was passiert ist.«

Wieder lehnt er sich auf dem Stuhl zurück und schüttelt den Kopf. »Ich habe Ananias Stoltzfus nicht umgebracht, falls es das ist, was du wissen willst.«

»Du wurdest verhaftet«, sage ich.

Er stößt einen Seufzer aus, als würde ihn schon die Vorstellung erschöpfen, erklären zu müssen, warum er hier gelandet ist. »Das ist eine lange Geschichte, die einige Jahre zurückreicht.«

Ich verweise mit der Hand auf unsere Umgebung. »Ich denke, wir haben genug Zeit.«

Er senkt verlegen den Kopf. Kurz darauf gibt er einen tieftraurigen Ton von sich, der mich trifft wie ein Schluchzen.

»Ich war neunzehn, als wir hierher nach Big Valley gezogen sind«, sagt er.

Ich starre ihn an, warte, bin überrascht, mich selbst nach so vielen Jahren noch gegen die Erinnerung wappnen zu müssen. Der Schmerz des damals fünfzehnjährigen Mädchens und die düsteren Tage, die Jonas' Weggang folgten, waren quälend und real. Nie zuvor hatte ich mich so verloren gefühlt, so verraten. Mein Leid war so allumfassend, dass ich glaubte, nie wieder lachen zu können.

»Ananias Stoltzfus war unser Bischof«, fährt er fort. »Etwa ein Jahr, nachdem wir hierhergezogen waren, wählte die Kirchengemeinde meinen *Datt* zum neuen Mitglied der *Diener*.

»Ezra war Prediger?«, frage ich.

»Und zwar ein guter«, sagt er.

Ich erinnere mich noch gut an Jonas' Vater. Ezra Bowman war ein angesehenes Mitglied der Amisch-Gemeinde in Painters Mill. Er hatte eine dröhnende Stimme und ein lautes Lachen und machte nie einen Hehl daraus, was er glaubte und wo er stand. Er war charismatisch und ein überzeugter Anhänger des radikal-reformatorisch christlichen Glaubens der Anabaptisten. Damals war ich zu jung, um die Komplexität der Beziehungen um mich herum zu verstehen, doch selbst als Kind spürte ich, dass seine Ansichten nicht allen Amischen passten. Mein eigener Vater nannte ihn einen *druvvel-machah* – Unruhestifter.

»Alle Mitglieder der Kirchengemeinde stimmten seiner Ordination zu«, erklärt Jonas, »obwohl wir erst seit einem Jahr in Belleville lebten. Aber *Datt* stammte ja aus Belleville, war hier geboren und aufgewachsen.« Jonas hält inne, als müsse er sich kurz sortieren. »Monatelang erfüllte mein Vater seine Aufgabe zur Zufriedenheit aller. Er war ein guter Prediger, ein vollwertiges Mitglied der Glaubensgemeinschaft, und an freien Sonntagen predigte er auch in anderen Kirchengemeinden.«

Jonas verzieht das Gesicht. »Er war ungefähr ein Jahr lang Prediger, als die Sache mit dem Traktor anfing, den *Datt* angeschafft hatte. Der wurde mit Diesel betrieben, und *Datt* war derjenige, der auf die Lockerung der Regeln gedrängt hatte.

Ananias hatte das nicht gefallen, obgleich er den Milchbauern erlaubte, zum Melken dieselbetriebene Maschinen zu benutzen. Nach vielen Diskussionen und Streitereien stellte Ananias *Datt* unter *Bann*. Als *Datt* sich noch immer weigerte, den Traktor abzuschaffen, machte der Bischof ihn mundtot.«

Unter *Bann* gestellt zu werden, ist für jeden Amischen traumatisch. Niemand aus der amischen Gemeinde will noch Geschäfte mit einem machen, Freunde und sogar die Familie nehmen ihre Mahlzeiten getrennt ein, und manche Amische sprechen nicht mehr mit jemandem, der unter *Bann* steht. Aber im Gegensatz zur gängigen Vorstellung, will man mit diesem Verhalten nicht strafen, sondern die Fehlgeleiteten zurück in die Gemeinde holen. Einem Prediger das Predigen zu verbieten ist aber noch schlimmer, denn es beraubt ihn seiner Stimme und bedeutet für ihn eine extrem harte Strafe.

Wohl in seine Erinnerung versunken, schüttelt Jonas den Kopf. »Datt war zutiefst unglücklich. Er war ein guter Prediger. Ein paar Familien in unserer Kirchengemeinde haben sich für ihn eingesetzt und ihn unterstützt. Leute haben sich auf seine Seite gestellt, und am Ende haben mehrere Familien rebelliert und sich für *Datt* und gegen den Bischof ausgesprochen. Es war eine leidvolle Zeit.«

Auch bei den Amischen sind Streitigkeiten innerhalb einer Kirchengemeinde nicht gänzlich unbekannt. Über die letzten hundert Jahre sind mehrere amische und mennonitische Splittergruppen entstanden, die sich – um andere Regeln zu etablieren – an anderen Orten neu angesiedelt haben. Die Gründe für die Abspaltungen reichen von der Art Kleidung, die erlaubt ist, der erlaubten Ausstattung der Buggys bis hin zu den Regeln rund um eine Exkommunizierung.

»Es gab jede Menge Ressentiments auf beiden Seiten.« Sichtlich aufgewühlt streicht er mit der Hand über seinen

Bart. »Zwei Wochen danach starb *Datt*. Es hieß, er hätte einen Herzschlag gehabt.« Jonas' Gesicht wird hart. »Vielleicht war es der Stress. Aber er war tot.«

Ich nicke, spüre einen Anflug von schlechtem Gewissen, denn ich hatte von Ezras Tod gehört, aber weder ein paar persönliche Zeilen geschrieben noch eine Beileidskarte an Jonas oder seine Familie geschickt.

»Das mit deinem *Datt* tut mir leid«, sage ich.

»Er ist jetzt bei Gott.« Er tut meine Beileidsbezeigung mit einer Handbewegung ab, und zum ersten Mal bemerke ich so etwas wie Wut in ihm. Was mich überrascht, denn sein Vater ist seit achtzehn Jahren tot, zu lange, um noch immer einen Groll zu hegen.

»Ein paar Wochen später, an einem Kirchensonntag, kam es zu einem Streit zwischen Ananias und mir«, sagt er. »Ich habe die Beherrschung verloren, geschrien und ein paar Dinge gesagt, die ich nicht hätte sagen sollen.«

»Hast du ihm gedroht?«

»Nein.«

»Und wie kam es zu dem Vorwurf des Vandalismus?«

»Aha.« Er lächelt gequält. »Die alten Männer haben nichts vergessen.«

Ich sage nichts.

»Ich war jung und dumm. Und nicht zu vergessen wütend. Ich bin mit einem Vorschlaghammer losgezogen und hab Kleinholz aus seinem Buggy gemacht.« Er senkt den Blick, schüttelt beschämt den Kopf. »Darauf bin ich nicht stolz.«

»Du wurdest erwischt?«

»Hab Strafe bezahlt.«

Ein dokumentierter Vorfall hinsichtlich seines Charakters, der vermutlich eine Rolle bei seiner Verhaftung gespielt hat …

Er seufzt. »Zwei Monate später verschwand Ananias. Niemand wusste, wohin er gegangen oder was passiert war. Aber es gab Gerede. Zu viel Gerede.«

»Über dich?«

Er nickt. »Die Polizei verhörte mich, doch ich machte mir keine Sorgen. Ich hatte die Wahrheit auf meiner Seite, aber der Verdacht war da.«

»Hast du eine Idee, was passiert sein könnte?« Ich formuliere die Frage absichtlich vage.

»Du meinst, wer ihn getötet hat?«

Ich nicke.

»Ich weiß nur, dass er ein unnachgiebiger Mann war, Katie. Wenn ihm jemand übel genommen hat, dass er schlecht behandelt wurde ...« Er sagt den Satz nicht zu Ende.

»Erzähl mir von dem Vorderlader.«

»Die Polizei hat ihn auf dem Feld entdeckt, wo auch die Knochen gefunden wurden. Er gehörte mir, ein altes Ding, das ich jahrelang nicht gesehen hatte.«

»Und wie ist er dahin gekommen?«

»Keine Ahnung.«

»Jonas, wieso weißt du das nicht? Du musst doch gemerkt haben, dass das Gewehr nicht mehr im Haus ist. Hattest du es jemandem geschenkt? Oder hat es sich jemand geborgt? Wurde es gestohlen?«

»Nein, ich hab's wohl einfach aus den Augen verloren«, sagt er unwillig. »Der Vorderlader hatte meinem *dawdi* gehört«, dem Großvater, »der hatte ihn meinem *Datt* vererbt und mein *Datt* mir. Ich hatte ihn seit Jahren, er war immer im Vorraum.« Er zuckt die Schultern. »Ich bin nicht viel jagen gewesen und weiß nicht, seit wann er weg war.«

»Der Vorderlader ist also aus deinem Haus verschwunden, und du hast es nicht gemerkt?«

»Ich weiß, wie das klingt, aber es ist die Wahrheit.«

»Hast du es der Polizei gemeldet?«

Er wirft mir einen »Machst du Witze«-Blick zu. »Ich wollte nicht mit der Polizei reden, schon gar nicht wegen eines Gewehrs. Ich wusste, dass sie mich eines Verbrechens verdächtigen. Ich hab's dann einfach vergessen.«

Dass der Vorderlader bei den Gebeinen gefunden wurde, ist extrem belastend, zumal in den Zeitungsberichten, die ich online gelesen habe, stand, dass das Opfer mit zwei Schüssen getötet wurde. Aber nur eine Patrone – die Art Munition für ein Schwarzpulvergewehr – wurde am Fundort gefunden.

»Hast du eine Vermutung, wer das Gewehr genommen haben könnte?«, frage ich.

»Nein.«

»Und wer wusste, dass es dort war?«

»Es stand offen rum, soviel ich weiß, in der Ecke im Vorraum. Jeder Besucher ist daran vorbeigekommen.«

Ich denke kurz nach. »Jonas, hast du irgendeine Idee, wer Stoltzfus getötet haben könnte? Hatte er sonst noch mit jemandem Streit? Amischen oder Englischen?«

»Der Bischof war streng, mehr kann ich dir über ihn nicht sagen. Manche Amische fanden das okay, andere …« Er beendet den Satz mit einem Schulterzucken.

Eine Pause entsteht, während der ich die Informationen im Hinterkopf deponiere. »Gibt es vielleicht jemanden, der es gern sieht, dass du Probleme bekommst?«

»So etwas würde niemand tun.«

Diese Behauptung ist naiv. Aber ich habe genug mit Amischen zu tun, um zu wissen, dass er das wirklich glaubt. Das Problem ist jedoch, dass Amische zwar grundsätzlich nicht gewalttätig und generell gute Nachbarn sind, aber ebenso anfällig für menschliche Schwächen wie wir anderen auch.

»Hast du einen Anwalt?«, frage ich.

»Ich bin unschuldig, Katie. Ich brauche keinen. Anwälte verlangen viel Geld, und ich kann selbst für mich sprechen.«

»Das Rechtssystem ist kompliziert«, sage ich.

»Die Wahrheit ist einfach.«

»Man wird dir einen Pflichtverteidiger zuweisen«, sage ich. »Wirst du wenigstens mit ihm zusammenarbeiten? Damit er dir helfen kann?«

»Wenn du findest, dass es wichtig ist, tue ich's.« Er sieht mich offen an. »Ich würde gern nach Hause gehen. Zu meiner Familie. Ich muss in meiner Schreinerei arbeiten, es gibt Kunden, die auf ihre Schränke und dergleichen warten.«

Ich weise ihn nicht darauf hin, dass die Schreinerei zu seinen kleinsten Problemen gehört. »Wie sieht es mit Kaution aus?«, frage ich. »Versuchst du, sie zu beschaffen?«

»Ich weiß nichts von einer Kaution.«

Ich denke an den Teenager, den ich vor einer Ewigkeit kannte, und an alles, was ich über den Fall weiß. Mit dem Ergebnis, dass ich mir jetzt noch größere Sorgen mache als beim Betreten des Raumes.

»Ich kümmere mich darum«, sage ich.

»In Ordnung.«

»Jonas, weißt du noch irgendetwas, was mir helfen könnte herauszufinden, was Ananias Stoltzfus zugestoßen ist?«

Er denkt kurz nach, dann schüttelt er den Kopf. »Die meisten Amischen hielten ihn für einen guten Bischof, Katie. Aber wie ich schon sagte, er war streng und hielt an den Regeln der Alten Ordnung fest, war nicht offen für Veränderungen. Manchmal ging er zu weit, wie bei *Datt*. Ananias war nicht immer gerecht, aber niemand wollte ihm übel.«

Irgendjemand schon, flüstert eine kleine Stimme.

Ich denke an meine eigene Erfahrung, wie es war, amisch aufzuwachsen. »Was ist mit Exkommunizierten?«, frage ich.

»Du weißt so gut wie ich, dass die meisten Amischen zurück in die Gemeinschaft finden, wenn der Bischof eingreift. Mir fallen nur zwei Männer ein, bei denen es anders war, Roman Miller und Duane Mullet. Keiner der beiden konnte sich ändern, und beide sind weggegangen.«

»Weißt du, was aus ihnen geworden ist?«, frage ich.

»Roman ist jetzt Mennonit. Mullet … er ist ein Englischer. Lebt oben in den Bergen und macht Gott weiß was.«

»Wie haben sie reagiert, als Ananias sie unter *Bann* gestellt hat? Kam es zu unschönen Auseinandersetzungen?«

»Gefreut haben sie sich nicht gerade. Aber Genaueres weiß ich nicht, da ist Dorothy wahrscheinlich besser informiert.«

Hinter Jonas geht eine Tür auf. Ein Vollzugsbeamter steckt den Kopf rein und hält fünf Finger hoch, um mir zu bedeuten, dass die Zeit fast um ist.

Ich nicke ihm zu, dann wende ich mich wieder an Jonas. »Brauchst du irgendetwas?«

»Nein, alles okay.« Doch er weicht meinem Blick aus, zwingt sich dann aber, mich wieder anzusehen. »Könntest du Dorothy wissen lassen, dass es mir gut geht? Sie macht sich Sorgen.«

»Ich gehe zu ihr,« verspreche ich und erhebe mich; ich will so schnell es geht tätig werden. Aber etwas hält mich zurück.

Ich würde so gern mehr sagen, in Erinnerungen über die Vergangenheit schwelgen, ihn beruhigen, ihm Mut machen, aber dafür gibt es keine Worte. Und so drücke ich einfach meine Hand an die Trennscheibe aus Plexiglas, er legt seine auf der anderen Seite drauf, und wir starren uns mehrere Sekunden lang an.

»Ich gebe dir wegen der Kaution Bescheid«, sage ich.

Als ich gehe, hat er die Hand noch immer an die Glasscheibe gedrückt.

6. KAPITEL

Das Mifflin County Sheriff's Department befindet sich im selben Gebäude wie das Gefängnis. Wegen der Sicherheitsvorschriften muss ich jedoch das Gefängnis verlassen und mich dann als Besucherin anmelden. Vor meiner Abreise aus Painters Mill hatte ich versucht, mit dem Sheriff oder seinem Stellvertreter ein Treffen zu vereinbaren, aber beide hatten keine Zeit. Deshalb bleibt mir nichts anderes übrig, als mit dem Officer vorliebzunehmen, der heute Nachmittag Dienst hat.

Sergeant Rick Gainer lässt mich fast zwanzig Minuten lang warten. Laut der Website ist er die Nummer vier in der hiesigen Hierarchie, und wenn ich sein Verhalten richtig deute, weiß er, dass es bald sechzehn Uhr ist und die offizielle Büroöffnungszeit so gut wie zu Ende. Deshalb hat er es eilig, den letzten Termin des Tages schnell hinter sich zu bringen.

Als ich mich vorstelle, schüttelt er meine Hand etwas zu fest. Er ist schätzungsweise um die vierzig, trägt Uniform, seine Haare sind militärisch kurz, und er ist in guter körperlicher Verfassung, wobei sich um seinen Bauch herum schon die ersten überflüssigen Pfunde sammeln. »Und Sie sind Polizistin? Wo?«, fragt er, nur halb bei der Sache.

»Polizeichefin«, sage ich. »Painters Mill, Ohio.«

Er murmelt ein gleichgültiges »Aha« und hält die Tür auf, die in den Hauptteil des Gebäudes führt. »Wie kommt es, dass Sie mit einem Amischen aufgewachsen sind?«

»Ich war früher selbst amisch«, sage ich und trete ein.

Während wir den Flur entlanggehen, blickt er mich über die Schulter hinweg neugierig an. »Ich bin noch nie einer Polizeichefin begegnet, die einmal amisch war.«

»Vermutlich gibt es bei allem ein erstes Mal.«

Etwa in der Mitte des Flurs bleibt er stehen und zeigt in ein kleines, fensterloses Büro. »Der Sheriff hat die gute Aussicht.« Er weist auf einen der beiden Besucherstühle. »Nehmen Sie Platz.«

Ich setze mich und ziehe meinen Notizblock aus der Jackentasche.

»Was genau wollen Sie über den Stoltzfus-Fall wissen?«, fragt er.

»Ich stelle Nachforschungen für die Familie Bowman an«, sage ich, »und bin für Informationen jeder Art dankbar. Alles, was Sie mir guten Gewissens zu dem Fall sagen können.«

Er betrachtet mich eingehend, und ich sehe ihm an, dass er nicht zu den Menschen gehört, die Informationen bereitwillig weitergeben. »Darf ich Sie etwas fragen, Chief Burkholder: Warum genau sind Sie hier?«

Es ist eine einfache Frage, deren komplexe Antwort meinem Anliegen vermutlich abträglich ist. Zudem habe ich lange genug mit Polizisten zu tun, um zwischen den Zeilen lesen zu können. »Ich will dem Geschehen einfach auf den Grund gehen«, sage ich, »und helfen, wenn ich kann.«

Er sieht mich über den Rand seiner Lesebrille hinweg an. »Wem helfen?«

Mir ist klar, dass ich für ihn trotz meiner Polizeimarke eine Außenstehende bin. »Ich bin nicht hier, um Zweifel anzumelden oder jemandem in die Quere zu kommen«, sage ich. Er nickt, zieht dann eine Schublade auf und nimmt eine Akte heraus. »Stehen Sie Bowman nahe?« Die Frage klingt beiläufig, ist sie aber nicht. Er sammelt Informationen, nicht nur über

Jonas, auch über mich. Kenne ich, hab ich alles schon selbst praktiziert, also gebe ich ihm, was er will.

»Wie ich schon sagte, wir sind zusammen aufgewachsen«, sage ich.

»Dann mussten Sie damals ziemlich dick befreundet sein, wenn Sie sich jetzt freinehmen und den ganzen Weg hierherkommen, um ihm zu helfen.«

Ich erzähle ihm von den drei Kirchenältesten, die mich in Painters Mill aufgesucht haben. »Heute habe ich nach fast zwanzig Jahren zum ersten Mal wieder mit Jonas gesprochen.«

»Das ist eine lange Zeit, in der jemand sich verändern kann«, bemerkt er.

Dazu sage ich nichts.

Er schlägt die Fallakte auf und blättert sie durch. »Der Großteil der Informationen ist öffentlich zugänglich«, sagt er und lässt mich so im Voraus wissen, dass ich von ihm nichts Neues erfahren werde. »Sie wissen sicher, dass ich Ihnen nicht alle Einzelheiten offenlegen kann.«

»Natürlich.«

Er gibt mir zuerst einen Überblick über den Zeitrahmen sowie den Ablauf der Ereignisse. Ich notiere mir alles bis ins kleinste Detail.

»Stoltzfus verschwand im Oktober 2004. Er war Witwer, sechsundachtzig Jahre alt und lebte auf einer Farm an der Indian Ripple Road. Sein fünfunddreißig Jahre alter Sohn Henry Stoltzfus wollte ihn besuchen, fand ihn nicht und meldete ihn am nächsten Tag als vermisst. Daraufhin suchten wir die Gegend den ganzen Tag bis in die Nacht hinein ab. Ananias Stoltzfus war alt, Sie können sich also denken, dass die Familie sich Sorgen machte. Dutzende Freiwillige haben geholfen, Amische und auch Englische. Wir haben Hunde eingesetzt, also das volle Programm.«

»Sie waren dabei?«, frage ich.

»Ich war damals neu bei der Polizei. Wir sind eine kalte Nacht lang durch den Wald in der Nähe seines Hauses gestapft. Wir haben nicht einmal einen Schuhabdruck gefunden.«

Er benetzt seinen Finger und blättert um. »Wir wussten nicht, ob er einfach weggegangen oder zusammengebrochen oder einem Verbrechen zum Opfer gefallen war. Am nächsten Morgen begannen die Deputys mit der Befragung der Leute – Familie, Freunde, Nachbarn. Die meisten waren Amische. Dabei erfuhren wir bald, dass der alte Mann auf einen anderen, inzwischen verstorbenen Amischen namens Ezra Bowman schlecht zu sprechen gewesen war. Er, also Bowman, war unter *Bann* gestellt, oder wie sie das nennen. Das hatte zwischen dem Sohn, Jonas Bowman, und Stoltzfus wohl für böses Blut gesorgt. Wir fanden heraus, dass es einige Monate vor Stoltzfus' Verschwinden eine Auseinandersetzung zwischen dem Opfer und Bowman gegeben hatte. Mehrere Zeugen gaben zu Protokoll, dass Bowman Stoltzfus gedroht hatte.«

»Gedroht womit?«

Er runzelt die Stirn, als hinterfragte ich seine Einschätzung, weshalb ich schnell hinzufüge: »Ich finde das seltsam. Amische sind Pazifisten, eine Androhung von Gewalt wäre ungewöhnlich.«

Noch während ich das sage, fallen mir Jonas' Worte ein.

Ich habe die Beherrschung verloren, geschrien …

Darauf bin ich nicht stolz.

Gainer kneift die Augen zusammen und überfliegt das Blatt in seiner Hand. »Laut Aussage eines Zeugen sagte Bowman zu dem Opfer so etwas wie: ›Deine Zeit ist bald um, alter Mann. Schneller als du denkst. Und wenn es so weit ist, fährst du nicht gen Himmel.‹ Woran sich Zeugen erinnern, muss nicht immer der exakte Wortlaut sein, aber so war die Drohung formuliert.«

»Verstehe.«

»Dann war da noch die Vandalismus-Anschuldigung. Zusammengenommen genug, um Bowman zu vernehmen. Aber zur Anklage reichte es nicht. Er bekam eine Geldstrafe.« Er blättert um, sieht auf die Rückseite. »Wir waren damals ziemlich sicher, dass Stoltzfus nicht mehr lebte. Ob er eines natürlichen Todes gestorben oder Opfer eines Verbrechens geworden war, wussten wir nicht. Wir hatten nichts weiter als eine Handvoll Indizien. Keine Leiche, keine Zeugen. Es reichte nicht, um jemanden zu verhaften, der Fall wurde als ungeklärt zu den Akten gelegt.«

Er lehnt sich auf seinem Stuhl zurück. »Geschlossen wurde der Fall natürlich nicht, und etwa einmal im Jahr sahen wir uns die Akte an, ließen einen Leichenspürhund den Wald um Stoltzfus' Farm herum absuchen und behielten Bowman im Auge. Aber er hat uns nie einen Grund gegeben, etwas zu unternehmen.« Er nimmt die Lesebrille ab. »Jedenfalls bis dann der Vorderlader gefunden wurde.«

Ich blicke auf die Akte. »Es wäre ungemein hilfreich, wenn ich die Akte lesen könnte.«

»Einiges, was in dieser Akte steht, wurde nie veröffentlicht, Chief Burkholder. Ich spreche mit dem Sheriff und melde mich dann bei Ihnen.«

Eine höfliche Art, nein zu sagen. »Ist die Ohio State Police involviert?«

»Ja, Ma'am.«

»Wurde ein forensischer Anthropologe hinzugezogen?«

Er setzt sich im Stuhl auf und wirkt überrascht, dass ich den Begriff nicht nur kenne, sondern sogar richtig aussprechen kann.

»Wir haben mit einem Mann von der Universität in Buffalo zusammengearbeitet«, sagt er.

»Konnte er Ursache und Art des Todes bestimmen?«

»Ananias Stoltzfus hat zwei Schusswunden, eine im Oberkörper, eine im Kopf, die Todesursache ist Mord.«

»Können Sie mir etwas über den Vorderlader sagen, der vor Ort gefunden wurde?«

»Offensichtlich wurde beides, Leiche und Vorderlader, in einer flachen Mulde vergraben. Seinerzeit war das Gebiet noch bewaldet, vor ein paar Jahren wurde es gerodet. Wir haben die Fundstelle mit einem Metalldetektor abgesucht und prompt die Waffe entdeckt.«

»Gebrauchte Kugeln? Hülsen?«

»Eine Kugel, fünfziger Kaliber, ein paar Zentimeter tief im Boden.«

Ich denke nach. »Aber es gab zwei Schusswunden?«

Er zuckt mit der Schulter. »Die Ermittler kamen zu dem Schluss, dass eine Kugel ihn im Stehen traf und durch ihn hindurchflog. Die andere, die wir gefunden haben, hat ihn am Boden liegend erwischt.«

Ich nicke. »Wie haben Sie den Vorderlader identifizieren können?«

»Das war echt seltsam. Ein paar Deputys fuhren raus zu Bowman und zeigten ihm die Waffe, und der hat sofort gesagt, dass es seine ist, so in der Art: ›Oh, der gehört mir. Danke, dass Sie ihn zurückgebracht haben.‹« Der Sergeant unterstreicht seine Ausführung mit einem Lachen. »Da hatten wir Motiv, Tatwaffe und Gelegenheit. Es gab eine Leiche und einen Verdächtigen, also haben wir uns einen Haftbefehl besorgt und Bowman verhaftet.«

Ihm scheint nicht bewusst zu sein, dass die Beweise zwar handfest sind, aber nicht wasserdicht. Denn warum sollte Jonas zum Beispiel seinen Vorderlader am Tatort vergraben haben und dann sofort zugeben, dass es seiner ist?

»Wir haben auch Bowmans Haus durchsucht«, fügt der Sergeant hinzu, »und eine halbleere Schachtel Patronen Kaliber .50 gefunden. Die gleiche Marke wie die am Fundort.«

»Können Sie mir sonst noch irgendwelche Informationen geben, die nicht veröffentlicht wurden?«

»Im Moment nicht.«

Ich sehe ihm an, dass er lügt, aber es macht ihm offensichtlich nichts aus, dass ich das weiß. Der Sergeant blickt auf seine Armbanduhr, mein Zeichen, zum Schluss zu kommen. »Bleibt der Staatsanwalt bei seiner Anklage auf Mord mit bedingtem Vorsatz?«, frage ich. »Gibt es eine Chance, dass er das Strafmaß reduziert?«

»Ich habe gehört, dass er der Auffassung ist, Bowman habe dem Opfer gedroht und seine Drohung dann wahr gemacht. Dass er achtzehn Jahre lang ungestraft davongekommen sei. Deshalb wird er wohl auf vorsätzlichen Mord plädieren.«

7. KAPITEL

Jonas und seine Frau wohnen in einem bescheidenen Fachwerkhaus aus der Mitte des letzten Jahrhunderts etwas außerhalb von Belleville. Das Grundstück liegt zwar nicht innerhalb der Stadtgrenze, ist aber alles andere als ländlich: Es gibt weder Scheunen noch Weiden, weder Nutztiere noch Koppeln – nur ein niedriges Haus und dahinter ein großes Gebäude aus Wellblech; ein uralter Zürgelbaum beschattet den gesamten Vorgarten. Ein Schild neben der Einfahrt besagt, dass sich hier auch die Schreinerei »Bowman Cabinet and Wood Design« befindet.

Ich muss an das Treffen mit Jonas denken, an die vielen Jahre, die seit unserer Jugend vergangen sind, und wie wenig ich wirklich über ihn und seine Familie weiß. Ich habe keine Ahnung, was mich erwartet. Die Einfahrt führt zu einem Parkbereich hinter dem Haus und zu dem roten Wellblechgebäude. Die Tür steht offen, und als ich aussteige, dringen mir das Heulen einer Säge und ein Brummen in die Ohren, vermutlich von einem Generator. Ich will gerade darauf zugehen, als die Haustür zuknallt und ein etwa zehn Jahre alter Junge die Stufen der schmalen Veranda herunterpoltert. Er trägt dunkle Hosen, ein blaues Arbeitshemd und einen einzelnen Hosenträger, auf seinem roten Lockenkopf thront ein Strohhut mit Band.

Als er mich sieht, bleibt er wie angewurzelt stehen, und ich blicke in ein Gesicht voller Sommersprossen, mit einer Stupsnase und einem lila verschmierten Mund. Er ist auf eine Art süß, die mich an einen Welpen erinnert. Blicke aus haselnussbraunen Augen huschen von mir zum Explorer und zurück.

»*Wie geht's?*« Lächelnd gehe ich zu ihm hin.

Sein Mund klappt auf, und ich kann nicht sagen, ob vor Staunen, weil eine Englische ihn auf *Deitsch* angesprochen hat, oder ob er glaubt, dass ich ihn packen und in meinem Raumschiff wegbringen will.

»Ich bin Katie aus Painters Mill«, sage ich. »Ist deine *Mamm* zu Hause?«

Der Junge stößt einen Schrei aus, der wie Reifenquietschen klingt, dreht sich auf dem Absatz um und rennt so schnell er kann zurück ins Haus.

Lachend steige ich die Verandastufen hinauf und klopfe.

Eine amische Frau öffnet die Tür mit der Vorsicht eines Menschen, der vor einem potenziell gefährlichen fremden Eindringling gewarnt wurde. Sie ist hübsch, Mitte bis Ende dreißig, und hat die gleichen Charakteristika wie der Junge: haselnussbraune Augen, Sommersprossen und eine Mähne aus roten Locken, die zusammengebunden unter der *Kapp* stecken. Die weiße Schürze über dem grünen Kleid ist, wie es aussieht, mit Tomatensaft bekleckert, und ihre Sneakers sind augenscheinlich kein Markenprodukt. Wenn ich ihren Gesichtsausdruck richtig deute, hat sie keine Ahnung, wer ich bin, und so stelle ich mich schnell vor.

»Ich bin Polizeichefin in Painters Mill«, sage ich.

»Chief Burkholder.« Offensichtlich erleichtert, presst sie eine Hand auf die Brust und lacht auf, klingt dabei aber eher nervös als freudig. »Jonas hat Sie ein paarmal erwähnt.«

Ich bin überrascht, zeige es aber nicht. »Nennen Sie mich Katie.« Ich halte inne. »Die *Diener* glauben, ich kann vielleicht helfen.«

»Oh.« Ihr Lächeln versiegt, und kurz fürchte ich, sie fängt

an zu weinen oder bricht zusammen. Doch sie zeigt zur Tür. »*Kumma inseid.*« Kommen Sie herein.

Sie tritt einen Schritt zurück und stößt die Tür auf. Dann entsteht ein peinlicher Moment, als sie mir die Hand zur Begrüßung hinhält. »Wo sind bloß meine Manieren? Wohl bei alledem verloren gegangen, wie ich selbst. Ich bin Dorothy, Jonas' Frau.«

Wir schütteln uns die Hand, wobei sie höflich, aber hörbar gezwungen lacht. Der Stress steht ihr ins Gesicht geschrieben, sie hat Ringe unter den Augen und Mühe, Haltung zu bewahren. Äußerlich wirkt sie tatkräftig, aber bei genauerem Hinsehen wird hinter der Fassade die Erschöpfung deutlich.

»Er spricht gern über seine Kindheit in Painters Mill«, sagt sie. »Über Sie auch.«

Ich habe keine Ahnung, was Jonas ihr über mich erzählt hat. Über uns. Uralte Geschichten, flüstert eine kleine Stimme. Trotzdem ist es besser, in der Gegenwart zu bleiben.

»Es ist ein guter Ort für Kinder.«

»Sie waren früher eine Amische.« Sie hat den Kopf schief gelegt und blickt mich neugierig an.

»Keine sehr gute«, sage ich.

Sie lacht herzhaft. »*Kumma. Ich habb kaffi.*«

Sie führt mich in die Küche. »*Sitz dich anne und bleiva weil.*«

Im Vergleich zu anderen amischen Häusern ist die Küche ausgesprochen modern: eierschalenweiße Wände und glänzende Eichenschränke, ein großer Tisch aus Walnussholz mit sechs Stühlen, ein moderner Gasofen, ein großer Edelstahlkühlschrank, hochmodern und gasbetrieben.

»Sie und Jonas haben ein schönes Zuhause«, sage ich und nehme am Tisch Platz.

»Das meiste, was Sie hier sehen, hat Jonas selbst gebaut, einschließlich Tisch und Schränke.« Sie schenkt Kaffee aus einem altmodischen Perkolator in zwei Tassen, ist sichtlich in ihrer Wohlfühlzone – die Küche ist ihre Domäne, hier führt sie das Regiment. Noch ist sie unsicher, warum ich sie aufgesucht habe, aber sie ist entschlossen, es herauszufinden.

Ich fahre mit der Hand über die Tischplatte. »Er ist gut.«

»Die Englischen mögen ihn sehr.« Sie stellt eine dampfende Kaffeetasse vor mich auf den Tisch. »Vielleicht mehr als die Amischen.«

Ich bin mir nicht sicher, was sie damit sagen will oder was ich darauf antworten soll, deshalb nehme ich die Tasse und trinke einen Schluck. Über die Bemerkung und ihre Bedeutung will ich später nachdenken.

»Wie kommen Sie mit der Situation klar?«, frage ich.

Sie tut die Frage mit einer Handbewegung ab. »Gut. Es gibt einen Haufen Arbeit, aber das ist nicht neu. Jonas wird viel zu tun haben, wenn er nach Hause kommt.« Sie macht Smalltalk, ist nervös und zögert, das eigentliche Problem anzusprechen, besonders gegenüber einer Englischen.

Dieses Verhalten ist typisch für Amische. Selbst wenn sie mit einer katastrophalen Situation konfrontiert sind, klagen sie nicht. Sie kommen zurecht, akzeptieren ihre Probleme stillschweigend, ändern, was sie können, und überlassen Gott den Rest.

»Und die Kinder?«, frage ich.

Sie schließt kurz die Augen, doch ich habe den Anflug von Schmerz darin gesehen. »Ich hab es ihnen noch nicht gesagt. Sie wissen, dass etwas nicht stimmt, das schon. Ihr *Datt* ist seit zwei Wochen weg. Sie sind durcheinander. Ich weiß einfach nicht, was ich ihnen erzählen soll. Wie kann ich ihnen sagen, dass ihr Vater im Gefängnis ist und beschuldigt wird, seinen eigenen Bischof getötet zu haben?«

Eine verstörende Frage, auf die ich keine Antwort habe. Alle

Kinder sind unschuldig, aber amische Jungen und Mädchen sind ganz besonders treuherzig, was die Situation noch leidvoller macht.

»Hoffentlich schaffen wir es, dass er bald nach Hause kommt.« Ich erzähle ihr von meinem Besuch bei ihm.

Sie richtet sich auf, die Hoffnung auf Nachrichten von ihm lässt ihre Augen aufleuchten. »Wie geht es ihm?«

»Ganz gut, glaube ich. Er macht sich mehr Sorgen um Sie und die Kinder als um sich selbst. Er hat mich gebeten, nach Ihnen zu sehen, ob Sie etwas brauchen.«

Sie senkt den Blick, als habe sie ein schlechtes Gewissen. »Er hat gesagt, ich soll nicht kommen, also habe ich ihn noch nicht besucht. Ich weiß, das ist nicht gut, aber ich kann mir nicht vorstellen … ihn in so einem Käfig zu sehen …« Sie lässt den Satz unvollendet.

»Dorothy, die Kaution wurde auf fünfhunderttausend Dollar angesetzt«, erkläre ich. »Haben Sie einen Kautionsagenten?« Ein Kautionsagent verbürgt sich gegenüber dem Gericht, bei Nichterscheinen des Angeklagten die Summe zu bezahlen, und bekommt dafür einen bestimmten Betrag für das Risiko, das er damit eingeht.

»Katie, so viel Geld besitzen wir nicht.«

»Wenn man einen Kautionsagenten einschaltet, muss man nur zehn Prozent zahlen, und Jonas kommt auf freien Fuß.«

»Das sind fünfzigtausend … ich weiß nicht … vielleicht.«

»Denken Sie darüber nach«, sage ich. »Vielleicht kann ich helfen.«

Ich kenne zwar nicht Jonas' Stellung in der amischen Gemeinschaft, aber ich weiß, dass die Amischen helfen werden. Selbst wenn es Unstimmigkeiten zwischen der Familie und der Gemeinde gibt, sind Amische bereit, dies vorübergehend zu vergessen und zu tun, was notwendig ist.

Sie versucht, ihre Tränen wegzublinzeln. »Das ist alles so fremd für mich. Mord und Gefängnis und Probleme mit dem Gesetz. Ich weiß nicht, was ich tun soll.« Die Tränen rollen über ihre Wangen, aber sie wischt sie weg. »Doch eines weiß ich gewiss, Kate Burkholder. Jonas Bowman mag vieles sein, und er ist bestimmt nicht perfekt, aber er ist kein Mörder.«

»Für die Polizei hier in Big Valley bin ich Zivilistin«, erkläre ich, »ich besitze hier weder Autorität noch offiziellen Rückhalt, aber ich werde helfen, wo immer ich kann.«

»Wir haben noch nie jemanden um Hilfe gebeten, aber jetzt scheinen wir sie wirklich zu brauchen.« Sie legt ihre Hand auf meine. »Danke.«

Ich hole meinen Notizblock hervor und fasse mit Dorothys Hilfe die Ereignisse zusammen, die zur heutigen Situation geführt haben: Jonas' Vater, Ezra, wird unter *Bann* gestellt und damit mundtot gemacht. Ezra Bowman stirbt. Es folgt Jonas' Feindschaft gegenüber dem Bischof. Worum es mir jetzt geht, sind neue Informationen und Einblicke von jemandem, der Jonas nahesteht und der nicht aus der Perspektive eines Fremden auf den Fall blickt. »Wie war Jonas' Gemütsverfassung nach dem Tod seines Vaters?«, frage ich.

»Wir waren damals gerade gut ein Jahr verheiratet.« Das nachfolgende Lächeln ist sorgenvoll. »Ezra zu verlieren war ein Schock. Er war ein so starker Mann, manchmal schien er fast unsterblich. Es war, als könne ihn nichts aufhalten oder aus der Bahn werfen, nichts, was zum Leben dazugehört.«

Zu hören, wie sie von dem überlebensgroßen Ezra Bowman spricht, ist wie einem Stummfilm in Schwarz-Weiß zuzuschauen. Ich selbst erinnere mich an ihn als einen Mann, der kein Blatt vor den Mund nahm und dessen scharfer Blick bewirkte, dass selbst die Robustesten unter uns nach Hause zu ihrer Mutter rannten. Wenn er sprach, dann mit großer Leidenschaft – und alle spitzten die Ohren. Mehr als einmal hatte er eine Auseinandersetzung mit meinem *Datt* gehabt. Den Grund dafür erfuhr ich nie. Ezra Bowman war niemals unfreundlich, aber ich hatte Angst vor ihm.

Dorothy stößt einen Seufzer aus. »Und schließlich erlitt er einen Herzschlag. Er pflügte gerade das Feld und fiel einfach um … und die Pflugscharen haben ihn furchtbar zugerichtet. Jonas hat ihn gefunden.« Sie schüttelt den Kopf und nippt an ihrem Kaffee, als versuche sie so, die entsetzlichen Bilder vor ihren Augen wegzuspülen. »Jonas war am Boden zerstört. In dem Jahr haben wir zwei Babys verloren, aber ich habe ihn kein einziges Mal weinen sehen. Er ist ein verschlossener Mensch, lässt nichts heraus, wie die meisten Männer.« Sie wendet den Blick ab, blinzelt, erinnert sich. »An jenem Tag hat Jonas geweint. Und in den darauffolgenden Tagen wurde er immer wütender.«

Ich weiß, wie sich Leid anfühlt, ich kenne mich gut aus mit seinen unangenehmen Folgen und habe selbst genug abbekommen von einem Schicksal, das selten fair austeilt. Auch Tomasetti habe ich unter Verlusten leiden sehen, die ihn fast umgebracht haben. Und Phasen von Wut sind mir ebenfalls nicht fremd.

»Jonas hat den Bischof verantwortlich gemacht«, sage ich.

»Ob zu Recht oder nicht, ja, das hat er getan.« Sie zuckt die Schultern. »Ezra und Ananias lagen sich seit einem Jahr in den Haaren. Ezra, der Sturkopf, war unter *Bann* gestellt worden. Aber dass man ihm dann auch das Predigen verbot, hat ihm den Rest gegeben. Das hat ihn kaputtgemacht.«

»Erzählen Sie mir vom Streit zwischen Jonas und Bischof Stoltzfus«, sage ich.

»Das werde ich nie vergessen.« Sie sieht mir in die Augen. »Es war der Sonntagsgottesdienst nach der Beerdigung. Jonas war total dünnhäutig. Er hatte nichts mehr gegessen und nicht mehr geschlafen und war nicht er selbst. Ich dachte, der Gottesdienst würde ihm guttun, was sonst immer der Fall war. Aber dann stand da der Bischof und predigte und nicht sein *Datt.*« Sie schüttelte sich. »Ich hatte ihn noch nie so gesehen. Jonas ist auf den Bischof losgegangen und hat einfach kein Ende gefunden. Sie haben gestritten, schlimme Dinge wurden gesagt, und fast hätten sie sich geprügelt. Können Sie sich das vorstellen? Und das vor den Augen der Gemeinde.«

»Worüber haben sie sich denn gestritten?«

»Jonas beschuldigte Ananias, für den Tod seines *Datts* verantwortlich zu sein. Er nannte ihn grausam … und sagte, der *Bann* und das Predigtverbot hätten seinen Datt umgebracht.«

»Und was hat Ananias erwidert?«

»Der Bischof war nicht hilfreich. Er sagte, Ezra habe sich versündigt und dass Gott ihn zu sich genommen hat wegen des Traktors.« Dorothy legt die Hand auf den Mund, wie um ein Schluchzen zu unterdrücken. »Ich traute meinen Ohren nicht, dass er so etwas sagte. Einem Toten die Schuld am eigenen Tod zu geben und dann noch sein sündiges Verhalten herauszustellen.«

»Hat Jonas ihm gedroht?«, frage ich.

Sie denkt nach. »Ich war so erschrocken, Katie, gut möglich, dass einige meiner Erinnerungen falsch sind. Aber dass Jonas dem Bischof an den Kopf warf, dass Dutzende Familien Ezras Benutzung eines Traktors unterstützt haben, weiß ich noch genau. Jonas sagte, er wolle sich mit diesen Familien zusammentun und einen neuen Kirchenbezirk bilden. Sie können sich sicher vorstellen, wie das beim Bischof ankam.«

Dorothy senkt den Kopf, drückt die Finger auf die Stirn und atmet tief durch, um sich zu beruhigen. »So viele schlimme Dinge wurden gesagt, ich konnte mir das kaum anhören, Katie. Aber Jonas hat an dem Tag einige Freunde verloren. Er war einfach zu wütend, und einige Amische fanden, er habe schlicht Unrecht.«

»Und wann ist der Bischof dann verschwunden? Wie lange lag der Streit zurück?«, frage ich.

»Auf den Tag genau zwei Monate danach.«

»Die Polizei hat Jonas befragt?«, frage ich.

»Leute vom Sheriffbüro haben ihn abgeholt und stundenlang verhört. Als sie ihn dann zurückbrachten, war er total durch den Wind.«

Bei den Vorwürfen gegen Jonas in Bezug auf ein Motiv, hätte ich als Polizistin das Gleiche getan – ihn abgeholt und aufs Revier gebracht, in die Zange genommen, Druck ausgeübt, ihm zugesetzt.

»Und die Sache mit dem Vorderlader?«, frage ich.

Sie verdreht genervt die Augen. »Das alte Ding stand jahrelang im Vorraum und hat Staub gefangen. Jonas isst gern Fleisch und auch Wildbret, aber er ist kein Jäger. Sie kennen ihn doch, er hat eine Schwäche für Tiere.«

Mir fällt dazu die lange zurückliegende Geschichte ein, als er auf unserem Baseballfeld die Stinktiere auf die gemeinen Typen losgelassen hat, und mir wird warm ums Herz.

»Wissen Sie, was mit dem Gewehr passiert ist?«, frage ich.

»Ich bin bestimmt hundertmal daran vorbeigelaufen, es stand so lange in der Ecke, dass ich es nicht mal mehr wahrgenommen habe. Und dann war es einfach … weg.«

»Hatte vielleicht ein Nachbar oder Freund es geborgt?«

»Wir haben rumgefragt, aber niemand hatte es ausgeliehen.«

»Können Sie mir sagen, wo es gestanden hat?«

»Sicher. Wir sind beim Reingehen daran vorbeigelaufen.« Sie steht auf. »Kommen Sie mit.«

Ich folge ihr in den schmalen Vorraum, durch den ich vorhin reingekommen bin und der dank einer Reihe von Fenstern in der Außenwand sonnendurchflutet ist. Eine große Gefriertruhe rattert an der gegenüberliegenden Wand, es gibt Regale mit Einmachgläsern und kleineren Gartengeräten, daneben sind in die Wand eingelassene Haken für Jacken und Hüte.

»Da in der Ecke stand das Gewehr. An die Wand gelehnt.«

»Geladen?«

»Glaube ich nicht, aber um die Wahrheit zu sagen: Ich weiß es nicht einmal.«

»Schließen Sie Ihre Türen ab?«, frage ich. »Nachts, meine ich.«

Sie lächelt müde. »Niemand in Belleville schießt die Türen ab.«

Die Ecke, in der das Gewehr stand, ist nahe an der Tür, man konnte also ohne große Mühe unbemerkt in den Raum schlüpfen und es mitnehmen.

»Hatte Bischof Stoltzfus noch mit anderen Gemeindemitgliedern Probleme?«, frage ich.

»Na ja, Ananias war schon sehr streng und auch hart gegenüber allen, die die Regeln brachen.« Sie schürzt die Lippen. »Wo Sie es jetzt erwähnen … ja, es gab ein oder zwei Situationen, in denen jemand wütend wurde.«

»Und wer war das?«

»Duane Mullet. Schon von Kindesbeinen an hat er Probleme gemacht. Seine arme *Mamm*. Er hat wie der Teufel geredet und geflucht und den Namen des Herrn missbraucht. Und getrunken hat er wie ein Loch. Der Bischof hat das nicht akzeptiert und ihn unter *Bann* gestellt. Da war Duane gerade zwanzig Jahre alt und hat das nicht einfach geschluckt. Hat den Bischof in Gegenwart aller wüst beschimpft.«

»Hat die Polizei Mullet auch verhört?«

»Als Ananias verschwand, arbeitete er als Lastwagenfahrer und war gerade in Alaska.«

Ich notiere den Namen trotzdem. »Lebt er noch hier?«

»Oben in den Bergen, hab ich gehört, und dass er noch immer ein Raubein sei.«

»Sonst noch jemand?«

»Roman Miller fällt mir noch ein. Ein Junge, süß wie ein gefleckter Welpe, hat mit einem netten amischen Mädchen geflirtet. Beim Sonntagssingen und so. Gerüchten zufolge hat er aber gleichzeitig mit einem mennonitischen Mädchen in Lewistown rumgemacht. Ich weiß nicht, wie der Bischof davon erfuhr, wahrscheinlich hatte irgendjemand Roman mit diesem Mädchen gesehen und es ihm erzählt. Ananias hat ihm schwer zugesetzt.«

»Hat Roman eingelenkt?«

Die amische Frau schüttelte den Kopf. »Im Gegenteil, stocksauer ist er geworden. Roman ist ein Hitzkopf, hat alles abgestritten und sich geweigert zu beichten. Und er hat beide Mädchen weiterhin gesehen, ist wie ein Hahn herumstolziert. Glauben Sie mir, der war kein guter Fang, und schließlich hat Ananias ihn unter *Bann* gestellt.«

»Wie ist das angekommen?«

»Überhaupt nicht gut. Roman ist Hufschmied und hat alle seine amischen Kunden verloren, was letztlich zu seinem finanziellen Ruin geführt hat, wie es hieß.«

»Dann haben ihm die finanziellen Auswirkungen wohl mehr zu schaffen gemacht, als von Freunden und Familie ausgegrenzt zu werden«, bemerke ich.

»Was einiges über ihn sagt, oder?«, erwidert sie.

»Wie lange ist das jetzt her?«, frage ich.

»Ein paar Monate danach verschwand Ananias.«

Das Timing lässt mich aufhorchen. »Wohnt er noch hier in der Gegend?«

»Zuletzt hieß es, er wäre der mennonitischen Gemeinde beigetreten, hätte das Flittchen geheiratet und eine Menge Kinder in die Welt gesetzt. Und dass er noch immer ein Hitzkopf ist und vor allem die Pferde von Englischen beschlägt, von Cowboys und so. Lebt auf der anderen Seite von Belleville.« Sie gibt mir eine Wegbeschreibung, die ich notiere.

»Hat die Polizei mit Roman gesprochen?«

»Nicht, dass ich wüsste.« Sie blickt auf ihre Hände und schüttelt den Kopf. »Es kam mir vor, als hätten sie sich auf Jonas festgelegt.«

Ich überlege, welche weiteren Informationsquellen es noch geben könnte, Familie oder Freunde des Bischofs, die mehr Aufschluss über sein Leben geben können. »Nach meinen Informationen war Stoltzfus Witwer, stimmt das?«

»Ich war ein Teenager, als Mrs. Stoltzfus starb«, sagt sie. »Also etwa 1999, glaube ich.«

»Hatten sie Kinder?«

»Zwei, soweit ich weiß. Mary Elizabeth wohnt hier in Belleville. Sie heißt mit Nachnamen Hershberger. Henry lebt außerhalb der Stadt.«

Ich notiere die Namen. »Glauben Sie, die beiden würden mit mir reden?«

»Wahrscheinlich. Sie sind Amische, anständige Leute. Nicht allzu gut auf mich und Jonas zu sprechen, wie Sie sich denken können.« Sie blickt zu Boden. »Mary Elizabeth hatte vor einiger Zeit Ärger.«

»Was für Ärger?«

»Vandalen. Im hinteren Teil ihres Grundstücks gibt es eine alte Papiermühle. Jahrelang stand sie leer, und sie und ihr Mann hatten gerade begonnen, sie zu renovieren und in ein

Bed and Breakfast für englische Touristen umzuwandeln, die sowieso nie kommen werden. Na ja, jedenfalls hat jemand Feuer gelegt und viel Schaden angerichtet.«

»Wurde die Polizei gerufen?«

Sie sieht mich an, als wolle sie sagen: *Was glauben Sie wohl?* »Wenn es irgend geht, regeln Amische die Dinge unter sich.«

»Wurde spekuliert, wer es gewesen ist?«

»Mary Elizabeth beschuldigte Jonas. Warf ihm vor, einen Groll gegen sie zu hegen.« Sie klingt bekümmert. »Ich vermute, dass es Teenager waren. Englische Jugendliche, die trinken und mit dem Auto durch die Gegend fahren, was sie ja oft tun.«

Beim Blick auf meine Aufzeichnungen wird mir klar, dass ich nicht viel Neues erfahren habe, aber es ist ein Anfang. Ich stecke den Notizblock in die Jackentasche und trinke meinen Kaffee aus. »Der kleine Junge, dem ich vorhin in der Einfahrt begegnet bin – er ist Ihnen wie aus dem Gesicht geschnitten«, sage ich.

»Das ist Junior, unser Jüngster.« Sie lächelt. »Er ist schüchtern. Und klug. Auch ein guter Arbeiter, aber wortkarg.«

»Jonas hat erzählt, Sie hätten drei.«

Bei der Erwähnung der Kinder hellt sich ihr Gesicht auf. »Sie sind schon den ganzen Tag in der Werkstatt, meine kleinen Arbeitsbienen. Nicht einmal zum Mittagessen sind sie ins Haus gekommen, ich hab ihnen die Suppe in die Werkstatt gebracht. Die Armen arbeiten an einem Schrank, den Jonas einem Kunden versprochen hat.« Sie blickt zur Uhr an der Wand und steht auf. »Es ist schon längst Abendessenszeit. Kommen Sie mit, Katie, ich stelle sie Ihnen vor.«

8. KAPITEL

Ich folge Dorothy über den Parkplatz zur Werkstatt. Irgendwo auf der anderen Seite des Wellblechgebäudes rattert noch immer ein Generator. Als dann mein Blick auf einen großen Druckluftbehälter fällt, wird mir klar, dass die Maschinen mit Druckluft betrieben werden. Aus der Werkstatt, deren Tür mit Hilfe eines Hohlblocksteins weit offen steht, höre ich das Kreischen einer Säge, das Einsaugen und Ausstoßen komprimierter Luft. Es ist schon nach Feierabend, und ich frage mich, ob Gemeindemitglieder wohl aushelfen, damit der Betrieb weiterlaufen kann, während Jonas im Gefängnis ist.

Wenn Amische in eine Notlage geraten, springen Glaubensbrüder und -schwestern helfend ein. Sie kommen auch dann, wenn sie nicht darum gebeten werden, und unterstützen die Familie so lange bei den Arbeiten in Haus, Hof oder Betrieb, bis es nicht mehr nötig ist. Das gehört zu den Dingen, die ich bei den Amischen am meisten bewundere.

Die Werkstatt ist hell erleuchtet und mit modernen Holzverarbeitungsgeräten ausgestattet – natürlich im Rahmen amischer Regeln. Der Duft von frisch geschnittenem Holz vermischt sich mit dem Gestank von Beize. Ich blicke auf eine lange Werkbank mit mehreren Druckluft-Anschlüssen darüber, auf eine Standbohrmaschine, eine beeindruckende Drehbank, Druckluftleitungen, die sich unter der Decke schlängeln, sowie dünnere Leitungen, die nach unten hängen. Links von mir kniet ein etwa fünfzehn Jahre altes Mädchen und reibt energisch Beize in einen zweifarbigen Stuhl mit verstrebter

Rücklehne. Sie ist so in ihre Arbeit vertieft, dass sie uns gar nicht bemerkt.

Junior, der kleine Junge von vorhin, steht mit einem Schraubenzieher an einer niedrigen Werkbank und schraubt Beschläge aus gebürstetem Nickel in eine Schranktür. Er braucht so viel Kraft dazu, dass er vor Anstrengung seine Zunge rausstreckt. Ein älterer Junge, der aussieht wie Jonas als Teenager, bearbeitet eine Tischplatte mit einer Schleifmaschine, wobei Sägespäne umherfliegen.

Ich muss an Dorothys Bemerkung denken, dass die Kinder an Schränken arbeiten, die fertig werden müssen, und mir wird klar, dass sie allein hier sind. Die Amischen sind nicht gekommen, um der Familie zu helfen. Hat die Gemeinde sich gegen sie gewendet, weil sie Jonas für einen Mörder hält?

Angesichts der arbeitenden Kinder wird mir bei dieser Vorstellung schwer ums Herz. Es gibt keine Musik, keine Masken oder Sicherheitsbrillen. Sie tragen weder Handschuhe noch Ohrenschützer oder Stahlkappenschuhe. Trotz Hitze, Staub und dem Geruch der Beize gibt es keinen Ventilator und kaum Luftaustausch. Dennoch sind alle auf ihre Arbeit konzentriert, und ich sehe geschickte, vermutlich schwielige Hände, denn diese Arbeiten gehören zu ihrem Alltag.

Dorothy klatscht in die Hände. »Wir haben Besuch!«, ruft sie, um über all die Geräusche hinweg gehört zu werden. »Und dann gibt es Abendbrot.«

Drei Köpfe drehen sich zu uns um. Die Schleifmaschine verstummt. Das Mädchen legt den Beizlappen auf eine Bank und steht auf. Verunsichert blickt sie von mir zu ihrer *Mamm*.

»Das ist Kate Burkholder«, sagt Dorothy auf *Deitsch*. »Sie ist ein paar Tage … zu Besuch in der Stadt.«

Das Gesicht des Mädchens – sie hat rote Haare, haselnussbraune Augen und vereinzelte Sommersprossen auf den Wangen – ist von der Hitze gerötet. Noch ist sie nicht wirklich hübsch, aber das wird sich ändern. Sie trägt ein hellblaues Kleid und eine weiße *Kapp*. An ihrem Kinn ist ein Farbklecks, ihre Knie sind wund gescheuert und voller Sägemehl.

»Das ist Effie«, stellt Dorothy sie vor. »Sie ist schon fünfzehn.«

»Fast sechzehn.« Ein Stück ihres Vorderzahns fehlt, aber das steht ihr. Ich revidiere mein Urteil, sie wird nicht noch hübsch werden, sie ist es bereits.

»Der Fleck sieht gut aus.« Ich reiche ihr die Hand.

Sie grinst und schüttelt sie kräftig. »Junior hat gesagt, Sie hätten *Deitsch* gesprochen. Sind Sie amisch?«

»Du kümmerst dich jetzt am besten um deine eigenen Sachen«, sagt Dorothy.

»Ich war es früher«, sage ich dem Mädchen. »Ich habe wohl zu viele Regeln gebrochen.«

»Oh.« Ihr melodisches Lachen erinnert mich an einfachere Zeiten, als man das nicht unterdrücken musste.

Dorothy wendet sich dem kleinen Jungen zu. »Junior haben Sie ja schon kennengelernt.«

Der besagte Junge bleibt ein paar Meter entfernt tapfer stehen. Sein Gesicht ist schweißnass, das rote Haar klebt an seiner Stirn, er hat Sägemehl an den Wangen, violette Flecken am Mund und den Hut auf den Hinterkopf geschoben. Er sieht aus, als wolle er gleich wieder weglaufen.

Ich gehe zu ihm und reiche ihm die Hand. »Es ist schön, dich kennenzulernen, Junior.«

Der Junge weicht einen Schritt zurück, und sein Blick schießt nach rechts und links.

»Junior redet nicht viel«, verkündet Effie. »Er ist erst elf, kann aber schon gut mit dem Drillbohrer umgehen und schrauben. Und er weiß, wie man etwas vermisst, und er hat ein Auge für Farben.«

Ich zeige zum Schrank, an dem er gearbeitet hat. »Ist der Beschlag aus rostfreiem Stahl?«, frage ich, wohl wissend, dass dem nicht so ist.

Er blickt zum Schrank, Ausbüchsen scheint jetzt keine Option mehr zu sein. Aber im Mittelpunkt zu stehen gefällt ihm auch nicht. »Geb-b-ürstetes Nickel«, sagt er.

»Er stottert, wenn er nervös ist«, bemerkt Effie.

»Oder wenn man ihm zu viel Aufmerksamkeit schenkt.«

Die tiefe Männerstimme gehört dem älteren Jungen, der jetzt näher kommt. Er sieht haargenau aus wie damals Jonas im selben Alter: dunkle Haare und Augen, eine mürrische Art, so charmant wie abschreckend. Sein unverwandter Blick zeugt von innerer Haltung und Selbstsicherheit.

Er stellt sich hinter seinen jüngeren Bruder, legt ihm die Hände auf die Schultern und schiebt ihn sanft in meine Richtung. »Sie wird dich nicht beißen«, sagt er auf *Deitsch*.

»Und das ist Reuben«, sagt Dorothy. »Unser Ältester.«

Wir schütteln uns die Hände, und einen Moment lang kann ich den Blick nicht von ihm lassen – es ist, als wäre ich in der Zeit zurückgeworfen und hätte den Jonas vor mir, den ich vor zwanzig Jahren kannte.

»Er ist gerade siebzehn geworden«, sagt Dorothy kopfschüttelnd. »Und arbeitet schon wie ein Mann.«

»Siebzehn und benimmt sich wie zehn«, flüstert Effie.

Reuben wirft grinsend seinen Werkstattlappen nach ihr. »Und wer hat dich gefragt?«

Das Mädchen wehrt den Lappen mit der Hand ab. »Letzten Sonntag beim Singen hat er getan, als wäre er zwanzig. Besonders, wenn Miriam Miller in der Nähe war«, sagt sie grinsend an ihre *Mamm* gewandt.

Reuben macht wieder ein mürrisches Gesicht, bückt sich und hebt den Lappen vom Boden auf, doch dass er rot geworden ist, kann er nicht verbergen.

Das Mädchen wendet sich wieder mir zu. »Was führt Sie nach Belleville?«

Da Dorothy sie nicht über die Situation mit ihrem Vater aufgeklärt hat, bleibe ich vage. »Ich bin hier, um deinen Eltern bei ein paar Dingen zu helfen.«

Reuben blickt von mir zu seiner *Mamm.* »Ist es wegen *Datt*, weil er im Gefängnis sitzt?«

Dorothy presst die Hand auf den Mund und blickt zu ihren beiden jüngeren Kindern. »Reuben.«

»Mr. Gleason hat es uns gesagt«, erklärt er. »Als du in der Stadt warst, kam er vorbei, um zu sehen, was mit seinen Schränken ist. Er dachte, hier bleibt die Arbeit liegen, weil *Datt* im Gefängnis sitzt.«

Effie tritt auf ihre *Mamm* zu und nimmt ihre Hand. »Er hat uns alles erzählt. Und auch, dass es jeder in der Stadt weiß.«

»O du lieber Gott.« Dorothys hilfloser Blick wandert von ihren Kindern zu mir, sie hat Mühe, die Fassung zu bewahren.

»Er w-wollte sein G-Geld zurück«, sagt Junior.

»Er wollte den Vertrag stornieren«, fügt Effie hinzu. »Reuben konnte ihn davon abbringen.«

Reuben wirft sich den Arbeitslappen über die Schulter. »Wir werden dem alten Geldsack schon zeigen, dass wir schöne Schränke bauen können.«

»Reuben hat ihm gesagt, sie werden pünktlich fertig sein«, kommentiert Effie.

»Und das heißt morgen«, bemerkt Reuben.

»W-wir wissen, dass *D-D-Datt* nichts S-Schlimmes getan hat.« Das kommt von Junior, und irgendwie scheint es mir die gewichtigste aller Aussagen zu sein.

Dorothy zwinkert die Tränen weg, und es gelingt ihr schnell, die Fassung wiederzugewinnen. »Katie ist bei der Polizei in Ohio. Sie hilft uns, wenn sie kann.«

Die Kinder sehen mich mit einer Mischung aus Verwunderung und Ehrfurcht an.

»Holen Sie unseren *Datt* aus dem Gefängnis?«, fragt Effie.

»Ich werde es auf jeden Fall versuchen«, sage ich.

Dorothy schreitet ein, bevor noch mehr Fragen gestellt werden. »In der Küche gibt's Fried Chicken. Wascht euch die Hände, und du, Effie, holst auf dem Weg ein Glas Rote Bete aus dem Keller.«

»Aber wir müssen die Schränke noch heute Abend fertig kriegen«, wendet sie ein.

»Mr. Gleason holt sie morgen ganz früh ab«, präzisiert Reuben.

Die Antwort der amischen Frau kommt ohne Zögern. »Mit leerem Magen könnt ihr nicht arbeiten, oder? Geht, wascht euch die Hände. Ich will keine schmutzigen Fingernägel sehen.« Sie wendet sich mir zu. »Katie, Sie bleiben zum Essen, es ist genug da für eine ganze Armee.«

Unter anderen Umständen hätte ich das Angebot liebend gern angenommen, aber die Uhr tickt, und ein wohl Unschuldiger wird des Mordes angeklagt. »Das geht leider nicht, ich muss noch mit der Familie des Bischofs sprechen«, sage ich.

Dorothy antwortet erst, als die Kinder außer Hörweite sind. »Ich hoffe, sie kooperieren. Mary Elizabeth ist ganz vernünftig, aber Henry ist so reizbar wie sein *Datt* und doppelt so bösartig.«

9. KAPITEL

Zwar kannte Dorothy nicht die genaue Adresse der Tochter von Ananias Stoltzfus, aber ihre Wegbeschreibung – wie die von Amischen generell – war sehr präzise. Stadtauswärts Richtung Westen, sagte sie, ein Stück hinter der Stadtgrenze rechts auf die Blue Run Road, vorbei an der Hühnerfarm, in Little Kishacoquillas Creek über die Brücke und dann das zweite Haus rechts mit dem nicht zu übersehenden Schild davor: »Braune Eier zu verkaufen.«

Ich passiere das Eierschild, auf dem in großen Lettern der Zusatz: KEIN SONNTAGSVERKAUF steht, und biege in die Schottereinfahrt. Das Haus liegt auf einem hübschen Fleckchen Erde, umgeben von einem weißen Lattenzaun und einem halben Dutzend schattenspendender Bäume. Als ich aus dem Explorer steige, fällt mir die Pappe auf, die mit Klebeband an einem der vorderen Fenster angebracht ist. Eine füllige amische Frau steht hinter den Wäscheleinen, einen Wäschekorb zu ihren Füßen, und beobachtet mich durch die Lücke zwischen zwei Hosen. Sie ist schätzungsweise Mitte fünfzig, trägt ein graues Kleid, dunkle Strümpfe und Schuhe. Ihr blondes, mit Silber durchzogenes Haar steckt unter einer weißen *Kapp* aus Organdy.

»Mrs. Hershberger?«, sage ich und trete durch das Tor.

Sie wirft den Kopf zurück, offensichtlich verwundert, dass ich ihren Namen kenne. »Ja?«

Ich reiche ihr die Hand und stelle mich vor. »Ich hoffe, ich komme nicht ungelegen?«

Sie nimmt ein Hemd von der Leine, faltet es und legt es in den Korb. »Eine Pause ist immer willkommen, besonders an einem so schönen Abend.«

Ich habe mir gut überlegt, wie ich der Familie von Ananias Stoltzfus am besten gegenübertrete. Bei Fragen zum Tod eines geliebten Menschen bedarf es, selbst nach so langer Zeit, Taktgefühl. Erst recht jetzt, da die Überreste kürzlich gefunden wurden – und ich mit dem Beschuldigten befreundet bin.

Ich lege den Grund meines Besuchs dar, meinen Background und meine Verbindung zu Jonas. »Die *Diener* haben mich in Painters Mill aufgesucht und gebeten, der Angelegenheit auf den Grund zu gehen.«

»Die *Diener*, aha.« Sie hört sich alles scheinbar unbewegt an. »Es dürfte Ihnen nicht leichtgefallen sein hierherzukommen.«

»Ich weiß, dass dies eine schwere Zeit für Sie und Ihre Familie ist«, sage ich.

»Solange Sie nicht nur hier sind, um Ihren nichtsnutzigen Freund herauszupauken.«

»Ich bin hier, um Informationen zu sammeln«, sage ich schlicht.

Sie nimmt ein weiteres Hemd von der Leine und schlägt die Falten aus. »Die Polizei scheint ziemlich sicher zu sein, dass Jonas Bowman meinen Vater mit seinem alten Vorderlader erschossen hat.«

»Nicht immer ist alles so, wie es scheint«, sage ich.

Sie runzelt die Stirn und wirft das Hemd ungefaltet in den Korb. »Jonas Bowman.« Sie stößt den Namen aus wie einen Fluch. »Hat seinen eigenen Bischof erschossen wie ein Tier und ihn den Aasgeiern und Kriechtieren zum Fraß gelassen. Kein Funke Anstand, nicht ein Gedanke an unsere Familie. Achtzehn Sommer und Winter lang kein Wort. Diese Grausamkeit macht mich noch immer ganz fassungslos.«

Ich sehe an ihr vorbei zum Haus, wo an den Wänden die Schatten der Bäume tanzen, und gebe ihr einen Moment, bevor ich frage: »Was ist Ihrer Meinung nach passiert?«

»Was glauben Sie denn?« Sie wirft eine Klammer in einen kleinen Weidenbehälter. »Ich glaube, der Teufel hat meinen *Datt* zu der verlassenen Farm gelockt, fast zwei Meilen weit weg, und er war sechsundachtzig! Zwar rüstig für sein Alter, aber auch kein junger Hüpfer.« Sie seufzt. »Als wir merkten, dass er weg war … dachten wir, er wäre irgendwo hingefallen, hätte womöglich einen Schlaganfall gehabt. Eben Sachen, die in seinem Alter passieren können.« Sie sagt nichts, was ich nicht schon weiß, aber immerhin redet sie, also unterbreche ich sie nicht.

»Wir haben tagelang nach ihm gesucht. Sogar die *Englischen* haben geholfen mit ihren ATVs und Pferden und allem. Wir waren die ganze Zeit voller Sorgen und haben gebetet.«

»War im Leben Ihres Vaters zu der Zeit, als er verschwand, irgendetwas Ungewöhnliches passiert?«, frage ich. »Hatte er sich über irgendetwas extrem aufgeregt?«

»Nein. Er war einfach alt, ging gern spazieren und hat sich um seinen Garten gekümmert und Vögel gefüttert. Er war ein frommer Mann. Ein liebevoller Mann, der einfach und schlicht lebte.«

»Gab es mit jemandem Streit oder eine Meinungsverschiedenheit?«, frage ich.

»Alle liebten *Datt*«, erwidert sie gereizt, aber in ihrem Blick nehme ich ein Zögern wahr, und ich frage mich, ob sie das wirklich glaubt – oder einfach davon überzeugt ist, weil sie ihren Vater geliebt hat. »Er war ein guter Bischof, hat bestimmt hundert Kommunionen und Taufen abgehalten, und Dutzende Trauungen.« Sie klingt verärgert, als ginge sie davon aus, ich wolle seine guten Taten besudeln.

»Und wie war das mit den Exkommunizierungen?«, frage ich.

»*Datt* hatte es immer geschafft, die Abtrünnigen zurück in die Gemeinde zu holen.«

»Aber nicht alle, oder?«, sage ich. »Roman Miller?«

»Der war doch das Paradebeispiel eines Abtrünnigen. Betrügt ein nettes amisches Mädchen mit einem *mennischt* Flittchen.« *Mennischt* ist *Deitsch* für mennonitisch.

»War Miller sauer auf Ihren Vater?«

»Das müssen Sie ihn schon selber fragen.« Sie sieht mir fest in die Augen. »Mein *Datt* hat hier in Big Valley vielen Menschen geholfen, Chief Burkholder. Er hat viel Gutes getan, lassen Sie sich von niemandem etwas anderes einreden.«

Ich akzeptiere ihre Anmerkung mit einem Nicken und frage weiter. »War er ein strenger Bischof, Mary Elizabeth?«

»Jemand hat Ihnen da eine Menge Zeug erzählt.« Sie wirft eine Handvoll Klammern Richtung Weidenkorb, verfehlt ihn aber. »Sie wären gut beraten, den ganzen Klatsch nicht zu glauben.«

Da sie zunehmend ärgerlich reagiert, halte ich kurz inne, lese die Klammern auf und lege sie in den Korb. »Ich sammle bloß Informationen«, sage ich. »Um herauszufinden, was passiert ist.«

Als die Wäscheleine leer ist, tritt sie zurück und sieht mich an, als versuche sie zu entscheiden, ob ich Freund oder Feind bin. »Hören Sie, mein *Datt* hat dafür gesorgt, dass die Leute sich an die *Ordnung* halten, das muss ein Bischof tun. Es ist für alle das Beste.«

»Verständlich.« Ich zeige zum Haus. »Bei meiner Ankunft ist mir das kaputte Fenster aufgefallen.«

Sie zuckt die Achseln. »Jemand hat einen Stein reingeworfen, wahrscheinlich englische Kinder. Sie wissen ja, wie die sind.«

»Haben Sie es der Polizei gemeldet?«, frage ich, obwohl ich die Antwort schon kenne.

»Ich weiß ja nicht, wie das bei Ihnen gehandhabt wird, aber hier regeln wir unsere Angelegenheiten selbst.«

»Es heißt, bei Ihnen hätte es auch gebrannt«, sage ich.

Sie kneift die Augen zusammen. »Dafür, dass Sie erst einen Tag hier sind, wissen Sie wirklich schon eine Menge.«

»Haben Sie einen Verdacht, wer das gewesen sein könnte? Oder warum das Feuer gelegt wurde?«

»Der Brand war kaum der Rede wert. Wir haben ein bisschen Holz verloren, mehr nicht. Adrian renoviert die alte Mühle hinten auf unserem Grundstück. Er will ein Bed and Breakfast daraus machen.« Sie schüttelt den Kopf. »Vermutlich gefällt das jemandem nicht.«

»Wie lange ist das her?«, frage ich.

»Ungefähr einen Monat.«

»Interessantes Timing, finden Sie nicht?«

Ihr Blick ist forschend. »Jonas Bowman war noch nicht im Gefängnis.«

»Wollen Sie damit sagen, er hat das Feuer gelegt?«

»Sie haben das Timing erwähnt.«

Ich nicke. »Haben Sie dem Sheriffbüro das Feuer gemeldet?«

»Wie ich schon sagte, wir regeln unsere Angelegenheiten lieber selbst. Man hätte sowieso nicht viel tun können.« Sie hebt den Wäschekorb hoch. »Ich weiß, dass Sie nichts Böses mit Ihren Fragen im Sinn haben, aber mir reicht es jetzt trotzdem.«

Ich halte ihr meine Visitenkarte hin, auf deren Rückseite handschriftlich meine Handynummer steht. »Rufen Sie mich an, wenn Ihnen noch etwas einfällt, was vielleicht wichtig sein könnte. Oder wenn Sie einfach nur reden wollen.«

Nach kurzem Zögern nimmt sie die Karte.

Auf halbem Weg zum Auto fällt mir noch eine Frage ein, und ich drehe mich um. »Mrs. Hershberger, können Sie mir sagen, wo Ihr *Datt* gewohnt hat, als er verschwand?«

Den Korb auf die Hüfte gestützt, zeigt sie zur Straße. »Seit dem Tod meiner *Mamm* hat er dort im *dawdi haus* gewohnt.« Das ist *Deitsch* für »Großvaterhaus« und bezeichnet eine kleine Bleibe, in der amische Großeltern nahe ihrer erwachsenen Kinder wohnen, wenn sie zu alt sind, allein zurechtzukommen. »In einem kleinen Cottage an der Indian Ripple Road. Es steht leer, seit wir ihn verloren haben.«

»Ist es okay, wenn ich es mir einmal ansehe?«, frage ich.

»Ich weiß nicht, was Sie zu finden hoffen, außer vielleicht ein oder zwei Mäuse.« Sie zuckt die Schultern. »Ich glaube nicht, dass mein Bruder es abgeschlossen hat, also nur zu.«

»Danke.« Ich wende mich um und gehe los, bin schon fast beim Wagen, als sie noch etwas ruft.

»Wollen Sie wissen, was das Schlimmste von allem war, Kate Burkholder?«

Ich drehe mich zu ihr um.

»Die Ungewissheit«, sagt sie. »Achtzehn Jahre lang die Frage, ob er noch lebt oder tot ist. Ob er Hunger hat oder ob ihm kalt ist oder er verletzt ist. Ob er gelitten und nach uns gerufen hat. Vergessen Sie das nicht bei all den Fragen, die Sie stellen, damit Ihr *hohchmeedich* Freund nicht verurteilt wird.« Das ist *Deitsch* für hochmütig. »All das Gerede über Gerechtigkeit. Sagen Sie mir, wie gerecht das ist?«

* * *

Meinem GPS zufolge verläuft die Indian Ripple Road östlich und westlich im Norden von Belleville. Da es noch immer hell ist, mache ich mich gleich auf den Weg dorthin, merke aber bald, dass die Indian Ripple Road ein kaum asphaltierter zweispuriger Feldweg ist, von dichten Bäumen gesäumt und voller Schlaglöcher. Gerade ist das Sackgassenschild in mein Blickfeld gekommen, als ich rechts zwischen den Bäumen eine schmale Einmündung entdecke.

Die Laubkronen von zwanzig Meter hohen Bäumen tauchen den Wagen in dunkle Schatten, dürre Zweige kratzen über die Türen. Ich frage mich gerade, ob ich falsch abgebogen bin, und überlege umzukehren, als der Wald sich öffnet und ich auf ein kleines Cottage blicke. Zeit und Wind und Wetter haben die einst weiße Außenverkleidung grau gefärbt. An der vorderen Veranda fehlen ein Dutzend Geländerstäbe, und der Fußboden ist teilweise eingesackt, wodurch das Ganze windschief wirkt. Aus dem steilen, rostigen Blechdach ragt ein gemauerter Schornstein, es gibt weder Fensterläden noch Anzeichen von Gartenpflege. Ein winziger Stall, an den ein Pferch mit mannshohem Unkraut grenzt, ist das einzige andere Gebäude. Seitlich vom Haus sehe ich die Überreste eines Gartens, der Zaun mit mehreren fehlenden Latten erinnert an ein zahnloses Maul. Ich parke vor dem Cottage und steige aus. Von Westen her weht mir eine sanfte Brise den Duft des Waldes und von frisch geschnittenem Heu in die Nase. Wenn ich das Haus so betrachte, den ehemaligen Garten und den alten Pferdepferch, bekomme ich eine Ahnung davon, wie es hier in guten Zeiten gewesen sein könnte: friedvoll, ruhig, schön – der perfekte Ort für den Lebensabend eines älteren Witwers.

Als ich mich dem Haus nähere, rascheln meine Schritte im Unkraut, und hoch oben auf dem Ast einer Ulme fängt ein Blauhäher an zu schimpfen. Der Gehweg ist holprig, die Holzstufen der Veranda knarren, als ich zur Tür hinaufgehe. Ich weiß, dass niemand da ist, klopfe aber trotzdem.

»Hallo? Jemand zu Hause?«

Keine Antwort.

Ich drehe am Knauf, aber er bewegt sich nicht. Abgeschlossen. »Mist«, murmele ich.

Zwar bin ich nicht mit der Erwartung gekommen, hier irgendwelche weltbewegenden Beweisstücke zu finden, aber aus Erfahrung weiß ich, dass es hilfreich sein kann, sich das Zuhause eines Opfers anzusehen.

Ohne lange zu überlegen, verlasse ich die Veranda und stapfe durch hüfthohes Unkraut und eine Menge Disteln zur Rückseite des Hauses, wo eine uralte Handpumpe über einem verzinkten, von Rost zerfressenen Trog wacht. Zwischen Haus und Pferdepferch steht der ehemalige Hühnerstall, nicht größer als eine Außentoilette und beinahe vollständig von Schösslingen und Unkraut überwuchert. In einem Fünfundvierziggradwinkel ragt ein Pfosten zum Anbinden für Pferde aus dem Boden.

Die schmale, hintere Veranda ist betoniert und überraschend gut erhalten. Ein halbes Dutzend Wespen summen um ein Nest unter der Dachtraufe. Neben der Stufe liegt ein umgefallener Tontopf, und die Fliegengittertür hängt nur noch an einer Angel. Ich gehe die Treppe hinauf zur Tür. Sie ist unverschlossen. »Hallo?«

Ich trete in eine kleine Küche, wo es nach Schimmel und verrottetem Holz stinkt. Der Linoleumboden ist mit undefinierbarem Dreck überzogen, die gelbe Resopaltheke mit Nagetierkot. Die einfachen Holzschränke entlang der Wand sind hellblau, das ramponierte Spülbecken ist in den Unterschrank gesackt. Durch das entstandene Loch sieht man einen Wasserschaden und kaputten Dämmschutz, der einer glücklichen Maus als Nest dient.

Auf dem Weg zur Tür knirschen Schmutz und Ruß unter meinen Schuhsohlen. Hinter der Tür befindet sich ein kleines Wohnzimmer mit drei schmalen Fenstern und dem Vordereingang. Außer einem alten Sofa, dessen von Tieren zerpflückte Polster überall verstreut sind, und einer verrosteten Öllampe in der Ecke ist der Raum leer. Der Fußboden aus Eichenholz ist noch in relativ gutem Zustand. Hier gibt es nichts von Interesse. Bloß ein nettes kleines Cottage, das schon bessere Zeiten gesehen hat.

Einen ersten Stock gibt es nicht. Also trete ich in den Flur. Vor mir ist ein Bad, zu meiner Linken ein Schlafzimmer. In der Decke öffnet sich eine kleine quadratische Luke zum Dachboden. Im Schlafzimmer gibt es nichts zu sehen außer einem Nachttisch, einer altmodischen, blau-weiß-gestreiften Matratze und einem verloren wirkenden Schaukelstuhl mit kaputter Armlehne.

Durchs Wohnzimmer kehre ich zurück in die Küche, wo ich einen Moment verharre und mich umblicke. Ananias Stoltzfus, der sechsundachtzig Jahre alte Witwer, lebte allein. War jemand in sein Haus gekommen, hatte ihn getötet und seine Leiche im Wald verscharrt? Da es keine Spuren eines gewaltsamen Eindringens gab: Kannte Ananias seinen Mörder? Mary Elizabeth hatte gesagt, ihr Vater sei gern spazieren gegangen. War er seinem Mörder bei einem Spaziergang begegnet? Oder hatte Ananias das Haus verlassen, um jemanden zu treffen?

Ich gehe durch die Tür hinaus ins Freie. Haus und Garten sind umgeben von Bäumen, was meine Orientierung in Bezug auf die Fundstelle der Knochen erschwert. Doch ich habe eine ungefähre Vorstellung davon und mache mich auf in die Richtung, in der ich den Knochenfund vermute.

Es gibt keinen sichtbaren Pfad, keinen Grenzzaun, dem ich folgen könnte, doch nach etwa fünfzig Metern, als ich gerade überlege umzukehren, stoße ich im Unkraut an etwas Hartes:

die Überreste eines Stacheldrahtzauns. Die meisten Holzpfähle sind über dem Boden abgeknickt, der Draht ist durchgerostet. Brombeergestrüpp und Dornenbüsche haben alles runter auf den Boden gedrückt.

Wie ich so dastehe, fällt mir auf, dass die Bäume hier kleiner sind und eine Art Korridor bilden, als wäre hier einmal ein Feldweg gewesen, parallel zum Zaun. War Ananias hier spazieren gegangen an dem Abend, als er verschwand?

Ich stapfe den kaputten Zaun entlang, schlängele mich durch Jungholz, weiche den Brombeerdornen, so gut es geht, aus und achte auf umgefallene Pfähle und Stacheldraht. Das Laub der Bäume ist hier dichter, die Schatten sind mal heller, mal dunkler. Ein Streifenhörnchen huscht über einen umgefallenen Stamm, das Vogelgezwitscher wird intensiver. Nicht zum ersten Mal bin ich von der Schönheit der Natur hingerissen, und ich frage mich, was mir die Bäume alles erzählen würden, wenn sie sprechen könnten.

Einige Minuten später erreiche ich einen flachen Graben und einen Zaun, der den umgefallenen, ursprünglichen Zaun kreuzt. Letzterer biegt nach rechts ab, ist bloß noch ein von Laubhaufen bedeckter Buckel im Erdboden. Der neuere Zaun, ebenfalls aus Draht, aber mit nur einer Schnur Stacheldraht am oberen Ende, verläuft pfeilgerade zu einem benachbarten Feld. Wie weit weg von hier wurden die Knochen gefunden?

Die Frage beschäftigt mich auf dem Weg zurück zum Cottage. Ich bin so in Gedanken versunken, dass ich den Streifenwagen des Sheriffs erst in dem Moment bemerke, als ich beim Betreten des Grundstücks das flackernde Blaulicht sehe. Ein uniformierter Deputy geht um meinen Wagen herum und blickt durch die Fenster.

»Hallo!«, rufe ich und gehe auf ihn zu.

Er blickt in meine Richtung und spricht dabei ins Ansteckmikro. »Zehn-zwölf«, der Code zum Überprüfen eines Nummernschildes, um festzustellen, ob der Wagen gestohlen ist.

Er ist groß, hat den Körperbau eines Schnellläufers und dunkelblondes, kurz geschorenes Haar. Ich schätze ihn auf Ende zwanzig, vermutlich ein Neuling.

»Wir haben einen Anruf wegen unbefugten Betretens bekommen.« Er hat eine nette Stimme, aber auch den abschätzenden Blick eines Polizisten. »Was machen Sie hier draußen?«, fragt er, als ich auf ihn zugehe.

»Mary Elizabeth hat mir die Erlaubnis gegeben, mich hier umzusehen«, sage ich und bleibe drei Meter vor ihm stehen. »Ich war – «

»Ich kenne keine Mary Elizabeth«, sagt er. »Das Grundstück gehört Henry Stoltzfus, er hat angerufen und gesagt, jemand breche in das Haus ein.«

»Ich bin nicht eingebrochen. Die Hintertür war – «

Er fällt mir ins Wort. »Gehen Sie zu meinem Fahrzeug«, sagt er und deutet in die Richtung. »Stellen Sie sich davor, so dass ich Ihre Hände sehen kann. Haben Sie mich verstanden?«

»Kein Problem.« Ich nicke und hebe die Hände. »Ich bin Polizistin in Ohio.«

»Was Sie nicht sagen. Folgen Sie meiner Aufforderung und seien Sie still.«

»Sicher.«

Er verhält sich wie ein Arschloch, aber ich füge mich. Immerhin hat er ja keine Ahnung, wer ich bin. Ich könnte genauso gut jemand sein, der Wände eingetreten, Kupferrohre gestohlen oder irgendwo auf dem Grundstück eine Leiche vergraben hat. Wobei ich mich frage, ob Mary Elizabeth am Ende doch beschlossen hatte, dass mich das Haus nichts angeht.

Ich erreiche den Streifenwagen und stelle mich davor.

»Ist außer Ihnen sonst noch jemand hier?«, fragt der Deputy.

Der Name auf seiner Dienstmarke lautet K. Vance. »Nur ich.«

Er tritt auf mich zu. »Haben Sie Ihren Führerschein dabei?«

»Sicher.« Ich greife in die Gesäßtasche, ziehe Führerschein und Dienstausweis heraus und reiche sie ihm.

Er sieht sich beides genau an. »Chief of Police?«

»Höchstselbst.« Eine kesse Antwort, der ich ein Lächeln hinzufüge, denn ich will mich bei ihm nicht unbeliebt machen.

»Tragen Sie eine Waffe?«

»Zwei.«

Sein Mundwinkel geht hoch, und er gibt mir Führerschein und Dienstausweis zurück. »Ich bin Kris Vance.« Da er jetzt weiß, dass ich keine Massenmörderin bin, entspannt er sich sichtlich. »Was machen Sie hier draußen bei diesem alten Haus, Chief Burkholder?«

»Ich bin eine Freundin von Jonas Bowman«, erkläre ich, »und wollte mich einfach nur umsehen.«

Er aktiviert sein Ansteckmikro. »Zehn-vierundzwanzig«, meldet er, Auftrag erledigt.

»Kennen Sie ihn?«, frage ich.

»Ich hab letztes Jahr meine Küchenschränke bei Bowman gekauft. Er und seine Kinder haben mir geholfen, sie einzubauen.« Er schüttelt den Kopf. »Nette Familie. So was Verrücktes hätte ich nie von ihm erwartet.«

»Ich auch nicht.« Ich wische mir mit dem Ärmel den Schweiß von der Schläfe. »Hier in der Gegend gibt es sicher wenig Kriminalität?«

»So gut wie gar keine. Ich meine, es ist sehr ländlich hier, ruhig. Hier leben viele Amische, und die bleiben unter sich. Der Knochenfund war eine große Sache.«

»In Painters Mill ist es genauso«, sage ich. »Wissen Sie viel über den Fall?«

»Nur dass er lange Zeit ungeklärt war«, sagt er. »Und jetzt sind alle ziemlich wortkarg. Vermutlich wegen des bevorstehenden Prozesses.«

Langsam wird er mit mir warm. Er ist nicht unsympathisch, wahrscheinlich bloß gelangweilt.

»Glauben Sie, dass Bowman es getan hat?«, frage ich.

Die Frage schreckt ihn nicht. »So wie ich es verstanden habe, gab es wohl eine Art Kleinkrieg zwischen Stoltzfus und Bowman. Das Sheriffbüro hat ihn verhört, nachdem der alte Mann verschwunden war. Aber ohne eine Leiche …« Er zuckt die Schultern. »Jedenfalls ist dabei nichts rausgekommen. Dann hat Doyle Schlabach die Knochen gefunden, und der Fall wurde wiederaufgenommen.«

»Die Ermittler gingen also zu Bowman.«

»Na ja, wir haben Bowmans Vorderlader bei den Knochen gefunden, damit schien die Sache ziemlich klar. Dazu kommt, dass Bowman damals kein Alibi hatte.«

»Was nicht gerade hilft.« Ich blicke hinaus auf das Feld. »Habt ihr sonst noch jemanden im Visier gehabt?«

»Also ich bin in den Fall ja kaum involviert«, sagt er. »Ich meine, in die Ermittlungen.«

Meine vielen Fragen machen ihn langsam nervös, was mir ins Bewusstsein ruft, dass ich hier in Pennsylvania lediglich Zivilistin bin. »Ich will Sie nicht bedrängen, Ihre Schweigepflicht zu verletzen.«

Er lächelt. »Das weiß ich zu schätzen, aber das meiste, was ich Ihnen gesagt habe, ist sowieso schon bekannt.«

»Ich will mir einfach ein Bild von der Situation machen, um der Familie die Rechtslage erklären zu können.« Ich lächele zurück.

Er zuckt die Schultern. »Im Prinzip haben alle, mit denen wir gesprochen hatten, mit dem Finger auf Bowman gezeigt.« Er lacht. »Eins muss man ihm lassen, er ist ehrlich. Ein paar Deputys sind mit dem alten Vorderlader zu seiner Farm gefahren, und er hat sofort zugegeben, dass es seiner ist. Er hat nicht mal versucht, irgendeine Erklärung zu finden.« Er schüttelt den Kopf. »Nichts für ungut, aber hilfreich war das nicht, wenn er verhindern will, ins Gefängnis zu kommen. Der Vorderlader hat keine Seriennummer, und hätte Bowman den Mund gehalten, hätte man nur schwer beweisen können, dass es seiner ist. Wahnsinn, oder?«

»Kommt mir nicht wie das Verhalten eines schuldigen Mannes vor«, sage ich.

»Vielleicht.« Er mustert mich wieder, versucht, mich einzuschätzen. »Sie glauben, wir haben den Falschen verhaftet?«

Ich zucke die Schultern, will mich nicht festlegen. »Ich habe Jonas gekannt, als wir beide jung waren, und da war er ein guter Kerl. Deshalb habe ich zugesagt, als die amischen Kirchenältesten mich baten, der Sache auf den Grund zu gehen.«

Er nickt, blickt an mir vorbei und schweigt.

Ich frage: »Waren Sie hier, als der alte Mann vermisst wurde?«

»Ich war ja noch ein Kind.« Er lacht. »Hab mit meinem Dad bei der Suche geholfen. Wir hatten ein ATV und haben überall nach dem alten Mann geguckt. Alle gingen davon aus, dass er gestürzt war und sich verletzt hatte.«

»Gibt es irgendwelche Theorien, was passiert sein könnte?«, frage ich. »Ich meine, glaubt die Polizei, Stoltzfus verließ das Haus, um jemanden zu treffen? Oder war er zufällig jemandem begegnet? Wurde er im Haus getötet und die Leiche dann am Fundort verscharrt?«

»Niemand weiß das sicher.«

Ich denke an meinen kurzen Erkundungsgang. »Wie weit ist der Fundort der Überreste vom Haus hier entfernt?«

Er zeigt in die Richtung, in die ich gegangen bin. »Ein paar Meilen.«

»War die Gegend damals, als Stoltzfus vermisst wurde, noch bewaldet?«

»Hier war alles Wald. Die Farmer roden viel, weil sie mehr Land brauchen. Ich glaube, Schlabach und sein Vater haben die Bäume auf dem Feld vor ein paar Jahren abgeholzt. Man nimmt an, dass die Leiche nicht sehr tief vergraben wurde. Mehrfaches Pflügen und natürliche Erosion haben dann dazu geführt, dass die Knochen schließlich an die Oberfläche kamen.«

Ich denke darüber nach. »Als Stoltzfus damals vermisst wurde – haben Sie mitbekommen, ob es vielleicht Reifenspuren gab? Von einem Auto oder Buggy? So was in der Richtung?«

Er lächelt. »Sie sind wirklich ’ne richtige Polizistin.«

Ich erwidere sein Lächeln. »Charakterschwäche.«

»Verstehe.« Er nickt. »Ehrlich gesagt, ich weiß es nicht. Ich bin an den Ermittlungen nicht beteiligt. Haben Sie schon mit jemandem im Sheriffbüro gesprochen?«

»Sergeant Gainer ist kein sehr gesprächiger Mensch.«

»Nein.« Er räuspert sich. »Ein Charmebolzen ist er wirklich nicht.«

»Menschen wie ihn gibt es auf jedem Revier.«

»Wie wahr!« Nach kurzem Schweigen fügt er hinzu: »Mal sehen, ob ich was für Sie herausfinden kann.«

Ich gebe ihm meine Karte. »Ich weiß das zu schätzen.«

Wir stehen noch einen Moment lang schweigend da, genießen die Brise und die Kakophonie des Vogelgezwitschers um uns herum.

»Ich sollte wahrscheinlich zurück an die Arbeit gehen«, sagt er schließlich.

Ich halte ihm die Hand hin. »Danke, dass Sie mir keinen Strafzettel verpasst haben.«

»Ich bin froh, keinen Bericht schreiben zu müssen.«

Wir verabschieden uns mit einem Händeschütteln und gehen unserer Wege.

10. KAPITEL

Wie immer zu Beginn der Ermittlungen in einem Mordfall müssen hunderterlei Dinge getan werden, am besten schon gestern. Während Erfahrung mich die Kunst der Priorisierung gelehrt hat, gelingt es mir nicht so gut, meine Ungeduld zu zügeln. Dazu kommt, dass ich kaum stichhaltige Fakten habe, mit denen ich arbeiten kann, und dass ich außerhalb meines Zuständigkeitsbereichs agiere, ohne meine üblichen Hilfsquellen. Schlimmer noch, ich bin persönlich in den Fall involviert, was sich wohl für mich negativ auswirken wird – zumindest in den Augen meiner Mitmenschen. Sergeant Gainer hat mir klargemacht, dass ich, auch wenn ich Polizistin bin, keinerlei bevorzugte Behandlung genießen werde. Im Gegenteil, ich habe den Eindruck, dass er alles tun wird, um mich auf Distanz zu halten – und im Dunkeln zu lassen.

Ich bin im Explorer auf dem Weg nach Belleville, wo ich im »Kish Valley Motel and RV Park« ein Zimmer reserviert habe. Eigentlich will ich so schnell es geht einchecken und meine Sachen auspacken, aber es gibt noch etwas, was ich vor Einbruch der Dunkelheit erledigen will.

Das Land, auf dem die Überreste gefunden wurden, gehört einem amischen Mann namens Doyle Schlabach. In der Zeitung stand, dass er den Schädel beim Heumachen entdeckte. Ich weiß nicht, ob es hilfreich ist, mir die Stelle anzusehen, schaden kann es nicht. Und ob er mir den Zutritt zu seinem Grundstück erlauben wird, ist ebenfalls unklar, aber den Versuch ist es wert.

Schlabachs Farm liegt im Norden von Belleville am Fuß einer grünen Hügelkette. Ich biege in einen breiten Schotterweg und werde mit einer so spektakulären Aussicht belohnt, dass ich anhalte, um sie einen Moment lang zu genießen – der üppig mit Bäumen bewachsene Höhenzug, in einem Schleier abendlicher Luftfeuchtigkeit, bietet einen wahrhaft majestätischen Anblick.

Der Weg wird rechts und links von einem Weidezaun gesäumt. Weiter vorn steht eine alte deutsche Hangscheune mit angebauten Viehkoben zur Talseite, die Rückseite blickt zum Höhenzug. Solche Scheunen gibt es viele in Ohio. Was diese jedoch von anderen unterscheidet, ist der Vorbau der oberen Etage, der über das Fundament hinausragt.

Der Weg beschreibt eine Linkskurve, hinter der ein typisch amisches Fachwerkhaus in Sicht kommt, dem über die Jahre diverse Anbauten hinzugefügt wurden, die sich nicht alle unbedingt harmonisch einfügen.

Als ich den Buggy unter der riesigen Eiche entdecke, muss ich zweimal hinsehen, es ist ein Anblick, den man nicht vergisst. Gehört habe ich zwar schon von den pennsylvanischen Buggys mit der gelben Karosserie, aber hier sehe ich ihn zum ersten Mal. Ich stelle meinen Wagen daneben ab und steige aus. Die zitronengelbe Karosserie ist alles andere als schlicht, wobei die helle Farbe nicht der einzige Unterschied zu den Buggys ist, die ich aus Painters Mill kenne. Dieser hier hat Rückspiegel an Fahrer- und Beifahrerseite, und hinten sind Bremslichter, Schlusslichter, ein halbes Dutzend Reflektoren und zwei Schilder mit der Aufschrift »Langsam fahrendes Vehikel« angebracht. Nicht minder erstaunlich ist die Innenausstattung – herausgeputzt mit grünem Samt und einem Armaturenbrett aus glänzendem Walnussholz, das eher zu einem Rolls-Royce passen würde.

»Echt schön, nicht wahr?« Ich drehe mich um. Ein amischer Mann kommt auf mich zu, er ist etwa Mitte dreißig, sein längerer Bart sagt mir, dass er verheiratet ist. Er trägt die typisch amische Kluft dieser Gegend – Hose, Arbeitshemd, flachkrempiger Strohhut und einen diagonal über den Rücken gespannten einzelnen Hosenträger.

»Das ist der kunstvollste Buggy, den ich je gesehen habe«, sage ich.

Er grinst. »Ich bin kein Handwerker – fragen Sie meine Frau –, aber Walnussholz weiß ich zu schätzen. Für einen Buggy ist er zu hübsch, wenn Sie mich fragen, und dann all der Schnickschnack. Passen Sie auf.« Er beugt sich in den Buggy hinein, drückt einen Knopf, zieht ein Zigarettenpäckchen aus der Hosentasche und nimmt eine Zigarette heraus. Er hat sie kaum in den Mund gesteckt, da springt der Anzünder ein Stück aus seinem Gehäuse im Armaturenbrett, er nimmt ihn heraus und zündet sich die Zigarette an.

»Wirklich praktisch, wenn man einen Raucher in der Familie hat«, sagt er.

Ich weiß nicht, was mich mehr überrascht, der Zigarettenanzünder im Armaturenbrett oder dass er raucht. Da mir die Worte fehlen, halte ich ihm die Hand hin und stelle mich vor. »Ich bin Polizeichefin in Painters Mill, Ohio.«

»Ah, Burkholder.« Er sieht mich mit zusammengekniffenen Augen an. »Sie haben einen guten Ruf.«

»Ich bin eine alte Freundin von Jonas Bowman«, sage ich. »Die *Diener* haben mich gebeten, den Umständen um das Verschwinden und den Tod von Stoltzfus etwas genauer nachzugehen.«

»Oje, eine schlimme Sache.« Die Erwähnung von Jonas scheint seiner Stimmung einen Dämpfer zu verpassen. »Das mit dem Bischof, und mit Jonas auch.«

Ich schaue zu dem Feld links von mir. »Es heißt, Sie haben die Überreste gefunden.«

Er zieht an der Zigarette und zeigt zum hinteren Teil des Grundstücks. »Ich habe an dem Tag Alfalfa geschnitten und dachte, die Klinge wär an einen Stein gestoßen. Ich hab angehalten, um ihn aus dem Weg zu räumen, und … da war er.« Er tut, als müsse er sich schütteln. »Mit so einem Anblick rechnet man einfach nicht. Zuerst dachte ich, es wäre vielleicht was Historisches. Ein altes Grab von einem Pionier oder Vorfahren. Aber dann fiel mir ein, dass der Bischof ja verschwunden war, und es überlief mich eiskalt.« Er stößt Zigarettenrauch aus. »Ich hab die Polizei benachrichtigt, die dann mit all ihren Instrumenten angerückt kam. Zwei Tage lang haben sie im Feld rumgegraben, und ein paar Wochen später hatten sie die Knochen identifiziert.«

Das nachfolgende Lachen klingt gezwungen. »Ich glaube zwar nicht an Geister, aber seitdem war ich nicht mehr auf dem Feld.«

»Haben Sie etwas dagegen, wenn ich mir die Stelle einmal ansehe?«

Er zögert, sein Lächeln verschwindet. »Vielleicht sollte ich mit Ihnen gehen.«

»Sie haben vermutlich viel zu tun«, sage ich, für den Fall, dass er eine Ausrede braucht. »Wenn Sie mir die Richtung zeigen, gehe ich gern allein hin. Es dauert sicher nur wenige Minuten.«

»Na ja, meine Frau will, dass ich endlich mit dem Hochbeet für die Blumen fertig werde.« Er schnippt die Zigarette auf den Schotter und zertritt sie unter dem Schuh. »Aber ein Stück gehe ich mit Ihnen.«

Auf dem Weg zu dem Feld, das eine halbe Meile entfernt ist, erfahre ich, dass Doyle und seine Frau Byler-Amische sind. Ich weiß kaum etwas über diese Untergruppe. Mein *Datt* nannte sie immer »Bohnensuppenesser«, weil sie nach dem Gottesdienst zum Mittagessen anscheinend immer Bohnensuppe servieren. Die Männer tragen die Haare kürzer als in einigen anderen Glaubensgemeinschaften, und die Hauben der Frauen sind manchmal braun. Und dann sind da natürlich die gelben Buggys.

»Kennen Sie Jonas?«, frage ich.

Wir gehen einen Feldweg entlang, zwischen einem Maisfeld auf der rechten und einem dichten Wald auf unserer linken Seite, weiter vorn beginnt der steile Anstieg des Höhenzugs.

»Sicher. Über die Jahre haben wir oft miteinander geredet, an den Kirchensonntagen. Vor ein paar Jahren habe ich ihm beim Bau der Werkstatt geholfen, und meine Frau hat bei der Auktion letzten Sommer zusammen mit Dorothy Brot und Kuchen und so was verkauft.« Er schüttelt den Kopf, verzieht bekümmert das Gesicht. »Eine gute Familie. Ich habe Jonas immer gemocht. Einige Leute sagen, er wäre aufbrausend, aber ich hab das nie miterlebt. Um ehrlich zu sein, wusste ich nicht, was ich denken soll, als ich von seiner Verhaftung gehört habe. Kam mir irgendwie falsch vor.«

»War Ananias Ihr Bischof?«

»Bischof Stolztfus hat mich getauft und später auch getraut.« Er schiebt die Hand unter den Hut und kratzt sich am Kopf. »Das war tatsächlich das letzte Mal, dass ich ihn gesehen habe. Ich war damals zwanzig.«

»Wie war er so als Bischof?«

»Einige Leute fanden ihn sehr streng, irgendwie festgefahren in seinen Gewohnheiten.« Er lacht. »Bei Abtrünnigen kannte Ananias kein Pardon.«

»Der Sergeant vom Sheriffbüro hat gesagt, es habe Probleme zwischen Jonas und dem Bischof gegeben.«

»Na ja …« Der amische Mann lässt seinen Blick übers Feld wandern. Er zögert, etwas Negatives über einen seiner Glaubensbrüder zu sagen oder sich an Klatsch zu beteiligen, und für einen Moment ist nur das Geräusch unserer Schritte zu hören.

»Ich bin nicht hier, um ein Urteil abzugeben«, sage ich. »Ich versuche lediglich, zu verstehen, was für eine Beziehung die beiden Männer hatten, um herauszufinden, was passiert ist.«

Doyle nickt und schiebt die Hände in die Hosentasche. »Dagegen ist nichts einzuwenden, denke ich mal.«

Rascheln im Gras und ein Knacken im Gestrüpp lässt uns beide aufschrecken. Ein Reh und ein Kitz springen über den Weg und verschwinden zwischen den Bäumen.

Doyle legt die Hand auf die Brust und fängt herzhaft an zu lachen. »Da fängt das Herz gleich an zu rasen.«

»Oder es bleibt stehen.«

Wir gehen weiter, und wieder einmal bin ich hingerissen von der Schönheit der Umgebung. Die schnurgeraden Maisreihen, die wir gerade passiert haben, das üppige Laub der Bäume und das vielstimmige Vogelgezwitscher, der massive Höhenzug in der Ferne. Ich habe schon fast aufgegeben, nützliche Informationen von Doyle zu erwarten, als er wieder das Wort ergreift.

»Jonas' *Datt* Ezra war Prediger, wie Sie vielleicht wissen. Und auch ein guter Mensch. Ein guter Amischer, nachsichtiger als Ananias, vermute ich.« Er stößt ein Pfeifen aus. »Es heißt, Ezra und Ananias wären ein paar Mal aneinandergeraten. Ananias konnte hart sein, er hat die *Ordnung* mit eiserner Hand durchgesetzt und immer versucht, noch strengere Regeln einzuführen. Bowman war moderater und bereit, die Regeln abzumildern, besonders was technische Dinge betraf.«

»Telefon?«, frage ich. »Computer? Strom?«

»Richtig, all das.« Er lacht. »Und obendrein noch der Traktor!«

Wir erreichen ein Tor. Er nimmt die Kette ab, öffnet es, und wir gehen durch. »Junge, Junge, das hat echt für Wirbel gesorgt.«

»Kann ich mir vorstellen.« Für Nicht-Amische ist der Kauf eines Traktors nichts Besonderes, aber für Amische ist es eine große Sache. Wenn ich an die Zeit denke, in der ich aufgewachsen bin, hätte unsere Gemeinde sich nicht nur gescheut, so etwas vorzuschlagen, Bischof Troyer hätte eine solche Anschaffung niemals erlaubt.

»Ezra argumentierte, dass der Traktor mit Diesel betrieben würde und deshalb okay sei. Er hatte sogar die Gummiräder durch Stahlräder ersetzt, aber dem Bischof hat das nicht gereicht. Ananias sah in dem Kauf einen weltlichen Akt und behauptete, der Traktor würde dem Land Gewalt antun. Er befahl Bowman, ihn wieder loszuwerden.«

Doyle wirft mir ein Lächeln zu. »Die Bowmans sind ein sturer Haufen. Ezra hat den Traktor das ganze Frühjahr über benutzt, hat gepflügt und alle Felder bepflanzt und sogar noch zusätzliches Gerät gekauft. Aber noch schlimmer war, dass Nachbarn den Traktor ausgeliehen haben. Das war der Moment, in dem der Bischof ihn unter *Bann* stellte.«

Doyle zuckt die Schultern. »Und als die Leute anfingen, Partei zu ergreifen, wurde es wirklich schlimm. Manche fanden, es sollte erlaubt sein, Traktoren mit Dieselmotoren zu benutzen, um das Leben leichter zu machen. Andere waren strikt dagegen. Die Situation wurde so unerträglich, dass Ananias einschritt und Bowman die Erlaubnis zur Predigt entzog.

Zwei Wochen später starb Bowman, kippte bei der Arbeit auf dem Feld einfach um. Der englische Arzt sagte, er habe einen Herzschlag erlitten. Das soll Jonas schwer getroffen haben.« Doyle schüttelt den Kopf. »Es war eine schlimme Zeit. Alle dachten, das Ganze würde bald in Vergessenheit geraten, aber das ist nicht passiert.«

»Wieso nicht?«, frage ich.

»Na ja, all die Amischen, die Bowman unterstützt hatten, wollten gehen und ihre eigene Kirchengruppe gründen.« Er verzieht das Gesicht, blickt zu Boden und dann zu mir. »Das würden Sie wohl besser verstehen, wenn Sie amisch wären.«

»Ich war es einmal.«

Er schenkt mir ein schiefes Lächeln, ist nicht sicher, ob ich ihn auf den Arm nehme.

»Ich bin als Teenager weggegangen«, sage ich auf *Deitsch*.

»Dann wissen Sie vermutlich ja doch, wie das ist«, sagt er. »Es sind nicht die *bobblemoul*, die einem Kopfzerbrechen bereiten.« Die Klatschmäuler. »Es sind die schweigenden Abweichler.« Er tippt sich auf die Brust. »Sie behalten all ihre Unzufriedenheit für sich.«

Ich nicke.

»Ich hab gesehen, wie Jonas und Ananias nach dem Gottesdienst aneinandergeraten sind. Es war übel, keiner wusste, was er davon halten sollte. Nur eines war sicher, dass es uns nicht gefiel.« Wieder schiebt er beide Hände in die Hosentaschen und schüttelt den Kopf, als könne er noch immer nicht glauben, was damals passiert ist. »Jonas war jung, das muss man zu seiner Verteidigung sagen. Er litt furchtbar, hatte gerade seinen *Datt* verloren. Im Grunde warf er Ananias vor, seinen Vater umgebracht zu haben.« Er stößt einen Seufzer aus. »Ein paar Wochen danach verschwand Ananias Stoltzfus.«

Wir erreichen ein weiteres Tor, es ist aus Stahlrohr und mit einer Drahtschlinge verschlossen. Doyle hebt die Schlinge hoch und stößt das Tor auf, geht aber nicht hindurch.

»Weiter komme ich nicht mit, Chief Burkholder.«

Auch das hier ist ein schöner Fleck Erde. Die Alfalfa ist hellgrün, Bäume wachsen entlang des relativ neuen Zauns. Rechts von mir liegt ein umgefallener rostiger Windmühlenturm, dessen verbogene Flügel von hüfthohem Unkraut umwuchert sind. Weiter hinten hat einmal ein Haus gestanden, von dem die Schornsteinruine noch in die Höhe ragt.

»Das war früher einmal eine Farm?«, frage ich.

Doyle nickt. »Unbewohnt, so lange ich denken kann.« Er zeigt zum Schornstein. »Das Haus ist vor ein paar Jahren abgebrannt. Mein Datt und ich haben die Scheune abgerissen. Die Windmühle ist letztes Frühjahr bei einem Sturm umgefallen.«

Ich nicke. »Hat hier jemand gewohnt, als Ananias verschwand?«

»Nein, Ma'am. Hier hat schon keiner mehr gewohnt, bevor ich geboren wurde. Vor ein paar Jahren wurde das Land zum Verkauf angeboten.« Er zeigt auf das Alfalfafeld. »Das hier hab ich gekauft. Viertausend Quadratmeter. Grenzt an mein Grundstück. Mein *Datt* und ich haben die Bäume gefällt und das Areal eingezäunt. Ich hab gleich im ersten Frühjahr Alfalfa ausgesät, und seither beschert es mir eine gute Ernte.«

»Wo haben Sie die Knochen gefunden?«

Er berührt meine Schulter und weist in die Richtung. »Ungefähr sechs Meter von dem Endpfosten dort entfernt. Ich hatte mit meinen beiden Maultieren die Alfalfa geschnitten und gerade gewendet, um die letzte Reihe zu mähen … Ich werde nie vergessen, wie die Zähne mich angrinsten, als ich den Schädel in der Hand umdrehte.« Er schüttelt sich. »Ich mache nun lieber wieder mit meiner Arbeit weiter.«

»Danke, dass Sie mich hierher begleitet haben und ich mich hier umsehen darf, es wird nicht lange dauern.«

»Nehmen Sie sich Zeit, Chief Burkholder.« Dann grinst er. »Aber vielleicht sollten Sie wegen den *kshpukka* die Augen offen halten.« Geister. »Ich hab gehört, dass es nach Sonnenuntergang in den Wäldern spukt.«

11. KAPITEL

Ich bin mir nicht sicher, was ich mir von meinem Besuch hier verspreche. Die Polizei hat alles gründlich abgesucht und alle aussagekräftigen Beweise gesammelt. Laut der Berichte wurden Leichenspürhunde und Metalldetektoren eingesetzt und eine kleine Armee forensischer Anthropologen hinzugezogen, um alles zu erschnüffeln, zu entdecken und auszugraben, was im Zusammenhang mit dem Knochenfund wichtig sein könnte.

Aber auch wenn ich nichts weltbewegendes Neues finden werde, ist die Besichtigung eines Tatorts immer nützlich. So kann ich mir besser vorstellen, was passiert sein könnte, und ich bekomme ein Gefühl für die Größenverhältnisse, die Lage und die Umgebung. Ist dieser Ort hier abgeschieden genug, jemanden umzubringen, ohne dabei gesehen zu werden? Ist er weit genug entfernt von Nachbarn, so dass niemand die zwei Schüsse gehört haben kann? Ist diese Stelle abgelegen genug, um eine Leiche zu entsorgen oder zu verstecken? Ananias Stoltzfus war ein sehr alter Mann – ist er von seiner Farm bis hierher gelaufen? Hat ihn jemand gefahren? Oder wurde er woanders getötet und lediglich hierhergebracht? Jonas und seine Frau besitzen eine Farm auf der anderen Seite von Belleville. Ist die Entfernung zwischen den beiden Orten relevant? Das Alfalfafeld ist vom letzten Schnitt noch stoppelig, und auf dem Weg zu der Stelle, wo Doyle den Schädel gefunden hat, ruft der süße Pflanzenduft nostalgische Erinnerungen wach. Das ganze Areal hier ist plattgetrampelt und -gefahren von

Dutzenden Schuhen und den Autoreifen der Einsatzwagen. Gelbes Absperrband flattert um einen Endpfosten, ein rotes Markierungsfähnchen ist der einzige andere Hinweis, dass hier etwas geschehen ist.

Neben dem Fähnchen an der Ecke des Feldes bleibe ich stehen und blicke mich um. Der Endpfosten ist etwa sechs Meter von mir entfernt. Zu meiner Rechten steigt das Land an in Richtung des Berghangs, zur Linken markiert der Drahtzahn die Feldgrenze, dahinter liegen ein Feldweg und der Wald. Laut Doyle war das Alfalfafeld früher ebenfalls bewaldet, bis er und sein Vater es gerodet und bewirtschaftet haben. Wenn das zutrifft, stehe ich jetzt also auf Land, das früher bewaldet war. Ist Deputy Vances Theorie korrekt? Hat der Mörder die Leiche in dem Glauben, sie würde niemals gefunden werden, nur flüchtig in der Erde verscharrt? Waren die Knochen bloß aufgrund natürlicher Erosion und des Pflügens des Feldes entdeckt worden?

Ich gehe zum Zaun und klettere hinüber. Dahinter führt ein etwa drei Meter langer Feldweg zu einer sprichwörtlichen Wand aus Bäumen. Ich durchquere einen Entwässerungsgraben und betrete den schattenreichen Wald. Blätter vom letzten Herbst knistern unter meinen Füßen, und nach nur wenigen Metern bin ich zwischen den Bäumen von außen nicht mehr zu sehen. Hat das Feld vor achtzehn Jahren auch so ausgesehen? Falls ja, war es der ideale Ort, um eine Leiche zu begraben und davon ausgehen zu können, dass sie nie entdeckt werden würde.

Als ich über den Zaun zurückklettere und zum Feld gehe, denke ich an Jonas Bowman, der in einer Zelle sitzt und des Mordes beschuldigt wird. Er war einundzwanzig Jahre alt, als Ananias verschwand, und hatte gerade seinen Vater verloren. Er trauerte. Laut Auskunft aller, mit denen ich gesprochen habe, machte Jonas Ananias für den Tod seines Vaters verantwortlich. War er so wütend, dass er den Bischof an diesen entlegenen Ort gelockt und erschossen hat? Warum sollte ein so alter Bischof bereit gewesen sein, ihn hier zu treffen? Diese Fragen kreisen wie eine Dauerschleife in meinem Kopf. Dann versuche ich mir vorzustellen, wie Jonas den alten Mann – einen Bischof – in dieser bewaldeten Gegend vor sich hergetrieben hat und einen geplanten Mord beging, aber es will mir nicht gelingen. Nicht mit dem Jonas vor Augen, den ich einmal kannte.

Ich erreiche das Markierungsfähnchen, gehe in die Hocke und lege die Hand auf den Boden. »Was hast du getan?«, flüstere ich.

Doch der Rabe, der sich krächzend durch die Lüfte schwingt, kennt die Antwort genauso wenig wie ich, und so trete ich den Rückweg mit dem entmutigenden Gefühl an, dass keine der Informationen, die ich brauche, leicht zu finden sein wird.

* * *

Das Kish Valley Motel mit dem Wohnmobilstellplatz liegt im Westen von Belleville und stammt aus den neunzehnhundertfünfziger Jahren, woran der Neonschriftzug über dem Büro erinnert. Die Zimmer, mit klappernden Klimaanlagen im Fenster und türkisfarbenen Türen, befinden sich in zwei Gebäudeflügeln. Dahinter stehen, umgeben von Bäumen, ein paar versprengte Cottages und Wohnmobile. Auf dem Parkplatz stehen zwei Autos, und in dem Pool im Hof tummeln sich ein halbes Dutzend Kinder im eher grünen als blauen Wasser, was aber niemanden zu stören scheint.

Als ich schließlich einchecke, ist es stockdunkel. In der Hoffnung auf Ruhe vor den Pool-Kindern, habe ich eines der

»Honeymoon«-Cottages im hinteren Bereich genommen und meine kleine Reisetasche in ein Zimmer geschleppt, das nach Raumspray und altem Teppichboden riecht. Aber es ist sauber und kühl, das Bett ist frisch bezogen und laut Online-Bewertungen mit schnellem Internet ausgestattet.

Noch während ich auspacke, rufe ich Tomasetti an.

»Wie war's denn so bis jetzt?«, fragt er.

»Interessant, befremdend. Ich habe das Gefühl, schon viel länger als einen Tag hier zu sein.«

»Wenn ich nicht irre, ist das ein Song der Grateful Dead.«

Ich lache, vermisse ihn und bringe ihn auf den neuesten Stand meiner Erkenntnisse.

»Das gefundene Gewehr am Tatort reicht als Beweis, um ihn zu überführen«, sagt er.

»Alles andere sind bloße Indizien.«

»Aber ziemlich starke.«

Ich seufze. »Ich hatte gehofft, das Sheriffbüro würde freigiebiger mit Informationen sein.«

»Ich bin sicher, sie werden sich noch für dich erwärmen«, sagt er. »Und die Familie des Opfers, verhält sie sich feindselig dir gegenüber?«

Ich erzähle ihm von meinem Besuch bei Mary Elizabeth Hershberger. »Feindselig war sie nicht, hat mich aber ziemlich schnell verabschiedet. Amische sind generell höflich, und ich hoffe, morgen mit Stoltzfus' Sohn reden zu können.«

Kurzes Schweigen, dann fragt er: »Und was ist dein Eindruck von Bowman?«

»Ich hab seine Frau und Kinder getroffen«, sage ich. »Nette Familie.«

Stille. »Und Bowman?«

Die leichte Anspannung, die ich plötzlich verspüre, schüttele ich ab. »Ich hab ihn nur wenige Minuten im Gefängnis gesehen. Er … hat sich nicht verändert. Kommt mir vor wie ein typischer Amischer – Ehemann, Vater, Möbelschreiner. Seine Frau versucht, die Kaution zusammenzubekommen.«

»Hältst du ihn für schuldig?«

Ich lasse die Frage wirken, zwinge meine Gedanken in all die Bereiche, die ich anfangs nicht erkunden wollte, aus Angst vor dem, was ich vielleicht entdecken würde. »Nein. Ich meine, ich kannte ihn ja bis etwa ein Jahr vor dem Mord – bevor die ganze Familie Painters Mill verlassen hat. Ich kann mir nicht vorstellen, dass er seinen eigenen Bischof umgebracht hat.«

»Sieht ganz so aus, als hättest du alle Hände voll zu tun.«

»Das bringt es so ziemlich auf den Punkt.«

»Tust du mir einen Gefallen?«

»Das musst du doch nicht fragen.«

»Dann vergiss nicht, dass es um Ermittlungen in einem Mordfall geht, Kate. Es steht viel auf dem Spiel, womöglich lebenslang Gefängnis ohne vorzeitige Entlassung – oder sogar die Todesstrafe. Menschen werden unberechenbar, wenn es um ihr Leben geht. Auch wenn es ein Cold Case ist und es Amische betrifft, geht es immer noch um Mord, wie man es auch dreht und wendet. Der alte Mann hat nicht zwei Kugeln abgekriegt und sich dann selbst begraben.«

»Ist das deine charmante Art, mir zu sagen, ich sollte Jonas nicht trauen, nur weil ich mit ihm aufgewachsen bin?« Trotz des flapsigen Untertons höre ich doch auch den Ernst in meiner Frage.

»Ich sage nur, dass ein Mensch sich in zwanzig Jahren sehr verändern kann«, erwidert er. »Vergiss das nicht.«

»Und du hast hoffentlich nicht vergessen, dass ich keine Anfängerin bin, Tomasetti, oder?«

»Ich würde meiner Sorgfaltspflicht als herrschsüchtiger Lover und neunmalkluger Cop nicht Genüge tun, wenn ich darauf verzichtete, zu erwähnen, dass du dich manchmal etwas zu sehr engagierst.«

»Ich werde vorsichtig sein«, sage ich. »Und du bist kein herrschsüchtiger Lover.«

Er lacht, weil ich den neunmalklugen Cop nicht dementiert habe.

Wir machen noch ein wenig Smalltalk, reden über unsere Farm. Er erzählt mir von den Küken, die gerade geschlüpft sind, von den Purpurschwalben, die das neue Vogelhäuschen erkunden. Aber die ganze Zeit habe ich das Gefühl, dass etwas Ungesagtes zwischen uns steht – etwas, was ich mir nicht eingestehen und er nicht ansprechen will.

Diesmal lassen wir es dabei bewenden.

* * *

Das Vibrieren meines Handys reißt mich aus dem Tiefschlaf. Im ersten Moment glaube ich, zu Hause zu sein, aber Tomasetti ist nicht da. Ich wälze mich herum, taste auf dem Nachttisch nach dem Telefon und blicke mit zusammengekniffenen Augen aufs Display. Aber ich erkenne die Nummer des Anrufers. »Ja?«, melde ich mich mit rauer Stimme.

»Chief Burkholder?«

Ich brauche einen Moment, um die Stimme einzuordnen. »Effie?« Ich setze mich auf und blicke zum Radiowecker am Bett: 5:15 Uhr. »Ist alles okay?«

»Bei uns sind Polizisten. Sie schreien und sind gemein zu uns. *Mamm* wollte, dass ich zur Telefonzelle laufe und Sie anrufe.«

»Weißt du, warum sie gekommen sind?«

»Nein, sie haben ganz laut geklopft und uns alle aufgeweckt. Und sie sind gemein zu *Mamm*. Sie hat gefragt, was sie wollen, aber sie haben nur gesagt, sie soll das Papier lesen. *Mamm* weiß nicht, was sie tun soll.«

»Wo sind die Polizisten jetzt?«

»Ich … irgendwo draußen, glaube ich.«

Bei dem Papier kann es sich eigentlich nur um einen Durchsuchungsbeschluss handeln, was mir aber unsinnig erscheint, weil das Sheriffbüro das Haus schon durchsucht hat. Jonas ist in Haft. Warum sollten sie zurückkommen und es ein zweites Mal durchsuchen?

»Okay«, sage ich dem Mädchen. »Geh zurück zum Haus und sag deiner *Mamm*, ich bin unterwegs. Und dass alle Ruhe bewahren sollen.«

»Sie werden doch meine *Mamm* nicht mitnehmen, oder?«

Ich zucke innerlich zusammen. »Niemand wird deine *Mamm* mitnehmen, Liebes«, versichere ich ihr. »Alles wird gut.«

»Das hat *Datt* auch gesagt, bevor sie ihn ins Gefängnis gesteckt haben«, flüstert das Mädchen.

Als ich auflege, habe ich das ungute Gefühl, dass es wahrscheinlich noch eine ganze Menge gibt, was ich über den Fall nicht weiß.

12. KAPITEL

Auf dem Weg zur Farm der Bowmans rufe ich zweimal im Sheriffbüro an. Einmal werde ich weiterverbunden, aber am anderen Ende nimmt niemand ab, das nächste Mal lande ich auf der Mailbox des zuständigen Presseprechers, doch eine Nachricht zu hinterlassen erspare ich mir.

Als ich bei den Bowmans eintreffe, flackert das Blaulicht mehrerer Einsatzfahrzeuge über das Anwesen. Ich zähle drei Streifenwagen, einen Kastenwagen des Spurensicherungsteams der Pennsylvania State Police und einen weißen Van der NBC-Niederlassung – Hörfunk- und TV-Network – des nahe gelegenen State Colleges. In der Einfahrt läuft ein Deputy mit dem Handy am Ohr auf und ab. Ich erblicke Dorothy, in eine dicke Jacke gehüllt, mit einer Lampe in der Hand, auf der vorderen Veranda. Ich parke den Wagen und steige aus.

»Was ist passiert?«, frage ich, als ich auf sie zugehe.

Die amische Frau ist sichtlich durcheinander. Sie wurde offenbar aus dem Schlaf gerissen und hatte keine Zeit, sich richtig anzukleiden, denn ihre Haare sehen unter der *Kapp* hervor, ihre Füße stecken nackt in weißen Sneakers.

»Sie sind einfach gekommen und haben an die Tür gehämmert.« Sie hält mir mit zittriger Hand den Durchsuchungsbeschluss hin. »Haben mir das hier gegeben und gesagt, sie wollen sich den alten Brunnen hinten auf dem Grundstück genau ansehen.«

»Einen Brunnen?«, wundere ich mich. Ich nehme ihr das Papier ab und überfliege es. *Ausgefertigt vom Gemeinwesen von Pennsylvania.* Der Antrag wurde vom Bezirksstaatsanwalt genehmigt. In der Beschreibung des zu durchsuchenden Grundstücks steht die Adresse der Farm, aber weder das Haus noch die Werkstatt sind aufgeführt, sondern lediglich ein stillgelegter Brunnen.

Weiter unten auf der Seite werden die spezifisch zu beschaffenden Beweismittel gelistet.

Waffen, Munition, biologisches Material, Multimediageräte oder jeder andere materielle Beweis im Zusammenhang mit dem Verbrechen.

Ich sehe Dorothy verwundert an. »Haben Sie irgendeine Idee, wonach sie suchen?«

»Keine Ahnung.« Sie schüttelt den Kopf. »Der alte Brunnen war schon hier, als wir das Grundstück gekauft haben. Ich habe Jonas schon ein Dutzend Mal gebeten, ihn zuzuschütten, damit niemand reinfällt.«

»Mamm!«

Wir wirbeln herum und sehen, wie Junior durch die Haustür gestürmt kommt. »Sie schlagen Reuben!«

»Lieber Gott!«

»Bleibt hier«, sage ich. Ich stürze ins Haus und laufe durch Wohnzimmer und Küche. Mit beiden Händen stoße ich die Hintertür auf und sehe Licht zwischen den Bäumen. Ich nehme zwei Stufen auf einmal die Treppe hinunter, höre laute Stimmen, bin aber zu weit weg, um irgendetwas zu verstehen. Ein Handgemenge ist im Gange, so viel ist sicher, und wenn ich nicht schnell genug bin, um die Situation zu deeskalieren, könnte Reuben wie sein Vater im Gefängnis landen.

Noch während ich über das Gras renne, zerre ich die Mag-Lite aus meiner Jackentasche und sehe zwischen den Bäumen einen Hilfssheriff mit einer Taschenlampe auf mich zukommen.

»Ma'am!«

»Ich bin Polizistin«, sage ich. »Was ist passiert?«

»Sie haben hier nichts zu suchen«, sagt er.

»Ich weiß, aber der Junge dort ist minderjährig«, erwidere ich unbeirrt und gehe weiter in Richtung des Lichtes und der offenbar heftigen Konfrontation. »Können Sie mir sagen, was dort los ist?«

Der Deputy, der in der Einfahrt telefoniert hat, folgt mir, aber ich bin schneller.

Nach zehn Metern fällt mein Blick auf zwei weitere Deputys, die neben jemandem am Boden knien. Reuben, das Gesicht nach unten, Arme im Rücken. Mist. *Mist.*

»Reuben.« Ich verlangsame meinen Schritt, muss mich beruhigen und atme tief durch. »Der Junge ist minderjährig«, sage ich den Polizisten. »Ich kann helfen.«

»Schafft sie weg von hier!«, schreit ein Deputy.

Ein zweiter Deputy kommt auf mich zu, der Blick finster entschlossen. »Ma'am.«

»Ich bin Polizistin.« Ich zeige auf Reuben. »Und eine Freundin der Familie. Ich kümmere mich um ihn.«

Der Deputy bleibt ein paar Meter vor mir stehen. In seinen Augen sehe ich die zögerliche Akzeptanz – der Zugehörigkeit zur blauen Bruderschaft. Er hat begriffen, dass ich eine von ihnen bin, was ihn leicht verunsichert.

»Ich bin Polizeichefin in Painters Mill, Ohio«, sage ich für alle gut hörbar. »Ich will wissen, was hier vor sich geht.«

Einer der beiden Deputys neben Reuben steht auf. Er schwitzt, seine Haare sind wirr, und er ist stinksauer. Blätter und Dreck kleben an seinen schweißbedeckten Armen. »Wenn Sie verhindern wollen, dass dieser kleine Mistkerl hier im Gefängnis landet, dann nehmen Sie ihn schnellstens mit ins Haus. Jetzt gleich.«

»Kein Problem.« Ich erreiche sie in dem Moment, als die beiden Männer Reuben auf die Füße hieven. Das Hemd des amischen Jungen ist offen, seine magere, weiße Brust bebt und ist voller Erde und vertrocknetem Gras. Seine Hände sind im Rücken mit Handschellen gefesselt, der einzelne Hosenträger hängt über der Hüfte, sein Kopf ist unbedeckt und gebeugt. Er blickt mich nicht an.

»Bleiva roowich«, sage ich zu ihm. Bleib ruhig.

Der Junge hebt den Kopf, schaut mich an und senkt ihn gleich wieder.

»Ich nehme ihn euch ab«, sage ich zu den beiden Deputys. »Danke auch.« Dann wende ich mich dem stinksauren Deputy zu. »Alles okay?«

»Sicher, was denn sonst«, erwidert er giftig.

Ich weise mit dem Daumen Richtung Reuben. »Er wird keine Probleme mehr machen.«

Der Junge sieht mich an, als hätte ich ihn verraten, und stößt einen wütenden, frustrierten Laut aus. Sein Blick schnellt zum Deputy. *»Eah sheeva mei mamm!«* Er hat meine *Mamm* gestoßen!

Ich zeige mit dem Finger auf ihn. »Kein Wort mehr.« Ich sage es auf Englisch, mein barscher Ton gilt sowohl dem Jungen wie den Polizisten.

Wieder lässt Reuben den Kopf hängen.

»Chief Burkholder.«

Der Mut verlässt mich, als ich Rick Gainer kommen sehe, den Sergeant, mit dem ich gestern im Sheriffbüro gesprochen habe.

»Wutausbrüche scheinen in der Familie zu liegen.« Er lächelt, doch sein Gesichtsausdruck ist keineswegs freundlich.

»Teenager sind nicht gerade für ihre Zurückhaltung bekannt«, sage ich.

Er blickt düster von dem Jungen zu mir. »Ich bin kurz davor, ihn einzubuchten.«

Ich halte seinem Blick stand. »Ich wäre Ihnen dankbar, wenn Sie's nicht tun. Seine Familie macht gerade viel durch.«

In der viel zu langen Pause, die nun entsteht, bricht mir der Schweiß in Rücken und Nacken aus, gleichzeitig fühle ich Wut in mir hochsteigen, die ich aber unterdrücke. Schließlich nickt Gainer dem Deputy zu, der Reuben festhält. »Lass ihn frei.«

Während der Deputy die Handschellen aufschließt, sehe ich an ihm vorbei zum Brunnen. »Wonach suchen Sie hier?«, frage ich Gainer.

»Steht alles im Durchsuchungsbeschluss.« Die Standardantwort, wenn man nicht antworten will. Den gleichen Satz habe ich schon Dutzende Male gesagt.

»Das Timing ist interessant«, sage ich. »Haben Sie neue Informationen?«

Sein Grinsen sagt unausgesprochen: Das hätten Sie sicher gern gewusst!

Ich lächele. »Sie haben offensichtlich keine Lust, mir entgegenzukommen.«

»Richtig.«

Ohne mir ansehen zu lassen, was ich denke, konzentriere ich mich auf den Brunnen. Die Mauer um das Loch ist etwas über einen halben Meter hoch und an einigen Stellen eingebrochen. Es gibt keine Abdeckung und keinen Eimer. Ein Kriminaltechniker der Spurensicherung hat auf einem Gerüst ein Arbeitslicht aufgestellt. Ein zweiter Techniker ist gerade dabei, etwas in den Brunnen hinabzulassen. Licht? Eine Kamera? Beides?

Nachdem der Deputy Reubens Handschellen abgenommen hat, sieht Reuben ihn beschämt und kleinlaut an, dann wendet er sich mir zu.

»Wir gehen«, sage ich mit fester Stimme.

Er starrt mich ungläubig an. »Aber die können doch nicht …«

»Doch, die können.« Ich lege ihm meine Hand auf die Schulter. »Sie haben einen Durchsuchungsbeschluss.«

Er gibt einen resignierten, enttäuschten Laut von sich. »Ich dachte, Sie wüssten, wie man sich gegen solche Leute wehrt.«

Ich bleibe stehen und sehe ihn an. »Es ist ein Unterschied, ob man sich aus gutem Grund für etwas einsetzt oder ob man sich ohne triftigen Grund ins Jugendgefängnis stecken lässt. Darüber solltest du ein paar Minuten nachdenken.«

Er sieht mich an, Nasenflügel gebläht und Lippen zusammengekniffen. In dem Moment sieht er aus wie Jonas im gleichen Alter, und das Herz tut mir weh.

»Geh ins Haus«, sage ich. »Bitte deine *Mamm*, einen Kaffee zu kochen. Ich komme in ein paar Minuten nach.«

Wortlos dreht er sich um und macht sich auf zum Haus.

* * *

Ich bleibe in der Nähe des Brunnens, werde zweimal aufgefordert, weiter zurückzugehen und Abstand zu wahren. Zweimal nähere ich mich wieder, komme aber nicht nahe genug heran, um zu sehen, was sie tun. Das Arbeitslicht am Brunnen ist nicht hell genug, um Genaueres zu erkennen. Ich verstehe auch kein Wort, weil der Generator, den jemand hergebracht hat, zu laut rattert. Ich spreche mit ein paar Deputys, von denen mir einer sagt, dass jemand hinabgestiegen und auf Wasser gestoßen ist. Doch was gesucht wird, behalten sie für sich. Nur dass sie deswegen ganz aufgeregt sind, ist offensichtlich, weshalb ich mich umso mehr ärgere, im Unklaren gelassen zu werden.

Die Morgendämmerung färbt den östlichen Horizont schon rosa und grau, als ich den Deputy kommen sehe, den ich gestern am alten Haus von Stoltzfus getroffen habe. Ich krame in meinem Gedächtnis nach seinem Namen … Kris Vance. Er hat für seine Kollegen Kaffee besorgt, hält in beiden Händen Papptabletts mit To-go-Kaffeebechern. Ein Untergebener, der für das Wohlbefinden der Höhergestellten sorgen muss.

»Kann ich Ihnen tragen helfen?«, frage ich.

»Oh … lieber nicht, Sie gehören ja …«

»… zur Gegenseite.«

Er lacht. »Stimmt.«

Ich warte ein paar Minuten, bis er den Kaffee verteilt hat, dann nähere ich mich ihm wieder, wahre aber respektvollen Abstand. »Sie hatten die ganze Nacht Dienst?«, frage ich.

Er nickt, nippt an seinem Kaffee. »Bin zur Doppelschicht verdonnert.«

»Kaffee hilft.« Mehrere Minuten lang sehen wir den anderen bei der Arbeit zu.

»Ich glaube, sie haben jemanden runter in den Brunnen geschickt«, sage ich. »Aha«, bemerkt er zurückhaltend, dann: »Interessant.«

»Wissen Sie, wonach sie suchen?«, frage ich.

Er blickt sich um, will sichergehen, dass uns niemand miteinander reden sieht. »Bin nicht sicher«, sagt er, ohne mich anzusehen. »Ich war gerade auf Streife, als der Sergeant mich beauftragt hat, Kaffee herzubringen.«

Die Stimmen der Männer werden lauter, hektischer. Deputy Vance sieht mich kurz an, dann geht er hinüber zu den anderen. In dem Moment steigt ein Mann im weißen Schutzanzug aus dem Brunnen, mit Stirnlampe, Handschuhen, Gesichtsmaske und Schuhüberziehern. Als wäre er davon ausgegangen, dort unten kontaminierte Beweise zu finden. Noch interessanter ist aber die Tatsache, dass er zwei kleine Pappschachteln in der Hand hält.

Was zum Teufel ist in den Schachteln, und was hat das mit

Jonas zu tun? Steht es in irgendeiner Beziehung zum Mord an Ananias Stoltzfus? Wichtiger noch, woher wusste das Sheriffbüro, dass es im Brunnen danach suchen musste?

Ich will dichter herantreten, doch ein Deputy hält mich auf. Kris Vance habe ich aus den Augen verloren. Ich bleibe noch ein paar Minuten stehen, bis die Deputys und die Leute von der Spurensicherung anfangen, ihre Sachen zusammenzupacken. Sie haben offenbar gefunden, wonach sie suchten.

* * *

Kurze Zeit später sitze ich am großen Küchentisch und trinke die zweite Tasse Kaffee. Junior und Effie sitzen mir gegenüber und essen mit gesenktem Kopf lustlos und ohne Appetit Rührei auf Toast. Dorothy schenkt sich eine Tasse Kaffee aus dem Perkolator ein und setzt sich zu mir.

»Hat irgendjemand eine Idee, wonach die Polizei gesucht haben könnte?«, frage ich in der Hoffnung, dass vielleicht sogar eines der Kinder etwas weiß.

Dorothy schüttelt den Kopf. »Sie wollten es uns nicht sagen.« Reuben kommt in die Küche, er ist jetzt vollständig angekleidet. Ohne uns anzusehen, geht er zum Schrank und holt sich einen Teller.

Dorothy steht auf, aber er hebt die Hand. »Ich nehme mir selbst, *Mamm.*«

Die amische Frau sinkt zurück auf den Stuhl, blickt sorgenvoll von Reuben zu mir und wieder zu ihrem Sohn. *»Es is dunk-oiyah«*, sagt sie. Es gibt Eier.

Er geht wortlos zum Herd und nimmt sich zwei Spiegeleier. Seine Körpersprache lässt vermuten, dass er noch immer wütend ist und uns heute Morgen lieber aus dem Weg gegangen wäre. Sicher ist er nicht gerade stolz darauf, dass ihm Handschellen angelegt wurden und er beinahe verhaftet worden wäre.

»Weißt du vielleicht, wonach die Polizei gesucht hat?«, frage ich ihn.

Er blickt mich über die Schulter hinweg an, legt den Pfannenwender ab und kommt zu uns an den Tisch. »Ich hätte nicht die Beherrschung verlieren dürfen«, murmelt er mit gesenktem Kopf.

Erst jetzt sehe ich die Schürfwunde an seiner Wange, den blühenden Bluterguss unter seinem Auge. Und ich frage mich, wie grob die Polizisten ihn behandelt haben – und ob sie einen Grund dazu hatten.

Dorothy schiebt ihrem Sohn eine kleine Schale hin. *»Es is gebacht brot un abbel budder zu.«* Es gibt auch Toast und Apfelbutter. »Iss jetzt.«

Reuben hebt den Kopf und sieht seine Mutter an. »Der Deputy hat dich weggestoßen«, sagt er.

Dorothy winkt ab. »Ich stand im Weg, mehr nicht.«

Er presst die Lippen zusammen, nimmt sich eine Scheibe Toast und bestreicht sie dick mit Apfelbutter. »Das dürfen sie nicht.«

Junior legt seine Gabel hin. »Ich – ich hab Steine in den Brunnen geworfen«, platzt er heraus.

Alle Blicke richten sich auf ihn. Der Junge hat aufgehört zu kauen, sitzt wie versteinert da und sieht von mir zu seiner *Mamm* und zu Reuben. »Melvin M-Mast hat gesagt, dass man die Sekunden zählen kann zwischen Loslassen und wenn er ins Wasser fällt und dass man so rausfindet, wie tief er ist. Wir w-wollten es wissen.«

Dorothy sieht ihn verständnisvoll an und tätschelt seine Hand. »Ich glaube nicht, dass die Polizei nach Steinen sucht.«

»Sie haben nach Knochen gesucht«, sagt Reuben.

»Was für Knochen?«, frage ich verwundert.

Er zuckt die Schultern. »Keine Ahnung, aber ich hab gehört,

wie der Deputy was von Knochen gesagt hat. Als sie das Licht und die Kamera in den Brunnen runtergelassen haben, hat er übers Funkgerät mit dem Mann im Brunnen gesprochen.«

»Bist du sicher, dass sie nicht die Knochen auf dem Feld meinten?« Mir ist bewusst, dass Junior und Effie zu essen aufgehört haben und man solche Gespräche nicht in Gegenwart von Kindern führen sollte, schon gar nicht, wenn sie wissen, dass ihr Vater im Gefängnis sitzt.

Reuben sieht mich an. »Er sagte, die Knochen im Brunnen.«

»Hast du eine Idee, wessen Knochen das sein sollen?«, frage ich. »Oder wer sie dort reingeworfen haben soll?«

Er schüttelt den Kopf. »Das wollte ich ja gerade rausfinden, als der Deputy sich auf mich gestürzt hat.«

Effie legt die Gabel hin und sieht ihre *Mamm* an. »Glaubt die Polizei, dass *Datt* noch jemandem etwas Böses getan hat?«

»Diese Polizisten wissen nicht, was sie glauben.« Dorothy steht auf. »Hämmern morgens um fünf Uhr an die Tür.« Sie klatscht in die Hände. »Wenn ihr drei den Schrank heute fertigkriegen wollt, solltet ihr bald anfangen.«

Ich bekomme kaum mit, dass die Kinder ihr Geschirr in die Spüle stellen und zur Hintertür hinausgehen. Irrt Reuben sich hinsichtlich des Gesprächs der Polizisten? Dass sie nach Knochen suchen, hätte ich nie erwartet. Allerdings würde das erklären, warum sie vor der Morgendämmerung zusammen mit Technikern der Spurensicherung hier eingefallen sind.

So eine Entdeckung würde wesentlich mehr Fragen aufwerfen als beantworten. Wessen Knochen sind das? Gibt es ein zweites Mordopfer, von dem ich nichts weiß? Wie sind die Knochen in den Brunnen gekommen? Und woher weiß das Sheriffbüro, dass sie dort sind? Noch wichtiger ist: Was haben die Knochen mit Jonas und dem Mord an Ananias Stoltzfus zu tun?

13. KAPITEL

Informationen sind ein unschätzbares Gut während einer Ermittlung. Je mehr man weiß, desto näher ist man der Lösung. Leider sind Informationen genau das, womit das Sheriffbüro nicht herausrücken will. Es ist nicht das erste Mal, dass gegen mich gemauert wird. In meinem Beruf als Polizistin begegne ich immer wieder Menschen, die eigene Ziele verfolgen und bereit sind zu lügen, zu betrügen und zu stehlen, um mich im Dunkeln zu lassen.

Von Kollegen bei Ermittlungen ausgeschlossen zu werden, ist jedoch etwas anderes. In diesen Fall bin ich als Privatperson involviert, und niemand ist verpflichtet, mich zu informieren, meine Fragen zu beantworten oder mich zurückzurufen, wenn ich Nachrichten hinterlasse und darum bitte. Ich bin eine Außenstehende und habe eine persönliche Beziehung zum Verdächtigen, was mich umstandslos im gegnerischen Lager platziert.

Als ich auf den Highway einbiege, brennt meine Frustration wie Säure auf der Haut, und ich werfe das Smartphone auf den Beifahrersitz. Im Moment kann ich einfach nur weitermachen und versuchen, aus anderen Quellen so viele Informationen wie möglich zu bekommen. Auch wenn es mir gerade wie eine hoffnungslose Unternehmung vorkommt, wird irgendwann doch Licht ins Dunkel kommen. Jedenfalls rede ich mir das ein.

Entscheidend im Umgang mit Cold Cases ist es, jede Information so zu behandeln, als wäre sie taufrisch. Ich muss zu den Anfängen zurückgehen und jeden einzelnen Schritt nachvollziehen. Stur meiner Ermittlungsroutine folgen und nicht den Anfängerfehler machen und Abkürzungen nehmen, nur weil einer bestimmten Spur bereits gefolgt wurde. Wäre Ananias Stoltzfus gerade erst ermordet worden, würde ich mir alle genau ansehen, die Streit mit ihm hatten. Während Jonas ganz oben auf der Liste stände, käme Roman Miller gleich dahinter.

Er wohnt im Westen von Menno, mehrere Meilen von Belleville entfernt, auf einem stattlichen Anwesen mit einem Farmhaus aus Backstein, dahinter eine schöne Pferdescheune und ein Weidezaun ringsherum. Ich biege in die Schottereinfahrt, parke neben einem rostigen Anhänger für zwei Pferde, der an einem alten Pick-up hängt, und steige aus. Sofort kommen zwei australische Cattle Dogs mit aufgestellten Nackenhaaren bellend aus der Scheune angerannt.

Ich überlege, ob ich zurück in den Explorer flüchten oder versuchen soll, ins Haus zu gehen, ohne gebissen zu werden, als eine Stimme ertönt.

»Mädels, ist gut!«

Ich blicke über die Kühlerhaube meines Wagens hinweg und sehe eine Frau auf einem großen gescheckten Pferd – einem Paint Horse – in meine Richtung kommen: knarzender Ledersattel, klimperndes Geschirr, beschlagene Hufe klacken auf Schotter.

Die Hunde weichen zurück, wedeln mit dem Schwanz, doch sie lassen mich nicht aus den Augen. Ein paar Meter vor mir stoppt die Frau das Pferd. »Kann ich Ihnen helfen?«

»Ich suche Roman Miller«, sage ich.

»Ich auch«, erwidert sie mit einem Seufzer. »Der Mann scheint sich jedes Mal in Luft aufzulösen, sobald hier auch nur die kleinste Kleinigkeit getan werden muss.« Ihr Ton ist locker, aber dass ihre Worte auch ein Quäntchen Wahrheit enthalten, ist nicht zu übersehen.

Ich gehe zu ihr hin und streiche dem Pferd über den Hals. Die Nasenflügel des Tieres sind gebläht, sein Fell glänzt schweißnass, und wo Satteldecke und Schulter aufeinanderstoßen, sieht man winzige Schaumbläschen. »Er ist wunderschön«, sage ich.

»Sie«, korrigiert mich die Frau. »Und sie ist das größte Miststück, seit der Appaloosa mir letzten Sommer zwei Rippen gebrochen und eine Gehirnerschütterung beschert hat. Ich schwöre, wenn ich sie nicht so lieben würde, hätt ich sie schon längst zum Abdecker gebracht.«

Da mir klar ist, wie sie das meint, fahre ich mit dem Finger über das Maul des Tieres – die samtige Haut mag ich ebenso wie den Geruch.

Die Frau redet gern und läuft sich gerade warm. »Wenn ich ein regelmäßiges Einkommen hätte, würde ich das auch mit meinem nichtsnutzigen Ehemann tun.« Harte Worte, aber liebevoll lächelnd gesagt. »Und das weiß er auch.«

Sie legt den Kopf zur Seite. »Was wollen Sie von Roman?«

Ich stelle mich vor. »Ich bin ein Freund der Familie von Jonas Bowman und versuche, dem Tod von Bischof Stoltzfus auf den Grund zu gehen.«

»Seine Knochen wurden gefunden, hab ich gehört.« Sie atmet hörbar aus. »Echt gruselig.«

Ich nicke, spüre, dass das Pferd sich mit der Schnauze an mir reibt, und gewinne den Eindruck, dass es mit reichlich Karotten verwöhnt wird.

»Roman ist vermutlich in der Scheune.« Sie rollt mit den Augen. »Er macht dort alle möglichen Geräusche, damit ich denke, dass er arbeitet. Säge, Hammer, was auch immer. Und wenn ich nachsehe, sitzt er mit einer Bierflasche in der Hand auf seinem Hintern. Ich schwöre, eines Tages trenne ich mich von ihm.«

Ich räuspere mich, tätschle einen der Hunde neben mir und freue mich, dass er mit dem Schwanz wedelt.

Sie strafft beide Zügel. »Gehen Sie rein«, sagt sie. »Wahrscheinlich labert er Ihnen über Stoltzfus das Ohr ab. Ich mache meine Runde zu Ende.«

Sie reitet los, und die Hunde folgen ihr. Ich gehe zur Scheune, einem relativ neuen Gebäude mit breiter Stallgasse in der Mitte und Pferdeboxen an beiden Seiten. Am Ende der Stallgasse ist ein Pferd angebunden, dessen Huf von einem Mann mit Cowboyhut bearbeitet wird. Ein Bodenventilator bläst ihnen warme Luft zu.

»Mr. Miller?«

Er lässt das Bein des Tieres hinab auf den Boden und blickt mich über die Schulter hinweg an. »Volltreffer.«

Der angenehme Geruch von Pferden, Holz und frisch geerntetem Heu umspielt meine Nase. »Schön haben Sie es hier«, sage ich und trete zu ihm.

»Finden wir auch.« Er tippt mit dem Finger an den Hut und nickt. »Momentan nehme ich keine neuen Kunden.«

»Ich würde Ihnen gern ein paar Fragen über Ananias Stoltzfus stellen.«

Er schiebt den Hut ein Stück nach hinten und mustert mich kurz. »Sind Sie von der Polizei?«

Ich stelle mich vor. »Ich bin Polizeichefin in Painters Mill, Ohio, aber als Freundin der Familie Bowman hier.«

»Ah, Burkholder. Sind Sie amisch oder was?«

»Ich war's.«

»Oha.« Er legt die Raspel hin und schenkt mir seine volle Aufmerksamkeit. »Ich möchte nicht mit Jonas Bowman tauschen. Der Mann steckt bis zum Hals in der Scheiße.«

Ich nicke. »Sie selber sollen auch Ärger mit Stoltzfus gehabt haben, heißt es.«

»So was spricht sich offenbar schnell rum.« Er lacht, aber es klingt nicht sehr fröhlich. »Auch nach so vielen Jahren haben die amischen Arschlöcher noch immer nichts Besseres zu tun, als über mich zu reden.«

»Das lag wohl eher an meinen gezielten Fragen«, sage ich.

»Wenigstens geben Sie das ehrlich zu.«

»Sie wurden exkommuniziert, richtig?« Ich sage es auf *Deitsch*. Ich bin mir nicht zu schade, jede Karte auszuspielen, um sein Vertrauen zu gewinnen. Damit er mit mir redet.

Er blinzelt überrascht, sagt aber nichts. »Hat meinen Eltern das Herz gebrochen, aber zurückgehen war unmöglich. Das hab ich alles Ananias Stoltzfus zu verdanken. Man soll ja nicht schlecht über Tote reden, aber er war ein hundsgemeiner Scheißkerl.«

»Was ist passiert?«

»Ihm passte es nicht, dass ich eine mennonitische Freundin hatte.« Sein Blick wandert zur Tür, offensichtlich spricht er von der Frau auf dem Pferd. »Irgendwie hatte Ananias davon Wind bekommen und versucht, sie mir auszureden. Als ich sie trotzdem nicht aufgeben wollte, stellte er mich unter *Bann*. Als ich noch immer nicht nachgab, hat er die Daumenschrauben angesetzt.« Er sieht mich vielsagend an. »Als ehemalige Amische wissen Sie ja, was das heißt.«

»Ja, das verstehe ich.«

»Das war nicht nur schlimm für meine Familie, es hat mich auch finanziell ruiniert. Ich bin Hufschmied, meine Kunden waren Amische, und danach wollten sie nicht mehr, dass ich die Hufe ihrer Pferde beschlage. Dabei hatte ich mir gerade Zubehör gekauft, um das Eisen vor dem Beschlagen heiß zu machen … und plötzlich war alles vorbei. Das ganze Zeug wurde wieder abgeholt, was meine Kreditwürdigkeit ruiniert hat.« Die letzten Worte spuckt er aus, als wären sie in seinem Mund verfault. »Sie können sich also vorstellen, dass ich mit dem Bischof nicht gerade auf gutem Fuß stand.«

So viel Feindseligkeit nach so langer Zeit erstaunt mich. »Hatten Sie mit ihm gestritten?«

»Er wollte über mein Leben bestimmen, und als ich das nicht zugelassen habe, hat er mich ruiniert. Also ja, wir hatten ein paar Auseinandersetzungen. Er war zu strikt und hat seine Vorstellungen knallhart durchgesetzt. Ich war nicht der Einzige, der das so sah.«

»Denken Sie da an jemand Bestimmtes?«

»Es herrschte gewissermaßen Einigkeit darüber. Amische hängen Kritik an ihrem Bischof nicht an die große Glocke, wenn Sie wissen, was ich meine.«

»Hat die Polizei nach Ananias' Verschwinden mit Ihnen gesprochen?«

»Aber sicher. Es hat nicht lange gedauert, da standen sie vor der Tür. Sie verdächtigten mich und stellten alle möglichen Fragen. Nichts für ungut, aber ich bin kein großer Fan der Polizei.«

»Verstehe ich.«

»Ich hab Glück gehabt, dass Bowman den Vorderlader am Tatort zurückgelassen hatte.« Er stößt ein nervöses Lachen aus. »Sonst säße ich jetzt vielleicht im Gefängnis und nicht er.«

»Was glauben Sie denn, warum Ananias Stoltzfus getötet wurde?«, frage ich.

»Also was mich betrifft, hat Bowman uns allen einen großen Gefallen getan.«

Da ich dazu nichts sage, schüttelt er den Kopf. »Hören Sie, ich hab keine Ahnung, wer den alten Mann kaltgemacht hat. Ich sage lediglich, dass die Menschen ihr Limit haben.«

»Sie glauben, dass jemand an sein Limit gestoßen ist und entschieden hat zu handeln?«

»Ich glaube, dass eine Menge Amische nicht einverstanden waren mit seiner Unerbittlichkeit. Ananias Stoltzfus schikanierte die Menschen im Namen der *Ordnung*. Wären Sie noch amisch, wüssten Sie, was das heißt. Es ist einfach nicht richtig.«

Ich denke an den umsichtigen und sorgfältigen Prozess, anhand dessen Amische ihre *Diener* auswählen – den Bischof, den Diakon und die Prediger –, was am Ende dann per Los entschieden wird. Machtausübung lehnen Amische grundsätzlich als weltlich ab.

»Wenn Ananias Stoltzfus so ein Tyrann war, wie kann es sein, dass er zum Bischof gewählt wurde?«, frage ich.

Er sieht aus, als müsse er nachdenken. »Ich glaube, am Anfang war er nicht so herrisch. Erst nach dem Tod seiner Frau wurde es wirklich schlimm, hab ich gehört.«

»Inwiefern?«

»Er ging extrem hart gegen Leute vor, besonders gegen Abtrünnige – also Leute wie mich.« Er lächelt selbstironisch. »Vermutlich kann man es ihm nicht einmal verübeln, dass er so ein mürrischer alter Mann geworden war. Wenn man bedenkt, wie seine Frau gestorben ist …«

»Wie ist sie denn gestorben?«

Er sieht mich an, als überrasche es ihn, dass ich das nicht weiß. »Sie hat sich vor dem Altar einer Lutherkirche in Belleville die Pulsadern aufgeschnitten. Der Pfarrer hat sie gefunden, aber sie starb, noch bevor man sie ins Krankenhaus bringen konnte.«

»Gab es Gerüchte, warum sie das getan hat?«, frage ich.

»In dem Fall waren alle ausnahmsweise ziemlich wortkarg, sogar die Zeitung hat keinerlei Einzelheiten gebracht.«

»Wann war das?«

»Ein paar Jahre vor Ananias' Verschwinden.« Er wischt sich mit einem Halstuch den Schweiß von den Schläfen. »Aber mal ehrlich, sich als Amische in einer Lutherkirche die Pulsadern aufschneiden? Wer macht denn so was?«

14. KAPITEL

Ich habe keine Ahnung, ob der Selbstmord von Mia Stoltzfus irgendetwas mit dem Tod ihres Mannes zu tun hat, doch als ich wieder im Wagen sitze und Richtung Osten fahre, geht mir die Geschichte nicht aus dem Kopf. Die Selbstmordrate unter Amischen ist zwar etwas niedriger als die der Gesamtbevölkerung, aber Suizide gibt es natürlich auch bei ihnen. Depressionen und Verzweiflung sind menschliche Probleme, gegen die auch Amische nicht immun sind. Mia Stoltzfus' Selbstmord sticht jedoch insofern hervor, weil sie ihn in einer Lutherkirche beging. Warum sollte eine amische Frau, eine Anabaptistin, sich in einer Lutherkirche das Leben nehmen?

Die Frage beschäftigt mich auch dann noch, als ich an der im GPS eingegebenen Adresse von Henry Stoltzfus, Ananias' Sohn, eintreffe. Er lebt auf einer bildschönen Farm in einem zwischen zwei Hügeln eingebetteten Tal, durch das ein kleiner Bach plätschert. Aus dem Feld zu meiner Linken ragen ein Getreidesilo sowie eine große rote Scheune auf, drei kleinere Gebäude sind durch frisch gestrichene weiße Holzzäune miteinander verbunden. Der Garten rechts von mir wird von einer Windmühle dominiert, die beinahe so hoch ist wie das zweigeschossige Farmhaus, Kletterpflanzen schlängeln sich an dem Gemäuer hinauf bis zur Kappe mit den Flügeln. Ich fahre langsam an den Nebengebäuden vorbei und halte auf dem Schotterplatz neben dem Farmhaus, einem Fachwerkbau mit einem Schornstein aus rotem Backstein und einem begrünten Verbunddach. Ich bin auf halbem Weg zur Veranda, die sich über die ganze Breite des Hauses zieht, als ich hinter dem Farmhaus ein weiteres, mittelgroßes Gebäude bemerke. Es sieht aus wie eine Werkstatt, und die Tür steht offen. Da drinnen Licht brennt und Geräusche hörbar sind, gehe ich darauf zu.

Vor dem Gebäude steht ein Picknicktisch, über einem offenen Feuer köchelt ein riesiger Suppentopf auf einem selbst gebauten Dreifuß. Ein etwa zwölf Jahre alter amischer Junge, der ein kopfloses Huhn an den Füßen hält, kommt aus der Tür; auch er trägt die hier übliche Kleidung. Schlachttag, wird mir klar.

»Hallo«, sage ich.

Der Junge nickt eine Begrüßung, wobei er das Huhn weit genug von sich weg hält, damit kein Blut auf seine Schuhe tropft.

»Ich suche Henry Stoltzfus«, sage ich. »Ist er da?«

Der Junge zeigt zu der offenen Tür.

Ich trete in das schwach beleuchtete Innere, wo mich das Gegacker von Hühnern empfängt. Zwei kopflose Kreaturen hängen an den Füßen an einem niedrigen Dachsparren. Zwei Hühner erwarten ihr Schicksal in Holzkisten, die übereinander auf dem Boden stehen.

»Was wollen Sie?«

Beim Klang der Stimme drehe ich mich um und sehe einen ernst blickenden amischen Mann aus einem dunklen Gang treten. Er hat blonde Haare, blaue Augen, einen drahtigen, strohfarbenen Bart und ist ähnlich gekleidet wie der Junge. Es ist offensichtlich, dass ihn der Anblick einer *Englischen* in seiner Scheune nicht erfreut.

Ich halte ihm die Hand zur Begrüßung hin und stelle mich vor. »Ich versuche herauszufinden, was Ihrem Vater zugestoßen ist. Die *Diener* haben mich um Hilfe gebeten.« Er ignoriert meine Hand. »Hilfe für wen?«

»Alle, die an der Wahrheit interessiert sind«, sage ich.

»Warum Sie?« Er mustert demonstrativ meine Kleidung. »Sie sind eine *hohch.*«

Hohch ist die etwas abfällige Bezeichnung für Nicht-Amische, die ich nicht zum ersten Mal höre und nicht persönlich nehme. Da ich allem Anschein nach nicht viel Zeit zur Verfügung habe, sage ich auf *Deitsch*: »Ich bin für alle Informationen, die Sie mir geben können, dankbar.«

Unbeeindruckt beugt er sich vor und nimmt ein Huhn aus einer der Holzkisten. Das Tier flattert wild mit den Flügeln, als er es auf die Werkbank vor sich legt. Mit flinken Händen bindet er ihm eine Schnur um die Füße und verknotet sie. »Die Polizei sagt, er sei erschossen worden und dass sie Bowmans Vorderlader neben ihm gefunden haben. Mehr Wahrheit brauche ich nicht.«

Als er die Axt nimmt, hole ich tief Luft, bevor er sie auf den Hals des Tieres niedergehen lässt.

Ich blicke weg, warte, bis er das Tier zum Ausbluten aufgehängt hat. »Ich weiß, dass es eine schlimme Zeit war«, sage ich. »Mr. Stoltzfus, ich will einfach nur sicherstellen, dass die richtige Person gefunden wurde und vor Gericht gestellt wird.«

Der Junge von vorhin tritt ein, sein Blick huscht von seinem *Datt* zu mir und zurück zu seinem *Datt*. Er spürt, dass etwas im Gange ist, und hat kein Interesse, etwas davon abzubekommen. Stoltzfus und ich verstummen und sehen zu, wie der Junge eines der kopflosen Hühner mit nach draußen nimmt, wo er es mit heißem Wasser überbrühen und rupfen wird.

Stoltzfus legt die Axt hin. »Dann erklären Sie mir einmal, Kate Burkholder, was für eine Sorte Mensch einen sechsundachtzig Jahre alten Bischof so sehr hassen kann, dass er ihn erschießt? Was für ein Mensch vergräbt die Leiche, so dass die

Familie niemals erfährt, was passiert ist? Vielleicht sollten Sie darüber einmal nachdenken, bevor Sie in mein Haus kommen und mich um Hilfe bitten.«

»Wer immer Ihrem Vater das angetan hat, verdient seine Strafe«, sage ich.

Ein wissendes Lächeln umspielt seine Lippen. Er nickt zufrieden. »Sie haben sich weit entfernt vom Glauben, nicht wahr, seit Sie Ihre Kirchengemeinde verlassen haben?«

»Das hier hat nichts mit mir zu tun.«

»Wenn Sie amisch wären, wüssten Sie, dass Gott das letzte Urteil spricht. Nicht die Polizei, der Richter oder die Jury. Und ganz bestimmt nicht eine Abtrünnige wie Sie.«

Ich stecke die Beleidigung ungerührt weg und frage weiter. »Das mag ja sein, Mr. Stoltzfus, aber was ist, wenn Jonas Bowman es nicht getan hat? Er ist amisch und hat Frau und Kinder. Die Wahrheit ist wichtig.«

»Die Wahrheit überlasse ich Gott.«

»Auch wenn derjenige, der das getan hat, noch auf freiem Fuß ist?«, sage ich. »Und wenn er noch jemanden umbringt?«

Plötzlich habe ich seine Aufmerksamkeit. »Sie brauchen Beweise, dass Jonas es getan hat?«

»Was immer für Informationen Sie mir geben.«

»Vielleicht sollten Sie meine Schwester nach dem Brief fragen.«

Ich bin irritiert. »Was für ein Brief?«

Wieder huscht ein Lächeln über sein Gesicht. »Jonas Bowman hatte gedroht, meinen *Datt* umzubringen. Wenn ich Ihren Gesichtsausdruck richtig deute, vermute ich mal, dass er Ihnen davon nichts gesagt hat.«

Die Existenz eines Briefs ist mir neu. »Ich habe gestern mit Mary Elizabeth gesprochen. Sie hat nichts dergleichen erwähnt.«

»Dafür, dass Sie einmal amisch waren, kennen Sie uns wirklich sehr schlecht.« Er beugt sich runter und holt das letzte Huhn aus seiner Kiste. »Und jetzt lassen Sie mich und meine Familie in Ruhe. Kommen Sie nicht wieder, ich möchte meine Kinder einer wie Ihnen nicht aussetzen.«

* * *

»Das lief ja wie geschmiert«, murmele ich, als ich in den Explorer steige und den Motor anlasse.

Mit einem gewissen Misstrauen mir gegenüber hatte ich generell gerechnet, besonders seitens der Familie des Opfers. Denn auch wenn Vergebung zu den wesentlichen amischen Grundsätzen gehört, gibt es Zeiten, in denen Ideologien hinter Gefühlen zurücktreten. Wenn ich also noch auf irgendwelche hilfreichen Informationen hoffe, dann sicher nicht von Henry Stoltzfus.

Ich bin kaum eine Meile weit gefahren, als mein Handy zirpt. Beim Blick aufs Display sehe ich eine mir unbekannte örtliche Nummer.

»Chief Burkholder, Deputy Vance hier.«

»Der Deputy, der mir fürs unerlaubte Betreten eines Grundstücks keinen Strafzettel ausgestellt hat.« Im Stillen frage ich mich, ob Sergeant Gainer ihm auferlegt hat, sich mit mir und meinen Fragen rumzuschlagen.

»Ich sollte wahrscheinlich nicht mit Ihnen reden«, sagt er. »Und schon gar nicht über die Stoltzfus-Ermittlungen. Aber es gibt etwas, was ich sagen muss.«

Ich fahre an den Straßenrand und stelle den Motor ab. »Kommt Ihnen etwas an dem Fall komisch vor?«

»Bei unserer Unterhaltung habe ich Ihnen gesagt, dass ich meine Küchenschränke von Jonas Bowman gekauft habe.«

»Daran erinnere ich mich.«

»Also in der Woche, in der sie die Schränke bei mir eingebaut haben, habe ich einige Zeit mit ihm und seinen Kindern zugebracht.«

»Es ist eine nette Familie«, sage ich.

»Ja, das stimmt.« Als er wieder zu sprechen beginnt, ist seine Stimme so leise, dass ich die Lautstärke meines Telefons höher stellen muss. »Eigenlich dürfte ich Ihnen nicht sagen, was ich gleich sage.«

»Wenn Sie wissen wollen, ob ich den Mund halten kann, lautet die Antwort ja.«

Eine Pause entsteht. »Der Ermittler hat Knochen in dem Brunnen gefunden«, sagt er schließlich.

»Sie haben eine weitere Leiche entdeckt?«

»Keine ganze Leiche, nur … Handknochen.«

»Handknochen?« Ich überlege, was das bedeutet, aber mir fällt nichts ein. »Von wem sind sie?«

»Wir haben sie zur DNA-Analyse ins Labor nach Erie geschickt. Es wird eine Weile dauern, je nachdem, wie viel Arbeit sie dort haben.«

Meine Alarmglocken schlagen, und mein Herz beginnt zu hämmern. Auch wenn die Knochen zur Identifizierung in ein Polizeilabor geschickt wurden, ist es gut möglich, dass die Polizei mehr weiß, als sie nach außen dringen lässt oder publik macht.

»Und Sie sind sicher, dass es etwas mit dem Stoltzfus-Fall zu tun hat?«, frage ich.

»Das ist Ihnen so klar wie mir.« Die darauffolgende Pause ist so lang, dass ich fast sicher bin, er hat aufgelegt. »Der ermittelnde Detective glaubt, dass es Ananias Stoltzfus' Handknochen sind.«

»Ich dachte, das Skelett wäre auf dem Feld gefunden worden.«

»Das stimmt, aber dass die Hände fehlten, haben die Ermittler nie öffentlich gemacht.«

»Jemand … allem Anschein nach der Mörder … hat ihm die Hände abgeschnitten?«

»Beide Hände wurden an den Handgelenken abgetrennt.«

Ich bin so baff, dass mir die Worte fehlen, stelle aber schließlich die offensichtliche Frage: »Warum tut jemand so etwas?«

»Keiner hat eine Erklärung«, sagt er. »Ich meine, wenn jemand so etwas tut, dann doch normalerweise, um die Identität des Opfers zu verheimlichen, wegen der Fingerabdrücke und so. Aber Stoltzfus hat hier gewohnt und wurde vermisst. Mit oder ohne Hände würde er doch in dem Moment identifiziert werden, in dem man ihn fände. Die ganze Sache ist ein Rätsel.«

»Gibt es eine Theorie, wie die Hände in den Brunnen gekommen sind?«, frage ich.

»Im Grunde besteht Einigkeit darüber, dass Bowman Panik gekriegt hat. Dass er die Hände abtrennte in dem Glauben, dass damit der Identifizierungsprozess schwieriger würde.«

»Aber warum sollte er dann Beweise auf seinem eigenen Grundstück verstecken?«

»Ich weiß«, sagt er. »Das ergibt keinen Sinn. Deshalb habe ich Sie angerufen.«

»Woher wusste das Sheriffbüro, dass die Knochen im Brunnen sind?«, frage ich.

»In Details bin ich nicht eingeweiht, aber wenn ich es richtig verstanden habe, durch einen anonymen Hinweis.«

»Und genau zur richtigen Zeit, finden Sie nicht?«

»Ich rufe Sie nicht an, weil ich das alles glaube, okay?«

»Und von wem der Hinweis kam, können Sie sich nicht denken?«

»Keine Ahnung, und reden tut auch niemand darüber.« Er

seufzt. »Die Sache ist die, Chief Burkholder, die Wiederwahl des Sheriffs steht dieses Jahr an. Es heißt, er will eine wasserfeste Verurteilung.«

»Ob er den richtigen Mann hat oder nicht.«

»Kein Kommentar. Hören Sie, ich brauche meinen Job. Wenn bekannt wird, dass ich Sie angerufen habe, kann ich meine Sachen packen.«

Ich muss an das Gespräch mit Henry Stoltzfus denken, und in Gedanken versuche ich, Punkte miteinander zu verbinden, die sich schlichtweg nicht verbinden lassen. »Ich habe gehört, Ananias Stoltzfus habe einen Drohbrief von Jonas Bowman bekommen. Wissen Sie etwas darüber?«

»Von einem Brief weiß ich nichts.«

Was die Frage aufwirft, ob Henry Stoltzfus bloß eine Nebelkerze geworfen hat.

Vance stößt einen Seufzer aus, der Unbehagen signalisiert. »Hören Sie, nichts von allem haben Sie von mir erfahren.«

»Kris wer?«

Sein Lachen ist nur kurz. »Mir gefällt nicht, was gerade passiert. Und Sie anzurufen bereitet mir echte Bauchschmerzen, aber ich hielt es für das Richtige.«

»Es bleibt unter uns«, sage ich.

Er legt wortlos auf.

* * *

Einer der schwierigsten Aspekte jeder Ermittlung ist die Unsicherheit, ob man auf dem richtigen Weg ist. Dass anfangs immer eine gewisse Zeit verschwendet wird, weil man falsche Spuren verfolgt oder von unrichtigen Annahmen ausgegangen ist, gehört zum Arbeitsablauf dazu, auch wenn manchmal Stunden, Tage oder gar Wochen nutzlos verstreichen. Als ich in Belleville eintraf, war ich von Jonas' Unschuld nicht völlig überzeugt. Immerhin gibt es einige handfeste Beweise gegen ihn, namentlich den Vorderlader. Er hatte Motiv, Mittel und Gelegenheit. Wenn man dann noch Indizienbeweise berücksichtigte – böses Blut zwischen Jonas und dem Opfer –, hatte die Polizei guten Grund, ihn zu verhaften.

Für mich gehört das Motiv zu den aufschlussreichsten Aspekten. Der Knochenfund im Brunnen ergibt keinen Sinn, wie man es auch dreht und wendet. Zum Beispiel hatte Jonas keinen Grund, die Hände abzutrennen; er hätte gewusst, dass jeder Leichenfund mit Ananias Stoltzfus in Verbindung gebracht würde. Und selbst wenn er in einem Anfall von Panik die Hände abgetrennt hätte, warum sollte er sie auf seinem eigenen Grundstück entsorgen? Und wer hat den anonymen Hinweis gegeben? Der Fund wirft wesentlich mehr Fragen auf, als er beantwortet.

Es ist zehn Uhr abends, ich sitze im Motelzimmer am Tisch, vor mir den summenden Laptop und den aufgeschlagenen gelben Block mit meinen Notizen. Ich bin müde, aber zu aufgewühlt, um zu schlafen. Doch bis jetzt habe ich nichts weiter erreicht, als mir einen steifen Hals zu holen.

Eine der quälendsten Fragen ist die nach der Quelle des anonymen Hinweises. Wer hat das Sheriffbüro angerufen? Woher wusste der Anrufer von den Knochen im Brunnen? Und warum jetzt, nach achtzehn Jahren?

Ich nehme den Stift und schreibe: *Wer wusste, dass die Knochen im Brunnen sind?*

Der Mörder.

Ein Komplize?

»Warum hat man die Hände abgetrennt?«, flüstere ich.

Der Mörder musste wissen, dass die abgetrennten Hände den Identifizierungsprozess nicht verzögern. Alle menschlichen Überreste würden sofort mit einer vermissten Person in Verbindung gebracht. Außerdem: Warum sollte Jonas, falls er Ananias Stoltzfus ermordet hatte, die Leiche im Wald vergraben und die Hände im Brunnen auf seinem eigenen Grundstück entsorgen?

Die Antwort lautet: Dazu gab es keinen Grund.

Da ich heute Abend in dieser Richtung nicht weiterkomme, ziehe ich den Laptop heran und tippe »MIA STOLTZFUS SELBSTMORD« in die Suchmaschine. Ihr Tod produziert nicht viele Treffer. Ich klicke den ersten Link an – eine Lewistoner Zeitung – und lese:

EHEFRAU VON AMISCHEM BISCHOF BEGEHT SELBSTMORD IN KIRCHE VOR ORT

Dem Sprecher des Sheriffbüros von Mifflin County zufolge hat die Frau, deren Leiche in der Lutherkirche von Big Valley gefunden wurde, anscheinend Selbstmord begangen. Pastor Russel Zimmerman fand die Frau um sechs Uhr morgens auf dem Boden vor dem Altar.

Der Sprecher des Sheriffbüros sagte, es scheine sich um einen Selbstmord zu handeln, wollte die endgültige Feststellung der Todesursache aber dem Leichenbeschauer überlassen.

Das Büro des Leichenbeschauers hat auf wiederholte Anfragen nicht reagiert.

Der Name der Frau, eine Amische in ihren Siebzigern, wurde nicht genannt, da die Familie noch benachrichtigt werden muss.

»So etwas ist in der Lutherkirche von Big Valley noch nie passiert«, sagte der Pastor. »Unter welchen Problemen sie auch immer litt, jetzt ist sie in den liebenden Armen unseres Herrn und Retters.«

* * *

Ich klicke mich zurück zur Suchmaschine, aber weder die offizielle Todesursache noch die Todesart werden irgendwo erwähnt. Normalerweise wäre eine Geschichte, die keinen direkten Bezug zu dem Fall hat, an dem ich arbeite, nicht von Bedeutung. Aber der Selbstmord von Mia Stoltzfus ist eine weitere Ungereimtheit in einer wachsenden Liste von Ungereimtheiten – und zwar nicht nur der Suizid selbst, sondern auch die Tatsache, dass sie ihn in einer Lutherkirche begangen hat und mit einem amischen Bischof verheiratet war, der später ermordet wurde. Ich bin schon lange genug bei der Polizei, um zu wissen, dass es beim gehäuften Auftreten solcher Abweichungen vom Normalen an der Zeit ist, der Sache tiefer auf den Grund zu gehen.

Also notiere ich die Adresse der Kirche und den Namen des Pastors im Notizblock.

Um Mitternacht klappe ich schließlich meinen Laptop zu. Als ich dann im Bett liege und die Decke über mich ziehe, beschließe ich, morgen früh auf dem Weg nach Lewistown an der Kirche haltzumachen. Ganz im Sinne von Tomasetti, der gern sagt: Manchmal sind es die vermeintlich nebensächlichen Informationen, die zu etwas Brauchbarem führen.

* * *

Ich schieße kerzengerade im Bett hoch, bin irritiert, schnappe nach Luft. Einen Moment lang weiß ich nicht, wo ich bin, ich strecke die Hand nach Tomasetti aus, aber der Platz neben mir ist leer und kalt. Dann fängt mein Verstand an zu arbeiten. Ich bin in Belleville, im Motel.

Was hat mich aus dem Schlaf gerissen?

Ich starre ins Dunkel, lausche, höre die Symphonie der Grillen, das Grollen eines Gewitterdonners in der Ferne. Mein Nacken ist schweißnass, mein Herz rast, und erst jetzt merke ich, dass es trotz der ratternden Klimaanlage im Zimmer zu schwül ist, zu heiß. Ich blicke zur Tür, sehe einen trüben Lichtspalt, und mir wird klar, dass sie etwa dreißig Zentimeter weit offen steht. Ich hatte sie abgeschlossen …

Adrenalin durchflutet meinen Körper, ich rolle herum, taste nach der .38er auf dem Nachttisch, nehme eine Bewegung wahr, Kleiderrascheln, Schritte auf dem Teppichboden, jemand eilt auf mich zu …

Bevor ich die Waffe packen kann, geht eine Faust auf meinen Arm nieder. Ich schwenke herum, setze mich auf, der Angreifer ist jetzt vor mir, ich versetze ihm einen Schlag, treffe auf einen harten Körper, schwere Kleidung. »Ich bin Polizistin!«, schreie ich. »Ich bin bewaffnet! Stop!«

Im aufscheinenden Licht eines Blitzes erkenne ich die Umrisse eines Mannes, groß und breit und viel zu nahe. Er geht auf mich los, ich lehne mich auf dem Bett zurück, winkle beide Beine an, trete ihm gegen die Brust. Danke im Stillen meinem Polizeitraining. Er knurrt, taumelt mach hinten, knallt mit dem Rücken an die Wand.

Ich drehe mich zur Seite, strecke die Hand aus, greife nach der Waffe, doch bevor ich sie richtig zu packen kriege, landet seine Faust auf meinem Bizeps, Schmerz durchfährt den Arm wie ein Stromstoß. Er fegt meine Waffe vom Nachttisch, ich höre den dumpfen Aufprall auf dem Teppichboden. Mein .22er Mini-Revolver liegt außer Reichweite auf dem Tisch, also packe ich die nahe Lampe mit beiden Händen, er fasst nach mir, knurrt wie ein Tier, ich hole aus, schwinge, brülle vor Anstrengung.

»Ich bin Polizistin! Verschwinde!«

Doch er haut nicht ab, kommt mit behandschuhten Händen auf mich zu, ich rutsche auf dem Bett zurück, aber nicht schnell genug, und seine Finger legen sich wie ein Schraubstock um meinen Hals, drücken mir die Luft ab. Ich umklammere seine Unterarme, grabe die Fingernägel hinein, versuche, seinen Griff loszueisen. Gleichzeitig hievt er mich hoch auf die Füße wie ein federleichtes Nichts. Seine Kraft erstaunt mich. Er zerrt mich herum, die Daumen auf meine Kehle gepresst, und wirft mich zu Boden, ich lande so hart auf dem Rücken, dass ich um Luft ringe. Im nächsten Moment kniet er auf mir, sein Gewicht quetscht meinen Brustkorb, er hält mich nieder, ich lasse seine Arme los, erwische mit der Faust sein Kinn, aber er gibt nicht nach, ich schlage und kratze nach seinem Gesicht, finde mit dem Daumen ein Auge und drücke es in die Augenhöhle.

Brüllend zuckt er zurück.

»Runter von mir, Scheißkerl!«, fauche ich. Er trifft meine Schläfe so fest, dass ich Sterne sehe, er umfasst mit der Hand meinen Hals, schneidet die Blutzufuhr zu meinem Kopf ab.

»Geh dahin, wo du herkommst«, flüstert eine raue Stimme.

Im einfallenden Licht der Tür sehe ich den Umriss seines Kopfs, aber mehr nicht, dazu ist es zu dunkel. Doch ich kann das feuchte Haar, den schlechten Atem und seinen schmutzigen Körper riechen, so nahe ist er mir.

Vor meinen Augen kreisen Sterne. Ich winde mich unter ihm, hebe beide Knie und stoße sie ihm in den Rücken, schlage um mich, kratze über seine Arme und sein Gesicht. Meine Hand verheddert sich in seinem Hemd, ich zerre daran, zerreiße Stoff. Mit den Daumen suche ich seine Augen, aber alle meine Anstrengungen sind vergeblich, er ist stärker als ich und wiegt viel mehr. Und ich frage mich, ob meine letzte Stunde geschlagen hat. Wenn ich ohnmächtig werde, drückt er dann weiter zu? Ich denke an Tomasetti, und Panik erfasst mich.

Ich reiße an seinen Fingern, die sich in meinen Hals graben, kriege einen zu packen und biege ihn nach hinten, will ihn brechen. Fauchend richtet er sich auf, nimmt meinen Kopf in beide Hände, hebt ihn an und knallt ihn hart auf den Boden, einmal, zweimal, voll auf den Hinterkopf. Mein Hirn wackelt, meine Gedanken zerstieben, vor meinen Augen verschwimmt alles, es wird dunkel.

»Verschwinde aus der Stadt«, knurrt er.

Lass mich los.

Ich öffne den Mund, kriege aber keinen Ton raus.

»Das nächste Mal kommst du nicht davon.«

Er lässt mich los, mein Kopf fällt zurück auf den Boden, ich schnappe nach Luft, würge, vor meinen Augen dreht sich alles. Vage nehme ich wahr, dass er aufsteht, und suchenden Blicks drehe ich den Kopf nach meiner .38er, die er in dem Moment unters Bett kickt, als ich sie sehe.

»Ich will nicht zurückkommen müssen«, knurrt er.

Ich rolle mich auf die Seite, versuche aufzustehen, aber meine Beine sind zu schwach, und so krieche ich auf allen vieren zum Bett, weiß, dass er sich umdrehen könnte, bevor ich an meine Waffe komme. Doch dann wird die Tür aufgerissen, und über die Schulter zurückblickend sehe ich gerade noch, wie er in die Nacht verschwindet.

* * *

Bei jeder Ermittlung gibt es den einen entscheidenden Moment – in Form eines Beweisstücks, einer Information oder einer mitternächtlichen Erscheinung –, in dem ein Polizist weiß, dass er auf der richtigen Spur ist. Der Versuch, mich abzuschrecken, ist ein solcher Moment, und zum ersten Mal seit meiner Ankunft in Pennsylvania sind mir zwei Dinge klar: Jonas Bowman hat Ananias Stoltzfus nicht ermordet, und die Person, die es getan hat, will nicht, dass ich das herausfinde.

Es dauert zwanzig Minuten, bis die Leute vom Sheriffbüro eintreffen. Ungefähr genauso lange brauche ich, um mich zu beruhigen. Sobald ich wieder klar denken konnte, habe ich mich angekleidet, meine Waffe unterm Bett und mein Handy hinterm Nachttisch hervorgeholt. Während der ganzen Zeit habe ich versucht zu begreifen, was gerade passiert ist und wer dahintersteckt. Als ich gemerkt hatte, dass jemand im Zimmer war, vermutete ich im ersten Moment einfach nur einen Einbrecher, einen Junkie oder Dieb auf der Suche nach Bargeld. Doch dann begriff ich schnell, dass es ein gezielter Angriff auf mich war, aus einem ganz bestimmten Grund.

Geh dahin, wo du herkommst.

Das war eindeutig eine Message, um mich einzuschüchtern und zum Verschwinden zu bewegen. Der Überbringer der Message kann nicht wissen, dass seine Aktion lediglich meine Entschlossenheit stärkt, der Sache weiter auf den Grund zu gehen. Die Frage ist also: Wer ist so verzweifelt darum bemüht, mich loszuwerden, dass er das Risiko eingeht, in mein Motelzimmer einzubrechen und mich mitten in der Nacht anzugreifen?

Jemand, der viel zu verlieren hat, antwortet eine kleine Stimme.

Als der Deputy eintrifft, stehe ich vor meinem Cottage und schaue mir die kaputte Windschutzscheibe und die aufgeschlitzten Reifen meines Explorers an. Er hat das Blaulicht an, es ist gegen vier Uhr morgens. Aus einem der anderen Cottages ist eine Familie auf ihre Veranda gekommen, um zu sehen, was für ein Gesindel schuld daran ist, dass die Polizei in dieses friedliche kleine Paradies kommen muss. Der Deputy steigt aus seinem Wagen und geht auf mich zu, blendet mich mit dem Schein seiner Taschenlampe.

Ich schirme die Augen mit der Hand ab und stelle mich vor.

»10–23«, sagt er in sein Ansteckmikro, meldet damit der Zentrale seine Ankunft vor Ort. »Wir haben einen Anruf wegen eines Einbruchs bekommen.«

Er ist etwa dreißig Jahre alt, hat raspelkurzes dunkles Haar, den Körperbau eines Bullen und eine beeindruckende Halsmuskulatur. Am unteren Ende seines Uniformärmels sieht das Tattoo eines Wappens mit Adler hervor.

Ich erzähle ihm, was passiert ist.

Während er sich im Zimmer umblickt, stellt er ein paar grundlegende Fragen. »Haben Sie gesehen, wo er hingegangen ist?«

»Ich habe ihn nur durch die Tür gehen sehen, mehr nicht.«

»10–88.« Verdächtige Aktivität vorgefunden. »Ich brauche Verstärkung.« Er wendet sich mir zu, leuchtet mit der Taschenlampe auf meinen Hals. »Benötigen Sie einen Arzt?«

»Ich bin okay.«

»Eine Idee, wer das war?«

»Keine Ahnung.«

»Sie sind allein hier?«

»Ja, nur ich.«

Er mustert mich jetzt eingehend, als würde er mir nicht so ganz glauben, und ich habe das Gefühl, er fragt sich, ob ich vielleicht das Opfer einer häuslichen Auseinandersetzung bin, über die ich nicht sprechen will.

»Was machen Sie hier in Belleville?« Sein Ton ist freundlich, aber er ist neugierig und will verstehen, warum ich hier bin.

Ich sage es ihm.

»Ich hab davon gehört, dass hier eine Polizistin aus Ohio ist und Fragen stellt.« Er nickt, als sei seine Neugier befriedigt. »Glauben Sie, dass der Vorfall heute Nacht damit zu tun hat?«

»Er wollte weder Geld noch meine Handtasche. Allerdings hat er mir nahegelegt, die Stadt zu verlassen.«

Er sieht mich eindringlich an. »Hatten Sie Gelegenheit, einen Blick auf ihn zu werfen?«

Ich beschreibe ihn so gut ich kann: männlich, ein Meter achtzig groß, neunzig Kilo. So sieht vermutlich die Hälfte aller Männer im Land aus.

Der Deputy übermittelt die Beschreibung an seine Telefonzentrale, dann verlässt er das Zimmer und geht zum Explorer. »Verdammt«, stößt er aus. »Er hat ganze Arbeit geleistet.«

Der Anblick der zertrümmerten Windschutzscheibe und der zerstochenen Reifen lässt auch mich nicht kalt. »Das muss er gemacht haben, bevor er ins Cottage einbrach«, sage ich.

»Hat anscheinend ein ziemlich scharfes Werkzeug benutzt.« Er richtet den Lichtstrahl wieder auf mich, aber nicht ins Gesicht. »Glücklicherweise hat er Sie nicht damit angegriffen.«

Eine vielsagende Feststellung: Hätte der Eindringling mich töten wollen, hätte er das leicht tun können.

»Gibt es in der Stadt eine Autowerkstatt?«, frage ich.

»Drüben in Lewistown ist eine gute«, sagt er. »Die holen Ihren Wagen ab. Einen Mietwagen bekommen Sie dort auch, wenn Sie einen brauchen.«

Er geht zurück zum Cottage und begutachtet das Türschloss. »Scheint aufgehebelt worden zu sein.«

Ich trete zu ihm, nehme den Türpfosten in Augenschein. Er hat recht, die Farbe hat Kratzer, und das Holz ist gesplittert. »Anscheinend hat er das Türschloss aus der Verankerung gebrochen«, sage ich.

»Das Motel ist ziemlich alt. Aber wir haben hier in der Gegend kaum Kriminalität.«

Er kommt aus der Hocke hoch und sieht mich eindringlich an. »Und Sie haben wirklich keine Idee, wer das getan haben könnte? Vielleicht sind Sie jemandem auf die Nerven gegangen, und er ist Ihnen gefolgt?«

Eine ganze Reihe Namen von Leuten gehen mir durch den Kopf, mit denen ich hier Kontakt hatte. Wobei ich natürlich in erster Linie an die denke, die nicht gerade erfreut waren, dass ich meine Nase in einen Cold Case stecke, der offensichtlich gar nicht so »cold« ist.

»Die einzige Person, die es *ganz bestimmt* nicht war, ist Jonas Bowman«, sage ich.

Stirnrunzelnd zeigt er auf das Büro im Hauptgebäude. »Ich schreibe einen Bericht, Chief Burkholder. Wir werden in der Gegend verstärkt patrouillieren, aber in der Zwischenzeit rate ich Ihnen, die Augen offenzuhalten.«

15. KAPITEL

Die Lutherkirche in Big Valley ist ein unscheinbarer Klinkerbau mit strahlend weißem Kirchturm, steilen Dachgauben und Bogenfenstern mit Buntglas. Auf dem Vorplatz verkündet ein stattliches Schild in großen Druckbuchstaben: ALLE SIND WILLKOMMEN.

Den Morgen hatte ich größtenteils damit verbracht, einen Abschleppwagen zu organisieren, der den Explorer zur Werkstatt in Lewiston bringt, wo er eine neue Windschutzscheibe und vier neue Reifen bekommt. Da ich ihn erst in ein paar Tagen zurückbekomme, mietete ich mir eine mittelgroße Limousine bei einem Autoverleih, zu dem mich netterweise der Werkstatt-Manager fuhr.

Schlecht gelaunt und körperlich angeschlagen parke ich auf dem Platz hinter der Kirche und nehme den gepflasterten Fußweg zum Seiteneingang, der mit BÜRO gekennzeichnet ist. Im Innenraum ist es still, und es riecht nach Papierstaub und Zitronenöl. Ich passiere Toiletten und werde von einem weiteren Hinweisschild zum Büro geleitet.

Der Schreibtisch ist unbesetzt, aber ich höre Geräusche im Hinterzimmer und rufe: »Hallo?«

Eine grauhaarige Frau, bekleidet mit Rock, Bluse und Strickjacke, kommt durch die Tür, beide Arme vollgepackt mit gefütterten Briefumschlägen und ein paar kleinen Pappkartons. Sie blickt mich über ihre Brille hinweg an. »Kann ich Ihnen helfen?«

»Ich möchte zu Pfarrer Zimmerman«, sage ich.

Zwei Kartons kommen ins Rutschen und fallen zu Boden. »Oje«, kommentiert sie.

»Ich helfe Ihnen.« Ich umrunde den Schreibtisch und hebe die Kartons auf. »Wo soll ich sie hinstellen?«

»In mein Büro, hier entlang.« Sie geht an mir vorbei und dann rechts in das angrenzende Zimmer. »Haben Sie einen Termin?«, fragt sie.

»Nein, aber ich werde seine Zeit nur wenige Minuten in Anspruch nehmen.« Angesichts ihres strengen Gebarens, scheint sie die Überwachung des Eingangs und die Inspektion der Besucher in beeindruckender Manier miteinander zu verbinden.

»Er ist vermutlich hinten im Innenhof.« Sie weist auf einen Klapptisch. »Die Kartons können Sie da abstellen.« Dann zeigt sie zum Flur. »Dort entlang, letzte Tür rechts.«

Ich danke ihr. Der Innenhof entpuppt sich als Gartenterrasse voller Grünpflanzen und Pflanzgefäßen mit farbenprächtigen Geranien und Petunien, Hängetöpfe mit überfließendem Federspargel; weiter vorn steht ein Vogelbad, hinten an der Steinmauer sind eine Reihe Vogelhäuser angebracht, und von der Dachtraufe hängen ein halbes Dutzend Nektarspender für Kolibris. Es ist ein schöner, Ruhe ausstrahlender Ort, an dem es nach Vegetation und Erde duftet.

Ein gelehrt wirkender Mann mit weißem Haar und akkurat getrimmtem Kinnbart, in Kakihosen und blauem Hemd mit weißem Beffchen, wässert gerade die Blumen in einem fassgroßen Terrakottatopf, dann rupft er bedächtig einen vertrockneten Stängel raus.

»Ich mag die Löwenmäulchen«, sage ich zur Begrüßung.

Er blickt auf und lächelt. »Sie kennen sich aus mit Blumen.«

»Ein wenig. Meine Mom war leidenschaftliche Gärtnerin.«

»Alle finden, ich verbringe zu viel Zeit mit meinen Pflanzen.« Er kichert. »Was stimmt. Andererseits bin ich in einem Alter, in dem es üblicherweise entweder Blumen oder Vögel sind. Für mich ist es beides.«

Ich lächele, er gefällt mir.

»Ich bin Pfarrer Zimmerman«, sagt er, stellt die Gießkanne ab und kommt auf mich zu, wobei er mich neugierig beäugt. »Sie scheinen Probleme zu haben, die Sie um diese Zeit zu mir bringen.« Er mustert den farbenfrohen Bluterguss an meinem Hals. »Wie kann ich Ihnen helfen?«

Wir geben uns die Hand, und ich stelle mich vor. »Ich versuche, dem Tod von Ananias Stoltzfus auf den Grund zu gehen.«

»Sie sind Privatdetektivin?«

»Ich bin Polizeichefin, aus Ohio. Und eine Freundin der Familie Bowman.«

»Oh.« Er verzieht das Gesicht. »Ich habe schon gehört, dass die menschlichen Überreste des Bischofs gefunden wurden. Gott sei seiner Seele gnädig.« Er wirkt betroffen. »Schwer zu glauben, dass ein Amischer so etwas getan haben soll, nicht wahr?«

»In meinen Augen ist seine Schuld noch nicht bewiesen.«

Er holt die Gießkanne und wässert einen exotisch wirkenden Farn. »Es sieht nicht gut aus für Mr. Bowman, nachdem man sein Gewehr am Tatort gefunden hat.«

»Das ist einer der Gründe, warum ich hier bin.«

Für einen Moment ist nur das Geschwätz der Rauchschwalben unter der Dachtraufe zu hören. Schließlich fragt er: »Sind Sie Kirchgängerin, Chief Burkholder?«

»Ich erwäge es«, sage ich ehrlich.

»Lutheranerin?«

»Anabaptistin.«

Er zieht die Augenbrauen hoch. »Mennonitin?«

»Früher amisch«, sage ich. »Ich habe die Gemeinde mit achtzehn verlassen.«

Er lächelt. »Sie sollten sich eine Kirche suchen, die Sie mögen, und wieder in den Gottesdienst gehen.« Er sagt das, ohne zu moralisieren. »Gott nimmt uns viel schwere Last ab. Sie wissen ja sicher, dass wir in schwierigen Zeiten leben.«

»Ja, das stimmt.«

Er lässt den Blick über die vielen Pflanzen schweifen, doch im Moment scheint er sie nicht wirklich zu sehen und ihre Schönheit wahrzunehmen. »Sie sind hier, weil Sie das mit Mia Stoltzfus gehört haben.«

Ich nicke. »Ich weiß nicht, ob ihr Tod irgendetwas damit zu tun hat, was ihrem Mann passiert ist. Aber die Umstände sind so ungewöhnlich, dass sie mein Interesse geweckt haben.«

»Viele Menschen haben mich über diesen Tag ausgefragt, Chief Burkholder, und tun es noch immer. Die meisten sind einfach nur neugierig. Einmal ist eine Frau den ganzen Weg von Philadelphia hierhergefahren und hat behauptet, dass sie unbedingt ein Buch darüber schreiben muss.« Er schüttelt den Kopf. »Ich spreche nicht gern über jenen Tag. Denn wenn ich eines nicht ausstehen kann, dann krankhafte Neugier.«

Er wendet sich mir zu, sieht mich an, wägt ab. Und ich sehe ihm das Gewicht des Gelübdes an, das er abgelegt hat, und muss an die amischen *Diener* denken, die ihr Leben in den Dienst ihrer Gemeinde stellen. Die gleiche Last der Verantwortung sehe ich in den Augen dieses Mannes.

»Mir scheint, Sie haben einen guten Grund zu fragen«, sagt er ruhig.

»Ich versuche, die Wahrheit herauszufinden – zu ergründen, was passiert ist und warum. Das Leben eines Mannes steht auf dem Spiel.«

»Wenn das so ist, kommen Sie mit.« Er zeigt zu dem Fußweg, der sich durch den Innenhof schlängelt. »Ich gieße noch den Rest, während wir reden.«

Wir gehen zu einem Pflanzkübel aus Beton und Stein, in dem Zinnien, Maßliebchen und ein Dutzend andere farbenfrohe Blumensorten blühen, deren Namen mir zum großen Teil unbekannt sind. Ich sehe ihm beim Gießen zu. »Früher habe ich nie gegärtnert, ich hatte keinen grünen Daumen«, sagt er. »Aber nach dem Tag … jenen wenigen Minuten, die ich mit Mia verbrachte … Gott wusste vermutlich, dass ich Trost brauchte. Da hat Er – was er immer tut – mir den Weg gezeigt und mir die Gabe geschenkt, wunderschöne Dinge zu züchten.« Wir gehen weiter zu einer Reihe Drahtkörbe, die mit Kokosfasern ausgekleidet sind und am Sparren eines Laubenganges hängen. »Ich war erst wenige Jahre Pfarrer, als es passierte. An dem Tag hatte ich morgens sehr früh angefangen und zuerst eine Zeitlang im Büro gearbeitet, dann war ich in den Altarraum gegangen. Und da lag sie am Boden, nahe am Altar.« Die Bedrückung in seiner Stimme ist hörbar. »Armes Kind Gottes. Sie sah so einsam aus, und überall war Blut.«

»War sie schon tot, als Sie kamen?«

»Sie lebte noch, aber nur schwach.« Er atmet tief durch. »Damals waren wir noch nicht mit unseren Handys verwachsen, und so breitete ich meine Jacke über sie und rannte ins Büro, um das Sheriffbüro anzurufen. Dann bin ich gleich zurückgekommen, um zu sehen … ob ich helfen kann. Damit sie nicht allein ist.« Als hätte die Erinnerung ihn eingeholt, hält er inne. »Ich tat, was ich konnte. Ich habe auf die Wunde gedrückt und sie angesprochen, ihre Hand gehalten. Ich bin so lange geblieben, bis Hilfe eintraf.«

»Hat sie irgendetwas gesagt, Herr Pfarrer?«, frage ich.

Er holt eine kleine Gartenschere aus der Tasche und schneidet am Hibiskus einen Stängel ab. »Wir Lutheraner nehmen die Beichte ab und erteilen Absolution, wobei wir großen Wert auf die heilige Vergebung legen. Ein Pfarrer ist natürlich an sein Schweigegelübde gebunden, die Beichte vertraulich zu behandeln, denn die Sünden sind ja vergeben. Dieses Siegel darf niemals gebrochen werden.«

»Wollen Sie mir damit sagen, dass sie darum bat, ihr die Beichte abzunehmen, und um Vergebung ersucht hat?«

»Schließen Sie daraus, was Sie wollen, Chief Burkholder. Ich bin an das Beichtgeheimnis gebunden.«

»War sie Ihnen jemals zuvor begegnet?«

»Nein.«

»Finden Sie es nicht merkwürdig, dass eine amische Frau, eine Anabaptistin, in eine Lutherkirche kommt und den Pfarrer bittet, ihr die Beichte abzunehmen?«

»Durchaus. Wie Sie ja nur allzu gut wissen, pflegen Amische ihre eigenen Traditionen. Aber letztlich sind wir doch alle Kinder Gottes. Mia Stoltzfus war offensichtlich an einem sehr dunklen Ort. Ist sie hergekommen, um Trost zu finden?« Sein Gesichtsausdruck verrät mir, dass er zwar gelernt hat, mit den Ereignissen von jenem Tag zu leben, die unbeantworteten Fragen ihn aber noch immer quälen. »Haben Sie eine Meinung dazu, Ms. Burkholder? Ich meine, Sie waren ja einmal amisch. Können Sie sich irgendeine Situation vorstellen, in der eine Anabaptistin eine fremde Religion ihrer eigenen vorzieht?«

Ich denke an die Gemeinde, in der ich aufgewachsen bin, daran, wie Amische ihre Prediger, Diakone und Bischöfe sehen. Wie wir unsere englischen Nachbarn sehen. »Einer der wesentlichen amischen Grundsätze ist die Trennung vom Rest der Welt.«

Er nickt, als wäre er bereits zum gleichen Schluss gekommen. »Ich kann nur hoffen, dass sie in den letzten Minuten ihres Lebens Frieden gefunden hat.«

»Herr Pfarrer, hat sie irgendeine Nachricht hinterlassen?«

»Auf dem Altar neben ihr lag ein herausgerissenes Blatt Papier aus einem Notizbuch. Ich war so durcheinander, dass ich es zuerst gar nicht gesehen habe. Aber als ich dann neben ihr kniete und auf den Notarztwagen wartete, habe ich es bemerkt.«

»Wissen Sie noch, was darauf stand?«

»Es war auf *Deitsch* und mir völlig unverständlich.« Er zieht die Augenbrauen zusammen. »Sie hatte auch ein kleines Buch dabei.«

»Ein Erbauungsbuch?«, frage ich.

»Eher ein Tagebuch, glaube ich. Irgendwelche Ausführungen, auch auf *Deitsch*.«

»Wissen Sie, was damit passiert ist?«

»Ich habe es der Polizei gezeigt, und die hat es mitgenommen.«

Ich führe mir die Tragödie vor Augen und wie seltsam das alles ist, kann mir aber beim besten Willen nicht vorstellen, dass sie einen Bezug zur Ermordung von Ananias Stoltzfus hat.

»Erinnern Sie sich noch, wie sie gekleidet war?«, frage ich.

Der Pfarrer verbraucht das restliche Wasser und stellt die Gießkanne ab. »Sie war typisch amisch gekleidet mit Kleid und Kopfbedeckung. Die Schuhe hatte sie ausgezogen. Sie dort so ganz allein in ihrem Blut liegen zu sehen war mit das Herzzerreißendste, was ich je gesehen habe.« Am Ende zittert seine Stimme, doch er überspielt das mit einem Husten und blickt auf die Uhr. »Oh, Betsy fragt sich bestimmt schon, wo ich bleibe …« Wir schütteln uns ein zweites Mal die Hand. »Danke, dass Sie mit mir gesprochen haben.«

»Ich hoffe, die Information ist irgendwie hilfreich.«

Er begleitet mich zur Tür, hält sie für mich auf. Auf halbem Weg zum Ausgang fällt mir doch noch eine Frage ein.

»Pfarrer Zimmerman?«

Er bleibt vor der Tür zu seinem Büro stehen und dreht sich fragenden Blickes um.

»Wissen Sie zufällig, was mit dem Blatt aus dem Notizbuch passiert ist?«

»Nein, aber vermutlich hat die Polizei es mitgenommen und der Familie gegeben.«

Ich danke ihm und gehe.

* * *

Auf dem Weg zum Mietwagen herrscht Verwirrung in meinem Kopf. Ich weiß nicht, wie ich die Geschichte, die Pfarrer Zimmerman mir über Mia Stoltzfus erzählt hat, deuten soll. Einer der wichtigsten amischen Grundsätze ist die Trennung von der Welt der Ungläubigen. Bezogen auf Religion sind sie Sektierer. Aber warum sollte dann die Frau eines amischen Bischofs – eine gläubige Anabaptistin – ihr Leben in einer Lutherkirche beenden und einen evangelischen Pfarrer bitten, ihr die Beichte abzunehmen und Absolution zu erteilen?

Meine beste Informationsquelle sind immer noch die Nachkommen der Stoltzfus', Mary Elizabeth und Henry, die allerdings nicht besonders gewillt schienen, mit mir zu reden. Zwar stellen sich Amische generell schützend vor ihre Familienmitglieder, jedoch umso mehr, wenn Außenstehende mit unangenehmen Fragen an sie herantreten. Sollte es also irgendeinen Skandal oder eine Verfehlung gegeben haben, muss ich damit rechnen, dass sie sich in Schweigen hüllen.

Eine weitere Quelle sind die *Diener*, also die drei Männer, die mich in Painters Mill aufgesucht und um Hilfe gebeten haben. Da ich nur die Adresse von Mahlon Barkman, dem Prediger, zur Hand habe, mache ich mich auf den Weg in den Nordosten von Belleville.

Barrville liegt in einer hübschen Gegend, die von gewundenen Landstraßen durchzogen ist und in der es viele Amisch-Farmen gibt. Unterwegs passiere ich zwei Buggys, deren Fahrer mir beide zuwinken, was meine Stimmung hebt. Die Farm der Barkmans ist klein und wirkt etwas heruntergekommen, was ihr aber irgendwie einen besonderen Charme verleiht. Das zweigeschossige Haus liegt dicht an der Straße, und direkt vor der Veranda steht eine riesige Trauerweide. Ich biege in die Kieseinfahrt ein und fahre im Leerlauf nach hinten, vorbei an einem Garten mit den Ausmaßen eines olympischen Schwimmbeckens, in dem ich ein halbes Dutzend Reihen Mais, hochgebundene, prallvolle Tomatenpflanzen und dicht über dem Boden wachsende Paprika sowie eine Melonensorte erkenne. Eine ältere Frau sitzt an einem Picknicktisch, auf dem verschiedene Gemüsesorten, mehrere Weidenkörbe, ein Schmortopf und Gemüsekisten zu sehen sind.

Ich parke das Auto und gehe auf sie zu. »*Wie geht's alleweil?*«, begrüße ich sie. Wie geht es Ihnen?

»*Ich bin zimmlich gut.*« Mir geht's ganz gut. Sie schnippelt grüne Bohnen und befördert sie in den Topf.

»Ich würde gern mit Mr. Barkman sprechen«, sage ich.

Sie unterbricht ihre Arbeit nicht, blickt nicht einmal zu mir hoch. »*Sitz dich anne und bleib e weil.*« Setzen Sie sich und bleiben Sie einen Moment.

Es ist ein angenehmer Nachmittag, zwar schwül, aber von den Bergen her weht eine leichte Brise. Ich setze mich ihr gegenüber auf die Bank und fange auch an, grüne Bohnen zu schnippeln.

Sie beäugt meine Technik. »Sie sind bestimmt die Polizistin aus Ohio.«

»Ja, Ma'am. Ich heiße Kate.«

»Er hat gesagt, dass Sie wahrscheinlich vorbeikommen.« Sie schnippelt schnell – schneller als ich –, trotz ihrer von Arthritis gezeichneten wurzelkrummen Finger. Als sie keine Bohnen mehr vor sich hat, sieht sie mich an. »Ich heiße Laura.« Ihr Blick schnellt zu meinen Händen. »Sie haben das schon öfter gemacht.«

»Unzählige Male.«

Sie lächelt. »Dann schnippeln Sie einfach weiter. Er kommt bestimmt gleich.«

Nach ein paar Minuten, in denen wir schweigend weiterarbeiten, geht das Scheunentor auf, und Mahlon Barkman erscheint. Er muss zweimal hinsehen, bevor er mich erkennt, und kommt dann hinkend zu uns.

»Ich freue mich, Sie zu sehen, Kate Burkholder.« Wir schütteln uns kurz die Hand, dann lässt er sich neben seiner Frau nieder. »Wie gefällt Ihnen unsere Gegend hier in Big Valley?«, fragt er.

Ich nehme eine weitere Bohne. »Es ist wunderschön hier.«

»Ein wunderschönes Tal und lauter gute Menschen.« Er betrachtet die Bohnen auf dem Tisch wie ein Falschspieler, der darauf bedacht ist, die richtige Karte zu wählen, dann nimmt sich eine Handvoll und beginnt auch zu schnippeln. »Haben Sie mit Jonas gesprochen?«

»Ja.«

»Er hat die Kaution gestellt«, sagt er. »Heute Morgen.«

»Das freut mich.« Obwohl es natürlich nett gewesen wäre, wenn mich jemand informiert hätte.

»Wir Amischen haben zusammengelegt, wie wir es immer tun«, sagt Mahlon. »Nathan hat das Geld gleich heute Morgen dem Kautionsagenten übergeben. Ein paar Stunden später war Jonas raus aus dem Gefängnis.«

Er mustert die blauen Flecken an meinem Hals, dann sieht er mir in die Augen. »Sie sind verletzt. Ist das hier in Big Valley passiert?«

Als spüre sie die wachsende Anspannung, hört seine Frau auf zu schnippeln und blickt mich an.

Ich erzähle kurz von dem Überfall auf mich. »Er will, dass ich die Stadt verlasse.«

»Das ist beängstigend.« Der alte Mann wirkt beunruhigt. »Hat es etwas mit Ihren Nachforschungen zum Tod von Ananias Stoltzfus zu tun?«

»Ich glaube, jemand will nicht, dass ich meine Nase in die Angelegenheit reinstecke.«

Das Ehepaar Barkman wirft sich einen beunruhigten Blick zu.

»Heute Morgen habe ich mit Pfarrer Zimmerman von der Lutherkirche gesprochen.« Ich lege eine Handvoll Bohnen auf den Tisch vor mir. »Wie gut kannten Sie Mia Stoltzfus?«

»Gut genug, um zu wissen, dass sie eine liebenswürdige Frau war«, sagt Mahlon.

»Sie war sehr still«, fügt Laura hinzu. »Hat viel gearbeitet.«

»Können Sie sich erklären, warum sie Selbstmord beging?«, frage ich und sehe sie beide an.

Die amische Frau schüttelt den Kopf. »Das hat uns alle sprachlos gemacht. Es war eine schlimme Zeit. Eine Weile hatte Mia an unserem Nähkreis teilgenommen. Eine wirklich nette Frau.« Sie senkt den Blick, als würde sie sich an etwas erinnern, und lächelt traurig. »Für jemanden in ihrem Alter war sie keine allzu gute Näherin, was natürlich niemand laut aussprach. Es war einfach nur etwas merkwürdig.«

Da ich amisch aufgewachsen bin – und mich immer geweigert habe, nähen so zu lernen, wie es erwartet wird –, weiß ich, dass die Kunst des Nähens bei den Frauen hohes Ansehen genießt.

»War Mia depressiv oder unglücklich?«, frage ich. »Hatte sie vielleicht Probleme?«

»In ihrem ganzen Leben hat sie nie ein negatives Wort gesagt, und sie hatte immer ein Lächeln und ein nettes Wort für jeden«, sagt Laura. »Sie hat gern gebacken.«

»Und ihr Mann, hat sie sich gut mit ihm verstanden?«, frage ich.

»Sie hat sich jedenfalls nie beschwert«, erwidert Laura. »Aber das tun amische Frauen ja sowieso nicht, selbst wenn sie Grund dazu haben.«

»Ananias war ein guter Ehemann, glaube ich.« Mahlon häuft seine geschnippelten Bohnen in beide Hände und wirft sie in den Schmortopf. »Gegenüber der Gemeinde war er streng, aber sie konnte immer ihre Meinung sagen. Er hat ein gutes Auskommen gehabt und immer für sie gesorgt. Und er hat hart gearbeitet.«

»Haben Sie jemals irgendwelche Gerüchte über die beiden gehört?«, frage ich. »Dass sie vielleicht Probleme miteinander hatten, oder in der Familie? Etwas in der Art?«

»Nichts Ungewöhnliches.« Der amische Mann schmunzelt. »Ananias hat ein paarmal die Abfolge im Gottesdienst durcheinandergebracht. Einmal vergaß er während ›*Es schwere Deel*‹, mit einer Lesung aus der Bibel zu schließen.«

Das ist nicht die Art Information, nach der ich suche; ein Fauxpas in der Liturgie reicht sicher nicht, um sich so verletzt zu fühlen, dass man jemanden umbringt.

Laura hört auf zu schnippeln und sieht mich an. »Der Bischof war immer etwas merkwürdig. Ich meine das nicht als Kritik. Er war nur anders.«

»Wie anders?«, frage ich.

»Er hatte diesen ulkigen Akzent«, ergreift Mahlon das Wort. »Genaugenommen hatten ihn beide, besonders, wenn sie *Deitsch* sprachen.«

»Er sei aus Minnesota, hat er gesagt, aber meine Cousine

wohnt dort und redet nicht so.« Laura legt eine weitere Handvoll Bohnen aus dem Korb auf den Tisch.

»Wo in Minnesota?«, frage ich.

»Harmony, glaube ich. Da gibt es viele Amische.«

Amische *Diener* sind meistens ihr Leben lang Mitglied der Kirchengemeinde, in die sie hineingeboren wurden. Es ist ungewöhnlich, dass Ananias und seine Frau aus einem anderen Staat kamen und Ananias obendrein nominiert und gewählt wurde.

»Wie lange lebten die beiden schon in Mifflin County?«, frage ich.

Das Paar blickt sich verdutzt an, dann zuckt Mahlon die Schultern. »Sie waren hier, solange ich denken kann.«

In dem Moment wird mir bewusst, dass der Altersunterschied zwischen den Barkmanns und den Stoltzfus' beträchtlich ist. Der Bischof war sechsundachtzig Jahre alt, als er starb, und das ist achtzehn Jahre her. Es wird schwer werden, jemanden zu finden, der eine Ecke älter ist als die beiden hier und Stoltzfus gut kannte.

»Leben im Ort vielleicht noch Menschen, die damals mit den Stoltzfus' befreundet waren, entweder mit Ananias oder mit Mia?«, frage ich.

»Mia hat für Amanda Garber gearbeitet«, antwortet Laura. »Amanda und ihr Mann führten vor Jahren eine kleine Bäckerei in der Stadt.«

»Mit dem besten Kirschkuchen, den ich je gegessen habe«, sagt Mahlon.

Laura wirft eine Bohne nach ihm. »Amanda hat unsere Gemeinde vor einer Weile verlassen und ist jetzt Mennonitin. Wohnt in Ramblewood, wenn ich nicht irre.«

Ich notiere Namen und Ort in meinem Notizbuch. »Haben Sie vielleicht einmal etwas von einem Drohbrief gehört, den

Jonas an Ananias geschickt haben soll, kurz bevor Ananias verschwand?«

»So etwas ist mir nie zu Ohren gekommen«, sagt der Prediger. »Aber eines kann ich Ihnen sagen: Jonas ist ein Hitzkopf. Und ein Hitzkopf gerät schnell in Schwierigkeiten.«

16. KAPITEL

Zum ersten Mal seit meiner Ankunft in Belleville wird mir so richtig klar, wie lange der Stoltzfus-Fall schon zurückliegt. Ich denke an die vielen Jahre, die seitdem vergangen sind, und frage mich, was an Geheimnissen diese Jahrzehnte sonst noch verbergen.

Ramblewood ist ein gemeindefreies Gebiet und liegt etwa dreißig Minuten nordwestlich von Belleville. Mein Weg führt durch eine malerische Landschaft, zu der auch der Rothrock State Forest gehört, und ich werde mit einer wundervollen Aussicht auf das unterhalb liegende Tal belohnt.

Amanda Garber wohnt in Meadows Park, in einem kleinen Haus nahe der Whitehall Road. Ich klopfe zweimal und ein drittes Mal energischer mit dem Handballen, aber es rührt sich nichts. Als ich dann zurück zum Mietwagen gehen und einen Block und Stift holen will, um eine Nachricht zu hinterlassen, geht knarrend die Tür auf. Im ersten Moment glaube ich, die Tür wäre durchs Klopfen von allein aufgegangen, aber dann sehe ich eine winzige, weißhaarige Frau, die zu mir hochschaut.

»Es dauert eine Weile, bis ich zur Tür komme«, sagt sie mit einer überraschend festen Stimme. »Alle haben es immer so eilig.«

Auf eine vierfüßige Gehhilfe gestützt, ist sie gerade mal einen Meter zwanzig groß und mustert mich mit selbstbewusstem Blick aus blauen Augen. Ihr Gesicht gleicht einem mit Äderchen zusammengenähten Mosaik aus Lederflicken. Sie trägt ein bedrucktes blaues Kleid, einen gehäkelten Schal über den schmalen Schultern und die für Mennonitinnen typische Kopfbedeckung.

»Mrs. Garber?«, frage ich.

»Jetzt *Ms.* Garber. Und was immer Sie verkaufen, bei mir werden Sie es nicht los.« Sie will die Tür schließen.

»Ich verkaufe nichts«, sage ich schnell und stelle mich vor. »Ich würde Ihnen gern ein paar Fragen über Mia Stoltzfus stellen.«

Sie blickt mich durch die nur noch halb geöffnete Tür interessiert an. »Mia?« Ihre Stimme wird weich. »Das Mädchen ist seit vielen Jahren tot. Warum in alles in der Welt fragen Sie nach ihr?«

»Ich habe gehört, sie hat für Sie gearbeitet.«

»Für mich gearbeitet? So ein Quatsch! Wie eine Schwester habe ich sie geliebt.« Sie lacht. »Sie hat mir die ganzen Jahre das Amisch-Sein erträglich gemacht, und das war wirklich keine leichte Aufgabe.«

Ich wechsele zu *Deitsch*, hoffe, dass die gemeinsame Sprache sie überzeugen wird, mich ins Haus zu bitten. »Ich stelle Nachforschungen über den Tod von Ananias Stoltzfus an«, sage ich.

Sie kneift die Augen zusammen. »Für eine Englische sprechen Sie ziemlich gut *Deitsch*.«

»Ich habe die Glaubensgemeinschaft auch verlassen, als Teenager.«

»Ich war fast siebzig, als ich von Bord gegangen bin«, sagt sie. »Keine Ahnung, warum ich so lange gewartet habe.« Sie stößt die Tür auf und dreht sich um. *»Kumma.«* Kommen Sie.

Ich folge ihr in ein kleines Wohnzimmer mit Sofa, zwei Fernsehsesseln, einem Couchtisch voller Zeitschriften und Bücher sowie einem riesengroßen Fernseher. Die Luft ist trotz der brummenden Klimaanlage im Fenster stickig und warm.

»Ananias Stoltzfus? Den Namen hab ich ja seit Ewigkeiten nicht mehr gehört.«

Sie wackelt zu einem der Fernsehsessel, stellt den Gehstock daneben und lässt sich ins Polster fallen, wobei ihre Füße hochschnellen. »Ich kann einiges über ihn erzählen, und es ist nicht schmeichelhaft.« Sie zeigt auf den zweiten Fernsehsessel. »Setzen Sie sich.«

Ich setze mich. »Fairerweise muss ich Ihnen sagen, dass ich eine Freundin von Jonas Bowman bin.«

Sie beugt sich vor und blickt nach links und rechts, als könnte jemand lauschen. »Ananias Stoltzfus war ein Mistkerl. Wenn Sie mich fragen, hat der Junge der Welt einen Gefallen getan. Der Mann war von seiner Macht berauscht und hatte das Gewissen eines Fuchses im Hühnerstall.«

»Hatte er denn Probleme mit bestimmten Leuten?«

»Der ist vielen von uns gegen den Strich gegangen.« Sie presst die Lippen zusammen. »Das Problem war, dass wir alle Angst vor ihm hatten und den Mund gehalten haben.«

»Und was können Sie mir über Mia sagen?«

»Sie war die Freundlichkeit in Person. Hat vier oder fünf Jahre in meiner Bäckerei gearbeitet und konnte hervorragend backen. Allein ihre Plätzchen …« Sie denkt an früher, und ihr faltiges Gesicht glättet sich. »Den Laden hab ich vor zehn Jahren zugemacht, aber sie fehlt mir noch immer.«

»Wie lange kannten Sie sie denn?«

Sie denkt nach. »Sie sind 1967 oder so hergezogen, glaube ich.« Sie zuckt die Schultern. »Kurz darauf kriegte Mia ihre Kinder, und erst, als die älter waren, hat sie für mich gearbeitet. Das war so um 1982, denke ich mal.«

Ich notiere im Gedächtnis den zeitlichen Ablauf. »Ich habe auch mit Pfarrer Zimmerman gesprochen.«

»Dann wissen Sie also, was mit ihr passiert ist.«

Ich nicke. »Können Sie sich vorstellen, warum sie es getan hat?«

Zum ersten Mal zögert Amanda Garber mit der Antwort. »Warum fragen Sie jetzt nach ihr? Nach so vielen Jahren?«

»Weil ich nicht sicher bin, dass die Polizei den richtigen Mann ins Gefängnis gesteckt hat.«

»Verstehe.« Aber so, wie sie die Nase rümpft, habe ich das Gefühl, dass es ihr egal ist. Jedenfalls solange Ananias Stoltzfus tot bleibt …

»Ms. Garber, ich muss Ihnen sicher nicht sagen, wie ungewöhnlich es für eine amische Frau war, ihr Leben in einer Lutherkirche zu beenden.«

Sie blickt hinab auf ihre mit braunen Flecken übersäten Hände. »Mia war eine gute Frau mit einem weichen Herz. Einem freundlichen Herz. Aber manchmal wurde sie melancholisch. Sie hat sich nie beklagt, aber ich habe es ihr angesehen. Ich hatte immer das Gefühl, dass … sie etwas erlebt hatte, worüber sie nicht sprechen wollte.«

»Haben Sie irgendeine Ahnung, was das gewesen sein könnte?«

Sie schüttelt den Kopf. »Ich weiß nur, dass es eine traumatische Sache gewesen sein muss.«

Ich nicke. »Hat ihr Mann sie misshandelt?«

Sie schüttelt den Kopf. »Ich mochte den Mann nicht. Er war ein Tyrann und ein brutaler Kerl und hat sich mit Strafen ganz bestimmt nicht zurückgehalten. Aber geschlagen hat er sie, glaube ich, nicht.«

»War er vielleicht untreu?«

Amanda Garber presst die Lippen zusammen. »Schon möglich, dass ich mal so was gehört habe. Aber wenn Sie noch amisch wären, wüssten Sie, dass über solche Dinge nicht gesprochen wird.«

»Aber Frauen reden, oder?« Als sie nichts dazu sagt, bohre ich sanft weiter. »Freundinnen reden.«

Sie blickt mir fest in die Augen, und einen Moment lang erhasche ich in dem alten, faltigen Gesicht einen Blick auf die junge Frau, die sie einmal war – zu eigenwillig, um sich einzufügen. Eine Frau, die sich von Höflichkeitsgeboten nicht mundtot machen ließ.

»Er hat sie betrogen. Einmal hat Mia darüber gesprochen. Dass er ab und zu rüber nach Lewiston fuhr und da ein leichtes Mädchen hatte, das in einer Kneipe arbeitete. Triangle hieß die, glaube ich, da hat sie betrunkenen Männern Alkohol ausgeschenkt.« Sie nimmt die Brille ab. »Mia tat, als würde es ihr nichts ausmachen. Sollte er doch seine kleine *huah* haben.« Hure. »Aber es brach ihr das Herz.« Sie schüttelt den Kopf. »Vermutlich hat er dann wenigstens sie in Ruhe gelassen.«

»Wissen Sie noch den Namen der Frau?«

»Rosemary, wenn ich nicht irre. Keine Ahnung, was aus ihr geworden ist. Ist mir auch ziemlich egal.«

»Hat Mia sich deshalb umgebracht?«

Sie schüttelt heftig den Kopf. »Es hat sie geschmerzt, das schon. Aber da gab es noch etwas anderes, worüber sie nicht reden konnte und was sie kaputt gemacht hat.« Sie tippt sich auf die Brust. »Innerlich.«

Ich frage sie nach Jonas Bowman und den Kindern der Stoltzfus', aber sie kennt keinen von ihnen. »Fällt Ihnen vielleicht sonst noch etwas ein, was mir helfen könnte, den Menschen zu finden, der Stoltzfus umgebracht hat?«

Sie lehnt sich im Sessel zurück und betrachtet mich nachdenklich, als versuche sie zu entscheiden, ob ich die Information wert bin. »Vor Jahren kursierte hier eine Geschichte über Levi Schmucker, aber ich lege nicht die Hand dafür ins Feuer, dass da was dran ist.«

»Wer ist das?«

Ihre Augen leuchten auf, wie bei einer Geschichtenerzählerin, die zu einer spannenden Story ansetzt. »Levi wohnte mit Frau und Kindern in Reeds Gap und hat in der Mühle Richtung Strodes-Mills-Weg gearbeitet. Es hieß, Levi hätte seine älteste Tochter missbraucht. Ein gefährlicher Bursche, verstehen Sie?«

Ich nicke, frage mich aber, was das mit Ananias Stoltzfus zu tun hat.

»Es war natürlich alles streng geheim, aber irgendwie bekam Ananias Wind davon und suchte Levi auf.« Sie beugt sich vor, stützt die Ellbogen auf die Knie, und ein Schatten legt sich auf ihre Augen. »Also, wenn ich das richtig verstanden habe, wurde an dem Abend nicht viel geredet.«

»Was ist passiert?«

»Jemand prügelte Levi Schmucker kurz und klein, er hatte Platzwunden am Kopf, einen gebrochenen Arm und ausgeschlagene Zähne. Er hat die Nacht im Krankenhaus in Lewiston verbracht, hieß es.« Ich weiß nicht, was ich davon halten soll, und spüre, wie ich langsam die Fassung verliere, denn so eine Geschichte hatte ich sicher nicht erwartet.

Die alte Frau ist noch nicht fertig. »Levi behauptete, er wäre gefallen, aber zwei Tage später kündigte er seinen Job und verließ ohne ein weiteres Wort die Stadt.«

»Wollen Sie mir damit sagen, dass Ananias Stoltzfus ihn tätlich angegriffen hat?«

»Ich sage nur, dass der Bischof sich unmissverständlich ausgedrückt hat. Auf eine Weise, die überdeutlich klarmachte, was er von Levi hielt. Und ausnahmsweise war sein Handeln einmal gerechtfertigt.« Sie legt sich wieder im Sessel zurück. »Er hatte ja immer diesen wuchtigen Gehstock dabei, brauchte ihn wegen seines Rheumas, behauptete er. Aber vielleicht hat er ihn auch für andere Zwecke verwendet.«

»Lebt Schmucker noch?«, frage ich. »Wohnt er noch hier in der Gegend?«

»Zuletzt hieß es, er ist in einem Pflegeheim in Lock Haven.«

»Hat er Familie?«

»Was glauben Sie?«

Ich stelle noch ein paar weitere Fragen, aber Amanda Garber hat keine Lust mehr zu antworten. »All das Reden über Gespenster.« Sie winkt ab. »Das hat mich erschöpft.«

»Kann ich verstehen, trotzdem danke, dass Sie sich Zeit für mich genommen haben.« Ich schüttele ihre schlaffe, kühle Hand und wende mich zur Tür.

Dann fällt mir noch eine letzte Frage ein. »Ms. Garber, hat Mia Ihnen jemals etwas über ihr Leben in Minnesota erzählt?«

»Minnesota?« Sie sieht mich an, als wäre ich eine Verschwörungstheoretikerin.

»Mahlon und Laura Barkman haben gesagt, sie seien aus Minnesota hergezogen.«

»Mahlon Barkmann ist dumm wie Stroh«, sagt sie verächtlich. »Der würde Minnesota nicht finden, auch wenn's ein Punkt auf seinem Arsch wär.« Sie schüttelt den Kopf wie ein Lehrer über einen Schüler, der seinen Test mit Eins hätte bestehen müssen und vermasselt hat. »Woher Ananias stammte, weiß ich nicht, aber Mia war aus Deutschland, Bayern, glaube ich.«

»Deutschland?« Ich starre sie verwirrt an und frage mich, ob sie sich nicht irrt. Ich bin keine Expertin in der Geschichte amischer oder europäischer Anabaptisten, aber soviel ich weiß, gibt es in Europa keine Amischen mehr.

»Deshalb war ihr *Deitsch* ja so anders«, sagt sie. »Mia hatte mir ein paar Mal von Deutschland erzählt. Aber sie wollte nicht, dass ich darüber spreche, weil sie Heimweh hatte. Ihre Heimat hat ihr sehr gefehlt. Und ich habe mich an ihren

Wunsch gehalten. Jedenfalls bis jetzt. Ich vermute mal, dass sie mir das nicht verübelt.«

Die alte Frau zuckt die Schultern. »Und die Geschichten, die sie erzählt hat … es schien mir ein sehr exotischer Ort.« Sie seufzt bei der Erinnerung. »Ihr *Datt* besaß eine Bäckerei, dort hat sie auch gelernt zu backen. Alle liebten ihren *Zwetschgenkuchen*. Ich hab das Rezept nie so hingekriegt, versucht habe ich es oft genug.«

17. KAPITEL

Einundzwanzig Jahre zuvor

Es ging mir nicht gut an jenem Nachmittag, als ich das Singen nach dem Gottesdienst schwänzte. Normalerweise nahm ich daran teil, aber diesmal war mir nicht danach. In dem Sommer, als ich vierzehn Jahre alt war, ging es mir oft nicht gut. An dem Tag hatte ich eine dreistündige Predigt durchlitten und zwei weitere Stunden, in denen die Erwachsenen quasselten und sich mit Dattelpudding und Kuchen vollstopften. Also machte ich mich auf den Weg zur Tuscarawas Bridge, denn ich wusste, dass dort englische Jugendliche abhingen. Bislang hatte ich die Schwelle, sie anzusprechen, noch nie überschritten. Aber jetzt war ich trotzig und sauer genug, das zu ändern, wenn auch nur, damit andere – vor allem meine Eltern – genauso unglücklich wären wie ich.

Ich ging die Dogleg Road entlang, eine wenig befahrene Straße mit kaputtem Asphalt, die zwischen Mais- und Sojafeldern hindurch und über einen Nebenfluss des Painters Creek führte. Ich war in meinen Gedanken versunken, als das Klappern von Pferdehufen das Nahen eines Buggys ankündigte. Ich wollte niemanden sehen, schon gar keine Amischen, also ging ich mit gesenktem Kopf weiter in der Hoffnung, sie würden einfach vorbeifahren.

»Wo willst du hin?«

Jonas Bowman zügelte sein Pferd und fuhr im Schritttempo neben mir her. Er hielt die Zügel in beiden Händen und beugte sich vor, um herauszufinden, wem er da begegnet war. Sein Lächeln machte mir bewusst, dass er sich freute, mich zu sehen. Und ich fragte mich, wie es war, etwas so Ehrliches und Simples zu empfinden.

Wir hatten uns länger nicht mehr gesehen, denn ich spielte nicht mehr Baseball. Zudem war er inzwischen achtzehn Jahre alt und arbeitete meistens in der Schreinerei seines *Datts*. Er fehlte mir, aber verglichen mit all meinen anderen Sorgen fiel das kaum ins Gewicht. Mir fehlten eine Menge Dinge, aber so war das im Leben einer Vierzehnjährigen nun mal.

»Ich will nirgendwo hin«, sagte ich.

»Warum bist du nicht zum Singen geblieben?«

»Ich habe schon genug gesungen für heute«, sagte ich.

Wir schwiegen eine Zeitlang, aber er fuhr weiter im Schritttempo neben mir her. Ich sah ihn nicht direkt an, nur hin und wieder verstohlen. Er kam mir älter vor, selbstbewusster, und seine Stimme war auch tiefer. All das verwirrte mich auf eine Weise, die ich mir nicht erklären konnte.

»Ich hab dich in letzter Zeit kaum noch gesehen«, sagte er.

»Hab viel zu tun.« Das war gelogen. Ich hatte nicht mehr zu tun als in jenen unbeschwerten Tagen, als wir uns beim Baseball auf dem Feld des alten Herrn Delaney das Herz aus dem Leib spielten.

»Soll ich dich mitnehmen?«, fragte er. »Ich kann dich nach Hause fahren.«

»Nein.« Auch das war gelogen, denn ich wollte auf den Buggy steigen. Ich wollte neben ihm sitzen und über irgendetwas reden, das völlig unwichtig war, aber wichtig erschien. Ich wollte mit ihm lachen so wie früher. Ich verstand nicht, warum das alles nicht mehr ging, und meine eigene Dummheit nervte mich, weil ich anscheinend unfähig war, zu dem einen Menschen nett zu sein, den ich wirklich mochte.

Plötzlich fuhr er schneller, stoppte und lenkte das Pferd so, dass es mir den Weg verstellte. Ich legte die Hand auf den Hals des Tieres und sah, dass Jonas vom Buggy kletterte.

»Was machst du da?«, fragte ich.

»Ich versperre dir den Weg, weil du mit mir reden sollst«, brummte er.

Ich verdrehte die Augen und sah weg. »Vielleicht hab ich ja nichts zu sagen.«

»Also das ist gelogen. Früher hast du mir die Ohren abgeschwätzt.«

Die Sonne brannte, und ich spürte, wie mir der Schweiß den Rücken hinunterlief. Sein breitkrempiger Hut überschattete seine Augen, doch sie waren dunkel und aufmerksam. Fragte er sich, was mit mir los war?

Einen Augenblick später zeigte er auf die dunklen Wolken über den Baumkronen im Westen. »Du wirst nass werden.«

Ich sah nicht hin. Es war mir egal, ob ich nass werden würde, und genauso egal war es mir, ob ich vom Blitz getroffen würde.

Er zog die Augenbrauen zusammen, wie ein Kind, das ein Rechenproblem zu lösen versuchte. »Morgen Nachmittag spielen wir Baseball auf dem Feld vom alten Delaney. Hast du Lust zu kommen?«

Bei der Vorstellung schlug mein Herz schneller. Mir schien, als hätte ich seit Jahren nicht mehr gespielt. Wie sehr ich doch diese Tage vermisste …

»Ich kann nicht«, sagte ich.

»Warum nicht?«

Ein Dutzend erfundene Gründe gingen mir durch den Kopf. »Ich muss meiner *Mamm* helfen.«

Verwirrt schob er den Hut ein Stück nach hinten und kratzte sich am Kopf. Er war jetzt so groß, dass ich zu ihm hochblicken musste, um in seine Augen zu sehen, die dunkel waren, ganz anders als meine. Früher war es leicht gewesen, ihn anzusehen. Jetzt war sein Blick härter, nicht unfreundlich, aber irgendwie kritisch. Wenn er mich nun ansah, dann mit den Augen eines Mannes, nicht wie zuvor mit denen des Jungen, der er einmal war. Was er wohl sah, als er mich betrachtete?

»Du warst mal eine ziemlich gute Schlagfrau«, sagte er.

Ich wehrte mich innerlich gegen die Freude, die ich spürte. Ja, ich *war* mal eine gute Schlagfrau. Und auch schnell. Warum konnte ich nicht einfach Ja sagen?

»Hast du noch den Baseball, den ich dir gegeben habe?«, fragte er.

»Der ist im Müll.« Wieder gelogen, aber ich beließ es dabei.

Er blickte weg und rieb sich den Schweiß aus dem Nacken. »Hast du Angst zu verlieren, oder was?«

Dieser Verdacht weckte den alten Ehrgeiz in mir. In dem Moment erinnerte ich mich an den harten Klang des Balles, der an den Schläger knallte, die Wucht, die meinen ganzen Arm durchfuhr, wie der Boden unter mir verschwamm, wenn ich zu den Bases rannte, und an das Hochgefühl, zu wissen, dass keiner der Batter den Ball weit genug zurückwerfen und mich aus dem Spiel werfen konnte.

»Ich hätte nie gedacht, dass du dich mal als Feigling entpuppst, Katie Burkholder.« Er zeigte auf mich. »Dann werden wir uns wohl jemand anderes suchen müssen.«

»Baseball ist sowieso was für kleine Kinder.«

Er stand nur ein paar Meter weit weg, aber es hätte auch eine Meile sein können. Er sah mich böse an, weil ich ihn beleidigt hatte. Doch ich konnte nicht aufhören. Was war los mit mir? Warum konnte ich nicht nett sein?

»Dann lass ich dich jetzt besser weitergehen.« Er tippte den Finger an seine Hutkrempe und drehte sich um.

Ich sah ihm hinterher, fühlte mich wie ein Miststück und hoffte, dass er zurückkommen und mich bitten würde zu spielen. Denn dann würde ich Ja sagen. Natürlich kam er nicht zurück. Ich spürte etwas Schweres in meinem Herzen, verstand aber nicht, was es war, und wollte es auch nicht erkunden. Reglos stand ich da, sah zu, wie er den Fuß auf den Tritt des Buggys setzte, um aufzusteigen.

»Vielleicht schaffe ich es doch«, platzte ich heraus.

»Mach dir keine Umstände«, sagte er, ohne mich anzusehen. »So gut warst du sowieso nicht.«

Die Beleidigung schmerzte wie ein Messer, das sich in meinen Rücken bohrte. Tränen brannten in meinen Augen, aber ich unterdrückte sie mit aller Macht. Mit einem beklemmenden Gefühl und geballten Fäusten lief ich zu ihm hin.

»Ich hab gesagt, ich spiele«, sagte ich barsch.

Ich erwartete, dass er lachte, wie er das immer getan hatte. Aber als er sich jetzt zu mir umdrehte, sah er mich an wie damals die englischen Jungen, die unser Baseballfeld in Besitz genommen hatten: mit Abneigung, Missfallen. Und was am allerschlimmsten war: wie eine Fremde. Mein Schmerz war so groß, dass ich keine Luft bekam.

Hunderte Worte bombardierten meinen Verstand. *Es tut mir leid. Ich will spielen. Ich weiß nicht, was mit mir los ist. Ich will, dass alles so ist wie vorher. Daniel Lapp hat mein Leben ruiniert.*

Ich erinnere mich nicht, zu ihm gegangen zu sein. Die Welt um mich herum verschwamm. Ich spürte meine Füße nicht und hörte nicht den knirschenden Schotter unter meinen Schuhen. Die Sonne verlor ihren Glanz. Doch plötzlich umschlangen meine Arme seinen Hals, und irgendwo hörte ich jemanden weinen. Schockartig wurde mir bewusst, dass ich das selbst war.

Vage nahm ich wahr, dass Jonas nach hinten stolperte und die Hände in die Luft warf, als wollte er sich schützen. Er stieß mit dem Rücken an den Buggy, was seinen Rückzug stoppte, und ich drückte mich an ihn. Der Körperkontakt war elektrisierend. Er sagte etwas, doch ich konnte es nicht verstehen, denn ich weinte jetzt hemmungslos, vom Schmerz überwältigt.

»Ich werde aus dir nicht klug«, sagte er. Ich hatte keine Ahnung vom Küssen, doch ich drückte meinen Mund auf seinen, wobei ich mit der Stirn an seinen Hut stieß, der zu Boden fiel. Er schien es nicht zu merken. Eine Sekunde lang dachte ich, er würde mich wegstoßen. Ich hoffte es sogar, denn ich wusste, dass ich nicht tun sollte, was ich gerade tat.

Er stieß mich nicht weg. Stattdessen legte er die Arme um meine Schultern, neigte den Kopf und küsste mich zurück. Zögerlich zuerst, dann fester, so dass seine Zähne an meine stießen. Ich hatte das Gefühl, von einer Klippe gesprungen zu sein und im freien Fall abwärts zu segeln.

»Katie.«

Wie aus weiter Ferne drang mein Name an mein Ohr. Doch ich hörte nicht auf. Der Schmerz ließ nach, und das war das Heilmittel. Aber dann umfassten seine Hände meine Oberarme, er schob mich auf Armeslänge von sich weg und schüttelte mich leicht.

Ich machte die Augen auf. Jonas starrte mich an, atmete schwer, als wäre er gerade eine Meile gerannt, seine Nasenflügel bebten, und auf seiner Stirn standen Schweißperlen.

»Was machst du da?« Er ließ meine Arme los, als würde meine Haut seine Handflächen verbrennen.

Der Schmerz kam zurück mit so großer Wucht, dass mir ein Schluchzen im Hals steckte, doch ich ließ es nicht raus. Ich fühlte mich hässlich und unbeholfen und war furchtbar verlegen. Ich trat einen Schritt zurück und sah zu Boden.

»Du weißt ja nicht mal, wie man küsst«, stieß ich hervor.

Er stand einfach nur da. Ich hörte meinen keuchenden Atem, mein wild schlagendes Herz. Tränen brannten in meinen Augen. *Nicht weinen, nur nicht weinen.*

Aus dem Augenwinkel sah ich, wie er sich bückte, den Hut vom Boden aufhob, aufsetzte, in den Buggy stieg und wortlos davonfuhr.

18. KAPITEL

Die Erinnerung an diesen lange zurückliegenden Tag schwingt bitter und süß in meinen Gedanken mit, während ich zum Haus der Bowmans fahre. In jenem Sommer war ich das Mädchen, das ich überhaupt nicht sein wollte: linkisch, verletzend und unverstanden. Irreparabel beschädigt – dachte ich jedenfalls. Ich war mir selbst fremd, ich kannte mich nicht mehr, ich misstraute mir und mochte mich nicht. Erst später lernte ich, dass mein Verhalten die übliche Reaktion auf ein erlittenes Trauma war. Auf die Gewalt, die Daniel Lapp meiner Seele angetan hatte. Es dauerte lange Zeit, bis ich mir selbst für einiges, was ich in jenem Sommer angestellt hatte, vergeben konnte. Für das, was ich Jonas angetan hatte.

Ich sitze in dem Mietwagen und sehe zu, wie Jonas, Reuben und Junior Küchenschränke in einen Kleinlaster laden, auf dem das Logo einer lokalen Baufirma prangt. Die Jungen und ihr Vater arbeiten Hand in Hand, sie wissen genau, was zu tun ist. Choreographie. Als der Wagen schließlich abfährt, steige ich aus und gehe zur Werkstatt.

Draußen brummt der Generator, und drinnen empfängt mich das Heulen der Säge. Jonas schiebt gerade ein Brett durch das Blatt der Tischsäge, wobei Junior seinem Vater mit gespannter Aufmerksamkeit zusieht. Weiter hinten steht Reuben über eine Werkbank gebeugt und fügt die Zinken und Zapfen einer Schwalbenschwanzverbindung zusammen, während Effie mit einem Besen einen großen Haufen Sägemehl auf eine Schaufel fegt.

»Sieht aus, als hättet ihr die Schränke rechtzeitig fertig bekommen«, sage ich zur Begrüßung.

Alle Blicke richten sich auf mich. Jonas sieht mich über die Schulter hinweg an und stoppt die Tischsäge. In seinen Augen blitzt Freude auf. »Katie.«

Juniors Gesicht verzieht sich zu einem Grinsen. »Mr. Gleason h-hat uns hundert Dollar mehr gegeben!«

»Das überrascht mich gar nicht«, sage ich. »Die Schränke waren wirklich superschön, und dabei hat euch doch eine Arbeitskraft gefehlt.«

Zu schüchtern, um Lob anzunehmen, sieht der Junge auf das Brett vor sich und fährt mit seiner pummeligen Hand darüber.

»Die sind für ein großes Haus in Harrisburg«, erklärt Reuben.

»Eine sch-schicke Villa«, wirft Junior ein. »*Mamm* hat uns erlaubt, dass wir lange aufbleiben, um die Schränke fertig zu machen, und dann ist *Datt* heute Morgen nach Hause gekommen, und wir haben den ganzen Tag daran gearbeitet.«

Jonas schneidet das Brett fertig durch, richtet sich auf und kommt zu mir. Sein Blick huscht zu dem Bluterguss an meinem Hals, aber er sagt nichts.

»Du hast die Kaution gestellt«, sage ich.

»Die gesamten fünfzigtausend Dollar.« Er blickt weg, doch das Aufflackern von Scham in seinen Augen bleibt mir nicht verborgen. »Amische helfen einander. Jeder hat gegeben, was er konnte.«

»Sie bekommen es zurück«, sage ich.

»Ich weiß, aber …« Er bricht den Satz ab, als wisse er nicht, wie er ihn beenden soll.

»Haben Sie schon Abendbrot gegessen, Katie?«, fragt Effie.

»Ehrlich gesagt, nein.«

»*Mamm* hat Huhn mit Nudeln und Kartoffelpüree gemacht«, verkündet Junior. »Das ist mein Lieblingsessen.«

»Alles ist dein Lieblingsessen.« Jonas bürstet mit der Hand Sägespäne von der Schulter seines Sohnes.

Der Junge zieht den Kopf ein.

»Essen Sie mit uns?«, fragt Effie.

»Das lasse ich mir nicht entgehen«, sage ich.

Jonas klatscht in die Hände. »Kinder, Händewaschen. Und sagt eurer *Mamm*, sie soll ein weiteres Gedeck hinstellen.«

* * *

Das Abendessen ist bei Amischen eine eher zweckmäßige Angelegenheit, auf das sich dennoch alle freuen, besonders nach einem oft langen Tag körperlicher Arbeit. Es ist die Zeit für herzhaftes Essen und Gespräche, bei denen es meistens um Arbeit geht, die erledigt werden muss und wer dafür zuständig sein wird. Zudem steht die gemeinsame Mahlzeit sinnbildlich für die Bedeutung von Familie und für den Platz, den jeder darin hat. An diesem Nachmittag bin ich ein Teil dieser Tradition, und trotz meiner Bemühung, emotional Distanz zu wahren, verspüre ich einen Anflug von Nostalgie.

Auf der Arbeitsplatte zerquetscht Dorothy weich gekochte Kartoffeln mit einem Kartoffelstampfer, was so viel Kraft kostet, dass sie Schweißperlen auf der Stirn hat. Effie rührt auf dem Herd in einem dampfenden Topf Nudeln um. Als weiblicher Gast obliegt mir die Aufgabe, Teller und Besteck auf den Tisch zu stellen sowie Gläser mit Leitungswasser für die Erwachsenen und mit Milch für die Kinder zu füllen. Die ganze Zeit weht eine leichte Brise durch das Fenster über der Spüle herein, wodurch die aufgeheizte Küche erträglich ist. Das Klappern des Geschirrs sowie die Unterhaltung von Dorothy und Effie über einen Baby-Quilt für eine Nachbarin versetzt mich zurück in eine Zeit, in der alles einfacher war, und plötzlich vermisse ich meine eigene Familie.

»Katie?«

Das war Effie, die gerade einen Stuhl unter dem Tisch hervorzieht. »Sie können sich hier neben mich setzen.«

Ich stelle das letzte Wasserglas ab und nehme Platz. Jonas sitzt am Kopfende des Tisches, Junior und Reuben lassen sich zu seiner Linken nieder. Dorothy stellt den dampfenden Topf mit Huhn und Nudeln auf einen Untersetzer in der Mitte des Tisches und nimmt zu seiner Rechten Platz, neben mir. Und wie bei den meisten amischen Familien vor einer Mahlzeit, neigt auch sie den Kopf zu einem lautlosen Gebet.

Alle bedienen sich selbst, und die Teller werden mit Kartoffelpüree, Huhn und Nudeln sowie grünen Bohnen gefüllt. Es gibt auch ein etwas zu dunkel geratenes Bauernbrot, dazu selbstgemachte Butter in einer Schale und Apfelbutter.

Während der ganzen Mahlzeit gibt Junior Geschichten aus der Holzwerkstatt zum Besten: Wie er seinen ersten Schwalbenschwanz mit halbverdeckter Zinkung gefertigt hat, wie er einmal die Dose mit Beize auf einem gerade fertiggestellten Tisch umgestoßen hat, den der Kunde dann für den schönsten Walnussholztisch hielt, den er je gesehen hatte. Und auch von dem Unfall vor sechs Monaten erzählt er lebhaft, bei dem sich Reuben die Spitze seines kleinen Fingers abgesägt hat.

»Zeig ihn ihr!«, ruft er aus.

Es ist Reuben definitiv unangenehm, im Zentrum der Aufmerksamkeit zu stehen, aber die Gelegenheit, mit der Narbe eines Arbeitsunfalls anzugeben, kann er dann doch nicht ungenutzt verstreichen lassen. Kauend streckt er die Hand aus, und wirklich, die Kuppe seines linken kleinen Fingers und der Fingernagel fehlen.

»Der Knochen hat rausgeguckt«, erzählt Junior aufgeregt.

»Der Doktor in der Stadt wollte, dass wir die Fingerspitze suchen und sie in Eis packen und ins Krankenhaus bringen.«

»Wir haben überall gesucht«, ergänzt Effie. »Aber wir konnten sie einfach nicht finden.«

»Wir glauben, dass die Katze sie gefressen hat«, ruft Junior vergnügt.

Jonas räuspert sich, um sein Lachen zu überspielen. Ich trinke stattdessen einen Schluck Wasser.

Dorothy findet es weniger lustig. »Um Himmels willen, Geschichten von verlorenen Fingern und fleischfressenden Katzen will Katie beim Essen nun wirklich nicht hören.«

Aber sie lacht auch, und bald lachen wir alle so sehr, dass uns die Tränen kommen.

Obwohl es noch vieles mit Jonas zu bereden gibt – über Amanda Garber, Mia Stoltzfus, Levi Schmucker und nicht zuletzt den Knochenfund in seinem Brunnen –, zügele ich meine Ungeduld, denn das meiste davon ist nicht für junge Ohren geeignet.

Als wir fertig gegessen haben und die Kinder gehen, helfe ich Dorothy mit dem Abwasch, und während sie Kaffee kocht, setze ich mich Jonas gegenüber.

»Die blauen Flecken an deinem Hals sind mir nicht entgangen«, sagt er bedächtig. »Was ist passiert?«

Dorothy dreht sich um, und ich sehe ihr an, dass auch sie es bemerkt hat.

»Letzte Nacht wurde ich im Hotel überfallen«, sage ich. »Der Mann hat die Windschutzscheibe am Explorer zertrümmert und alle vier Reifen zerstochen.«

Dorothy schnappt nach Luft. »Was? O nein, Katie.«

Jonas presst die Lippen zusammen. »Hat die Polizei ihn festgenommen?«

»Er ist entkommen«, sage ich.

Er blickt mich eindringlich an. »Weißt du, wer das war?«

»Es ging alles zu schnell, und es war dunkel. Ich weiß nur, dass es ein Mann war.« Ich sehe ihm seine Besorgnis an, suche noch etwas anderes in seinem Blick, vielleicht ein Aufblinken von Gefühlschaos, finde aber nichts. »Er hat gesagt, ich solle die Stadt verlassen.«

Jonas schüttelt entsetzt den Kopf. »Die *Diener* hätten dich nicht bitten dürfen, herzukommen.«

Dorothy stellt die Kaffeetassen vor uns und setzt sich neben ihren Mann auf den Stuhl. »Glauben Sie, es hat etwas mit Ihren Fragen zu Ananias Stoltzfus zu tun?«

»Meiner Meinung nach hat jemand Angst, dass ich etwas entdecke, was unentdeckt bleiben soll.«

Dorothy blickt von ihrem Mann zu mir, als wüsste sie nicht genau, ob das gut oder schlecht ist.

»Du musst aufhören, es ist zu gefährlich«, sagt Jonas.

Dorothy tätschelt die Hand ihres Mannes. »Er hat recht. Vielleicht sollten wir das alles noch einmal überdenken und uns etwas Neues einfallen lassen.«

»Es bestätigt nur, dass ich auf der richtigen Spur bin.« Als das Paar sich ernst anblickt, füge ich hinzu: »Falls ihr es vergessen habt, ich bin Polizistin. Ich weiß, wie man mit so etwas umgeht, und ich bin bewaffnet. Wenn es wieder passiert, bin ich bereit. Übrigens, Dorothy … können wir uns duzen?«

Sie nickt. »Ja, natürlich.« Wir schweigen, ich nehme meine Tasse und trinke einen Schluck. »Was ich euch jetzt sage, hat die Polizei nicht veröffentlicht, deshalb behaltet es bitte für euch. Kann ich mich darauf verlassen?«

»Natürlich«, erwidert Jonas.

Dorothy nickt.

Ich erzähle ihnen von den Handknochen, die im Brunnen gefunden wurden. »Die Polizei hat sie zur DNA-Analyse ins

Labor geschickt, aber sie glauben, dass es Knochen von Ananias Stoltzfus sind.«

»*Mein Gott.*« Dorothy presst sich die Hand auf die Brust. »Reuben hatte recht.«

Jonas zieht die Augenbrauen zusammen. »Aber die Leiche des Bischofs wurde auf einem Feld gefunden. Wie kommen dann seine Hände in unseren Brunnen?«

Ich erkläre ihnen, aufgrund welcher Theorie es am wahrscheinlichsten ist, dass die Hände abgetrennt wurden. Die beiden stellen keine Fragen, aber selbst sie wissen, dass das keine gute Erklärung ist.

»Wie lange lagen die Knochen im Brunnen?«, fragt Jonas schließlich.

»Ich weiß es nicht.« Aber die Frage wirft natürlich weitere auf. Hat der Mörder die Hände zur Zeit des Mordes abgetrennt und in den Brunnen geworfen? Oder war er, nachdem ihm klar wurde, dass er Jonas den Mord in die Schuhe schieben konnte, zu einem späteren Zeitpunkt an den Ort zurückgekehrt, wo die Leiche verscharrt war, hat die Hände abgetrennt und sie in den Brunnen geworfen?

»Wer auch immer sie dort reingeworfen hat, will die Polizei davon überzeugen, dass ich Ananias Stoltzfus umgebracht habe«, sagt Jonas.

»Wer weiß von dem Brunnen?« Ich richte die Frage an beide.

»Jeder, der mal auf dem Grundstück war. Der ganze Bereich ist zwar überwuchert von Gebüsch und Bäumen, aber nicht irgendwie verborgen«, sagt Jonas.

»Haben sich dort mal unbefugt Leute aufgehalten?«, frage ich. »Habt ihr mal jemanden beim Brunnen gesehen, vor kurzem oder in den vergangenen Jahren?«

Jonas schüttelt den Kopf. »Nein.«

Ich erzähle ihnen von dem anonymen Hinweis. »Jemand wusste, dass die Knochen im Brunnen liegen, und hat der Polizei einen Tipp gegeben.«

»Derjenige, der es getan hat«, sagt Jonas.

»Oder ein Komplize«, füge ich hinzu.

Dorothy blickt auf ihren kaum angerührten Kaffee und schüttelt den Kopf. »Wer immer das war, ist ein böser Mensch«, flüstert sie. »Ich habe Angst um Jonas.« Sie sieht mich an. »Um dich auch.«

»Ich bitte euch einfach, wachsam zu sein«, sage ich. »Schließt die Türen ab. Und ich weiß, es ist gegen die Regeln, aber ich werde euch ein Handy bringen. Nur für den Notfall.«

»Wir brauchen kein …«, beginnt Jonas, aber ich schneide ihm das Wort ab.

»Legt es in eine Schublade in der Küche und vergesst, dass es da ist – aber denkt dran, wenn ihr es braucht.«

Mein Wunsch, dass sie ein Handy haben, macht ihre Angst nur noch größer, und sie verfallen in Schweigen.

Ich warte einen Moment, lausche dem Zischen der Gaslampe über dem Tisch und dem Tropfen des Wasserhahns an der Spüle. »Kannte einer von euch beiden Mia Stoltzfus?«, frage ich schließlich.

»Ich bin ihr ein paarmal begegnet«, antwortet Jonas. »Ist viele Jahre her.«

»Beim Gottesdienst.« Dorothy schüttelt den Kopf. »Es hieß, die Frau des Bischofs zu sein, habe sie zu sehr belastet.«

»Habt ihr eine Erklärung dafür, warum sie sich in einer Lutherkirche umgebracht hat?«, frage ich.

Das Paar sieht sich an. »Das konnte sich niemand erklären«, sagt Jonas.

»Wisst ihr etwas über die Vergangenheit von Mia und Ananias?«, frage ich. »Woher sie stammten?«

»Ich weiß nur, dass sie aus Minnesota waren.« Jonas sieht seine Frau an. »Sie sind hergezogen, bevor ich geboren wurde.«

Ich denke an mein Gespräch mit Laura und Mahlon Barkman, von denen ich die Information über Minnesota habe, und an Amanda Garber, die glaubte, dass Mia aus Deutschland kam.

»Kennt ihr hier jemanden, der Mia oder Ananias näherstand oder sie gut kannte?«, frage ich. »Ein Freund oder Familienmitglied?«

Wieder blicken sich die Eheleute fragend an, dann schüttelt Jonas den Kopf. »Nur die beiden erwachsenen Kinder«, sagt er. »Die meisten Leute, die sie kannten, sind inzwischen tot.«

Er fuhr ab und zu rüber nach Lewiston, hatte da ein leichtes Mädchen.

Amanda Garbers Worte gehen mir durch den Kopf. »Sind euch jemals Gerüchte zu Ohren gekommen, dass Ananias sich ungebührlich verhalten hat?«, frage ich.

Dorothy blickt hinab auf den Tisch und überlässt es ihrem Mann zu antworten.

Jonas sieht weg.

Ich warte, aber er sagt nichts. Viele Amische reden nur ungern schlecht über ihre Glaubensbrüder, und normalerweise dränge ich sie auch nicht. Doch heute Abend mache ich eine Ausnahme, denn es steht viel auf dem Spiel, und die Verletzungen an meinem Hals schmerzen.

»Jonas, dir droht eine schwerwiegende Anklage«, erinnere ich ihn. »Was immer du weißt, du darfst es mir nicht verschweigen. Das muss dir doch klar sein, oder?«

Er sieht mich an. »Er war unser Bischof, Katie. Auch wenn ich seine Meinung oft nicht teilte … und sosehr ich ihm verübelt hatte, dass er meinem *Datt* das Predigen verbot … von einem ungebührlichen Verhalten habe ich nie etwas gehört.«

Dorothy legt die Hand auf die Schulter ihres Mannes

und erhebt sich. »All die Gespräche über Tod und Knochen und abgetrennte Hände.« Sie schüttelt sich. »Das ist einfach schlimm. Ich gehe ins Bett.« Sie schenkt mir einen freundlichen Blick. »Ich werde für dich beten, Katie.«

Sie verlässt die Küche.

Es ist jetzt nach einundzwanzig Uhr, und im Haus ist es still. Jonas und ich nippen gedankenverloren an unserem Kaffee.

»Du hast eine nette Familie«, sage ich.

»Ich bin reich gesegnet.« Er schenkt mir ein beschämtes Lächeln. »Ich weiß nicht, womit ich das verdiene.«

Er weicht meinem Blick nicht aus, und in der Tiefe seiner Augen sehe ich die Erinnerung an gemeinsame Erlebnisse aufscheinen. Als schwachen Abglanz, aber unvergessen.

»Warum hast du mir nichts von dem Drohbrief erzählt, den du Ananias Stoltzfus geschickt hast?«, frage ich.

»Es ist schon so lange her.« Er zuckt die Schultern. »Mir war nicht bewusst, dass es wichtig ist.«

»Nicht einmal, als du wegen Mordverdacht im Gefängnis saßest?« Ich schüttele fassungslos den Kopf. »Du hast ihm wenige Tage vor seinem Verschwinden gedroht und wirst jetzt wegen Mord angeklagt. Und dir ist nicht klar, dass das wichtig ist? Was soll ich denn davon halten?«

»Jemand hat den Brief?«, fragt er. »Nach all den Jahren?«

Ich erzähle ihm von meinem Gespräch mit Henry Stoltzfus. »Ich hab den Brief zwar nicht gesehen, aber er hat behauptet, dass seine Schwester eine Kopie besitzt.« Ich denke daran, was so ein Brief bewirken kann, und frage mich, ob Mary Elizabeth ihn der Polizei übergeben hat. »Weißt du noch, was du geschrieben hast?«

»Nicht so genau«, sagt er. »Ich hab ihn in dem Brief daran erinnert, dass Gott mit ihm hart ins Gericht gehen wird, wenn die Zeit gekommen ist. So was in der Richtung.«

»Wenn die Polizei den Brief hat, wird der Staatsanwalt ihn gegen dich verwenden.«

»Ich weiß nicht, was die Polizei oder ein Staatsanwalt machen. Aber ich *weiß*, was in der Bibel steht, und ich sage dir, dass *nicht* die englische Polizei oder der Staatsanwalt über mich richten oder mich bestrafen werden. Das kann nur Gott.«

»Das Gericht wird in seinem Urteil die Bibel nicht berücksichtigen«, sage ich trocken.

Missmutig steht er auf, geht zum Schrank und nimmt eine verkorkte Flasche aus dem obersten Regal.

»Gibt es sonst noch etwas, was du mir nicht gesagt hast?«, frage ich.

»Wahrscheinlich.« Er kommt zurück zum Tisch, doch angesichts meiner finsteren Miene korrigiert er sich: »Ich hab dir alles gesagt.«

Er stellt die Flasche zwischen uns auf den Tisch.

»Was ist das?«, frage ich.

»Ich denke, die *Englischen* bezeichnen es als ihre Rettung.«

»Alkohol?«

Er holt zwei unterschiedliche Gläser aus dem Hängeschrank und stellt sie auf den Tisch. »Löwenzahnwein.«

»Du verletzt jetzt meinetwegen aber keine Regeln, oder?«, frage ich.

»Die *Diener* haben kein Problem mit hausgemachtem Wein«, sagt er. »Er ist auf unserem Land geerntet, von unseren Händen hergestellt. Und solange man sich nicht betrinkt …«

»Wenn das so ist.« Ich habe die Ehre, die Flasche zu entkorken und einzuschenken. »Wenn du erwischt wirst, kannst du die Verantwortung auf mich schieben.«

Nickend hebt er das Glas. »Auf alte Freundschaften.«

»Und die Wahrheitsfindung.«

Wir stoßen an und trinken.

Es ist nicht das erste Mal, dass ich amischen Wein trinke. Und es ist auch nicht das erste Mal, dass Jonas und ich ihn zusammen trinken. Doch dieser Jahrgang hier ist nicht besonders gut. Er ist zu süß und riecht streng, zudem hat er einen grasigen Geschmack, der auf der Zunge sticht und nachklingt.

Jonas schüttelt sich. »Hab ihn nie besonders gemocht.«

»In der Not …«

Es folgt ein unbehagliches Schweigen. Ich nippe am Wein und lausche dem Schrei eines Streifenkauzes, der durchs offene Fenster dringt, und konzentriere mich auf meine Aufgabe – das Rätsel um den Tod von Ananias Stoltzfus zu lösen. Doch die Schatten unserer gemeinsamen Vergangenheit wollen nicht weichen.

»Amanda Garber hat mir erzählt, Mia Stoltzfus stamme aus Deutschland«, sage ich schließlich.

»Das höre ich zum ersten Mal.« Jonas sieht mich erstaunt an. »Andererseits hatte Mia *tatsächlich* einen komischen Akzent, wenn sie *Deitsch* sprach.«

»Und Ananias?«

»Wo du jetzt fragst … Der Bischof hatte auch eine besondere Art zu sprechen, was vor allem bei seinem *Deitsch* auffiel. Aber er war ja auch aus dem Norden.« Er schwenkt den Wein im Glas, sieht mich über den Rand hinweg an. »Glaubst du, das hat irgendeine Bedeutung?«

»Ich weiß es nicht, aber da es mehrmals erwähnt wurde, kann es nicht schaden, der Sache nachzugehen.«

Ich leere mein Glas und schenke mir nach. Als ich Jonas' Glas auffüllen will, schüttelt er den Kopf.

»Hast du eine Theorie, was mit ihm passiert sein könnte?«, frage ich.

Er trinkt den Rest seines Weins in einem Zug aus, lehnt sich auf dem Stuhl zurück und überlegt. »Ich hatte im Gefängnis eine Menge Zeit, darüber nachzudenken, aber ich hab nach wie vor keine Erklärung. Es ist nun mal so, dass die meisten Mitglieder unserer Gemeinde ihn für einen *guten* Bischof hielten. Okay, er war streng, und einige von uns fanden, dass er die Regeln der Ordnung zu rigoros interpretierte. Aber wir waren in der Minderheit, und ich kann mir nicht vorstellen, dass ihn deswegen jemand umgebracht hat.«

»Hatte Ananias viel mit Englischen zu tun?«, frage ich.

»Nicht mehr als alle anderen auch. Wir machen eine Menge Geschäfte mit den Englischen. Wir besuchen unsere englischen Nachbarn, und sie besuchen uns, und wir helfen ihnen, wenn sie Hilfe brauchen. Du weißt doch, wie das ist. Einerseits folgen wir dem Grundsatz der Trennung zwischen Amischen und Englischen und andererseits auch wieder nicht.«

»Ich habe mit dem Pfarrer von der Kirche gesprochen, in der Mia Stoltzfus sich umgebracht hat«, sage ich. »Sie wollte, dass er ihr die Beichte abnimmt und Absolution erteilt.«

»Ich kann mir kaum vorstellen, dass Amische um so etwas bitten.« Er kneift die Augen zusammen. »Glaubst du, dass Mias Selbstmord etwas mit dem Mord an Ananias zu tun hat?«

»Er wirft zumindest einige Fragen auf.« Ich denke einen Moment darüber nach. »Hatte Mia Stoltzfus Feinde? Oder Probleme mit jemandem, amisch oder englisch?«

»Nicht, dass ich wüsste. Sie war ja älter als ich, und nett. Aber im Grunde genommen kannte ich sie überhaupt nicht.«

Wieder setzt Schweigen ein, aber diesmal ist es belastet von den Gedanken an die Ermittlungen. An das Rätsel, das ihnen zugrunde liegt, die unbeantworteten Fragen und das, was am Ende herauskommen wird.

»Es scheint ja so, als ob niemand wirklich etwas weiß«, sagt Jonas.

»Das ist bei vielen Ermittlungen am Anfang so«, sage ich.

Er lächelt kopfschüttelnd. »Willst du mir damit sagen, ich soll den Mut nicht verlieren?«

»Ich will dir damit sagen, dass wir gerade erst anfangen.«

Er nickt. »Und was passiert als Nächstes?«

»Ich höre mich weiter um, stelle Fragen und übe Druck aus, wenn es sein muss.«

»Druck ausüben war schon immer deine Stärke, stimmt's?«

Ich nicke. »Früher oder später kommt meistens etwas dabei heraus.«

Ich leere mein Weinglas, würde gern mehr trinken, aber ich schenke mir nichts mehr ein. Ich muss mich auf die Ermittlungen konzentrieren, doch wieder schwebt die Vergangenheit zwischen uns.

»Du trägst keinen Ring.« Jonas zeigt auf meine Hand. »Wartet zu Hause jemand auf dich? Ein Ehemann, dem du fehlst?«

»Jemand wartet auf mich zu Hause«, sage ich.

»Bist du verheiratet?«

Ich würde gern glauben, dass es die Frage eines alten Freundes ist, der sich erkundigt, wie es mir seit unserer lange zurückliegenden Begegnung ergangen ist. Aber dafür ist sie zu persönlich, und mir wird langsam unbehaglich. Wohl weil Jonas und ich uns wesentlich näher waren, als Freunde es sind, und ich meine Ermittlungen nicht gefährden will.

»Noch nicht«, sage ich.

»Kinder?«

»Wir denken darüber nach«, sage ich einfach.

Falls er mein Unbehagen bemerkt, zeigt er es nicht. »Du scheinst glücklich zu sein.«

»Das bin ich.«

»Und trotzdem bist du hergekommen, um mir zu helfen«, sagt er. »Obwohl ich kaum viel mehr als ein Fremder für dich bin.«

»Wir haben einige unserer prägenden Jahre miteinander verbracht.«

»Und eine Menge Baseball gespielt.«

Ich habe das Feld des alten Herrn Delaney vor Augen und muss lächeln. Zu spät wird mir klar, dass ich eine Tür geöffnet habe, die besser zugeblieben wäre. »Außerdem«, sage ich, »bin ich Polizistin und war früher amisch.« Ich zucke die Achseln. »Und somit kompetent.«

»Ich glaube, die Englischen haben ein Sprichwort dafür«, erwidert Jonas einen Moment später. »Etwas mit einem Elefanten im Raum.«

Wieder lächele ich, sehe ihn aber nicht an. Denn wenn ich es tue, wird er mein Unbehagen sehen – und sich, wie ich selbst, nach dem Grund fragen.

»Manchmal ist es gut, Dinge offen auszusprechen«, sagt er. »Reinen Tisch zu machen.«

»Was damals zwischen uns passiert ist, liegt lange zurück, Jonas. Wir waren Kinder.«

»Aber deshalb bist du doch hier, oder?«

»Ich bin hier, um dir zu helfen.« Ich zwinge mich, ihn anzusehen. »Darauf sollten wir uns konzentrieren und nicht irgendwelche uralten Geschichten hervorkramen. Das macht alles nur komplizierter.«

Er lehnt sich auf dem Stuhl zurück und nickt. »In Ordnung.«

Um einen Moment Zeit zu gewinnen, bringe ich unsere Gläser zur Spüle und wasche sie ab. Dabei berichte ich ihm, was Amanda Garber mir über Ananias' nächtlichen Besuch bei Levi Schmucker erzählt hat.

»Dass Ananias ein harter Mann war, wusste ich … aber das?« Jonas schüttelt ungläubig den Kopf. »Der Bischof verprügelt einen Mann mit seinem Gehstock? Und so schwer, dass er ihm die Knochen bricht? Das ist fast zu verrückt, um es zu glauben.«

»Ich werde Schmucker finden.« Ich bin wieder auf Kurs, auf sicherem Terrain. Die gemeinsame Vergangenheit ist zurück in die Ecke verbannt, in die sie gehört. »Wenn das wirklich passiert ist, erfahren wir etwas Wichtiges über Ananias, was wir vorher nicht wussten.«

»Dass er gewalttätig war?«

»Falls das stimmt, muss ich mich fragen, ob das ein Verhaltensmuster bei ihm war. Hat er noch mehr Leute so schwer bestraft? Hegte deshalb jemand einen tiefen Groll gegen ihn? Hat jemand beschlossen, es nicht hinzunehmen? Es zu beenden?«

»Katie, willst du, dass ich –«

»Ich will, dass du dich zurückhältst«, sage ich. »Bleib hier bei deiner Frau und deinen Kindern. Lass mich meine Arbeit machen.«

Stirnrunzelnd verschränkt er die Arme vor der Brust. »Du warst schon immer voller Tatendrang. Zu energisch, wie einige fanden. Hast selbst dann gekämpft, wenn die Mehrheit gegen dich war. Manche Dinge ändern sich nie, oder?«

»Du weißt doch selber, wie das ist. Du warst doch derjenige, der mich verteidigt hat, als es sonst niemand tat.«

Er schaut weg, aber ich habe in seinem Blick das Aufleuchten der Erinnerung gesehen, die Gefühle für mich und das gleiche Unbehagen, das auch ich zuvor empfunden habe.

Etwas zu berührt, wühle ich in der Tasche nach meinem Autoschlüssel. »Nur zu deiner Information: Ich bin noch immer eine schlechte Verliererin«, sage ich und gehe zur Tür.

19. KAPITEL

Polizisten wissen nie, wann sich eine scheinbar banale Information als wichtig erweisen wird. Wahrscheinlich ist das Gerücht, dass Ananias Stoltzfus mit dem Gehstock auf Levi Schmucker eingeprügelt hatte, nichts weiter als das: ein Gerücht, das über die Jahre aufgebläht und weiter ausgeschmückt wurde. Zumal ein amischer Bischof niemals Gewalt anwenden würde, um ein Gemeindemitglied zu disziplinieren. Die Amischen sind Pazifisten. Zu ihren Grundsätzen gehören Gehorsam und Gewaltlosigkeit. Amische verteidigen weder sich selbst, wenn sie angegriffen werden, noch verteidigen sie ihr Eigentum, und in Kriegszeiten verweigern sie aus Gewissensgründen den Dienst an der Waffe.

Doch angesichts der zahlreichen Ungereimtheiten um Ananias und Mia Stoltzfus muss ich dem Gerücht nachgehen. Denn Amische sind auch nur Menschen, und wie wir alle sind sie unvollkommen und fehlbar und haben Schwächen und Gefühle. Da bilden selbst Tiefgläubige keine Ausnahme.

Nachdem ich gestern Abend von den Bowmans zurück ins Motel gefahren bin, habe ich noch einige Zeit mit Internetrecherchen verbracht und dabei Levi Schmucker ausfindig gemacht. Er wohnt im *Mennonite Faith Home for the Elderly*, einem mennonitischen Altersheim in Lock Haven, etwa eine Stunde nordöstlich von Belleville. Als ich dann noch immer nicht schlafen konnte, trotz der kurzen Nacht zuvor, trotz des neuen Zimmers mit funktionierendem Türschloss und der Sicherheitskette, klemmte ich einen Stuhl unter die Türklinke, nahm meine .38er aus dem Holster und legte den .22er Mini-Revolver in Reichweite. Letztendlich hat das alles wenig geholfen, so dass ich heute Morgen nur dank Kaffee funktioniere.

Das dreistöckige Altersheim stammt aus den 1950er Jahren, ein Bau aus schlammfarbenem Ziegelstein mit Stabkreuzfenstern. Es liegt im Westen der Stadt, etwas südlich der Universität inmitten eines gepflegten Grundstücks mit Grünanlage. Auf dem Weg ins Haus komme ich an einer älteren Dame vorbei, die auf einer Bank sitzt und ein angeregtes Selbstgespräch führt.

Innen wirkt das Gebäude wie eine Mischung aus Schule und Krankenhaus, in der Eingangshalle befinden sich Aufzüge und eine hell erleuchtete Schwesternstation. Zwei lange, mit Türen gesäumte Korridore führen in den hinteren Bereich. Ich gehe zur Schwesternstation, in der eine Frau mittleren Alters in einem rosafarbenen Krankenhauskittel auf einer Computertastatur tippt.

»Ich möchte zu Levi Schmucker«, sage ich.

Sie tippt noch schnell einen Satz zu Ende, dann wendet sie sich lächelnd mir zu. »Gehören Sie zur Familie?«

Ich bin nicht sicher, was für Besuchsregeln hier gelten. In der Hoffnung, dass es kein Problem ist, lege ich Führerschein und Polizeimarke auf den Empfangstresen. »Ich komme aus Ohio und arbeite an einem Fall in Belleville«, sage ich.

»Oh.« Sie wirkt interessiert. »Die Polizei kommt nur selten hierher, um einen Bewohner zu besuchen.«

»Ich werde nicht allzu viel seiner Zeit in Anspruch nehmen«, sage ich leichthin, ohne genauer zu werden. »Ich muss ihm nur ein paar Fragen stellen.«

»Mr. Schmucker ist heute Morgen in seinem Zimmer.« Sie blickt mit zusammengekniffenen Augen auf ihren Bildschirm, macht einen Mausklick. »Ich bitte einen der Pflegehelfer, Sie zu ihm zu bringen.« Sie zeigt zur Sitzecke. »Es kommt gleich jemand.« Sie lassen mich nicht lange warten. Ich habe kaum das kurze Telefonat mit meinem Revier beendet, als ein afroamerikanischer Pflegehelfer im blauen Krankenhauskittel auf mich zukommt. Laut Namensschild an seinem Kittel heißt er Brent.

»Sie sind hier, um Mr. Schmucker zu besuchen?«, fragt er.

»Ja.«

»Sie haben Glück. Er hat gerade seine Physiotherapie beendet und auch schon gefrühstückt.« Er zeigt auf einen der Korridore. »Ich bringe Sie zu ihm.«

Den Informationen im Internet nach ist Levi Schmucker 1938 geboren und somit vierundachtzig Jahre alt. Als ich den gefliesten Flur entlanggehe, an dessen Wänden Handläufe aus Chrom angebracht sind, und an einem halben Dutzend Zimmern sowie mehreren Rollstühlen vorbeikomme, hoffe ich inständig, dass Schmuckers Gedächtnis noch funktioniert.

»Hier ist sein Zimmer.« Der Pflegehelfer öffnet die Tür und bittet mich mit einer Handbewegung einzutreten. »Guten Morgen, Mr. Schmucker!«, sagt er aufgeräumt. »Sie haben Besuch.«

Ich betrete ein Zimmer mit dem typischen Krankenhausgeruch nach Desinfektionsmitteln, schmerzlinderndem Menthol und Urin. Zwei Einzelbetten mit Sicherheitsgeländer und Betttischen auf Rollen füllen fast den ganzen Raum aus. In der Ecke, neben einem beschichteten Kaffeetisch und einer Lampe, steht ein orangefarbener Fernsehsessel aus Kunstleder. Jemand hat versucht – ohne viel Erfolg –, dem Zimmer einen gemütlichen Touch zu geben.

Meine Hoffnung sinkt beim Anblick des Mannes, der neben dem Fenster im Rollstuhl sitzt. Er ist ordentlich gekleidet mit blauer Hose und blauem Shirt, und er hat Socken an. Die einfallende Sonne scheint auf einen kahlen, mit Altersflecken gesprenkelten Kopf, einen gelbstichigen grauen Bart, der wie eine Socke am Kinn hängt, und auf krallenartige Hände, die in seinem Schoß ruhen. Die Augen in dem faltigen Gesicht mustern mich. »Wer ist das?«, brummt der alte Mann.

»Kate Burkholder«, antworte ich.

»Ich kenne niemanden mit dem Namen.«

Der Pfleger berührt meinen Arm. »Ich muss wieder an die Arbeit. Wenn Sie etwas brauchen, fragen Sie einfach jemanden in der Schwesternstation.«

Ich danke ihm, und er geht.

Der alte Mann starrt mich an. »Wer sind Sie?«

Ich stelle mich vor. »Ich arbeite gerade an einem Fall, Mr. Schmucker, und möchte Ihnen gern ein paar Fragen über Ananias Stoltzfus stellen.«

Der aufblitzende Schock in seinem Gesicht zeugt von einem funktionierenden Gedächtnis. »Ananias Stoltzfus?« Er flüstert den Namen mit banger Stimme, während sein Blick zur Tür huscht, als könnte der Mann ins Zimmer platzen und ihn behelligen. »Ist er *hier*?«

»Nein, er ist nicht hier«, versichere ich ihm. »Ich bin allein hier und hätte gern ein paar Informationen von Ihnen.«

Der Mann öffnet den Mund, seine Lippen zittern. »Ich will nicht mit ihm reden. Er ist hier nicht erwünscht.«

Ich weiß nicht, ob er schwerhörig ist oder ob sein Gedächtnis nicht mehr so gut funktioniert, und frage einfach weiter. »Ich habe gehört, dass Sie und Bischof Stoltzfus eine Meinungsverschiedenheit hatten und es zu einem Vorfall kam. Können Sie mir erzählen, was da passiert ist?«

»Er ist nicht mein Bischof, und ich bin auch nicht mehr amisch. Ich wasche meine Hände in Unschuld.« Der alte

Mann wendet den Kopf ab, sein Blick sucht den Klingelknopf, aber der ist zu weit weg.

Ich spüre, dass ich nicht zu ihm durchdringe. Da ich zudem befürchte, dass er mit den Gedanken abdriftet, wechsele ich zu *Deitsch*. »Können Sie mir erzählen, was passiert ist, als Ananias Stoltzfus in Ihr Haus kam und mit Ihnen über Ihre Tochter sprechen wollte?«

Schmucker öffnet den Mund, seine Lippen sind voller Speichel. »*See leekt.*« Sie hat gelogen.

»Sie haben nichts zu befürchten«, versichere ich ihm. »Ich will nur wissen, was zwischen Ihnen und dem Bischof passiert war.«

»Ich hab es nicht getan. Ich hab gar nichts getan.«

... Es hieß, Levi hätte sich unzüchtig gegenüber seiner ältesten Tochter verhalten.

Beim Blick auf den alten Mann muss ich meine aufkommende Abscheu niederhalten und mache mir klar, dass das Ganze nur Klatsch sein könnte. Ich bin wegen Stoltzfus hier und nicht, um über irgendetwas zu sprechen, das sich vielleicht ereignet hat oder vielleicht auch nicht.

»Der Bischof ist zu Ihnen gekommen ...« Ich belasse es bei dem Halbsatz und hoffe, dass er ihn vollendet.

»Ihre *Mamm* hat gelogen. *Gelogen*. Der Bischof kam mit dem großen Gehstock.«

»Was hat er getan?«, frage ich.

Der alte Mann starrt mich mit verzerrtem Gesicht an, als würde sich vor seinen Augen ein Abgrund auftun, in dessen Tiefen ein Monster lauert, das es auf ihn abgesehen hat.

»Ich hab die Sachen nicht gemacht, die sie von mir behauptet hat«, sagt er.

»Was hat der Bischof Ihnen angetan?«

»Er hat mir nicht geglaubt.«

Ich bemerke, dass die Hände des alten Mannes zittern. Sein linker Fuß beginnt zu wackeln. »Sagen Sie mir, was er getan hat.«

»Er ist mit mir in die Scheune gegangen. Um ein Gespräch von Mann zu Mann zu führen, hat er gesagt. Aber als wir dann allein waren, hat er … auf mich eingeprügelt. Mit dem Gehstock. Hat mir die Zähne ausgeschlagen.« Er senkt den Blick, hebt die rechte Hand. »Den Arm hat er mir gebrochen, und ich hatte schlimme Platzwunden am Kopf. Der alte Kerl hat mich zusammengeschlagen für etwas, was ich nicht getan habe.«

»Hat er irgendetwas gesagt?«

»Dass ich meine Sachen packen und verschwinden soll, hat er gesagt. Und sollte ich je zurückkommen, würde er mich umbringen.« Seine Lippen zittern. »Ich hab ihm das geglaubt.«

Ich sehe ihn eindringlich an. »Waren Sie jemals wieder in Belleville?«

»Niemals! Das schwöre ich. Ich bin nie wieder in Belleville gewesen.«

»Und wann waren Sie zuletzt dort?«

»In der Nacht.«

»Hat der Bischof außer Ihnen noch jemand anderem Leid zugefügt?«, frage ich.

Der alte Mann antwortet nicht. Sein Blick driftet zum Fenster, er starrt auf etwas Unsichtbares.

»Mr. Schmucker, sind Sie damals zur Polizei gegangen?«, frage ich.

Keine Antwort.

»Haben Sie jemandem erzählt, was passiert ist? Ihrer Frau? Einem Freund, irgendwem?«

Nichts.

Ein paar Minuten lang stelle ich ihm die immer gleichen Fragen, aber Levi Schmucker reagiert nicht. Der alte Mann sitzt zusammengesunken auf seinem Stuhl, Kinn auf der Brust, die Hände zittrig, und ignoriert mich. Als hätte ihn die Erinnerung an das Geschehen mit Ananias Stoltzfus vollkommen erschöpft.

* * *

Nach kaum einer Stunde sitze ich wieder im Auto und bin auf dem Weg nach Belleville. In Gedanken lasse ich das Gespräch mit Schmucker Revue passieren, gehe es Satz für Satz durch. Die Vorstellung, dass ein Bischof ein Gemeindemitglied schlägt, ist so ungeheuerlich, dass sich alles in mir dagegen sträubt. Kein Bischof würde jemals gewalttätig werden. Nie und nimmer. Der Glaube, Amische würden das Gesetz in die eigene Hand nehmen, ist ein Hollywood-Märchen. Aber selbst wenn das mit dem Verprügeln stimmt, hat es dann irgendetwas mit dem Mord an Ananias Stoltzfus zu tun?

Falls Schmucker die Wahrheit sagt, lautet die nächste Frage: Hat Ananias noch andere Gemeindemitglieder misshandelt? Konnte es einer von ihnen nicht länger ertragen und hat den Bischof in den Wald gelockt und erschossen? Oder liege ich mit all meinen Mutmaßungen vollkommen falsch, und der Mord hat mit etwas ganz anderem zu tun, von dem ich nichts ahne?

Ich bin so in Gedanken vertieft, dass ich die üppigen grünen Hügel im Norden und das bildschöne Tal vor meinen Augen kaum wahrnehme. Erst als ich an die vielen Ungereimtheiten denke, fällt mir auf, dass sie nicht nur Ananias Stoltzfus betreffen, sondern auch seine Frau Mia.

Er wäre aus Minnesota, sagte er, aber meine Cousine, die dort wohnt, redet nicht so.

Woher Ananias stammte, weiß ich nicht, aber Mia war aus Deutschland.

… wir Lutheraner nehmen die Beichte ab … legen großen Wert auf die heilige Vergebung …

Auf halbem Weg zwischen Lock Haven und Belleville halte ich am Straßenrand an einem Aussichtspunkt, google Harmony in Minnesota, und erfahre, dass es in Fillmore County liegt. Ich finde die Nummer der Gemeindeverwaltung heraus und rufe dort an. Nachdem ich mehrere Male weitergeleitet werde, spreche ich mit einer Angestellten, die mir nach einigem Hin und Her und viel Tastaturgeklimper erklärt, dass weder Ananias noch Mia Stoltzfus jemals Grundstückseigentümer in Fillmore County waren.

»Sind Sie sicher?«, frage ich, doch die Frau hat bereits aufgelegt.

Diese Information gibt mir Rätsel auf, und ich frage mich, ob der Grundbesitz vielleicht auf den Namen eines anderen Familienmitglieds eingetragen war. Denn etwas zu mieten wäre äußerst ungewöhnlich für ein niedergelassenes amisches Ehepaar. Vielleicht wohnten sie auch in einem benachbarten County, oder die Angestellte hat die Information schlicht übersehen.

Als Nächstes rufe ich das Sheriffbüro von Fillmore County an. Ich spreche mit einer Ermittlerin der Kriminalpolizei, die mich jedoch an die Streifenpolizei verweist, weil die meine Frage schneller beantworten könne. Kurz darauf bin ich mit Deputy Lina Leonard verbunden, der ich nach kurzem höflichen Geplauder mein Anliegen vortrage.

»Ich arbeite an einem Cold Case und beschäftige mich gerade mit dem Hintergrund des Opfers«, sage ich.

»Ich helfe gern, Chief Burkholder.«

Sie klingt jung. Die Hintergrundgeräusche lassen mich vermuten, dass sie gerade in ihrem Streifenwagen sitzt und Patrouille fährt. Ich lege ihr die wesentlichen Fakten des Falls dar. »Stoltzfus hat behauptet, er und seine Frau Mia wären aus Harmony. Ich müsste mit jemandem aus der Amisch-Gemeinde sprechen, der das bestätigt.«

»Ich will Sie ja nicht entmutigen, Chief, aber die meisten Amischen hier benutzen kein Telefon, ich kann also nicht einfach jemanden anrufen.«

»Ich hatte gehofft, ein Deputy könnte den Bischof oder Diakon oder einen der Prediger bitten, mich von einer Telefonzelle aus anzurufen, wenn sie dort eine haben.«

»Da sind Sie bei mir genau richtig. Und ja, sie haben eine Telefonzelle.« Sie lacht. »Ich fahre Streife in einer Gegend, die größtenteils amisch ist. Inzwischen kenne ich einige von ihnen persönlich.«

»Wissen Sie, wer der Bischof ist?«

»Ich glaube, das ist Elmer Hostetler. Ich bin ihm ein paarmal begegnet. Er ist einer der Kirchenältesten.«

Ich überlege kurz. »Sie wissen nicht zufällig, wie alt er ist?«, frage ich. »Stoltzfus soll Anfang bis Mitte der sechziger Jahre in Harmony gewohnt haben. Es wäre gut, mit jemandem zu sprechen, der damals schon dort gelebt hat.«

»Keine Ahnung, wie alt er ist. Er hat graue Haare, vielleicht ist er so um die siebzig.«

»Das wird wahrscheinlich gehen.«

»Okay, Chief, ich frage herum und rufe Sie zurück. Wie schnell brauchen Sie die Information?«

Jetzt muss ich lachen. »Gestern?«

»Alles klar. Geben Sie mir ein paar Tage, mal sehen, was ich machen kann.«

20. KAPITEL

Jedes Mordopfer hat eine Geschichte zu erzählen. Ermittler und Ermittlerinnen, die ihren Job verstehen, wissen, wie wichtig es ist, diese Geschichte zu finden, um den Fall zu lösen. Manche Geschichten sind leicht zu enträtseln; wenn das Opfer darauf hinweisen *wollte*, was passiert ist, hat es Spuren seines Lebens hinterlassen. Andere wiederum sind wie ein dunkles Labyrinth voller Geheimnisse. Ananias Stoltzfus' Geschichte fällt in diese letzte Kategorie. Das ist ungewöhnlich, denn ein amischer Bischof ist nicht irgendein zwielichtiges Individuum, das in dunkle Machenschaften involviert ist.

Warum ist seine Geschichte so schwer zu enträtseln?

Einem Opfer darf niemals die Schuld am eigenen Tod gegeben werden. Bei Mord gibt es nur einen Schuldigen: den Mörder. Dennoch können Opfer unabsichtlich eine Rolle spielen – wenn sie zur falschen Zeit am falschen Ort sind, wenn sie sich mit gefährlichen oder unberechenbaren Menschen abgeben, wenn sie bei riskanten Unternehmungen mitmachen, wenn sie ein schlechtes Urteilsvermögen besitzen.

Anfangs habe ich Ananias Stoltzfus für einen netten alten Herrn gehalten. Ein amischer Bischof, der einigen wenigen Leuten zu streng war. Doch je mehr ich über ihn erfahre, umso mehr verstärkt sich mein Eindruck, dass er gar nicht gutmütig war. Der Bischof war voreingenommen, nachtragend und möglicherweise sogar gewalttätig.

Es ist bereits Nachmittag, als ich in die Schottereinfahrt der Hershberger-Farm einbiege. Obwohl ich fast die ganze

Fahrt darüber nachgedacht habe, wie ich Mary Elizabeth dazu bringe, mir gegenüber offen zu reden, habe ich noch immer keine Idee. Denn Fakt ist, dass ihr meine Fragen zu ihren Eltern, auf die ich eine Antwort suche, nicht gefallen werden.

Ich parke auf dem Schotter nahe am Lattenzaun, gehe durchs Tor und habe kaum an der Haustür geklopft, als sie sich öffnet.

Mary Elizabeth Hershberger ist nicht erfreut, mich auf ihrer Veranda zu sehen. Zwar ist sie zu wohlerzogen, um es zu sagen, doch ich sehe den Unmut in ihren Augen. »Ich dachte mir schon, dass Sie das sind.«

»Möglicherweise habe ich ein paar neue Informationen für Sie über Ihren Vater und auch Ihre *Mamm*. Wenn Sie einen Moment Zeit haben, würde ich Ihnen auch noch gern einige Fragen stellen, es dauert nicht lange.«

Hinter ihr in der Küche klappert Geschirr. Die amische Frau scheint zu überlegen, ob sie mir die Tür vor der Nase zuschlagen soll, doch dann nickt sie nur und kommt heraus zu mir auf die Veranda.

»Es kommt nicht oft vor, dass mein Mann seine Hilfe beim Abwasch anbietet, von daher passt es.« Sie schenkt mir ein müdes Lächeln. »Aber halten wir es kurz.«

Sie geht an mir vorbei, und ich folge ihr die Stufen hinunter und einen schmalen, gefliesten Weg entlang zu einem Beet mit überbordendem lila Phlox. Sie bleibt stehen und dreht sich zu mir um. »Was glauben Sie denn, über meine Eltern zu wissen?«

»Mir war bislang nicht bewusst, dass Ihre *Mamm* aus Deutschland stammt«, sage ich.

»Aus Deutschland?« Sie lacht. »Wo haben Sie denn den Unfug her?«

»Ich habe mit Amanda Garber gesprochen, der besten Freundin Ihrer *Mamm*.«

Sie verschränkt die Arme vor der Brust und blickt mich mitleidig an. »Dann hören Sie mir jetzt mal gut zu. Die Frau ist *narrisch.*« Verrückt. »*Mamm* und *Datt* kamen aus Minnesota«, sagt sie.

»Sind Sie sicher?«, frage ich. »Mir wurde gesagt, sie sei aus Bayern – «

»Natürlich bin ich sicher. Warum sollten meine Eltern wegen ihrer Herkunft lügen?«

»Amanda glaubt, dass Ihre *Mamm* etwas bekümmerte, was in der Vergangenheit vorgefallen war.«

»Meiner *Mamm* ging es gut. Sie war zufrieden mit ihrem Leben, ihrer Familie. Und mit ihrem *Ehemann.*«

»Mary Elizabeth.« Ich sage ihren Namen ohne jede Schärfe. »Ich habe mit Pfarrer Zimmerman von der Lutherkirche gesprochen.«

Sie kneift die Augen zusammen und starrt mich an. »Aha, daher weht der Wind. Sie haben also einen pikanten Brocken Klatsch entdeckt. Aber genau das kann Ihresgleichen ja, schmutzige Wäsche ans Tageslicht zerren. Lügen erfinden und Gerüchte in die Welt setzen.«

»Ich versuche nur herauszufinden, was Ihrem Vater passiert ist.«

»Ich weiß, was Sie versuchen«, zischt sie. »Sie wollen, dass Jonas Bowman ungestraft davonkommt.«

»Mia hat sich in einer Lutherkirche das Leben genommen, Mary Elizabeth. Sie wollte, dass der Pfarrer ihr Absolution erteilt. Eine amische Frau würde so etwas niemals tun.«

»Wollen Sie damit sagen, sie war nicht *amisch*?« Sie lacht entrüstet auf. »Meine *Mamm* war schwermütig, das ist alles. Wie schon meine *grohs-mammi*. Und Sie versuchen, was anderes draus zu machen, aber das lasse ich nicht zu. Meine Eltern waren gute, anständige Amische. Ich wehre mich dagegen, dass Sie ihren guten Namen für Ihren Freund, einen Tunichtgut, in den Dreck ziehen.«

»Wollen Sie denn nicht wissen, was passiert ist?«, frage ich.

Wut flackert in ihren Augen auf, und ihr Mund bewegt sich, als kaute sie an etwas, das an ihren Zähnen klebte. »Ich weiß, was passiert ist. Mein Vater wurde von einem bösartigen Menschen erschossen. Einem Verbrecher.« Die Worte kommen wie Schüsse aus ihrem Mund, beim letzten zittert ihre Stimme. »Es war furchtbar. Und Sie wollen ihm jetzt auch noch selbst die Schuld daran geben. Und meiner *Mamm*, ausgerechnet ihr! Sie geben allen die Schuld, nur nicht dem, der es getan hat.«

»Pfarrer Zimmerman sagte, Ihre *Mamm* hat am Tag ihres Todes ein Tagebuch bei sich gehabt. Wissen Sie zufällig, was damit passiert ist?«

»*Mamm* führte kein Tagebuch. Und wenn doch, wusste ich nichts davon.«

Ich nicke, unsicher, ob ich ihr das abnehme. »Kennen Sie einen Mann namens Levi Schmucker?«, frage ich einfach weiter.

»Den Namen hab ich nie gehört.«

»Und was ist mit dem Brief, den Jonas an Ihren Vater geschrieben hat?«

»Sie haben mit meinem Bruder geredet.«

»Haben Sie ihn noch?«

»Den hab ich vor vielen Jahren der Polizei übergeben.« Ein seltsames Leuchten tritt in ihre Augen. »Aber eine Kopie hab ich noch. Wollen Sie ihn wirklich sehen, Chief Burkholder? Könnte dem tugendhaften Image von Jonas Bowman schaden, das sich in Ihrem Kopf festgesetzt hat.«

Ein ungutes Gefühl macht sich in mir breit. »Ja, ich würde ihn gern sehen.«

Sie dreht sich um, geht zurück zur Tür und verschwindet im Haus. Ich stehe im Schatten der Ulme, blicke auf den herrlichen Phlox, doch ich sehe ihn nicht. Meine Gedanken kreisen um den Brief, dessen Inhalt hoffentlich nicht allzu viel Schaden anrichten wird. Als die Fliegengittertür zuschlägt, blicke ich auf. Mary Elizabeth kommt gerade die Verandastufen herunter und festen Schrittes auf mich zu.

»Vielleicht bringt der Sie ja zur Vernunft.« Sie reicht mir ein einzelnes Blatt.

Ich setze die Lesebrille auf, erkenne sofort Jonas' Handschrift und beginne zu lesen.

Wir haben die Ordnung, *die uns leitet. Wer sich nicht an die Regeln hält, wird bestraft. Als Bischof hast Du das Recht, Deine Kirchenmitglieder zu bestrafen, wenn sie vom Weg abkommen. Was aber ist mit Dir, was sollte mit Dir geschehen, wenn Du uns ein Leid antust? Sei versichert, dass kein bösartiger Mensch ungestraft davonkommt. Wer das Blut von Menschen vergießt, dessen Blut wird von Menschen vergossen. Dein Tag des Jüngsten Gerichts ist nahe. Wenn Du tot bist, bete ich für Deine Seele.*

Ich blicke Mary Elizabeth an. »Woher haben Sie den?«

»Er lag im Schreibtisch meines *Datts*. Ich hab ihn ein paar Tage nach seinem Verschwinden gefunden.«

Ich lese den Brief noch einmal, spüre die Angst, die auf meine Schultern drückt. Der Brief selbst ist nicht belastend, aber zusammen mit den anderen Beweisen kann er zweifellos gegen Jonas verwendet werden.

* * *

Als ich in die Einfahrt der Bowmans biege, fallen Sonnenstrahlen durch die Baumkronen. Ich parke hinterm Haus und sehe, dass der Buggy weg ist. Ich gehe zur Hintertür, um eine Nachricht zu hinterlassen, als die Tür aufgeht.

»Du siehst aus, als hättest du einen schweren Tag gehabt«, sagt Jonas.

»Das trifft es ziemlich gut«, sage ich. »Hast du einen Moment Zeit?«

»Sicher.« Er hält die Tür weit auf. »Dorothy ist mit den Kindern zum Einkaufen in die Stadt gefahren.« Er tritt zurück. »Komm herein.«

Ich folge ihm durch den Vorraum in die Küche, wo er mir einen Stuhl anbietet, zum Kühlschrank geht und einen Krug herausnimmt. »Sie hat vor der Abfahrt noch Minztee gekocht. Möchtest du ihn probieren?«

Es ist ein typisch amischer Tee, und ich muss bei der Erinnerung lächeln. »Sehr gern.«

Er schenkt mir ein Glas ein, stellt es vor mich auf den Tisch und setzt sich auf den Stuhl mir gegenüber. »Ich traue mich kaum zu fragen, ob es Neuigkeiten gibt«, sagt er. »Dein Gesichtsausdruck bedeutet nichts Gutes.«

»Ich hab den Brief gelesen, den du Stoltzfus geschrieben hast.«

Er nickt. »Ich erinnere mich kaum noch daran.«

»Er belastet dich.« Ich gebe ihm den Inhalt so gut ich kann wieder. »Die Polizei hat ihn, und der Staatsanwalt wird ihn vermutlich gegen dich verwenden.«

»Ich habe die Wahrheit auf meiner Seite.«

»Das Justizsystem ist nicht perfekt.«

»Gott wird mir beistehen.«

Ich habe weder die Energie noch das Herz, ihm zu sagen, dass auch Gott nicht immer alles richtig macht. Selbst nach allem, was passiert ist, würde er das vermutlich bestreiten. »Ich habe heute mit Levi Schmucker gesprochen.«

Er zieht die Brauen hoch. »Der ist doch inzwischen uralt.«

»Aber nicht zu alt, um vergessen zu haben, dass Ananias

Stoltzfus ihn kurz und klein geschlagen hat.« Ich berichte ihm von meinem Besuch. »Die Prügel haben ihn mehrere Zähne gekostet, sein Arm war gebrochen, und er ist im Krankenhaus gelandet.«

»Ananias war ein harter Brocken … aber dass er so weit gehen würde?« Er sieht mich verwirrt an. »Katie, der Bischof soll einen Mann mit einem Stock geschlagen haben? Soll ihm einen Knochen gebrochen haben? Damals habe ich mich für Ananias und seine Strafmaßnahmen nicht interessiert, aber …« Er sieht mich bestürzt an. »Kann es sein, dass Levi lügt?«

»Möglich ist es, vielleicht übertreibt er auch nur. Und wenn er wirklich seine Tochter sexuell belästigt hatte, versucht er womöglich, davon abzulenken. Aber darauf will ich nicht hinaus.«

»Sondern?«

»Was ist, wenn Ananias Stoltzfus ein anderer war, als er behauptete?« Selbst für mich klingt das weit hergeholt. Bestenfalls unwahrscheinlich, schlimmstenfalls konspirativ.

»Ich verstehe nicht, was du meinst«, sagt er.

»Vieles bei Ananias und Mia Stoltzfus passt nicht zu Amischen, und ganz bestimmt nicht zu einem amischen Bischof«, sage ich. »Mir wurde gesagt, seine Frau stamme aus Deutschland. Sie beging in einer Lutherkirche Selbstmord und wollte, dass der Pfarrer ihr Absolution erteilt. Das Paar sprach zwar *Deitsch,* aber mit einem Akzent. Ananias hat mehr als einmal seine Predigt verhunzt. Er hat einen Mann mit seinem Gehstock fast totgeprügelt. Jonas, nichts davon tun Amische.«

Er sieht mich fragend an. »Und wer war er dann?«

Ich überlege. »Ich muss wissen, ob es jemanden gibt, der Ananias oder Mia kannte. Es kann auch jemand sein, der weggezogen ist. Oder sehr alt. Fällt dir jemand ein, mit dem ich sprechen könnte?«

»Ich kenne sonst niemanden. Ananias war alt, und das alles ist vor achtzehn Jahren passiert.« Wieder blickt er besorgt drein. »Selbst wenn wir herausfinden, dass er nicht amisch war oder auch nur ein anderer, als er behauptete – wie kann das helfen, seinen Mörder zu finden?«

»Vielleicht war es jemand aus seiner Vergangenheit, oder es hat etwas mit seiner Vergangenheit zu tun. Vielleicht hat er eine Vorgeschichte, von der wir nichts wissen.«

Schweigend trinken wir unseren Tee, schließlich fragt Jonas: »Was sollen wir nun tun?«

Ich zucke die Schultern. »Ich habe eine Kollegin in Minnesota angerufen«, sage ich, »und warte auf ihren Rückruf. Vielleicht erinnert sich dort jemand an die Stoltzfus oder weiß etwas über ihre Vergangenheit.«

Er nickt und starrt dann auf das angelaufene Glas vor ihm auf dem Tisch. »Vielleicht sind wir auch in einer Sackgasse gelandet.«

Die Anspannung in seinem Gesicht und die dunklen Augenringe erinnern mich daran, wie viel für ihn auf dem Spiel steht: seine Freiheit, sein Geschäft, seine Familie – sein Leben.

»Noch nicht«, sage ich.

Als er mich dann ansieht, wirkt er untröstlich. »Vielleicht ist es Gottes Plan, dass ich ins Gefängnis gehe.«

»Das ist Schwachsinn.« Ich versuche zu lächeln, um meinen Worten die Härte zu nehmen.

»Du hast mehr getan, als ich erwarten durfte, Katie. Du bist weg von zu Hause, deiner Familie, und du wurdest verletzt. Ich kann nicht verlangen, dass du noch länger bleibst oder noch mehr tust, als du schon getan hast. Wir haben das Ende unserer Optionen erreicht. Vielleicht solltest du einfach nach

Hause fahren. Vergiss den ganzen Mist hier und leb dein Leben.«

»Da gibt es nur ein Problem«, sage ich.

»Und das ist?«

»Ich gebe nicht so schnell auf. Das solltest du inzwischen wissen. Ich ertrage Ungerechtigkeit nicht und kann auch nicht hinnehmen, dass ein Mörder glaubt, ungeschoren davonzukommen. Und ganz bestimmt werde ich nicht zulassen, dass ein unschuldiger Mann für etwas ins Gefängnis geht, was er nicht getan hat.«

Er blickt wieder auf sein Glas und schweigt.

In dem Moment stürmen hundert Erinnerungen auf mich ein. Das Chaos, das ich in jenem letzten gemeinsamen Sommer in meinem Leben produziert hatte. Unsere intensiven Gefühle füreinander, das Durcheinander unserer Beziehung, die Fehler, die größtenteils ich gemacht hatte. Alles, was zwischen uns passiert war – das Gute und das Schlechte –, in den letzten Tagen, bevor er wegging.

»Als ich das letzte Mal hier war«, sage ich leise, »hast du den Elefanten im Raum erwähnt. Ich habe dich nicht ausreden lassen.«

»Das war wahrscheinlich gut so.« Er lächelt, aber nur mir zuliebe. Denn die tiefe Traurigkeit in seinen Augen kann er nicht verbergen. Er zuckt die Schultern. »Uralte Geschichten.«

Auch ich lächele, bin überrascht, als mich die gleiche Traurigkeit überkommt. »›Uralt‹ trifft es vielleicht nicht so ganz.«

Wir starren uns wortlos an, und doch kommunizieren wir auf eine Weise miteinander, die eine Nähe verrät, der die vielen Jahre nichts anhaben konnten.

»Es tut mir leid, was damals passiert ist«, sage ich. »Das hab ich dir nie sagen können.«

Unsere gemeinsame Geschichte ist das Letzte, worüber ich

in dieser Situation sprechen will, uralt oder nicht. Aber ich bin schon lange nicht mehr das verwirrte, rebellische Mädchen von früher – das verliebt war und keine Ahnung hatte, wie sie damit umgehen sollte oder was es bedeutete.

»Es war nicht deine Schuld«, sagt er.

»Vielleicht. Aber ich wusste, was ich tat und dass es ein Fehler war. Ein schwerwiegender Fehler. Ich wusste, dass man dich dafür verantwortlich machen würde. Du hast eine Menge Probleme bekommen.«

Ein kurzes Zittern geht durch seinen Körper, als er den Sinn meiner Worte erfasst. Ich hatte erwartet, dass er einfach abwinkt, einen Witz macht, meine Erklärung mit einem Lachen abtut. Dass er sie meiner Unerfahrenheit und Unreife zuschreibt. Doch nichts davon geschieht. Denn wir beide wissen, dass das, was in jenem Sommer passierte, aufrichtig und echt war – und falsch.

»Es war eine bittersüße Zeit«, sagt er leise. »Für uns beide. Du warst zu jung, und ich hab –« Er schluckt das Wort runter und lächelt, verlegen und zögernd. »Ich hab mich nicht gerade mit Händen und Füßen gegen dich gewehrt und alles darangesetzt, um von dir loszukommen.«

»Du hast eine Menge verloren.«

»Du hast auch etwas verloren, nicht wahr?« Er betrachtet mich so eindringlich, dass es mir schwerfällt, seinem Blick standzuhalten. »Wir haben beide etwas verloren.«

»Du hast einen hohen Preis bezahlt«, sage ich. »Und deine Familie auch.«

»Schlechtes Timing, oder?« Er legt den Kopf zur Seite, sieht mir tief in die Augen. »Ein paar Jahre später wäre vielleicht alles anders ausgegangen.«

Ich bin nicht sicher, ob das stimmt, sage aber nichts. Er wollte mich heiraten. Ich war zu jung, zu verwirrt, um zu wissen, was ich wollte – und erst recht, um so eine wichtige Lebensentscheidung zu treffen.

»Die Jahre lehren viel, was die Tage niemals wissen«, sage ich.

Das war einer der Lieblingssprüche meiner *Mamm*. Aber als fünfzehnjähriges amisches Mädchen mit dem Gewicht der Welt auf den Schultern und maßloser Wut im Herzen hatte ich die Bedeutung nicht verstanden. Jetzt, als erwachsene Frau, weiß ich die Aussage mehr zu schätzen als je zuvor.

Das Geräusch von Pferdehufen auf Schotter und der Klang kindlicher Stimmen kündigen die Rückkehr von Dorothy und den Kindern an.

Und der Augenblick ist vorbei.

* * *

Auf dem Weg zum Motel rufe ich Deputy Vance an. Er klingt nicht erfreut, von mir zu hören. Ich mache einen halbherzigen Versuch, ihn mit Smalltalk und einem müden Scherz zu besänftigen, aber er beißt nicht an.

»Ich brauche Ihre Hilfe«, sage ich schließlich.

»Nehmen Sie es nicht persönlich, Chief Burkholder, aber ich finde, ich habe Ihnen schon genug geholfen.«

»Mir ist klar, dass es keine ideale Situation ist«, beginne ich, doch er fällt mir ins Wort.

»Ihretwegen werde ich noch gefeuert.«

»Es gibt sonst niemanden«, sage ich. »Ihre Dienststelle ist nicht gerade kooperativ.«

»Nehmen Sie den Dienstweg.«

»Kris, Sie wissen genauso gut wie ich, dass Jonas Bowman Ananias Stoltzfus nicht umgebracht hat. Dass er den Vorderlader nicht am Tatort liegen gelassen und die Hände des toten Manns nicht abgetrennt und in den Brunnen geworfen hat.«

»Mörder sind nicht gerade die hellsten Kerzen auf der Torte.«

»Können Sie mir wenigstens zuhören?«

Vance sagt nichts, also rede ich weiter. »Ich habe ein paar Dinge über Stoltzfus herausgefunden, die mir merkwürdig erscheinen. Und je mehr ich entdecke, desto überzeugter bin ich, dass er ein anderer war, als er behauptete.«

»Wovon reden Sie da?«, fragt er irritiert.

Ich gebe ihm eine Zusammenfassung der Ungereimtheiten, angefangen mit Mias Selbstmord und ihrer Bitte um Absolution bis zu den Prügeln, die Levi Schmucker bezogen hatte. »Ich bin amisch aufgewachsen und weiß, dass ein amischer Bischof sich niemals so verhält.«

»Vielleicht war er einfach ein Arschloch.«

»Ihr hättet der Sache damals auf den Grund gehen sollen.«

Er stöhnt. »Hören Sie, ich war in den Fall nicht involviert, Chief Burkholder. Was zum Teufel wollen Sie von mir?«

Ich schließe kurz die Augen. »Ich brauche eine DNA-Probe der Knochen.«

Er traut sich tatsächlich zu lachen. »Darüber müssen Sie mit dem Sheriff reden. Ich gehöre nicht zu denen, die die Beweise sichern und dokumentieren«, sagt er. »Ich schreibe Strafzettel und treibe Kühe zusammen, verdammt nochmal.«

»Kris, wenn ich Zugriff auf die DNA bekomme, kann unser Labor sie durch ein paar Datenbanken laufen lassen, vielleicht gibt es ja einen Treffer.«

»Wonach suchen Sie?«

»Zunächst einmal nach einer definitiven Identifikation. Ich weiß, es ist im Moment nur eine Spekulation, aber –«

»Ich setze meinen Job nicht für eine Spekulation aufs Spiel, Chief Burkholder.«

»Aber können Sie der Sache nicht wenigstens nachgehen?«

Ich denke an Tomasetti, überlege, ob er vielleicht jemanden auf Bundesebene kennt, der sich einschalten und ein bisschen Druck ausüben kann.

»Also ich verspreche nichts, aber mal sehen, was sich machen lässt.«

»Klingt gut. Danke.«

Ich merke, dass er das Gespräch schnellstens beenden will, und schieße die nächste Frage gleich hinterher. »Noch eins. Haben Sie eine Ahnung, was mit dem Tagebuch passiert ist, das Mia Stoltzfus bei sich hatte, als sie Selbstmord beging?«

»Ich weiß nichts von einem Tagebuch.«

»Wissen Sie vielleicht, wer etwas –«

Er legt auf.

* * *

Ich habe den Großteil meines Erwachsenenlebens der Arbeit bei der Polizei und der Aufklärung von Verbrechen gewidmet und einige Kriminelle hinter Gitter gebracht. Ironischerweise gelingt es mir das eine Mal, wo ich die Unschuld eines Mannes beweisen und ihn vor dem Gefängnis bewahren will, nicht, die losen Enden des Falls miteinander zu verknüpfen.

Es ist fast Mitternacht, ich sitze am Tisch meines Zimmers im Kish Valley Motel und denke über alte Knochen nach und was sie uns bislang erzählt haben. Das Ganze betreibe ich schon seit ein paar Stunden, wobei ich mich redlich bemühe, den Mut nicht zu verlieren. Aber auch das will mir nicht gelingen.

Eine DNA-Probe der menschlichen Überreste, die auf dem Feld gefunden wurden, wäre enorm hilfreich. Nicht nur im Hinblick auf einen Abgleich, sondern auch, um herauszufinden, wessen Knochen es *wirklich* sind. Aber die Chancen stehen nicht gut – wenn überhaupt, wird das Labor höchstwahrscheinlich nur einen Abgleich und keine weiteren Tests machen. Da wird mir mit einem Mal bewusst, dass ich irgendwann angefangen habe zu zweifeln, dass Ananias der Mann war, der er vorgab zu sein. Wenn ich damit richtigliege, wer war er dann wirklich? Und warum hatte er alles getan, um seine wahre Identität zu verbergen?

Frustration sitzt auf dem Stuhl mir gegenüber, eine üble Erscheinung, die mich verspottet. Schließlich nehme ich mir vor, morgen früh als Erstes das Sheriffbüro anzurufen und offiziell zu beantragen, dass man die DNA-Ergebnisse durch mehrere Datenbanken laufen lässt. Ob sie sich drauf einlassen, ist fraglich, große Hoffnungen mache ich mir jedenfalls nicht.

Ich google »Minnesota Amische«, drücke eine Taste und stoße auf den Blog eines berühmten Kenners amischer Kultur. Er schreibt über die Ansiedlung in Harmony, Minnesota, ich fange an zu lesen und bin etwa zur Hälfte durch, als mich etwas stutzig macht. Ich scrolle zurück und lese den Abschnitt noch einmal.

Gegründet 1972, ist Wadena die älteste Amisch-Gemeinde in Minnesota. Harmony wurde 1974 von Swartzentruber-Amischen gegründet.

Amanda Garber hatte bei unserem Gespräch gesagt, sie wären *1967 oder so hergezogen.*

Wenn die Siedlung in Harmony, Minnesota, 1974 von Swartzentruber-Amischen gegründet wurde, wie konnte Ananias dann dort zum Bischof gewählt worden sein? Er war kein Swartzentruber und kam, laut Amanda, bereits 1967 nach Belleville.

»Die zeitliche Abfolge ergibt keinen Sinn«, flüstere ich.

Es ist möglich, dass Ananias und Mia bereits vor der offiziellen Gründung der Kirchengemeinde in Harmony gelebt hatten. Aber um als Bischof gewählt zu werden, muss ein »organisierter Kirchenbezirk« existieren, selbst wenn der Begriff nicht so eng gesehen wird. Zudem wäre der Wegzug des Bischofs extrem ungewöhnlich. Wenn jemand von der Gemeinde zum Bischof gewählt wird, ist das eine Bürde, die er normalerweise bis an sein Lebensende trägt.

Was also war in Harmony passiert?

Und welche Bedeutung hat das für den Fall hier in Belleville?

Es gibt eine weitere Informationsquelle, die hilfreich sein könnte, und zwar den *Raber's New American Almanac*, ein Jahrbuch mit einer umfassenden Liste amischer Bischöfe und Prediger. Ich müsste eine Ausgabe in die Hände bekommen oder aber jemanden für mich dort nachsehen lassen, ob Ananias tatsächlich Bischof in Minnesota gewesen ist. Möglicherweise hat einer der *Diener* in Belleville eine Ausgabe, oder aber ein Kirchenältester; eventuell gibt es auch ein Exemplar in der Bücherei.

Mein Handy zirpt, und mein Herz klopft freudig beim Gedanken an Tomasetti. Aber als ich aufs Display sehe, steht dort eine mir unbekannte lokale Nummer.

»Burkholder«, melde ich mich.

Ein Zischen, dann flüstert eine männliche Stimme. »Ich habe Beweise, dass Jonas Bowman Ananias Stoltzfus umgebracht hat.«

Mehrere Gedanken schwirren mir gleichzeitig durch den Kopf: Der Anrufer verstellt seine Stimme, sie hat nichts Vertrautes, keinen Akzent.

»Wer sind Sie?«, frage ich.

»Nelson Yoder kennt die Wahrheit. Er war in der Nacht dabei, als Stoltzfus umgebracht wurde. *Er weiß alles.*«

»Was weiß er?«, frage ich.

»Bowman war nicht der Einzige, der wollte, dass Stoltzfus verschwindet. Alle wollten das.«

»Wer?«

»Alle hassten ihn, auch Yoder. Lassen Sie sich von ihm nichts vormachen. Alle decken Bowman.«

»Sagen Sie, wer Sie sind«, fordere ich.

Nichts.

»Warum sollte ich Ihnen glauben?«, frage ich.

Erneutes Zischen, dann: »Ich war auch da.«

»Wer sind Sie?«

Ein Klicken, und die Leitung ist tot.

Aufgebracht werfe ich das Telefon hin, das polternd über den Tisch rutscht. Einen Moment lang sitze ich nur da, unsicher, was ich von dem Anruf halten soll. Ist es ein anonymer Tipp, dem ich nachgehen sollte? Oder will mich jemand zum Besten halten? Ist es ein Versuch, mich zu überzeugen, dass Jonas schuldig ist? Dass es Zeugen gibt? Dass ich mich auf Yoder konzentriere? Irgendetwas anderes?

Nelson Yoder kennt die Wahrheit.

Wenn der Bischof etwas über den Fall weiß, warum hat er das nicht gesagt? Warum sollte er nach Painters Mill reisen und mich um Hilfe bitten? Es ergibt einfach keinen Sinn.

Fluchend nehme ich mein Telefon, scrolle zur zuletzt eingegangenen Nummer und drücke auf Anrufen. Es klingelt ein Dutzend Mal, aber niemand nimmt ab. Ich gehe zu meinem Laptop, gebe die Nummer in eine seriöse Website für die Rückwärtssuche von Telefonnummern ein und stelle überrascht fest, dass der Anruf aus der amischen Telefonzelle hier in Belleville kam.

21. KAPITEL

Wenn Ananias Stoltzfus Geheimnisse hatte, war er ein Meister der Geheimhaltung. Ich habe zahlreiche Ungereimtheiten entdeckt, die ihn und seine Frau betreffen, aber absolut nichts Konkretes, was erklären könnte, warum er ermordet wurde.

Nach dem Anruf habe ich letzte Nacht nur wenig geschlafen, aus Frust wegen des fehlenden Fortschritts. Stattdessen habe ich versucht, im Internet mehr über Ananias und Mia Stoltzfus zu erfahren, über Harmony in Minnesota, über Mary Elizabeth Hershberger und über Henry Stoltzfus. Sogar mit dem Leben der drei Kirchenältesten – Nelson Yoder, dem Bischof, Nathan Kempf, dem Diakon, und Mahlon Barkmann, dem Prediger –, die mich baten, der Sache nachzugehen, habe ich mich befasst. Aber gefunden habe ich kaum etwas, weder Vorstrafen noch rechtliche Probleme oder Gerichtsverfahren. Keinerlei Dramen. Sie alle führen, selbst für Amische, ein ruhiges Leben.

Ich habe alles notiert, was ich noch von dem Anruf erinnerte.

Ich hab Beweise, dass Jonas Bowman Ananias Stoltzfus umgebracht hat.

Nelson Yoder kennt die Wahrheit. Er war in der Nacht dabei, als Stoltzfus umgebracht wurde.

Bowman war nicht der Einzige, der wollte, dass Stoltzfus verschwindet. Alle wollten das.

Alle hassten ihn, auch Yoder. Lassen Sie sich von ihm nichts vormachen. Alle decken Bowman.

Ich sagte: *Warum sollte ich Ihnen glauben?*

... Ich war auch da.

Das sind zwar erst einmal nur Behauptungen, aber sie klingen ziemlich glaubwürdig und mutig. Der Anrufer sagte, Yoder habe Stoltzfus gehasst und dass auch andere ihm den Tod wünschten. Er gab zu, dabei gewesen zu sein. Die Vorstellung ist zwar beunruhigend, aber kann es sein, dass der Mord eine Gemeinschaftstat war? Da mir die Zeit wegläuft und ich kaum vorankomme, muss ich dem nachgehen.

Nelson Yoder und seine Frau wohnen in einer bewaldeten Gegend weit oben am Höhenzug. Beim Einbiegen in die Zufahrt heißt mich ein Schild mit der Aufschrift: *Yoder's Harness Repair* willkommen. Ich nehme den Gehweg zur Haustür, die in einen Empfangsraum mit Sofa, Stühlen und einem Couchtisch voller Zeitschriften führt. Die Frau hinterm Ladentisch ist in ein Taschenbuch vertieft. Durch die Tür hinter ihr sehe ich den Bischof, der auf einem Hocker an einer großen schwarzen Nähmaschine sitzt und näht.

»Kann ich Ihnen helfen?«, fragt die Frau.

Ich stelle mich vor. »Ich würde gern mit dem Bischof sprechen.«

Sie ruft ihn mit lauter Stimme, was mich daran erinnert, dass er schwerhörig ist. *»Mir hen Englischer bsuch ghadde.«* Wir haben Besuch von einer Nicht-Amischen.

Der alte Mann hört auf zu nähen und kommt humpelnd zur Tür. »Ich bin schwerhörig, nicht tot.« Er wendet sich mir zu. »Kate Burkholder. Bringen Sie Neuigkeiten?«

»Ich habe nur ein paar Fragen, Bischof.«

Er bittet mich, mit nach hinten zu kommen. »Ich glaube, ich kann gleichzeitig arbeiten und reden, aber wir werden sehen.«

Ich folge ihm in einen Raum, der einmal ein Schlafzimmer war, bevor das Haus in ein Ladengeschäft umgewandelt wurde. Dreizehn Quadratmeter, zwei Fenster ohne Gardinen. Er zeigt auf einen metallenen Klappstuhl, lässt sich auf dem Hocker nieder und schiebt einen Sattelbauchgurt unter den Nähmaschinenfuß und schenkt mir dabei nur seine halbe Aufmerksamkeit.

»Albert Miller erwartet, dass ich sein Zaumzeug heute Nachmittag fertig habe, deshalb muss ich weiterarbeiten. Geduld ist nicht seine Stärke, nicht einmal, wenn sein Bischof etwas reparieren soll.« Er blickt lächelnd zu mir hoch und arbeitet weiter. »Wenn er mehr Zeit darauf verwenden würde, den Sattel mit Sattelfett zu pflegen, und weniger mit Reden, müsste das Leder auch nicht geflickt werden.«

Ich lächele höflich. »Haben Sie zufällig eine Ausgabe von *Raber's New American Almanac*?«

»Da fragen Sie am besten Diakon Kempf«, erwidert er.

»Ihnen ist nicht zufällig noch etwas über Ananias und Mia Stoltzfus eingefallen, was ich noch nicht weiß, Bischof?«

Er sieht mich über seine Nickelbrille hinweg mit stechendem Blick an und schiebt dann das nächste Stück Leder unter den Nähmaschinenfuß. »Nicht, dass ich wüsste.«

»Letzte Nacht hat mich ein Mann angerufen. Er behauptete, er wäre in der Nacht dabei gewesen, als Jonas Bowman Ananias Stoltzfus erschossen hat.«

Der Bischof dreht geschickt den Lederriemen herum, näht auf der anderen Seite weiter, wobei er ihn zu sich hin zieht. »Wer ist dieser Mann? Warum ist er mit seinem Wissen nicht zur Polizei gegangen?«

»Das hat er nicht gesagt.« Ich halte inne. »Aber er hat gesagt, dass Sie auch dabei waren.«

Der Bischof hört auf zu nähen. Jetzt habe ich seine volle Aufmerksamkeit. »Dann ermitteln Sie jetzt gegen mich, Chief Burkholder?«

»Ich stelle Ihnen eine einfache Frage.« Als er nichts darauf erwidert, werde ich deutlich. »Waren Sie in der Nacht dabei, als Ananias Stoltzfus umgebracht wurde?«

Er ist es augenscheinlich nicht gewöhnt, befragt zu werden. Schon gar nicht von einer Frau oder einer Nicht-Amischen. »Natürlich war ich nicht dabei«, sagt er barsch. »Das ist eine unbesonnene, verantwortungslose Frage.«

»Möglicherweise«, sage ich. »Trotzdem musste ich sie stellen.«

Eine Weile ist nur noch das rhythmische Auf und Ab des Nähmaschinenfußes zu hören. Ich sehe ihm zu, lasse ihn schmoren, nehme mir Zeit, um die richtigen Worte für die nächste Frage zu finden.

»Gibt es noch etwas, was Sie mir über Ananias oder Mia Stoltzfuß erzählen wollen?«, frage ich. »Irgendetwas?«

Ärger blitzt in seinen Augen auf. »Mir ist durchaus zu Ohren gekommen, dass Sie dickköpfig und schwierig sind.«

»Beides hat mir stets gute Dienste geleistet.«

Er blickt an mir vorbei zu seiner Frau, die hinterm Ladentisch steht und tut, als wäre sie in ihr Buch vertieft.

»Schließen Sie die Tür«, sagt er.

Ich stehe auf, mache die Tür zu und setzte mich zurück auf den Klappstuhl.

»Wenn man durch Losentscheid zum Bischof gewählt wird, bringt das eine große Verantwortung mit sich, Kate Burkholder. Es ist ein Segen und Geschenk, aber auch eine Bürde, an der schon viele starke Männer zerbrochen sind.«

Ich nicke, verstehe.

»Mein *dawdi* hatte einen Spruch für Leute, die unpassende Bemerkungen machten.« Er wechselt zu *Deitsch.* »Gesegnet sind diejenigen, die nichts zu sagen haben und sich nicht überreden lassen, etwas zu sagen.«

Ich warte.

»Es ist nicht leicht, schlecht über einen Mann zu sprechen, schon gar nicht, wenn er der eigene Bischof war. Aber genau das werde ich jetzt tun.« Er beugt sich vor und stellt das Handrad der Nähmaschine fest. »Jemanden bestrafen zu müssen ist eine schwere Aufgabe«, sagt er. »Es ist kein Vergnügen, nur Pflicht. Die Aufforderung, den Willen Gottes auszuführen.«

Ich sage nichts.

»In unserer Gemeinde gab es einen jungen Mann, der in der Mühle in Lewistown arbeitete. Weil es zu weit weg war, um jeden Tag mit dem Buggy hinzufahren, lieh er sich das Auto eines englischen Freundes. Es war nicht sein eigenes, immerhin, aber er benutzte es. Ananias, der kurz zuvor zum Bischof gewählt worden war, verwarnte ihn, aber er fuhr weiter damit. Wenige Wochen darauf stellte Ananias ihn unter *Bann.* Letzten Endes zog der junge Mann weg.«

Die Geschichte ist nicht ungewöhnlich, kann aber Verbitterung auslösen. »Sie fanden die Entscheidung, ihn unter *Bann* zu stellen, nicht richtig?«

»Doch. Dieser junge Mann wurde ermahnt und weigerte sich zu gehorchen. Ich hätte das Gleiche getan.« Doch dann wirkt der Bischof nachdenklich, scheint sich zu erinnern und verzieht den Mund, als hätte das Ganze einen bitteren Nachgeschmack hinterlassen. »Ich war an dem Tag dabei, als Ananias ihn exkommunizierte. Es gab Tränen, der junge Mann weinte, bettelte. Hätte man eine andere Lösung finden können?« Der Bischof zuckt die Schultern. »Wer weiß.«

Er sieht mir in die Augen. »Ich will damit sagen, Chief Burkholder, Aninias Stoltzfus machte es Vergnügen, dem jungen Mann weh zu tun. Er genoss die Tränen. Das Betteln. Ich sah die Freude in seinen Augen. Es war ein Ausdruck, den ein Mann bekommt, wenn er Lust im Herzen verspürt. An dem Tag wurde mir bewusst, dass Ananias Stoltzfus grausam war.«

»Und was haben Sie gemacht?«, frage ich.

»Nichts. Ich war jung und unerfahren. Naiv.« Der Bischof sackt in sich zusammen, als wäre er an einer Herausforderung gescheitert, die er mit Bravour hätte bestehen müssen. »Ich hatte nicht den Mut, das Richtige zu tun. Zumindest hätte ich mich mit den *Dienern* beraten sollen.« Er blickt hinab auf seine Hände, doch die Scham in seinen Augen ist mir nicht entgangen. »Ich sah eine Düsternis in Ananias, die eines Tages Probleme bereiten musste, das wusste ich sofort. Dass er irgendwann die Rechnung dafür bekommen würde.«

»Haben Sie eine Idee, wer ihn getötet haben könnte?«

»Sie sind eine Närrin, Kate Burkholder«, sagt er gereizt.

Ich seufze. »Das hab ich schon öfter gehört.«

Er sieht mich an wie ein Lehrer einen ungehorsamen Schüler, der mal ordentlich versohlt werden müsste. »Christus lehrt uns, dass Gewalt verboten ist. Jemandem das Leben zu nehmen ist die schlimmste aller Sünden.«

»Amische mögen Pazifisten sein«, sage ich, »aber sie sind auch Menschen und haben somit die gleichen Schwächen wie alle anderen.«

»Sell is nix as baeffzes.« Das ist bloß belangloses Geschwätz. Ende der Diskussion. In der folgenden Minute schweigen wir beide und nutzen die Chance, uns zu beruhigen.

»Sind Ihnen noch andere Vorfälle bekannt, bei denen Ananias Stoltzfus seine Neigung zur Grausamkeit zeigte?«, frage ich nach einer Weile.

Er nimmt den Lederriemen und fährt mit dem Daumen über die Naht. »Es gab Gerede.«

In seinen Augen scheint silbriger Glanz auf. Scham? Schuld? Etwas anderes?

Er blickt weg, schneidet den Faden ab und zieht das Leder unter dem Nähfuß heraus. Dann lehnt er sich in seinem Stuhl zurück und sieht mich an. »Mia war zu mir gekommen«, flüstert er.

Die Überraschung trifft mich wie ein Schlag. »Warum?«

»Sie sagte, Ananias sei … untreu.« Sein Gesicht verdüstert sich. »Sie war verzweifelt, ich stand ihr mit Rat zur Seite. Und sie hat noch mehr erzählt, Chief Burkholder. Dass Ananias einen Mann fast totgeschlagen habe und dass der Teufel in seine Seele eingedrungen sei. Sie hatte Angst.«

»Wie haben Sie reagiert?«, frage ich.

»Ich bin zu Ananias gegangen. Er stritt alles ab, sagte, Mia habe einen mentalen Rückfall erlitten. Und dass so etwas schon früher vorgekommen sei.«

»Haben Sie ihm geglaubt?«

Der alte Mann wendet den Blick zum Fenster, als wünschte er sich weit weg, wo er nicht mit mir reden müsste. Oder vielleicht wünschte er sich, die Uhr zurückdrehen zu können, um noch aufzuhalten, was bereits geschehen war. »Nein. Zwei Tage später war sie tot. Hatte sich in dieser Kirche umgebracht.«

»Haben Sie jemandem erzählt, was Sie wussten? Oder was Mia gesagt hat?«

Er schüttelt den Kopf. »Sie war tot. Ich wusste nicht, ob sie die Wahrheit gesagt hatte, also habe ich nie darüber gesprochen. Ich wusste, dass Gott uns durch jede Finsternis lotsen würde, die vor uns lag.«

* * *

Die Amischen meiden Macht, und doch hat der Bischof große Macht. Ein guter Bischof nutzt sie mit Umsicht – wenn überhaupt. Wenn Nelson Yoder glaubte, dass Ananias Stoltzfus die Autorität seiner Position missbrauchte und die Kirchengemeinde mit seinen strengen Regeln, seinem tyrannischen Führungsstil und den grausamen Strafen entzweite, wie weit würde er dann gehen, um der Herrschaft dieses Mannes ein Ende zu setzen?

Eine Frage, die ich weder stellen noch beantworten mag.

Ananias Stoltzfus machte es Vergnügen, dem jungen Mann weh zu tun. Er genoss die Tränen. Das Betteln. Ich sah die Freude in seinen Augen.

Der Rückweg in die Stadt führt durch enge, steile Straßen, auf denen sich kurze, gerade Strecken mit Serpentinen und Haarnadelkurven abwechseln. Wieder einmal bin ich so sehr in Gedanken vertieft, dass ich die Schönheit der Gegend, das Spiel von Licht und Schatten auf meiner Windschutzscheibe kaum wahrnehme.

An dem Tag wurde mir bewusst, dass Ananias Stoltzfus grausam war.

Ich fahre zu schnell, doch außer mir ist niemand auf der Straße. Die steil abfallende Kurve durchfahre ich locker und trete anschließend, auf der schnurgeraden Straße, aufs Gas.

Sie sagte, Ananias sei … untreu … dass er einen Mann fast totgeschlagen habe … dass der Teufel in seine Seele eingedrungen sei. Sie hatte Angst.

In dem Moment bemerke ich einen Pick-up, der ein Stück vor mir an der rechten Straßenseite zwischen den Bäumen steht. Als ich auf seiner Höhe bin, schießt er plötzlich heraus, ich reiße das Lenkrad nach links und steige voll auf die Bremse, Blech trifft auf Blech, als er mit dem vorderen Kotflügel in meine Beifahrertür kracht. Ich werde auf dem Sitz nach rechts geworfen, mein Airbag schlägt mir so fest in Gesicht und Brust, dass ich kurz benommen bin. Das Fenster der Beifahrertür birst, Glas regnet auf mich herab, die Hinterräder geraten ins Rutschen, verlieren den Halt, der Pick-up knallt mit quietschenden Reifen immer wieder in mein Mietauto und versucht, mich von der Straße abzudrängen.

Links von mir taucht drohend die Leitplanke auf, ich reiße das Lenkrad nach rechts, streife die Leitplanke mit der Tür. Holz splittert, Blech scheppert. Rechts von mir taucht ein Kühlergrill auf, mein Wagen schlingert heftig und rutscht seitwärts den Abhang hinab.

Sträucher kratzen über den Unterboden des Mietwagens, ich werde gegen die Tür gedrückt und knalle mit dem Kopf ans Fenster, der Wagen kippt aufs Dach, der Sicherheitsgurt schneidet mir in die Brust. Um mich herum zersplittert Glas, Gestrüpp und Geröll fliegen an der Windschutzscheibe vorbei. Dann kommt der Wagen zum Stehen. Ich hänge schief im Gurt, höre Dampf zischen und Blech knarren.

»Scheiße. *Scheiße.*« Ich bete, dass der Wagen nicht weiter nach unten rutscht, drehe vorsichtig den Kopf, sehe mich um, versuche, mich zu orientieren. Die Windschutzscheibe gleicht einem Mosaik aus Eiskristallen, über mir hängt ein grünes Blätterdach, und durch das Fenster der Beifahrertür blicke ich auf Blätter, Gras und Erde.

Mein Oberkörper ist aus dem Schulterriemen des Sicherheitsgurtes gerutscht, aber der Sitzgurt schneidet mir schmerzlich ins Becken. Ich bin so erschrocken, dass ich einen Moment brauche, um mich zu beruhigen. Ich halte mich mit zittrigen Händen am Lenkrad fest, als mir plötzlich Brandgeruch in die Nase steigt. Ich habe nicht viel Zeit.

Mit der linken Hand das Lenkrad umklammernd, öffne ich mit der rechten den Verschluss des Sicherheitsgurts, falle nach unten gegen die Beifahrertür, lande auf den Knien. Gegen das Autodach gestemmt, trete ich mit dem rechten Fuß die restliche Windschutzscheibe raus und krieche hindurch.

Ich hänge an einem Steilhang, Zweige verfangen sich in meinen Haaren, streifen meine Kleider. Der Blick nach oben verrät mir, dass mein Wagen etwa zehn Meter abgestürzt ist, dabei Dutzende kleine Bäumchen niedergemacht hat und schließlich von einem Baum gestoppt wurde, der sich in die Beifahrerseite gedrückt hat. Aus der aufgesprungenen Kühlerhaube steigt eine dünne Rauchfahne auf. Ich rieche brennendes Öl und Kühlflüssigkeit.

Ich brauche mein Smartphone. Ich blicke ins Wageninnere und sehe es am Boden liegen. Ich beuge mich mit dem Oberkörper hinein, greife danach und ziehe mich schnell wieder heraus. Meine Hand zittert so heftig, dass ich kaum die 911 wählen kann.

»Sheriff's Department von Mifflin County«, meldet sich eine weibliche Stimme.

»Ich hatte einen Autounfall.« Doch das stimmt nicht, ich weiß, dass das kein Unfall war. Jemand hat mich von der Straße gedrängt. Ich blicke den Hang hinauf, aber da ist niemand zu sehen, blicke nach unten, ermesse die Tiefe. Und mir wird klar, dass ein einziger Baum mich davor bewahrt hat, noch dreißig, vierzig Meter weiter hinabzustürzen, schneller und schneller – und dass ich dabei entweder aus dem Wagen geflogen oder zerquetscht worden wäre.

* * *

Als der Streifenwagen des Sheriffs und der Rettungswagen der Feuerwehr von Belleville eintreffen, bin ich schon den Abhang hinaufgeklettert und stehe am Straßenrand. Ich zittere noch immer, als der Rettungssanitäter mich zum Rettungswagen führt, ich mich auf die ausziehbare Stoßstange setzen muss und einer oberflächlichen Untersuchung unterzogen werde. Er scheint mir gerade mit einer Pupillenleuchte in die Augen, als ein Hilfssheriff vom Mifflin County auf uns zukommt.

»Sie haben es in unserer Gegend zu einiger Popularität gebracht, Chief Burkholder«, sagt er.

Er ist mittleren Alters, hat den Körperbau eines Wrestlers und eine schnurgerade Bügelfalte in der makellosen Hose, deren Gürtel er etwas zu eng geschnallt hat. Seinen Namen weiß ich nicht mehr, doch ich erinnere mich, dass ich ihn bei der Aktion am Brunnen der Bowmans gesehen habe.

»Kann es sein, dass Sie mit Fahrzeugen nicht gerade zimperlich umgehen?« Er schreitet zur durchgezogenen Linie der Fahrbahnbegrenzung und blickt den Hang hinab. »Die Mietwagenfirma wird Sie wohl kaum ins Herz schließen.«

Als der Sanitäter an mein Knie stößt, zucke ich zusammen und sehe nun, dass meine Hose zerrissen und blutdurchtränkt ist.

Der Deputy tritt zu mir, so dass ich sein Namensschild lesen kann. Deputy Trombley. »Hatten Sie es eilig und haben eine der Kurven ein bisschen zu schnell genommen?«

»Nein, aber vermutlich der Typ, der in mich reingefahren ist.«

Die Gesichtszüge entgleisen ihm. »Es war ein anderes Auto involviert?«

»Ein Pick-up.« Ich zeige zu der Haltebucht, wo der Wagen herausgeschossen kam. »Ist in meine Beifahrerseite geknallt und hat mich dann gezielt von der Straße gedrängt.«

Der Rettungssanitäter sieht den Polizisten besorgt an.

»Können Sie das Fahrzeug beschreiben?« Trombley zieht einen Notizblock aus der Tasche. »Marke? Modell? Farbe?«

Wütend auf mich selbst, weil ich mir nichts davon gemerkt

habe, obwohl ich darauf trainiert bin, schüttele ich den Kopf. »Dunkel. Blau oder schwarz.« Vage erinnere ich mich an den Pick-up, den ich auf Roman Millers Farm gesehen habe, und füge hinzu: »Ich konnte einen Blick auf den Kühlergrill werfen, als er auf mich zukam.«

Der Deputy legt den Kopf zur Seite und spricht in sein Ansteckmikro. »Zehn-Fünf-Sieben«, sagt er, der Code für Unfall mit Fahrerflucht. Er geht zu der Stelle, wo der Pick-up herausgeschossen kam, nimmt sein Smartphone und macht ein paar Fotos der Reifenspuren auf dem Asphalt.

Der Rettungssanitäter erhebt sich aus der Hocke. »Sie haben einiges abgekriegt, Chief Burkholder. Was halten Sie davon, wenn wir Sie ins Geisinger Hospital in Lewiston bringen?«, sagt er. »Dort kann Ihr Knie geröntgt und auch sichergestellt werden, dass Sie keine Gehirnerschütterung haben.«

»Ich bin okay.« Um es zu beweisen, stehe ich auf. »Ich mache später einen Abstecher ins Krankenhaus.«

Er deutet über seine Schulter zum Deputy hin und sagt leise: »Wenn Sie nicht mit mir fahren, müssen Sie wahrscheinlich mit dem Herrn da vorliebnehmen.«

Das ist nicht wirklich witzig, ich lache aber trotzdem. »Das Risiko gehe ich ein, trotzdem danke.«

Er schließt seine Arzttasche. »Okay, aber kühlen Sie das Knie heute Abend. Nehmen Sie Tylenol gegen die Schmerzen und lassen Sie sich, so schnell es geht, untersuchen.«

Als der Rettungswagen wegfährt, gehe ich zu dem Deputy, der nahe der Haltebucht am Seitenstreifen entlangläuft, den Blick auf den Schotter gerichtet hat und Fotos mit seinem Smartphone macht. »Hier hat definitiv jemand gestanden.« Er zeigt zu der Stelle mit dem Reifenabdruck im Schotter. »Sieht aus, als wäre er ziemlich schnell rausgeprescht.«

»Das ist er und hat mich dann von der Seite gerammt.« Ich

betrachte die Stelle auf der Straße, an der der Pick-up rausgeschossen kam, und bemerke die sechzig Zentimeter lange Bremsspur. »Ich hab ihn erst gesehen, als ich direkt vor ihm war.«

»Es gibt hier oben in den Bergen ab und zu Probleme mit betrunkenen Fahrern«, sagt der Deputy. »Arbeiter, die hier in der Mittagspause anhalten und ein Bier trinken.«

»Ich glaube nicht, dass das hier der Fall ist«, sage ich.

Er sieht mich fragend an. »Können Sie mir das näher erklären?«

»Das war ein gezielter Angriff«, sage ich.

Er lacht ungläubig auf, wird dann aber schnell sachlich. »Aus welchem Grund?«

»Ich stelle gerade ein paar Nachforschungen im Fall Ananias Stoltzfus an«, sage ich. »Nach dem Überfall auf mich im Kish Valley Motel bin ich davon überzeugt, dass der Betreffende nicht will, dass ich noch weiter Fragen stelle.«

»Ich will Ihre Vermutung keinesfalls einfach so abtun, aber ich glaube nicht, dass wir irgendwelche Beweise dafür haben.«

Ich blicke auf die Bremsspuren. »Das hängt vermutlich von Ihrer Perspektive ab.«

Er runzelt die Stirn, neigt den Kopf und spricht in sein Ansteckmikro, er fordert einen Abschleppwagen an.

* * *

Sie brauchen den ganzen restlichen Morgen, um das Mietauto aufzurichten und auf die Straße hochzuziehen. Wie erwartet, ist die Beifahrertür an der Stelle, wo der Pick-up mit der Stoßstange oder dem Rammschutz reingekracht ist, schwer beschädigt. Während der Deputy und ich gemeinsam versuchen, das Geschehen zu rekonstruieren, freundet er sich mit der Vorstellung an, dass mich jemand von der Straße gedrängt hat.

Als wir fertig sind und der Wagen abgeschleppt wird, bietet er an, mich nach Lewiston zu fahren, was ich akzeptiere. Ich rufe die Werkstatt an, in der mein Explorer steht, und der Manager versichert mir, dass er in ein paar Stunden abholbereit sei. Was sich gut trifft, denn die Autovermietung würde mir sicher nur ungern ein weiteres Fahrzeug überlassen.

Kurz vor sechzehn Uhr ist der Explorer fertig. Ich will gerade von der Werkstatt auf die Straße einbiegen, als ein Anruf aus Minnesota kommt.

»Hallo, Chief, Deputy Leonard vom Fillmore County Sheriff's Office hier.«

Es ist die weibliche Deputy, mit der ich gestern gesprochen habe, und sofort verspüre ich einen Anflug von Hoffnung; ich hatte es schon fast aufgegeben, von der Amisch-Gemeinde in Harmony noch Informationen zu erwarten.

»Ich bin auf der Farm von Bischof Hostetler«, sagt sie. »Er könnte jetzt mit Ihnen sprechen, wenn Sie gerade Zeit haben.«

»Geben Sie ihn mir«, sage ich.

Ein Rascheln, und dann ertönt am anderen Ende die Stimme eines alten Mannes. »Ich hatte einen Cousin, der in Pennsylvania wohnte«, beginnt er.

»Kish Valley?«, frage ich.

»Lancaster County.«

Ich räuspere mich und wechsele zu *Deitsch*. »Bischof, es geht um Ananias Stoltzfus, er soll vor vielen Jahren Bischof in Harmony gewesen sein. Kannten Sie ihn?«

»Wie lange ist das her?«

»In den 1960er Jahren, glaube ich.«

»Ich bin zweiundachtzig, Chief Burkholder, und 1974 von Ohio hierhergezogen. Seitdem wohne ich in Harmony, aber von einem Bischof Stoltzfus habe ich nie etwas gehört. Entweder irrt er sich, oder Sie verwechseln da etwas.«

»Sind Sie sicher?«

»Ich bin zwar nicht mehr der Jüngste, aber an meine *Diener* kann ich mich noch gut erinnern. Orla Weaver war dort Bischof seit der Zeit, als ich ihm gerade mal bis zu den Knien reichte. Er hat mich 1963 getauft und 1965 getraut. 1973 hat er auf der Beerdigung meiner *Mamm* die Predigt gehalten, und im Jahr darauf sind mehrere amische Familien – meine auch – vom Wayne County, Ohio, nach Harmony gezogen.« Er hält inne. »Orla ging 1985 von uns, im Juni, glaube ich.«

»Könnte Ananias Stoltzfus *Diener* in einer anderen Gemeinde gewesen sein?«, frage ich. »In der Nähe?«

»Wenn Ihnen jemand erzählt hat, ein gewisser Ananias Stoltzfus wäre *Diener* in Minnesota gewesen, hat er Ihnen einen Bären aufgebunden.«

22. KAPITEL

Ich sitze eine ganze Weile mit den Händen am Lenkrad da und versuche mir klarzumachen, was es bedeutet, dass der Bischof in Minnesota noch nie etwas von einem Ananias Stoltzfus gehört hat. Doch wenn Ananias nicht aus Minnesota kam, woher kam er dann?

Woher Ananias stammte, weiß ich nicht, aber Mia war aus Deutschland, Bayern, glaube ich.

Amanda Garbers Worte. Wenn das Paar aus Deutschland kam, warum hat es das verleugnet? Wer waren die beiden? Was haben sie verborgen? Wichtiger noch: Hat das etwas mit dem Mord zu tun?

Natürlich ist es möglich, dass das alles nur eine »harmlose Komödie der Irrungen« ist. Vielleicht kam Ananias Stoltzfus aus einem anderen Teil Minnesotas, zum Beispiel aus dem Südosten des Staates, wo die meisten Amischen leben. Oder Bischof Hostetler hat sich schlichtweg geirrt. Deshalb muss ich unbedingt Diakon Kempf aufsuchen, der vielleicht eine Ausgabe von *Raber's New American Almanac* hat. Aber selbst wenn ich mit meiner Vermutung richtigliege – ohne DNA oder Fingerabdrücke, einen Führerschein oder irgendein anderes Ausweispapier bekomme ich nicht die eindeutige Antwort, die ich brauche.

Es bleiben also nur noch die Kinder der Stoltzfus', die Licht ins Dunkel bringen könnten. Wissen sie etwas über die Vergangenheit ihrer Eltern? Deren Wurzeln, Verwandte? Mary Elizabeth war nicht gerade erpicht darauf, mit mir zu reden, und Henry Stoltzfus hat sich mir gegenüber absolut feindselig verhalten.

Angesichts der Sackgasse, die vor mir liegt – und der Aussicht, ohne irgendetwas ausgerichtet zu haben, nach Ohio zurückzukehren –, beschließe ich, es noch einmal bei Henry Stoltzfus zu versuchen. Ich starte den Explorer und fahre auf der Westseite von Yeagertown in Richtung Highway, als mir an einem Gebäude ein verbeultes Blechschild ins Auge fällt. THE TRIANGLE BAR AND GRILL. Irgendwie kommt mir der Name bekannt vor, ich reduziere die Geschwindigkeit und denke scharf nach, wo ich ihn schon einmal gehört habe.

Als das Auto hinter mir hupt, fahre ich rechts ran, kehre um und biege auf den Besucherparkplatz ein, wo ich einen Moment die abblätternde Hausfassade anstarre, das vom Hagel lädierte Schild. Das Lokal ist ein Loch, und mir fällt keine sinnvolle Verbindung ein, die einen Bezug zu Ananias Stoltzfus haben könnte. Was zum Teufel …?

In dem Moment meldet sich Amanda Garbers Stimme in meinem Kopf.

… in einer Kneipe arbeitete. Triangle hieß die, glaube ich, da hat sie betrunkenen Männern Alkohol ausgeschenkt.

Garber hatte behauptet, Ananias hätte eine Geliebte in Lewiston gehabt, und sich sogar an den Namen der Frau erinnert.

Rosemary, glaube ich. Keine Ahnung, was aus ihr wurde. Ist mir auch ziemlich egal.

Ich parke neben einem alten Chevy-Pick-up und steige aus. Auf dem Weg zum Eingang mache ich mir klar, dass ich vermutlich meine Zeit verschwende, denn das alles liegt so lange zurück, dass auch Rosemary sicher längst tot und begraben ist. Wie groß ist die Chance, dass sich jemand an eine Frau erinnert, die hier vor zwei oder drei Dekaden gearbeitet hat?

Das Triangle ist wie Hunderte andere Kneipen, in denen ich über die Jahre war, muffig, dunkel und nicht gerade sauber. Aus den Lautsprechern dröhnt Eddie Moneys »Two Tickets to Paradise«. Auf dem Weg zum Tresen bläst die Klimaanlage im Fenster kalten Wind über meine Arme, wahrscheinlich um den Geruch von Marihuana und ranzigem Öl zu zerstreuen. Hinter dem Tresen steht ein bärtiger Mann, groß und wuchtig wie ein wolliges Mammut, und trocknet Kaffeebecher ab. Er trägt Latzhosen und ein weißes T-Shirt und starrt auf den Fernseher, der an der Wand in der Ecke hängt.

Als ich auf einem Barhocker Platz nehme, nimmt er einen Bierdeckel und kommt zu mir. »Was kann ich Ihnen bringen?«

Ich will ein Bier, muss aber noch Auto fahren und bestelle deshalb einen Kaffee.

»Kommt sofort.«

Außer mir gibt es drei weitere Gäste: einen Mann in Handwerker-Montur, der in einer Nische an der Wand sitzt und leise telefoniert, zwei jüngere Männer in Jeans und T-Shirt, die nahe des offen stehenden Hinterausgangs Billard spielen. Die Kneipe ist wirklich heruntergekommen, hat aber irgendwie Charakter. Vielleicht will ich aber auch einfach nur ein Bier …

Der Barkeeper kommt mit einer Glaskanne zurück, dreht den Kaffeebecher vor mir um und schenkt mir ein. »Bitte schön. Brauchen Sie Milch oder Zucker?«

»Ich trinke ihn schwarz, danke«, sage ich.

Er blickt zu den Kaffeebechern, die er noch abtrocknen muss, bleibt aber stehen. Ihm ist langweilig, er würde lieber mit mir reden. Was mir sehr recht ist, denn es gibt hier sonst niemanden, den ich nach der mysteriösen Rosemary fragen könnte.

»Hab Sie hier noch nie gesehen«, sagt er.

»Bin zum ersten Mal in der Gegend.« Ich lasse den Blick durch den Raum schweifen, würde ihm gern sagen, dass er eine nette Kneipe hat. Aber das wäre so offensichtlich gelogen, dass ich es lasse.

Als würde er meine Gedanken lesen, sagt er: »Ich plane ein paar Veränderungen, wahrscheinlich Zentralheizung und Entlüftung.«

»Sie sind der Besitzer?«

»Ich und meine beiden Schwestern.« Er grinst. »Ich mache die ganze Arbeit, sie kriegen das ganze Geld.«

Ich probiere einen Schluck Kaffee, er ist stark und gut. »Man hat mir erzählt, hier hätte einmal eine Frau namens Rosemary gearbeitet.«

Jetzt sieht er mich etwas aufmerksamer an. »Das muss Grams gewesen sein, unsere Großmutter. Sie ist gestorben … meine Güte, das ist auch schon wieder acht Jahre her.« Er lacht auf. »Hat mich und meine Schwestern nach dem Tod unserer Mutter großgezogen, da waren wir noch klein. Nicht einen Tag Arbeit hat sie versäumt und war sogar auch mit Mitte neunzig noch gut beisammen. Sie wollte gerade ein Bier servieren, als sie an dem Tresen hier zusammenbrach. War tot, bevor sie auf dem Boden aufschlug. Herzinfarkt. Hat die Kneipe uns drei Enkeln vermacht.« Er blickt sich um, zuckt die Schultern. »Immer noch besser, als seinen Job zu verlieren. Früher war hier richtig was los, bevor die Fabrik dichtgemacht hat.« Er schüttelt den Kopf. »Ich würde die Kneipe ungern schließen, aber ohne Gäste kann ich sie nicht halten.«

»Wie lange gibt es sie denn schon?«, frage ich.

»Grams hat sie in den 1940ern eröffnet, da gab es nebenan noch eine Bank. Damals war das hier noch eine Industriestadt, die Leute hatten Geld.«

»Dann hat das *Triangle* eine lange Geschichte.«

Er lacht. »Eine etwas zwielichtige Geschichte, würde ich sagen.«

Ich nippe am Kaffee und lausche einem alten Pink-Floyd-Song, der Eddie Money abgelöst hat. Tomasetti fehlt mir, ich wünschte, er wäre hier. Die Farm vermisse ich auch, und Mona und Glock und Pickles. Und ich will noch immer ein Bier …

Was zum Teufel soll das hier, Kate?

Ich kann mir nicht vorstellen, im Triangle irgendwelche Informationen zu bekommen. Zu viel Zeit ist vergangen. Selbst wenn Rosemary noch leben würde und bereit wäre, mit mir zu sprechen, ist es doch zweifelhaft, ob sie etwas zu sagen hätte, was zur Aufklärung des Falls beitragen könnte. Ich stecke in einer Sackgasse, es gibt nichts mehr, was ich noch tun kann. Es ist an der Zeit, Schluss zu machen und nach Hause zu fahren.

Viel Glück, Jonas, du bist jetzt auf dich gestellt.

Ich sage dem Barkeeper meinen Namen und dass ich an einem Cold Case arbeite. »Einem Mord in Belleville. Ihre Großmutter soll eine Beziehung mit dem Opfer gehabt haben, und es gibt ein paar Fragen, die Sie mir vielleicht beantworten können.«

»Wow, ein Mord.« Er wirkt fasziniert. »Ich heiße übrigens Bob. Wer war das Opfer?«

Ich sage es ihm und auch das wenige, was ich über die angebliche Beziehung zwischen seiner Großmutter und Ananias Stoltzfus weiß. »Ich hoffe, ich beschmutze damit nicht den Ruf Ihrer Großmutter.«

Seine Wangen bekommen überraschend viel Farbe, und er gluckst, um seine Verlegenheit zu überspielen. »Nun ja, unsere Großmutter war ihrer Zeit etwas voraus, wenn Sie verstehen, was ich meine.« Er blickt um sich und senkt die Stimme. »Sie mochte Männer, habe ich sagen hören. Fast so sehr wie den Schnaps.«

Lächelnd blicke ich auf meinen Kaffee. »Ich weiß, Sie waren damals noch ein Kind, aber erinnern Sie sich an irgendeinen der Männer, mit denen sie befreundet war? Oder an irgendwelches Gerede darüber?« Ich versuche, den Zeitrahmen einzugrenzen. »Es müsste so in den späten 1980ern oder frühen 90ern gewesen sein.«

»Das ist ja echt ein Cold Case.« Er überlegt. »Also unser Großvater starb 1970, Grams war noch lange danach hier. Ich erinnere mich nicht, etwas von einem Freund gehört zu haben, jedenfalls hat niemand einen erwähnt.«

»Hat Ihre Großmutter vielleicht irgendwelche Briefe hinterlassen? Alte Fotos, irgend so etwas?«

»Grams besaß nicht viel, bloß ein paar hässliche Möbel und ein bisschen Nippes. Wir haben nichts behalten, nur die Kneipe. Das klingt nicht nach viel, aber die Kneipe war ihr Leben.« Er zeigt auf eine ramponierte halbhohe Schwingtür hinter dem Tresen. »Ich hab nur eine kleine Vitrine mit Memorabilien behalten. Ist im Büro, alt und vollgestaubt, aber Sie können sie sich gern ansehen.«

Ich umrunde den Tresen und folge ihm durch die Schwingtür, vorbei an einer kombüseartigen Küche mit Spülbecken, einem mit einer braunen Schicht überzogenen Grill und einem Kühlschrank, der fast so alt aussieht wie das Haus. Er schließt die Tür zu einem kleinen Büro auf. Hier gibt es einen Metallschreibtisch mit Papier- und Aktenstapeln, eine Rechenmaschine mit Papierrolle, wie man sie in den 1980er Jahren hatte, und ein Bücherregal. Links hängen gerahmte Fotos an der Wand, mir gegenüber ist eine Vitrine mit Glastür angebracht.

Zuerst sehe ich mir die Fotos an, meist alte verblasste Schwarz-Weiß-Abzüge. Lachende, trinkende Menschen, vermutlich aus den 1950er und 1960er Jahren. Mein Blick fällt auf eines der wenigen Farbfotos, das eine schlanke Frau in einem eng anliegenden roten Kleid zeigt. Unter einem breitkrempigen Hut sehen braune Locken hervor, ihr Lächeln zeugt von Haltung und Selbstsicherheit. Ich nehme mein Handy und fotografiere es.

»Das da ist Grams«, sagt Bob und zeigt auf das Foto. »Etwa 1965.«

Sie war ihrer Zeit wirklich voraus, denke ich und sehe mir die restlichen Fotos an. Aber sie zeigen nichts Außergewöhnliches. Eine Frau mit einem eigenen Lokal, die ihre Gäste und ihren Erfolg genießt.

Ich gehe hinüber zu der Vitrine.

Bob knipst einen Schalter an, und helles Licht fällt auf ein Sammelsurium von Gegenständen. »Das altertümliche Mikrophon gehörte Joseph Campanella, dem Schauspieler. Er war Rundfunksprecher hier in Lewiston, bevor er berühmt wurde. Die Baseballkappe ist von Jack Palance, der drüben in Lattimer Mines geboren war.« Er zeigt auf ein Schnapsglas. »Es heißt, dass der Gangsterboss John Sciandra Whiskey daraus getrunken hat, als er 1940 während eines Schneesturms hier strandete. Solche Sachen hat Grams gesammelt. Heute interessiert das niemanden mehr, aber damals war das spannendes Zeug.«

Ich schieße mehrere Fotos aus verschiedenen Winkeln. »Ihr hattet hier wirklich ein buntes Publikum«, sage ich.

»Kann man so sagen. Grams hat erzählt, Jimmy Stewart wär mal auf einen Drink reingekommen und hätte ihr hundert Dollar Trinkgeld gegeben. Das war damals eine Menge Geld.« Er grinst. »Sie brauchte das Geld, deshalb ist der Schein nicht in der Vitrine.«

Auf dem obersten Regal der Vitrine liegt rechts ein quadratisches Stück Stoff, an dem ein ungewöhnlich aussehendes Abzeichen oder Schild aus Blech angebracht ist, mit einer geraden Oberkante und einer gerundeten Unterkante. Darauf sind ein Adler sowie eine Landkarte abgebildet, deren Kartographie mir nichts sagt. Direkt darunter steht in Großbuchstaben LAPPLAND.

Ich lege meinen Finger ans Glas. »Wissen Sie, was das ist?«

»Keine Ahnung. Ist schon immer da, seit ich denken kann.« Er greift in seine Tasche und holt einen Ring mit Schlüsseln heraus. »Sehen wir es uns einfach näher an.«

Als er die Tür der Vitrine öffnet, fliegt Staub umher. Der Stoff ist mit einer Sicherheitsnadel an einen Vitrinenaufsteller geheftet, weshalb es einige Mühe bereitet, ihn abzumachen. Aber dann schafft er es und reicht ihn mir.

»Sieht ziemlich alt aus«, sagt er.

Das Abzeichen ist aus Blech, sehr leicht und etwas verbeult. Ich drehe es um, aber eine Beschriftung auf der Rückseite gibt es nicht. »Eine militärische Auszeichnung?«

»Sieht fremdländisch aus«, murmelt er.

»Wissen Sie, wo Ihre Großmutter das her hatte?«, frage ich.

»Ich hab keinen Schimmer. Da es dort drin ist, hat es ihr wahrscheinlich jemand gegeben.«

Die Tatsache, dass dieses alte Abzeichen in einer Vitrine neben anderen Stücken, die der Besitzerin offensichtlich etwas bedeutet haben, ausgestellt ist, macht mich stutzig.

»Haben Sie etwas dagegen, wenn ich ein Foto mache?«

»Tun Sie sich keinen Zwang an.«

Ich lege das Abzeichen auf den Schreibtisch und fotografiere es mit dem Handy.

»Glauben Sie, es stammt von einem Gast hier in der Kneipe?«, frage ich. »Oder eher von einem Freund?«

Er lacht. »Dazu kann ich lediglich sagen, dass in die Vitrine nur Sachen kamen, die Grams was bedeuteten. Wäre es ohne irgendeinen sentimentalen Wert, hätte sie es versetzt.«

23. KAPITEL

Im Verlauf einer Ermittlung gibt es immer den einen Moment, in dem klar wird, dass man auf dem richtigen Weg ist. Spätestens dann wird es hektisch, weil man nicht weiß, wie all die Informationen zusammenpassen oder ob die konstruierte Chronologie stimmt. Man weiß nur, dass die Antwort irgendwo in dem Sammelsurium von Daten vergraben ist, die einem im Kopf herumwirbeln.

Als ich zurück nach Belleville komme, ist es bereits dunkel. Ich halte an einem Tante-Emma-Laden, kaufe ein Sandwich und fahre zum Motel. Dort werfe ich sofort meinen Laptop an, nehme die Mappe mit den gesammelten handgeschriebenen Notizen und Papieren der letzten Tage und verteile alles auf dem zu kleinen Tisch. Es sind meine Gesprächsnotizen samt Gedanken und Beobachtungen dazu. Außerdem habe ich einige Hintergrundberichte und mehrere Zeitungsreportagen aus dem Internet heruntergeladen. Als der Tisch zu voll wird, stelle ich die Nachttischlampe auf den Boden, ziehe den Nachttisch heran und benutze auch ihn als Ablagefläche. Dann ordne ich alles chronologisch – die Zeitungsartikel über den Tod von Mia Stoltzfus, das Verschwinden von Ananias Stoltzfus; was ich von den *Dienern* erfahren habe, als sie mich in Painters Mill aufsuchten und um Hilfe baten; die Serie von Zeitungsberichten über die Entdeckung der menschlichen Überreste und die Verhaftung Jonas Bowmans.

Es ist unmöglich, eine ganze Kultur in eine Kiste zu stecken und dann zu behaupten, alles darüber zu wissen. Wer so etwas vorgibt, ist ein Dummkopf. Aber es gibt kulturelle Eigenheiten, die berücksichtigt werden können – und müssen –, besonders, wenn es um Amische geht. Die amische Kultur ist reich an Traditionen, die Religion steht bei ihnen im Mittelpunkt, und sie ziehen es vor, sich vom Rest der Welt fernzuhalten. Sie sind eine patriarchale Gesellschaft, und der Pazifismus liegt in ihrer Natur. Die Familie bildet den Kern amischen Lebens. Sie sind ehrbare, hart arbeitende Menschen, gute Nachbarn und gute Freunde.

Aber natürlich sind Amische nicht perfekt. Sie haben die gleichen Schwächen wie alle Menschen: Sie verlieren die Beherrschung, machen Fehler, benehmen sich daneben, verletzen die Regeln und brechen manchmal das Gesetz. Doch manches von dem, was Ananias Stoltzfus getan hat, ist nicht mit menschlicher Schwäche zu rechtfertigen.

Um elf Uhr nachts fällt mir ein, dass ich ein Sandwich gekauft habe. Ich esse es, ohne es wirklich zu schmecken, ohne Genuss, und spüle es mit inzwischen lauwarmem Eistee herunter. Um Mitternacht hole ich meinen gelben Notizblock aus der Laptop-Tasche, ziehe die Verschlusskappe des Stiftes ab und lege los, lasse meinen Gedanken freien Lauf. Manches von dem, was ich zu Papier bringe, ist ohne Sinn und Verstand, aber ich bremse mich nicht. Mein Hirn läuft auf Hochtouren, Frustration treibt mich an, drängt mich weiterzumachen. Das Bedürfnis nach Aufklärung ist eine Droge, und ich bin eine Süchtige, die nach mehr lechzt.

Ich schreibe:

Niemand in Harmony, Minnesota, erinnert sich an Ananias. Amische würden sich an ihren Bischof erinnern. Warum erinnern sie sich nicht an ihn?

Levi Schmucker wird beschuldigt, seine Tochter missbraucht zu haben. Der Bischof erfuhr davon, verprügelte Schmucker. Ein Bischof würde niemals gewalttätig werden.

Ich blättere durch mehrere Seiten und komme zu den Notizen meines Gesprächs mit Deputy Vance.

Handknochen in Bowmans Brunnen gefunden. Hände fehlten. Dieses Detail wurde von der Polizei unter Verschluss gehalten …

Ich denke an den Mörder, versuche, seine Denkweise zu verstehen.

»Warum hast du die Hände abgetrennt?«, murmele ich und beantworte die Frage selbst: »Weil du nicht wolltest, dass man ihn identifiziert.«

Das ergibt noch immer keinen Sinn, Kate, meldet sich eine kleine Stimme. *Es muss noch etwas anderes geben …*

Um ein Uhr morgens koche ich mir von dem Kaffee im Zimmer eine ganze Kanne. Er schmeckt scheußlich, aber das ist mir egal, ich brauche Koffein. Die Antwort ist irgendwo hier, und ich höre nicht auf, bis ich sie gefunden habe.

Ich nehme einen großen Schluck Kaffee, bringe meine Notizen wieder in die richtige Reihenfolge und sehe sie noch einmal durch, lese erneut alles, was ich von Amanda Garber erfahren habe.

… hatte immer das Gefühl, dass sie etwas erlebt hatte, worüber sie nicht sprechen wollte. Deutschland? Bayern? … ihr Deitsch *war anders … Sie hatte Heimweh …*

»Nur dass es in Deutschland keine Amischen gibt«, sage ich, wobei meine Stimme in der Stille des Zimmers seltsam klingt.

Ich ziehe meinen Laptop heran und rufe die Suchmaschine auf, um sicherzugehen, dass ich richtigliege. Und tatsächlich: Die letzte amische Gemeinde in Europa schloss sich 1937 mit der mennonitischen Kirche zusammen.

Ich trinke die Tasse leer, habe kalten Kaffeesatz im Mund, blicke auf meine Notizen.

... wo sie backen lernte. Ihr Datt besaß eine Bäckerei.

Ich gehe zurück zu meiner Internetsuche nach amischen Gemeinden in Deutschland, scrolle ziellos durch die Websites. Nichts und wieder nichts. Eher zufällig fällt mein Blick auf den Eintrag einer Bäckerei in Bayern, die ein Rezept für *Zwetschgenkuchen* ins Netz gestellt hat.

Ich hatte die Kuchensorte nicht notiert und habe keine Ahnung, wie man sie korrekt schreibt, habe aber Amanda Garbers Stimme noch im Hinterkopf.

Alle liebten ihren Zwetschgenkuchen.

»Wer zum Teufel warst du?« Ich lehne mich auf dem Stuhl zurück, verblüfft über die Worte, die ich gerade laut ausgesprochen habe. »Warum lügst du alle an?«

In dem Moment wird mir klar, dass sich eine weitere Information in dieses Puzzle einfügt: Wer immer die Hände der Leiche abgetrennt hatte, kannte die Antwort. Der Mörder befürchtete nicht, dass die Leiche als die von Ananias Stoltzfus identifiziert würde, er hatte Angst, dass herauskam, dass es jemand anderes ist ...

»Wovor hast du dich versteckt?«, flüstere ich.

Eine unheilvolle Ahnung kriecht in mir hoch und bohrt sich schmerzhaft in meine Gedanken. Etwas, das ich nicht wissen will.

Ich nehme meine Notizen. Ananias und Mia Stoltzfus waren 1967 oder '68 ins Mifflin County gezogen. Er wurde 1977 zum Prediger gewählt und 1990 zum Bischof. Ich blättere durch meine Notizen. Levi Schmucker wurde 1991 verprügelt, angeblich missbrauchte er seine Tochter. In so einem Fall hätte normalerweise ein Familienmitglied, ein Freund oder ein Nachbar die Polizei informiert. Ein Bischof hätte den Betreffenden aufgefordert, sein Vergehen vor der Gemeinde zu beichten, und wenn der Beschuldigte dem nicht gefolgt wäre, hätte der Bischof ihn unter *Bann* gestellt. Stattdessen prügelte Ananias Stoltzfus Schmucker mit dem Gehstock krankenhausreif. Und er befahl ihm, die Stadt zu verlassen. Das Sheriffbüro wurde niemals informiert …

»Du wolltest nicht, dass die Polizei involviert wird.« Ich lege meine Notizen auf den Tisch, nehme sie wieder in die Hand. »Bei den Prügeln ging es nicht um Schmucker oder was er getan hatte, es ging um dich selbst, nicht wahr?«

Was verheimlichst du, alter Mann?

Ich denke an Mia … *hatte immer das Gefühl, dass sie etwas erlebt hatte, worüber sie nicht sprechen wollte.*

Was hatte Mia so schwer zugesetzt, dass sie nicht damit leben konnte? Dass sie sich selbst nicht ertragen konnte? Eine schlechte Ehe? Geheimnisse? Untreue? All das zusammen?

Ich denke an die Frau, die möglicherweise zu seiner Geliebten wurde … *unsere Großmutter war ihrer Zeit etwas voraus. Sie mochte Männer, habe ich sagen hören.*

Die Vitrine in Lewiston fällt mir ein, die Fotos, die ich von den Memorabilien gemacht habe. Ich blicke mich nach meinem Handy um, es liegt auf dem Bett, ich rufe die Fotos auf und sehe sie mir an. Nutzlose Erinnerungsstücke, bedeutungsloses Zeug.

Mist.

Bei dem Foto von dem Abzeichen, das Bob, der Barmann, aus der Vitrine geholt hatte, stutze ich. Ein Adler, eine Landkarte und in Großbuchstaben der Name LAPPLAND sind darauf zu sehen. Ich hole meine Lesebrille vom Bett, setze sie auf und vergrößere das Foto auf dem Handy. Doch welches Land auf der Karte abgebildet ist, weiß ich nicht.

Ich gehe wieder an den Laptop und tippe »LAPPLAND« und »Schild« in die Suchmaschine.

Der Lapplandschild war im Zweiten Weltkrieg eine deutsche Auszeichnung für das Militär der 20. Gebirgs-Armee, die gegen die Finnen und die Rote Armee von 1944 bis 1945 kämpfte.

Ein Frösteln überläuft mich wie Eiswasser, das mir auf den Kopf geschüttet wird. Ich starre das Foto an, und die unheilvolle Ahnung, die mich beschlichen hat, nimmt Gestalt an. Es ist, als wäre ein Furunkel aufgeschnitten und der Gestank vom etwas Ekelhaftem freigesetzt.

Ich halte kurz die Luft an, mein Mund füllt sich mit Speichel, die Säure des Kaffees rumort in meinem Bauch. Und dann kenne ich die Antwort auf eine weitere Frage – ich weiß, was Ananias Stoltzfus verheimlicht hatte. Ich weiß, warum seine Frau nicht mehr mit sich leben konnte. Ich verstehe, warum er Levi Schmucker fast zu Tode prügelte.

Hatte im Gottesdienst ein paarmal seine Predigt verhunzt …

… hatte einen ulkigen Akzent, wenn er Deitsch *sprach.*

War keine allzu gute Näherin für eine Frau in ihrem Alter …

Alles, was mir sinnlos erschien, hat plötzlich einen Sinn.

Ich schließe die Augen, bin krank vor Erschöpfung und von zu viel Kaffee. Zudem missfällt mir die Erkenntnis, die in meinem Kopf kreist. Ich schiebe mich vom Tisch weg, stehe auf, setze mich wieder hin. Fühle mich schlecht und bin innerlich aufgewühlt, kann mir den Grund nicht erklären, denn genau das wollte ich doch, oder? *War es nicht das, was du wolltest, Kate?* Eine solide Theorie? Oder zumindest einen Teil davon? Trotzdem würde ich am liebsten losheulen, fühle mich besudelt, unrein.

Der Wecker zeigt vier Uhr achtzehn an. Zu früh, um Tomasetti anzurufen. Aber ich brauche ihn. Ich muss wissen, ob ich recht habe. Gleichzeitig gefällt es mir nicht, dass ich meinem Instinkt nicht traue. Doch noch weniger gefällt mir, wie verzweifelt ich nach der Wahrheit suche und nach Strohhalmen greife. Ich habe Angst, dass die Antworten, die ich gefunden habe, zu abwegig sind, um wahr zu sein.

Ich rufe an. Es klingelt einmal, zweimal, ich schließe die Augen, muss plötzlich unbedingt seine Stimme hören und will gerade auflegen, als sie am anderen Ende erklingt. »Ist alles in Ordnung, Chief?«

Tränen brennen mir in den Augen, was ich darauf schiebe, dass sie zu trocken sind, ich unter Schlafmangel leide oder weil ich sechs Stunden lang auf meine verdammten Notizen und den Bildschirm des Laptops gestarrt habe. Aber ich weiß, das stimmt nicht.

Am anderen Ende raschelt es, ich stelle mir vor, wie er sich besorgt aufsetzt, plötzlich hellwach. »Willst du über etwas reden?«

»Ich glaube, das muss ich.«

»Ich bin ganz Ohr.«

Im ersten Moment kann ich meine Stimme nicht finden, weiß nicht, wo ich anfangen soll. Ich blinzele und bin überrascht, als mir Tränen über die Wangen rollen. »Ich habe mit Jonas Bowman geschlafen. Ich war fünfzehn, er neunzehn. Kann sein, dass ich in ihn verliebt war, aber zu der Zeit war ich viel zu durcheinander, um es selbst zu wissen.«

Kurzes Schweigen, dann: »In Ordnung.«

»Nicht er hatte mich verführt, ich hatte ihn verführt.«

»Okay.«

»Ich war nicht volljährig. Er … schon. Deshalb musste seine Familie die Stadt verlassen. Mein *Datt* hatte es herausgefunden, und jemand hatte das Sheriffbüro informiert.«

»Das war Sex mit einer Minderjährigen, dafür wäre er angeklagt worden.«

»Das war das Jahr … « Ich räuspere mich. »Das war das Jahr nach der Sache mit Daniel Lapp. Ich war … total durch den Wind. Dumm und verwirrt.«

»Du warst ein Teenager, der ein schlimmes Trauma erlebt hatte.«

Ich atme tief aus, höre meinen eigenen Seufzer. Er hört ihn auch, und ich kenne seine Frage, noch bevor er sie stellt.

»Liebst du ihn noch?«

»Nein, aber ich mag ihn. Er ist mir nicht gleichgültig. Ich fühle mich schuldig wegen … dem, was passiert ist. Ihm und seiner Familie, die Rolle, die ich dabei gespielt habe. Ich möchte das wieder in Ordnung bringen. Ich weiß nicht, wie, und vielleicht ist es auch schon zu spät.«

Erneutes Schweigen, nachdenklich, ratlos. Normalerweise ist er frühmorgens brummig, ein Mann, den man vor dem ersten Kaffee besser nicht anspricht, es sei denn, man will eine Klugscheißerantwort. Er weiß, das ist jetzt ein wichtiger Moment, und ist freundlich.

»Es ist sehr lange her«, sage ich. »Aber ich musste es loswerden.«

»Nur, dass das klar ist«, sagt er. »Ich habe nicht gefragt.«

»Ist klar.«

»Ich vertraue dir, Kate«, sagt er. »Das weißt du, oder?«

»Ja, ich weiß.«

Er seufzt. »Abgesehen davon, bin ich ziemlich froh, dass du nicht in einen anderen Kerl verliebt bist.«

»Dann wäre es echt kompliziert geworden, oder?«

Wir lachen beide, und ein Teil des unguten Gefühls in mir zieht sich zurück in sein Loch.

»Du klingst erschöpft.«

»Und komisch, ich weiß.«

»Also erzähl, was ist los?«

Ich erzähle ihm alles, lasse nichts aus, und ende mit meinem Besuch in der Triangle Bar, an der ich durch Zufall vorbeigekommen war, und dem Gespräch mit Bob, dem Barkeeper.

»Ich weiß, dass es wenig überzeugend klingt«, sage ich, »aber es würde so ziemlich alles erklären.«

»Sims mir das Foto des Abzeichens«, sagt er.

Ich stelle das Handy auf Lautsprecher, schicke es ihm und sage: »Vermutlich ist das alles ziemlich weit hergeholt.«

»Die zeitliche Abfolge stimmt, jedenfalls was sein Alter betrifft. Gib mir einen Moment, um es genau anzusehen.« Es wird still am anderen Ende.

»Danke, dass du das machst.«

»Es sind nicht mehr viele Kriegsverbrecher übrig, Kate, und die wenigen sind jetzt alle über neunzig oder älter. Die meisten sind tot, aber es gibt ein paar Organisationen, die versuchen, die menschlichen Überreste zu identifizieren, von Tätern und Opfern. Weißt du, ob es eine DNA gibt?«

»Die Knochen, die man auf dem Feld gefunden hatte, wurden ins forensische Labor in Erie geschickt. Aber ob sie DNA extrahieren konnten, weiß ich nicht.«

»Wenn sie im Labor in Erie sind«, sagt er, »rufe ich da mal an.«

»Hast du denn Kontakte nach Pennsylvania?«

»Mir wird schon was einfallen.«

»Das ist alles ziemlich spekulativ«, sage ich.

Er stößt einen Laut aus, der entfernt an Lachen erinnert. »Positiver könnte man es nicht ausdrücken.«

»Selbst wenn die DNA bestätigt, dass der vermeintliche Stoltzfus sich als eine andere Person entpuppt, wissen wir immer noch nicht, wer diese Person umgebracht hat.«

»Stimmt, aber es eröffnet neue Möglichkeiten«, sagt er.

»Die nicht unbedingt etwas mit der Amisch-Gemeinde zu tun haben.«

»Besonders dann nicht, wenn du mit deinem Verdacht richtigliegst.«

Das Gewicht seiner Worte lastet auf mir wie die Schwüle vor einem tropischen Sturm.

»Was hast du jetzt vor?«, fragt er.

»Ich rede noch einmal mit seiner Familie. Vielleicht können sie mir ja doch noch etwas erzählen.«

Eine lange Pause folgt, dann: »Bist du okay?«

Ich schließe die Augen und warte einen Moment mit der Antwort. Denn wenn ich nicht vorsichtig bin, verrät meine Stimme, wie sehr er mir fehlt. Und ich will nicht, dass er sich Sorgen macht.

»Jetzt schon«, sage ich. »Tut mir leid, dass ich dich so früh geweckt habe.«

»Dafür bin ich doch da«, sagt er, lacht aber. »Tust du mir einen Gefallen?«

»Immer.«

»Sei vorsichtig.«

Ich lächele. »Tomasetti, hat dir schon mal jemand gesagt, dass du dir zu viele Sorgen machst?«

»Nur du.«

24. KAPITEL

Dass Polizisten in der frühen Phase einer Ermittlung nicht viel schlafen, stimmt. Jedenfalls in den ersten Tagen, wenn die Zeit vergeht wie im Flug. Ich arbeite zwar nicht im Rahmen einer offiziellen Ermittlung, aber das Gefühl von Dringlichkeit ist das gleiche.

Nach dem Telefonat mit Tomasetti habe ich ein paar Stunden geschlafen, dann kurz geduscht und ein Fastfood-Frühstück verschlungen, so dass ich um neun Uhr wieder im Auto sitze. Trotz Schlafmangel bin ich wach und fokussiert, als ich in die Einfahrt der Stoltzfus-Farm einbiege.

Die erwachsenen Kinder von Mia und Ananias können mir am ehesten etwas über die Herkunft ihrer Eltern sagen. Zwar sind beide erst nach deren Umzug ins Kishacoquillas Valley geboren, aber vielleicht wissen sie etwas, was meine Theorie über ihren Vater bestätigen – oder widerlegen – kann. Sie könnten bei einem Gespräch etwas aufgefangen haben, vielleicht gibt es Verwandte, die ich aufsuchen kann, womöglich auch Erinnerungsstücke oder Dokumente.

Da ich von Mary Elizabeth kaum mehr wohlwollend empfangen werde, versuche ich mein Glück zuerst bei Henry. Auf halbem Weg die Einfahrt entlang sehe ich jemanden, der am Sockel des Getreidesilos arbeitet. Ich parke den Wagen am Rand und steige aus. Beim Näherkommen fällt mir die rote Sprühfarbe am Wellblech auf.

Wie der Vater, so der Sohn.
Zur Hölle mit beiden.

Henry Stolzfus steht auf der anderen Seite des Silos im hüfthohen Unkraut und hat so ziemlich das Gleiche an wie bei unserer letzten Begegnung: graue Hose mit einem einzelnen Hosenträger, blaues Arbeitshemd, Strohhut, Arbeitsstiefel.

Ein paar Meter von ihm entfernt bleibe ich stehen und betrachte die kräftige rote Farbe, die schlampig geschriebenen Großbuchstaben. »Haben Sie eine Idee, wer das war?«, frage ich.

Den Kopf leicht geneigt, sieht er unter der Hutkrempe hervor, die Augen im Schatten, der Blick wachsam. »Nein.«

»Ist ziemlich weit oben.« Ich mustere demonstrativ das Graffiti. »Da hat jemand eine Trittleiter benutzt.«

»Letzte Nacht haben die Hunde gebellt.« Er zeigt hinter sich. »Das Gras ist zertrampelt.«

»Haben Sie es der Polizei gemeldet?«

Er beantwortet die Frage nicht, bedenkt mich stattdessen mit einem finsteren Blick. »Ich überstreiche das einfach.« Er zeigt auf die Leiter, die oben nur noch locker am Silo festhängt. »Dabei kann ich auch gleich die Leiter reparieren.«

Neben seinen Füßen liegen eine Sprühdose mit einer galvanisierenden Mischung und ein Schraubenschlüssel so groß wie ein Montiereisen. Einen Meter weit weg stehen ein MIG-Schweißgerät und ein Dieselgenerator.

Ich denke an das Feuer in der alten Mühle von Mary Elizabeth und ihrem Mann, von dem Dorothy mir erzählt hatte, und an das kaputte Fenster, das mir beim Besuch aufgefallen war. Zufall? Oder hat jemand die Stoltzfus-Kinder im Visier?

»Ist so etwas schon einmal passiert?«, frage ich.

Er nimmt den Schraubschlüssel, bückt sich und holt eine Schraube aus der Kiste am Boden. »Ein oder zwei Mal.«

»Irgendeine Idee, warum?«, frage ich. »Oder wer das war?«

Er drückt mit der Schulter die Leiter ans Wellblech und versucht gleichzeitig, die Schraube festzuziehen. »Nein.«

Da er für sein Vorhaben mehr als zwei Hände braucht, gehe ich zu ihm und lehne mich mit der Schulter so fest gegen die Leiter, dass sie am Blech anliegt.

»Hilft das?«, frage ich.

Kurzes Zögern, dann: »*Ja.*« Er beginnt, die Schraube mit dem Schlüssel reinzudrehen und stöhnt vor Anstrengung. Als sie festsitzt, sagt er: »Von innen muss ich noch eine Mutter dran machen.«

»Ich halte sie so lange.«

Er wirft mir einen schnellen Blick zu, dann geht er hinter mir vorbei zu der Einstiegsluke und verschwindet im Inneren des Silos. Kurz darauf höre ich es knarren und quietschen, als er die Mutter von innen festschraubt.

Eine Minute später tritt er aus der Einstiegsluke heraus. »Fertig«, sagt er.

Ich lasse die Leiter los. »Sieht aus, als hält es jetzt.«

»Das rate ich ihr auch. Ich muss Getreide ernten, das Vieh ernähren.«

Ich trete ein paar Schritte zurück und begutachte seine Arbeit. »Hat sich jemand über Sie geärgert?«

Er nimmt einen Handbohrer und bohrt das Loch für die nächste Schraube. »Vielleicht über meinen *Datt*. Er war ein strenger Bischof, was schwachen Menschen vielleicht nicht gefiel.«

»Da hat jemand ein Gedächtnis, das lange zurückreicht.«

»Der Fund der sterblichen Überreste hat vermutlich alte Gefühle wieder hochkommen lassen.« Er lässt den Bohrer sinken und sieht mich an. »Warum sind Sie hergekommen?«

Ich nehme die Kiste mit den Schrauben und Muttern vom

Boden und reiche ihm jeweils drei davon. »Ich habe mit einer alten Freundin Ihrer *Mamm* gesprochen. Mia hatte ihr erzählt, sie sei aus Deutschland, aus Bayern. Mias Vater, also Ihr Großvater, hatte dort eine Bäckerei, in der Mia backen gelernt hat.«

Er nimmt die Schrauben und steckt sie in die Hosentasche. »Meine Eltern kamen aus Minnesota.«

»Ich habe mit dem Bischof in Harmony gesprochen. Er hat noch nie etwas von Mia oder Ananias Stoltzfus gehört.«

Er wendet den Kopf ab, dann blickt er mich wieder an. »Meine Eltern haben Minnesota vor über fünfzig Jahren verlassen. Mit wem auch immer Sie gesprochen haben, hat sich entweder nicht mehr erinnert oder hat es vergessen.«

»Ich habe auch mit Pfarrer Zimmerman von der Lutherkirche hier in Belleville gesprochen.«

Er sieht mich finster an. »War mir klar.«

»Er sagte, Ihre Mutter habe ein Tagebuch bei sich gehabt, als er sie fand. Laut Auskunft des Sheriffbüros wurde es der Familie zurückgegeben.«

»Ich weiß nichts von einem Tagebuch.«

Schweigend befestigt er zwei der Schrauben, dann tritt er zurück, um seine Arbeit zu betrachten. »Sie sind nicht gekommen, um mir mit dem Silo zu helfen«, sagt er.

»Aber es ist gut, Hilfe zu bekommen, wenn man sie braucht.«

Er sieht mich spöttisch an und schweigt.

»Henry«, sage ich bedächtig. »Ich glaube, jemand hat den Vorderlader aus Jonas Bowmans Abstellraum gestohlen, Ihren Vater getötet und das Gewehr bei der Leiche liegen gelassen, damit die Polizei es findet und Jonas beschuldigt wird. Ich glaube, dass dieselbe Person aus demselben Grund heimlich Beweise in den alten Brunnen hinter Jonas' Haus geworfen hat.« Ich zeige auf das Graffiti. »Vielleicht ist es dieselbe Person, die das getan hat.«

Er blickt hinab auf den Schraubschlüssel in seiner Hand. Mir wird mulmig, aber er wirft ihn in den nahen Werkzeugkasten. »Ich weiß nicht, was Sie von mir wollen.«

»Ich glaube, dass das, was Ihrem Vater passiert ist, etwas mit seiner Vergangenheit in Deutschland zu tun hat. Möglicherweise hat er dort ein paar schlimme Dinge getan –«

»Schlimme Dinge?« Er sieht mich finster an. »Mein Vater war ein amischer Bischof. Ich werde nicht zulassen, dass Sie hier auf meinem Grundstück schlecht über ihn reden.«

»Ihre Eltern waren hergekommen, um ein neues Leben zu beginnen. Ich glaube, jemand kennt die deutsche Vergangenheit Ihres Vaters und hat ihn deshalb getötet.«

»Dazu habe ich nichts zu sagen. Ich kenne die Leute zwar nicht, mit denen Sie gesprochen haben, aber die irren sich.«

»Ich weiß, dass Sie Ihren *Datt* geliebt und respektiert haben, und verstehe das. Aber ich brauche Ihre Hilfe. Und die von Mary Elizabeth. Wenn Sie irgendetwas gehört haben oder wissen oder wenn irgendetwas in Ihrem Besitz ist –«

»Mein Vater war ein starker Anführer der Gemeinde. Ezra Bowman hat mit seinen Widerworten und Beschwerden fast eine Spaltung der Kirche herbeigeführt. Als Ezra starb, hat Jonas meinen Vater dafür verantwortlich gemacht, den Verstand verloren und ihn umgebracht. Und Sie stehen hier und behaupten, mein Vater wäre selber schuld gewesen – und verteidigen den Mann, der ihn getötet hat.« Er presst die Lippen zusammen, wendet seinen Blick ab. »Ich finde, wir haben genug geredet.«

»Henry –«

Er hebt die Hand, um mir das Wort abzuschneiden. »Ich will keine Fragen mehr hören. Verschwinden Sie von meinem Grundstück und lassen Sie sich nicht wieder hier blicken. Sie sind hier nicht willkommen und waren es auch nie.«

Er nimmt den Schraubschlüssel und verschwindet im Silo.

25. KAPITEL

Zwanzig Jahre zuvor

An dem Tag, als ich meine häuslichen Pflichten schon frühzeitig erledigt hatte und zum Fluss gegangen war, um mir Abkühlung zu verschaffen, zeigte das Thermometer dreiunddreißig Grad Celsius an. Zwei Stunden lang hatte ich in der prallen Sonne und mit dem Duft des Grases in der Nase den rostigen Spindelmäher über den Rasen geschoben. Am späten Nachmittag war ich endlich fertig. Ich hatte barfuß gearbeitet, meine Füße waren vom Gras ganz grün gefärbt, und Grashalme klebten an meinen verschwitzten Beinen. *Mamm* war mit dem Buggy zu den Nachbarn gefahren, um ihnen einen Korb Zuckermais zu bringen, so dass mir eine Stunde Zeit blieb.

Nachdem ich den Rasenmäher verstaut hatte, holte ich im Haus mein Badetuch und ein sauberes Kleid und lief quer über die Weide. Als ich das Wäldchen erreichte, wo der Weg nach wenigen Metern breiter wurde und ich einen Blick auf das mit Schatten gesprenkelte Wasser erhaschte, rann mir Schweiß über die Schläfen. Ich eilte zum Ufer, vom erdigen Duft der Natur umweht, legte mein Badetuch und mein frisches Kleid auf einen Ast, nahm mein Schultertuch ab und hängte es dazu.

Praktisch war es nicht, mit *Kapp* und Kleid zu schwimmen, aber das kühle Nass fühlte sich himmlisch an. Ich watete über den steinigen Boden, der in meine Fußsohlen pikste. Ich spritzte mir Wasser ins Gesicht und wischte den Schweiß und die Grashalme ab.

»Wenn das mal kein unvergesslicher Anblick ist, Katie Burkholder nimmt ein Bad.«

Erschrocken wirbelte ich herum. Jonas Bowman saß auf einem Baumstamm und beobachtete mich amüsiert. Ich hatte ihn seit Wochen nicht mehr gesehen, war nicht sicher, ob ich ihm oder er mir aus dem Weg gegangen war, aber irgendwie hatten wir es hingekriegt.

»Was machst du hier?«, fragte ich.

»Ich sehe dir zu«, sagte er total entspannt.

Ich erwiderte nichts, mir ging unsere letzte Begegnung nicht aus dem Kopf, bei der ich mich so schäbig benommen hatte, dass ich ihn jetzt nicht ansehen konnte.

»Brauchst du Hilfe?«, fragte er.

Ich stand knapp einen Meter im Wasser, mein Kleid war pitschnass und klebte an meiner Haut. Es war unschicklich, und ich wandte mich von ihm ab. »Um mir zu helfen, hättest du früher kommen und den Rasen mähen sollen«, sagte ich.

»Du hättest mich nur fragen müssen.«

Er trug eine Baseballkappe anstatt eines Strohhuts. Keinen Hosenträger. Ich hatte gehört, er sei in der *Rumspringa* und genieße diese begrenzte Zeit, in der sich amische Jugendliche richtig austoben konnten. Er sah älter aus, mehr wie ein Mann als ein Junge, und ernster; auch der Blick in seinen Augen war irgendwie anders.

»Mattie hat erzählt, du a-arbeitest im Futtermittelladen«, sagte ich und hasste mein Stottern.

»Und meinem *Datt* helfe ich auch, um Geld zu sparen. Wir haben einen Schweinestall gebaut und wollen auf der Auktion in Kidron ein paar Säue kaufen.«

Er beugte sich vor und fing an, seine Schnürsenkel zu lösen.

»Was machst du da?«, fragte ich.

»Wonach sieht es denn aus?« Er sah mich nicht an. »Es sind fast achtunddreißig Grad, ich brauche eine Abkühlung.«

»Du kannst nicht hier reinkommen.«

»Ich will nur meine Füße nass machen.«

Ich blickte mich um, unsicher, was ich tun sollte. Ich wollte mein Handtuch und mein Kleid packen und nach Hause laufen. Aber tief im Inneren wusste ich, dass das nicht ganz stimmte. Denn obgleich mich die Vorstellung entsetzte, dass er ins Wasser kommen würde, wünschte ich es mir auch insgeheim.

Er kickte seine Schuhe beiseite und kam barfüßig und mit zum Knie hochgerollten Jeans ins Wasser, wo er sogleich einen Freudenschrei ausstieß.

Ich konnte nicht zu ihm hinsehen, fuhr stattdessen mit den Händen durchs Wasser und konzentrierte mich auf die aufgewühlte Oberfläche.

»Spielst du noch Baseball?«, fragte er.

Ich blickte auf und sah, dass er auf mich zuwatete. »Ich bin zu alt für Kinderspiele.«

»Ach ja? Sag das mal Barry Bonds.«

Ich hatte keine Ahnung, wer das war, und es interessierte mich auch nicht. Seine Jeans wurden nass, das Wasser reichte ihm bis zu den Oberschenkeln. »Deine Hose ist schon ganz nass«, sagte ich.

»Das gehört vermutlich dazu.«

»Deiner *Mamm* wird das nicht gefallen.«

»Sie muss es ja nicht erfahren, oder?«

»Es schickt sich nicht, dass du hier bist.«

Ein paar Meter vor mir blieb er stehen und sah mich an, als wäre ich ihm ein Rätsel. »Damals auf der Dogleg Road hast du dir über Schicklichkeit aber kaum Gedanken gemacht.«

Ich lief rot an und senkte den Blick. Mein Herz schlug so

heftig, dass ich kaum Luft bekam. Ich überlegte, unter Wasser um ihn herum ans Ufer zu schwimmen, meine Sachen zu schnappen und wegzurennen.

»Wo hast du den ganzen Sommer gesteckt, Katie? Ich hab dich kaum gesehen«, sagte er gelassen.

»Ich war beschäftigt.«

»Ach ja? Womit?«

Dir aus dem Weg zu gehen. »Hausarbeit«, stieß ich aus, was aber nicht stimmte. Hausarbeit war so ungefähr das Letzte, was mich beschäftigt hatte. Aber er durfte nicht wissen, dass ich mich schon fast den ganzen Sommer über nach ihm sehnte. Dass er mir so sehr fehlte, dass es weh tat.

Er stand mit hängenden Armen da, den Kopf schief gelegt, und musterte mich. Ich hatte nicht den Mut, ihm in die Augen zu sehen, wobei mir völlig unklar war, wovor ich solche Angst hatte. Ich kannte Jonas, seit ich sechs war. Es war derselbe Jonas, den ich schon immer kannte. Noch letzten Sommer hätte ich ihm vermutlich Wasser ins Gesicht gespritzt oder ihn mit einem Schlammball beworfen.

»Nächsten Sonntag findet ein Singen nach dem Gottesdienst statt«, sagte er.

Ich sah eine Wasserspinne übers Wasser huschen.

»Ich könnte dich hinterher nach Hause fahren«, bot er an.

»*Mamm* sagt, du bist zu alt für mich«, murmelte ich.

Er schob die Hände in die Hosentaschen und sah zurück zum Ufer. »Mein *Datt* ist acht Jahre älter als meine *Mamm*, und sie verstehen sich gut.«

Ich blickte hinab auf meine Hände, die im blaugrünen Wasser ganz bleich aussahen. Ich beobachtete die Wasserpinne und lauschte dem Gezwitscher eines Kardinals, als mir plötzlich Wasser ins Gesicht spritzte.

Ich wischte mir über die Augen. Jonas lachte, anscheinend

bereit für den nächsten Angriff. Ich spürte, wie sich ein Grinsen über mein Gesicht breitete, hörte mich lachen. Und bevor er wusste, wie ihm geschah, fuhr ich mit der Hand durchs Wasser und spritzte ihm eine volle Ladung ins Gesicht. »Hey!«

Für kurze Zeit waren wir wieder Kinder. Wir lachten und spritzten einander nass, versuchten, uns gegenseitig zu übertrumpfen. Ich holte gerade mit dem Arm weit aus, um eine ordentliche Wasserladung in seine Richtung zu schicken, als er mein Handgelenk ergriff und mich stoppte.

»Nicht schlecht für ein Mädchen, das zu erwachsen ist, um Baseball zu spielen.«

Er sah mich merkwürdig an, als ob ich etwas getan hätte, womit er nicht gerechnet hatte, und er auch nicht wüsste, wie er darauf reagieren sollte. Ich spürte seine Finger, die mein Handgelenk umschlossen, die Wärme auf meiner Haut.

Er zog mich zu sich. Ich hätte mich dagegen wehren sollen, tat es aber nicht. Wir standen uns gegenüber, keinen halben Meter voneinander entfernt, zwischen uns nur Wasser. Ich spürte, wie seine Hände über meine Oberarme glitten, sanft und doch bestimmt, konnte seinem Blick kaum standhalten, aber auch nicht wegsehen.

Wasser sammelte sich in seinen Wimpern, tropfte von seinem Kinn, seiner Nasenspitze. »Erlaube mir, dich nach dem Singen nach Hause zu fahren.«

»*Mamm* wird es nicht zulassen«, sagte ich, meine Stimme kaum hörbar. »Ich muss gehen.«

»Ich auch.«

Beide rührten wir uns nicht vom Fleck.

Ich wusste, dass er mich küssen würde, noch bevor er den Kopf neigte und seine Lippen auf meine drückte. Sie waren kühl und nass und schmeckten nach Flusswasser und Minze. Ich wusste, dass es falsch war, aber ich legte den Kopf in den

Nacken, sein Kuss wurde dringlicher, und seine Hände glitten über meine Schultern zum Rücken. Er drückte mich fest an sich, und ich spürte die Härte an einer Stelle, die ich nie wahrgenommen hatte, und zum ersten Mal im Leben verstand ich, wie Männer und Frauen die Dinge taten, die sie taten.

Ich hatte nicht die Absicht, die Arme um ihn zu legen, und fand es unglaublich, wie breit und muskulös seine Schultern waren. Alles war mir fremd und verboten, aber ich wollte ihn noch fester an mir spüren.

Wenig später drückte er mich ein Stück von sich weg, schloss die Augen und presste seine Stirn an meine. »Nach dem Singen fahre ich dich nach Hause.«

»Ich finde einen Weg«, flüsterte ich.

26. KAPITEL

Es heißt, dass Vermutungen sich später oft als richtig erweisen. Als ich im Kishacoquillas Valley ankam, um dem Tod von Ananias Stoltzfus auf den Grund zu gehen, bin ich davon ausgegangen, dass er ein netter und allseits beliebter Bischof war, ein Mann, den alle ehrten. Ich glaubte, dass sein gewaltsamer Tod die Gemeinde tief getroffen und allseits große Trauer ausgelöst hätte.

Auf den ersten Blick schien das auch alles zuzutreffen. Als Bischof hatte Stoltzfus oft aus einem freudigen Anlass mit Menschen zu tun – bei Taufen, der Kommunion und bei Hochzeiten. Bei näherem Hinsehen bestätigte sich meine Annahme aber nur zum Teil. So war er einigen Menschen mit einer Härte begegnet – wegen einer Regelverletzung oder vermeintlichen Fehlverhaltens –, die ein Leben aus der Bahn werfen, womöglich komplett ruinieren konnte.

Ananias Stoltzfus bereitete es Vergnügen, dem jungen Mann weh zu tun.

Er genoss dessen Tränen.

Ich habe die Freude in seinen Augen gesehen.

Bischof Yoder wusste, was für ein Mensch Ananias Stoltzfus war. Er missbilligte viele seiner Entscheidungen, es gab Spannungen zwischen den beiden Männern. War das für Yoder Grund genug, um eine Gewalttat zu begehen? Hatte er es auf sich genommen, den Mann, der Mitgliedern seiner Gemeinde Schaden zufügte und die amische Gemeinschaft auseinanderbrachte, für immer loszuwerden?

Yoder war nicht der Einzige, der bei Stoltzfus' Verschwinden Erleichterung empfunden haben mag. Roman Miller – der zudem einen dunklen Pick-up besaß – wurde genötigt, die Amisch-Gemeinde zu verlassen und einer örtlichen Kirche der Mennoniten beizutreten. Levi Schmucker war beschuldigt worden, seine Tochter missbraucht zu haben. Er war von Stoltzfus krankenhausreif geprügelt und gezwungen worden, seine Familie und die Stadt zu verlassen.

Und was ist mit Jonas?, flüstert eine Stimme.

Sein Vater wurde von Stoltzfus exkommuniziert und zum Schweigen gebracht, indem er ihm das Predigen verbot. Jonas machte Stoltzfus für Ezras Tod verantwortlich. Er schrieb ihm einen Drohbrief und stritt mit ihm in der Öffentlichkeit. Die Zweifel, die diese Fakten bei mir aufkommen lassen, quälen nicht nur meine Psyche, sie lösen auch körperlichen Schmerz aus.

Diese Männer hatten alle ein Motiv, die Mittel und die Gelegenheit, Ananias Stoltzfus zu töten. Hat einer von ihnen es tatsächlich getan? Oder übersehe ich einfach etwas? Und wie passt das alles zu dem Verdacht, dass Ananias und Mia hinsichtlich ihrer Herkunft gelogen haben?

Nach meinem Besuch bei Bischof Yoder bin ich noch bei Nathan Kempf gewesen. Zwar konnte der Diakon mir nichts sagen, was ich nicht bereits wusste, aber er hatte eine Ausgabe von *Raber's New American Almanac*. Ich habe das Buch mit ins Motel genommen und fand meine Vermutung schwarz auf weiß bestätigt: Ananias Stoltzfus ist nie Bischof in Harmony, Minnesota, gewesen. Danach bin ich zu Mary Elizabeth gefahren, habe sie aber nicht zu Hause angetroffen, so dass ich den ganzen Nachmittag als Pleite abhaken kann.

Als ich bei den Bowmans eintreffe, dämmert es bereits. Am westlichen Horizont leuchten Blitze auf, der Wind ist stärker geworden, und Regen liegt in der Luft. Ich parke den Wagen, nehme den Gehweg zur Veranda und klopfe an die Tür. Junior öffnet sie, ein Grinsen im Gesicht und ein Eis am Stiel im Mund.

»Hi, Katie«, sagt er aufgeregt. »Sie kommen gerade richtig. *D-Datt* sagt, Gott wird das Gras wässern und die Tomaten wachsen lassen. Wollen Sie auch ein Fudge-Eis? Es sind noch zwei übrig, und ich darf nur eins essen.«

Bevor ich antworten kann, nimmt er meine Hand und zieht mich ins von Lampenlicht erhellte Wohnzimmer. Dorothy sitzt neben dem Fenster in einem Schaukelstuhl, Nadel und Faden in der Hand und Kleidung, die offensichtlich geflickt werden muss, zu ihren Füßen.

»Hi, Katie.« Sie sieht ihren Jungen an. »Auch das Unkraut wird Gott wachsen lassen.«

Jonas lehnt am Pfosten der Küchentür. »Und Er hat deinen Händen genau die richtige Größe gegeben, um es zu rupfen«, sagt er zu seinem Sohn.

Als Junior bewusst wird, dass er im Zentrum der Aufmerksamkeit steht – und morgen Nachmittag Unkraut jäten muss –, verdreht er die Augen und schleicht die Treppe hinauf.

Effie sitzt im Schneidersitz auf dem Sofa, einen Stickrahmen und ein Stück Stoff in den Händen. Sie arbeitet so konzentriert an einem Kreuzstichmuster, dass sie dabei immer wieder die Zungenspitze zwischen die Lippen schiebt. Und ich erinnere mich, dass Sticken die einzige Handarbeit war, die ich als Kind mochte.

»Sieht aus, als ob jemand einen sehr schönen Baby-Quilt bekommt«, sage ich.

»Mrs. Kurtz bekommt in zwei Wochen ein Baby.« Effie hält den Ring hoch, um ihre Arbeit zu beurteilen, und rümpft die Nase. »Meine Stiche sind krumm.«

»Ich glaube nicht, dass das Baby es merkt«, murmelt Jonas.

In der darauffolgenden Stille klatschen die ersten Regentropfen ans Fenster. Ich sehe Jonas an, wünschte, diesen heimeligen Ort nicht mit Fragen zu dem Mord verdüstern zu müssen. »Ich muss mit dir sprechen«, sage ich zu ihm.

Er weiß, dass ich keine guten Nachrichten habe, das sehe ich ihm an.

Bevor er antworten kann, steht Dorothy auf und sammelt die Kleider zu ihren Füßen ein. »Effie, du kannst damit morgen weitermachen, jetzt gehen wir hoch. Ich muss noch im Andachtsbuch lesen, und du kannst ein Bad brauchen.«

Effie ist sichtlich enttäuscht, sie würde lieber hier unten bleiben und uns zuhören, ist aber zu gut erzogen, um zu protestieren. »Junior riecht schlimmer als ich«, murrt sie. »Warum muss er nie ein Bad nehmen?«

Jonas rümpft die Nase. »Bei Junior sind es wohl eher die Bohnen, die er zum Abendessen hatte.«

Effie kichert.

»Katie, auf dem Herd steht Kaffee.« Dorothy zeigt zur Küche. »Fühl dich bei uns wie zu Hause.«

Ich gehe in die Küche, in der es nach gekochten Zwiebeln und Fleisch duftet. Die behagliche Atmosphäre im Haus und die Verbundenheit, die diese Familie ausstrahlt, tun mir gut. Ich versuche, meine Zweifel, das Gefühl von Verlust, von Nostalgie, das schwer auf mir lastet, zu ignorieren.

Jonas dreht die Flamme der Gaslampe heller. »Du humpelst«, sagt er.

Ich erzähle ihm von dem Unfall. »Es war ein dunkler Pickup, blau oder schwarz.«

Am Herd schenkt er aus dem Perkolator zwei Tassen Kaffee ein und sieht mich dabei über die Schulter hinweg ernst an. »Bist du okay?«

»Ich hab nur ein paar Schrammen abgekriegt.« Ich halte seinem Blick stand. »Kennst du jemanden, der so einen Wagen fährt?«

Er stellt eine Tasse vor mich auf den Tisch und setzt sich auf den Stuhl mir gegenüber. »Roman Miller fährt einen Pick-up.«

Ein Donnergrollen lässt die Teller an den Wänden klirren. Ich lausche dem Sturm und nippe am Kaffee, der ein bisschen zu schwach ist. »Der Bischof in Minnesota hat noch nie etwas von Ananias oder Mia Stoltzfus gehört«, sage ich.

Er stellt seine Tasse ab. »Wie kann das sein? Ananias war viele Jahre lang Bischof. Ist es möglich, dass der Mann, mit dem du gesprochen hast, sich irrt?«

»Ananias hatte auch eine Geliebte.« Ich erzähle ihm von meinem Gespräch mit Bob, dem Barkeeper, in der Triangle Bar. »In Lewiston, eine *Englische*. Sie hieß Rosemary, ihr gehörte die Bar.« Ich hole mein Smartphone aus der Tasche und zeige ihm ein Foto von ihr. »Kommt sie dir irgendwie bekannt vor?«

»Nein.«

Ich lege das Telefon auf den Tisch, denke über meine Unterhaltung mit Nelson Yoder nach. »Wie gut kennst du Bischof Yoder?«

»Ich kenne ihn seit vielen Jahren.« Er blickt mich fragend an. »Er ist ein guter Bischof. Ein guter Mensch, denke ich.«

»Bist du dir sicher?«

»Was genau willst du wissen?«, fragt er unwirsch. »Was hat er mit alledem zu tun?«

»Offenbar hielt Yoder auch nicht gerade viel von Ananias, aber das weißt du ja sicher.«

Jonas blickt beiseite und schweigt.

»Yoder hat mir erzählt, Ananias sei grausam gewesen, dass er es mit eigenen Augen gesehen habe. Er sagt, Ananias' Maßnahmen hätten die Gemeinde gespalten.«

Er starrt mit zusammengepressten Lippen auf den Tisch vor sich.

»Jonas, ist es vielleicht möglich, dass Yoder –«

»Nein.« Er schlägt mit der Hand auf den Tisch. »Nein.«

Ich nehme mein Telefon, scrolle durch die Fotos zu der Aufnahme vom Lapplandschild und zeige sie ihm. »Weißt du, was das ist?«

Er zieht seine Lesebrille aus der Hemdtasche und betrachtet das Foto. »Nein.«

Amische gehen bis zur achten Klasse zur Schule. Ihr Unterricht konzentriert sich im Wesentlichen auf Lesen, Rechnen, Rechtschreibung, Grammatik, Schönschrift und ein bisschen Geschichte. »Es ist eine Kriegsauszeichnung«, erkläre ich.

Er blickt mich ungläubig an. »Willst du damit sagen, Ananias hätte in einem Krieg gekämpft?«

»Ich glaube, er hatte irgendeine Aufgabe in der Armee.«

»Du weißt so gut wie ich, dass ein amischer Mann nicht kämpfen würde. Er würde nicht töten.«

Das stimmt. Amische sind Pazifisten, sie gehen jeder Gewalt aus dem Weg. »Ich glaube, er war Soldat.« Mit dem Fingernagel tippe ich auf das Foto auf dem Display. »Ich glaube, diese Lapplandmedaille gehörte Ananias. Ich weiß nicht, wie und warum er sie bekommen hat, aber er hat irgendeinen Beitrag im Zweiten Weltkrieg geleistet und wurde dafür ausgezeichnet.«

»Warum erzählst du mir das alles?«

»Dazu komme ich gleich«, sage ich. »Wie gut bist du in Geschichte?«

Er blickt weg. »Ich weiß nur das, was im Geschichtsunterricht gelehrt wurde …«

Wenn er als Erwachsener keine Geschichtsbücher gelesen hat, kennt er sich in der Weltgeschichte also kaum aus. »Ich glaube, Ananias und Mia stammten aus Deutschland.«

Er starrt mich stumm an.

Also fahre ich fort. »Sie haben während des Zweiten Weltkriegs in Deutschland gelebt, und wie du weißt, haben manche deutsche Soldaten schlimme Kriegsverbrechen begangen. Als der Krieg vorbei war, sind einige dieser üblen Typen geflohen, um einer Strafe zu entgehen. Ich glaube, Mia und Ananias gehörten dazu. Ich glaube, sie flohen nach Amerika, wo Ananias irgendwann auf Amische traf und ihm klar wurde, dass man sich bei ihnen perfekt verstecken konnte. Die beiden sprachen ja schon deutsch, studierten die amische Kultur, änderten ihren Namen und konstruierten eine Vergangenheit – und nahmen eine amische Identität an.«

Er starrt mich an, blinzelt, offensichtlich schockiert. »Ich weiß nicht, was ich dazu sagen soll.«

»Das klingt zwar alles weit hergeholt, aber es passt zusammen und würde vieles erklären.« Ich blicke auf das Handyfoto. »Ich glaube, Ananias hat diese Plakette behalten, weil sie ihm etwas bedeutete. Aber er wusste, dass es unklug war, sie aufzubewahren, und gab sie Rosemary, seiner Geliebten. Sie kannte die Zusammenhänge nicht und hat sie in ihrer Bar in einer Vitrine ausgestellt.

Ananias wurde 1977 Bischof hier in Mifflin County. 1978 wurde Levi Schmucker beschuldigt, seine Tochter sexuell missbraucht zu haben. Ananias wollte nicht, dass die Behörden hier herumschnüffelten, also ging er zu Levi, prügelte ihn kurz und klein und befahl ihm, die Stadt zu verlassen. Problem gelöst.« Ich stolpere fast über meine eigenen Worte, bin unsicher, ob der Ablauf plausibel ist, und ärgere mich maßlos, dass ich nichts davon beweisen kann.

Trotzdem mache ich weiter. »Mia konnte mit der Lüge nicht leben, nicht mit dem, was ihr Mann in Deutschland getan hatte. Deshalb beging sie Selbstmord, und zwar in einer Lutherkirche, wo ihr Absolution erteilt werden konnte, weil sie Lutheranerin war.«

Donnergrollen unterstreicht meine Behauptung. Die Luft ist so schwer, als wäre der Sturm durchs Fenster eingedrungen und pulsiert wie eine heiße, verschwitzte Faust durch den Raum.

»Ananias war ein böser Mensch«, sagt Jonas.

Ich nicke. »Er hat ganze Arbeit geleistet bei der Recherche für seine neue Identität, wie er gelogen und getäuscht und sich hier eingefügt hat, war ausgesprochen gekonnt. Nur was für ein Mensch er wirklich war, konnte er nicht verbergen. Die Finsternis in seinem Herzen wurde er nicht los, was die Leute in seiner Umgebung offensichtlich gemerkt haben. Ich glaube, jemand hier entdeckte die Wahrheit über den Bischof und beschloss, der Farce ein Ende zu setzen.«

Mein Telefon klingelt, und beide schrecken wir hoch.

Ich blicke aufs Display. Eine örtliche Nummer, die mir bekannt vorkommt, die ich aber nicht zuordnen kann. Ich melde mich mit Namen.

»Chief Burkholder!«

Ich brauche einen Moment, um die Stimme zu erkennen. »Mary Elizabeth?«

»Unsere Scheune brennt! Jemand hat sie angesteckt!«

»Haben Sie die Feuerwehr angerufen?«, frage ich.

»Ja! Sie kommen, aber wir brauchen Hilfe.«

Ich springe auf. »Wird jemand vermisst? Sind alle in Sicherheit?«

»Adrian holt gerade das Pferd und die Rinder raus.« Sie unterdrückt ein Schluchzen. »Die ganzen Sachen von meinem *Datt*! Seine Truhe, da ist alles drin, die ganzen Beweise, dass Sie sich irren, was ihn betrifft. Das wird alles verbrennen, wenn wir es nicht retten!«

»Ich komme so schnell ich kann. Bleiben Sie ruhig, gehen Sie nicht in die Scheune.«

Die Leitung ist tot.

»Mist.« Ich sehe Jonas an. »Da muss ich hin.«

Jonas ist bereits aufgestanden und auf dem Weg zum Vorraum, wo er zwei Regenjacken vom Haken nimmt. »Los, gehen wir.«

»Du bleibst –«

Er hält mir die Regenjacke hin, steckt zwei Finger in den Mund und stößt einen ohrenbetäubenden Pfiff aus. »Junior!«

Der Junge poltert die Treppe hinunter, sein Blick schießt von mir zu seinem Vater. *»Datt?«*

»Bei den Hershbergers brennt es, ich fahre hin und helfe. Sag deiner *Mamm* Bescheid.«

Ich reiße schon die Tür auf und höre Jonas hinter mir, wir laufen die Stufen hinab und sprinten zum Explorer.

27. KAPITEL

Weit über der Höchstgeschwindigkeit presche ich durch Belleville. Regen prasselt aufs Autodach, Blitze zucken am Himmel, und der Donner ist so gewaltig, dass der Boden zittert.

Jonas sitzt neben mir, umklammert krampfhaft die Armlehne. »Vielleicht hat ein Blitz in der Scheune eingeschlagen und den Brand verursacht«, sagt er.

»Vielleicht.« Die andere Möglichkeit bereitet mir mehr Sorgen, denn auf dem Grundstück hatte es schon einmal in der Mühle gebrannt und im Haus war ein Fenster eingeworfen worden. Auch das Graffiti am Silo von Henry Stoltzfus' Farm habe ich vor Augen.

Wie der Vater, so der Sohn. Zur Hölle mit beiden.

Ich sehe Jonas an. »Die Farm war schon früher Ziel von Vandalismus.«

Er nickt. »Ich habe davon gehört. Die Mühle.«

»Bei Henry Stoltzfus waren sie auch.« Ich erzähle ihm von den Graffiti. »Fällt dir irgendetwas dazu ein?«

Er zuckt die Schultern. »Vielleicht hat es was mit Ananias Stoltzfus zu tun.«

An der Blue Run Road überfahre ich ein Stopp-Schild und biege rechts ab. Der Explorer schwimmt, schlingert hinten, und ich drossele das Tempo, als die überdachte Brücke in Sicht kommt. Der kleine Kishacoquillas Creek ist vom Bach zu einem reißenden braunen Strom angeschwollen.

»Regen haben wir gebraucht«, murmelt Jonas, »aber so viel nicht.«

Matsch und Schotter klatschen an die Karosserie, als ich in den Weg zur Hershberger-Farm einbiege und zum Haus rase. Nach der letzten Kurve blinkt ein Laternenlicht auf. Adrian rennt gerade zur Scheune, in jeder Hand einen Wassereimer.

»Ich sehe kein Feuer«, sage ich.

»Vielleicht hat er es schon gelöscht«, erwidert Jonas.

Mit einer Vollbremsung komme ich wenige Meter vor der Scheune zum Stehen und springe aus dem Wagen. Beißender Rauch hängt in der Luft, wie ein Sargtuch, schwarz und nass. Ich sprinte auf Adrian zu.

»Wo ist das Feuer?«, rufe ich schon von weitem.

»In der Scheune!«, schreit er.

»Sind alle Tiere draußen?«

»Die Rinder!«, schreit er nur.

Jonas rennt an mir vorbei zur Scheune, ich hinter ihm her. Das Gebrüll der Rinder übertönt das Trommeln des Regens auf dem Blechdach. Jonas erreicht das Tor, versucht, es aufzumachen, gleichzeitig donnern im Schein der Flammen ein Dutzend Rinder von innen panisch dagegen. Das Krachen von Hörnern, Gebrüll und der Geruch von Terror erfüllen die Luft. Jonas kämpft mit der Kette, aber sie schließt zu eng, um sie aufzukriegen.

Ich wische mir das Wasser aus den Augen, blicke mich hektisch um, laufe zurück zum Explorer, drücke unterwegs den Türentriegler. Die Heckklappe springt auf, ich zerre den Feuerlöscher heraus, öffne mit der anderen Hand die Werkzeugkiste, packe den Bolzenschneider und laufe zurück zum Tor. Über die Schulter hinweg sieht Jonas mich kommen, nimmt mir den Bolzenschneider aus der Hand und durchtrennt die Kette.

Die Kette fällt ab, das Tor fliegt auf und schlägt mir so fest gegen die Brust, dass ich fast umfalle. Die Rinder stürmen an uns vorbei. Jonas packt den Feuerlöscher und rennt in die Scheune, wo die Flammen drei Meter hoch lodern. Kein großes Feuer, aber es breitet sich aus.

Er reißt die Sicherung ab, richtet den Löschstrahl aufs Feuer, drückt den Griff runter und spritzt. Die Flammen hüpfen hin und her, ein letztes Aufflackern, ein Rauchschwall, und sie erlöschen.

Heftig atmend stehen wir da, sehen uns an und wissen, dass wir im letzten Moment ein Unglück abgewendet haben.

»Das war kein Blitzeinschlag«, sage ich, mit vor Hitze brennendem Gesicht.

Jonas nickt. »Das hat jemand gelegt.«

Der Gestank feuchter Asche hängt in der Luft. Ich hole die Mini-Maglite aus der Jackentasche und leuchte zu einer Tür, die offensichtlich in den Hauptteil der Scheune führt. Ich schiebe sie auf und trete hindurch. Jonas folgt mir, unsere Schritte sind auf dem Erdboden kaum hörbar.

Der Gang führt im hinteren Teil der Scheune zu einem erhöhten Holzboden. Auch hier hängt Rauch in der Luft, dick und beißend. Im Fenster vor mir leuchten Blitze auf, ich öffne es, um frische Luft hereinzulassen. In dem Moment bewegt sich etwas im Koben darunter, und Adrenalin durchflutet meinen Körper. Ich erkenne die Umrisse eines Mannes, der über den Rohrzaun klettert und davonrennt.

»Draußen ist jemand.« Ich leuchte um mich herum und entdecke die Treppenöffnung im Holzboden, die hinaus zum Koben führt. »Warte hier.«

»Katie –«

»*Warte hier.*« Ich laufe zu der Öffnung, knipse die Taschenlampe aus und eile die Stufen hinunter, lande auf dem ebenerdigen Teil der Hangscheune und versinke in Matsch und Dung, als ich den Koben durchquere.

Der Mann ist nirgends zu sehen. Ich öffne das Tor der Umzäunung, stapfe durch Matsch und komme auf eine Wiese. Der Regen hat nachgelassen, aber da der Mond nicht scheint, kann ich kaum etwas sehen. Wenn ich die Taschenlampe anmache, verrate ich meinen Standort, aber ohne Licht bin ich blind. Also knipse ich sie an, orientiere mich kurz, richte den Blick auf den Boden und entdecke einen mit Wasser gefüllten Schuhabdruck. Er ist in Richtung Wald gelaufen. Ich mache die Taschenlampe aus und renne hinterher.

Die .38er im Hüftholster und die Ersatzwaffe im Knöchelholster, laufe ich den Hügel hinunter, schlage mich durch Gestrüpp und zwischen kleinen Bäumchen hindurch und weiche im letzten Moment einem Stoß Totholz aus. Am Fuß des Hügels stapfe ich spritzend durch einen Bach, der nur bei Regen Wasser führt, und komme auf offenes Gelände. Ich knipse die Taschenlampe wieder an und sehe gerade noch, wie jemand zwischen den Bäumen verschwindet.

»Stehen bleiben!«, schreie ich. »Polizei! Stehen bleiben!«

Ich verharre kurz, lausche, aber der anhaltende Donner und das Prasseln des Regens übertönen alles andere. Ich laufe weiter, hole dabei mein Handy heraus und tippe auf Notruf, als ich die Bäume erreiche.

»911, was ist passiert?«, meldet sich eine weibliche Stimme.

Ich sage meinen Namen und dass ich mich auf Adrian Hershbergers Farm befinde, gebe die Adresse durch. »Mögliche Brandstiftung, ein Herumtreiber, männlich, ist zum hinteren Teil des Grundstücks gelaufen –«

»Ma'am, verfolgen Sie den Verdächtigen nicht, ein Deputy und die Feuerwehr sind unterwegs und –«

Ich lege auf und laufe weiter, forciere das Tempo, knipse wieder die Lampe an. Überall liegt nasses Laub, auf den Blättern glitzern Regentropfen, und Nebel steigt auf. Ich entdecke wieder einen Schuhabdruck. Nicht gut genug, um Schuhtyp oder -größe auszumachen, nur der Beweis, dass er hier entlanggelaufen ist.

Ich halte mein Tempo, schlängele mich durch altes Waldgestrüpp mit Brombeer- und Himbeersträuchern, deren Stacheln an meiner Hose reißen, behalte die Umgebung im Blick und spitze die Ohren nach Geräuschen, die der trommelnde Regen nicht übertönt. Auch der Wind ist stärker geworden, und die Baumkronen wiegen sich wie ein unruhiges Meer.

Der Weg verengt sich zu einem schmal ansteigenden Pfad, überwuchert von Gestrüpp und Windbruch mit Ästen und Laub. Ein Blitz leuchtet auf, zu nahe für mein Gefühl, und beim nachfolgenden Donnerschlag bebt der Boden.

Ich bin außer Atem, und mein Herz pocht wild, zu viel Adrenalin jagt durch meine Adern. Es regnet noch immer in Strömen, meine Haare sind pitschnass, und Wasser läuft mir übers Gesicht, in die Augen. Ich ziehe die .38er aus dem Holster.

Die ganze Zeit über frage ich mich, wen ich eigentlich verfolge. Den Brandstifter? Ist es jemand, der mit den Geschwistern Hershberger ein Hühnchen zu rupfen hat? Oder nur mit Mary Elizabeth und Adrian? Kann es sein, dass es um Ananias geht und eine seit langem schwelende Wut? Ist es jemand, den ich kenne? Und wo ist Jonas?

Ich erreiche die Hügelspitze und leuchte mit der Taschenlampe auf der anderen Seite den Hang hinunter. Er ist steil, baumbewachsen, und am unteren Ende fließt ein Bach. Ist es wirklich klug, den Unbekannten weiter zu verfolgen? Ich weiß nicht, was er vorhat und ob er bewaffnet ist. Andererseits ist mir klar, dass der Mann entkommt, wenn ich die Suche dem Sheriffbüro überlasse. Und obwohl ich hier in Pennsylvania nur als eine ganz normale Bürgerin gelte, bin ich auch Polizistin.

Ein Rascheln reißt mich aus meinen Gedanken. Etwa dreißig Meter vor mir läuft ein Mann zwischen den Bäumen hindurch. Er scheint in guter körperlicher Verfassung, und irgendetwas an ihm kommt mir bekannt vor.

»Stehen bleiben!«, rufe ich. »Polizei! Ich muss mit Ihnen reden!«

Er verschwindet aus meinem Gesichtsfeld.

Ich renne den Hügel hinunter, ducke mich unter Ästen hindurch, bin zu schnell für den Abhang und rutsche aus, stolpere über einen umgefallenen Stamm und taumele, kann mich aber im letzten Moment fangen. Ich höre den Bach tosen, bevor ich ihn erreiche. Die Bäume öffnen sich, und wie aus dem Nichts taucht ein gigantisches Gebäude auf, das genauso ein Teil des Waldes zu sein scheint wie die Bäume. Es ist die alte Mühle, wird mir klar, deren Dutzende Fenster mich anstarren wie schwarze, wachsame Augen, und mir sträuben sich die Nackenhaare. Im Strahl der Taschenlampe erkenne ich zwei Stockwerke aus Natur- und Backstein, überwuchert mit Kletterpflanzen und umgeben von Bäumen.

Der Bach ist zu breit, um ihn zu durchqueren. Links von mir ist ein Damm; zwischen einer Reihe Betonpfeilern donnert Wasser durch die Überlaufrinne hindurch. Es gibt nur einen Weg, um auf die andere Seite zu kommen, und zwar von Pfeiler zu Pfeiler zu balancieren. Keine ideale Situation, aber der Mann hat es ja anscheinend geschafft. Wahrscheinlich befindet sich hinter dem Gebäude eine Straße, an der er sein Auto geparkt hat. Wenn er es erreicht, entkommt er.

Es regnet noch immer stark, als ich, einen Fuß vor den anderen setzend, über die Pfeiler gehe, um mich herum ohrenbetäubend rauschendes Wasser. *Nicht nach unten sehen.* Ich erreiche die andere Seite, leuchte die nahe Umgebung ab: Eine Laderampe, die am Gebäude endet, links von mir Betonstufen, darüber führt ein verrosteter Laufsteg zum Wasser. Ich nehme zwei Stufen auf einmal zur Laderampe, auf der kniehoch Unkraut aus dem bröckelnden Beton sprießt. Ich blicke auf zwei Rolltore, beide geschlossen und zusätzlich mit Maschendraht gesichert; unweit davon entfernt sehe ich eine Eingangstür, etwa dreißig Zentimeter weit offen, davor in einer dünnen Schlammschicht ein einzelner Schuhabdruck. Ich stoße die Tür mit dem Fuß weit auf und gehe rein.

Im Inneren ist es dunkel wie in einer Höhle. Regen trommelt aufs Dach, es stinkt nach Moder, Flusswasser und verfaultem Holz.

»Hier ist Kate Burkholder!«, rufe ich. »Zeigen Sie sich und reden Sie mit mir!«

Ich warte, lausche, verfluche den lauten Regen, aber niemand antwortet.

Ich leuchte mit der Taschenlampe durch den Raum, der etwas von einer verlassenen Fabrikhalle hat, in der die Zeit stehengeblieben ist. Über mir uralte Holzbalken, einige sind durchgebrochen und hängen schräg nach unten; an den Wänden wächst Moos, die hohen Fenster sind mit Latten zugenagelt; ein umgekippter verrosteter Metalltank, unter der Öffnung ein Fleck aus verhärtetem Schlick; eine Maschine, groß wie ein Volkswagen, deren Verwendung mir unklar ist. Rechts von mir führt eine Metalltreppe nach oben, geradeaus ein gemauerter Rundbogen in einen anderen Raum.

Alle Sinne in Alarmbereitschaft, trete ich durch den Bogen und finde mich in einem höhlenartigen Raum mit mehreren Tanks unterschiedlicher Größe wieder. An den Wänden wuchern Kletterpflanzen, von oben rinnt Wasser herunter. Ich leuchte hoch, wo das Dach Brandspuren trägt, und gehe weiter.

»Polizei ist auf dem Weg hierher!«, rufe ich. »Zeigen Sie sich, Sie sind nicht in Schwierigkeiten, ich will nur mit Ihnen reden!«

Hinter mir scheppert etwas. Ich wirbele herum, laufe zurück in den anderen Raum und sehe einen Schatten oben auf der Metalltreppe.

»Stehen bleiben!«

Ich renne, nehme zwei Stufen auf einmal die Treppe hinauf, vorbei an Fenstern mit kaputten Scheiben, werde von Regen und Wind attackiert. Oben gehe ich durch eine Tür in einen Raum mit verdrecktem Holzboden, links stehen Maschinen, es gibt kaum Möglichkeiten, sich zu verstecken. Aber wo zum Teufel ist er hin?

Leise nähere ich mich den Maschinen, in der rechten Hand die .38er, in der linken die MagLite, Handgelenke überkreuzt. »Kommen Sie heraus und reden Sie mit mir!«

Ein Mann tritt aus dem Schatten, ich leuchte ihm ins Gesicht – und erkenne ihn. »Ich will die Hände sehen«, sage ich.

Henry Stoltzfus hebt beide Hände und schirmt mit der linken Hand die Augen vor meinem Lichtstrahl ab. »Nicht schießen.«

Ich sehe keine Waffe, was aber nicht heißt, dass er keine im Hosenbund stecken hat.

»Sind Sie bewaffnet?«, frage ich.

»Nein.«

Ich behalte die Pistole im Anschlag. »Was machen Sie hier?«

Er starrt mich an, die Augen weit aufgerissen, der Mund offen.

»Was haben Sie auf der Farm Ihrer Schwester zu suchen?«, frage ich.

Keine Antwort.

»Haben Sie den Brand gelegt?«

Er sieht mich an. »Ich hab getan, was ich tun musste.«

Wenn ich eine Uniform anhätte, würde ich ihn auf den Boden zwingen, ihm Handschellen anlegen und die Situation entschärfen, um für unser beider Sicherheit zu sorgen. Natürlich trage ich keine Uniform, und meine Kabelbinder sind im Explorer.

»Rühren Sie sich nicht von der Stelle«, sage ich.

Weiter die Pistole auf ihn gerichtet und ohne ihn aus den Augen zu lassen, lege ich die MagLite auf den Boden, den Lichtstrahl in seine Richtung, und fische mein Handy aus der Tasche, drücke mit dem Daumen auf Wahlwiederholung.

»911, was ist passiert?«

»Hier ist Kate Burkholder, ich bin mit Henry Stoltzfus in der alten Mühle, ich glaube, er hat etwas mit dem Feuer auf der Hershberger-Farm zu tun. Schicken Sie sofort einen Deputy her, dies ist ein Notfall.«

Die Telefonistin sagt etwas, doch ich lege auf und stecke das Handy zurück in die Tasche.

Ich sehe Henry Stoltzfus düster an. »Es ist vielleicht Zeit zu reden.« Ich muss sehr laut sprechen, um den Regen zu übertönen, der aufs Dach hämmert, und das Wasser, das hinter dem Damm in den Bach rauscht.

»Sie können das nicht verstehen«, sagt er.

»Probieren Sie's einfach.«

»Ich wollte niemandem etwas tun«, sagt er. »Ich wollte *Ihnen* nichts tun. Aber ich wusste, dass Sie es herausfinden würden.«

»Was herausfinden?«, frage ich, etwas milder gestimmt.

Er stößt einen Seufzer aus und blickt sich um, als suche er einen Fluchtweg, tritt von einem Fuß auf den anderen und fuchtelt mit den Händen, ist sichtlich verstört.

»Machen Sie keine Dummheiten«, sage ich.

Er kneift die Augen zusammen, zittert, sein Gesicht ist nass. Ich weiß nicht, ob vom Regen oder von Tränen, aber anscheinend kämpft er mit seinen inneren Dämonen.

»Henry, ich bin der beste Freund, den Sie im Moment haben«, sage ich mitfühlend. »Beruhigen Sie sich, lassen Sie mich Ihnen helfen.«

Er blickt mir in die Augen, und ich sehe in seinem Gesicht Schmerz, Verzweiflung und Hoffnungslosigkeit.

»Mein *Datt* war kein guter Mensch«, flüstert er.

»Ich weiß«, sage ich.

»So schlimme Sachen. So viele Lügen.« Sein Mund bebt. »Er hat uns betrogen, uns alle. Er hat versucht, Gott zu betrügen, aber der Herr hat sich nicht täuschen lassen.«

»Haben Sie ihn deshalb getötet?«, frage ich.

Er sieht mich an, als erschüttere ihn die Frage. »Ich habe getan, was ich tun musste.« Seine Stimme ist so dünn, ich bin nicht sicher, ob ich ihn richtig verstanden habe. »Sie müssen das verstehen, es gab keinen anderen Weg.«

Plötzlich stößt er einen tierischen Laut aus und geht ohne Vorwarnung auf mich los. Ich mache einen Schritt zurück, richte die .38er auf ihn. »Stehen bleiben!« Ich lege den Finger an den Abzug. »Stopp! *Stopp!*«

Er bleibt nicht stehen.

Ich drücke zweimal ab, sehe kurz sein Gesicht, den Unglauben in seinen Augen, die gebleckten Zähne. Er stürzt sich auf mich, rammt mir die Schulter in den Bauch, wie ein Linebacker, der seinen Gegner zu Fall bringen will, ich ringe um Luft und taumele zurück.

»Aufhören!« Ich will den rechten Arm heben und meine Waffe in Schussposition bringen, aber er hält meinen Oberkörper und beide Arme fest umklammert.

Ich krache rückwärts an die Wand, Holz splittert, Eisen kreischt, ich spüre kalte Luft im Rücken, Regen, meine Füße treten ins Leere, und ich falle ins Nichts.

28. KAPITEL

Es ist, als befände ich mich in einem Vakuum. Kein Geräusch, keine Schwerkraft, nur ich und der Schock des freien Falls und das Wissen, es vermasselt zu haben. Ich stürze, mein Unterarm knallt gegen etwas Hartes, und der Schmerz schießt explosionsartig vom Arm bis in die Schulter, ein Schrei entfährt meinem Mund. Ich schlage mit dem Rücken im Wasser auf, das sich anfühlt wie Beton und mich umschließt mit Kälte, Licht und Luft schluckt. Um mich herum nur tosendes Wasser.

Die Regenjacke baumelt lose an meinen Unterarmen, ich kann weder sehen noch hören oder atmen. Das Gefühl, nach unten gezogen zu werden, versetzt mich in Panik, und einen Moment lang fuchtele ich sinnlos mit Armen und Beinen. Ich kann oben und unten und hell und dunkel nicht unterscheiden. Mein Fuß tritt auf Schlamm, ich stoße mich ab, katapultiere mich nach oben, ein Arm rutscht aus der Jacke, ich schleudere sie ab, schiebe mit dem unverletzten Arm das Wasser weg, kriege wieder Panik – und durchstoße mit dem Kopf die Wasseroberfläche.

Ohrenbetäubendes Rauschen um mich herum. Ich schnappe nach Luft und schlucke Wasser, muss würgen. Die Taschenlampe und meine .38er habe ich verloren. Ich weiß nicht, wo Henry ist, ob mir Gefahr von ihm droht. Wasser tretend, versuche ich, mich zu orientieren, aber es ist zu dunkel, um etwas zu erkennen. Sicher ist nur, dass ich flussabwärts treibe.

Ich lasse mich von der Strömung tragen, manövriere mich

langsam mit dem rechten Arm und Wasser tretend in Richtung Ufer. Als meine Füße auf festen Grund treffen, zieht das Wasser sofort die Beine unter mir weg, ich strampele heftig und gewinne das Gleichgewicht zurück. Als ich endlich ins Flache komme, sinke ich auf die Knie und krieche auf allen vieren ans Ufer.

»Kate!«

Jonas. Ich blicke auf und erkenne durch den strömenden Regen das Licht einer Taschenlampe. »Hier!«, rufe ich.

Der gelbe Lichtkegel kommt hüpfend näher, das Knacken von Ästen übertönt das Tosen des Wassers. Dann sehe ich ihn das Ufer herunterrutschen, seine gelbe Regenjacke nass glänzend, sein Hut ist weg, sein Blick auf mich konzentriert.

»Wo ist Henry?«, frage ich.

»Weiß ich nicht.« Er beugt sich zu mir herunter, nimmt meine Hand und hilft mir auf die Beine. »Bist du verletzt?«

»Er hat das Feuer gelegt«, sage ich. Ich habe Pudding in den Beinen, als Jonas mich den steilen Abhang hinaufzieht. »Er hat versucht, mich umzubringen, da hab ich auf ihn geschossen, weiß aber nicht, ob ich getroffen habe.« Ich blicke mich um, zu meinem Ärger zittere ich so heftig, dass ich kaum stehen kann. »Ich hab meine Waffe und die Taschenlampe verloren.«

»Hat Henry dich ins Wasser gestoßen?«, fragt er.

Ich leuchte mit seiner Taschenlampe zum zweiten Stock des Gebäudes, und tatsächlich ist da eine Öffnung, an der das Holz gesplittert ist, wo wir beide durchgefallen sind.

»Die Wand hat nachgegeben«, sage ich.

»Du bist verletzt.« Er blickt auf meinen Arm, den ich mit der freien Hand stütze.

»Wir müssen Henry finden«, sage ich.

Das Heulen einer Sirene übertönt das tosende Wasser, den

platschenden Regen. Hinter der Mühle flackert Blaulicht über die Baumkronen.

»Das solltest du vielleicht der Polizei überlassen«, sagt er.

Ich widerspreche ihm nicht.

29. KAPITEL

Zwanzig Jahre zuvor

Ich war fünfzehn, als ich Jonas Bowman damals das letzte Mal sah. Es war beim Sonntagsgottesdienst auf der Farm von Leroy Miller. Ich hatte in einer stickigen heißen Scheune eine dreistündige Predigt durchlitten und weitere zwei Stunden, in denen die Alten bei Kaffee und Kuchen zusammensaßen und den neuesten Tratsch austauschten. Wie üblich, war für den Nachmittag ein »Singen« geplant, und wie üblich hatte ich keine Lust, daran teilzunehmen.

Das Problem war nur, dass ich zugestimmt hatte, mich von Jonas nach Hause fahren zu lassen. Warum das ein Problem war, hätte ich nicht sagen können; meine Eltern würden jedenfalls nichts mitkriegen, wenn er mich an der Einfahrt zu unserer Farm absetzte. Was war nur los mit mir? Ich dachte ständig an ihn, er fehlte mir, und trotzdem wollte ich keine Zeit mit ihm verbringen. Ich konnte nicht einmal nett zu ihm sein.

Den ganzen Morgen über hatte ich immer wieder kurz einen Blick auf ihn erhascht. Da aber Frauen auf der einen Seite der Scheune und Männer auf der anderen saßen, sprachen wir nicht miteinander und suchten nicht einmal Blickkontakt. Jedenfalls ich nicht. Aber ein- oder zweimal erwischte ich ihn, wie er in meine Richtung sah. Als der Gottesdienst schließlich vorbei war, hatte ich schlechte Laune und das Gefühl, dass irgendetwas mit mir nicht stimmte. Jedenfalls wollte ich mich von ihm keinesfalls nach Hause fahren lassen.

Den Sommer über hatten wir uns, ohne es zu planen oder gar zu verabreden, ein paarmal gesehen – es war einfach immer so passiert. So hatte er einmal meinem *Datt* geholfen, Löcher für die Pfosten eines Holzzauns im hinteren Teil unseres Grundstücks zu graben, zweimal hatten wir uns am Fluss getroffen, einmal bei der überdachten Brücke. Diese Begegnungen waren echte Highlights gewesen, und je spontaner, desto besser.

Mamm wusste, dass etwas vor sich ging. Mehr als einmal erinnerte sie mich daran, dass Jonas zu alt war, konnte aber nicht erklären, warum *Datt* für sie nicht zu alt gewesen war – er war immerhin sechs Jahre älter als sie. So gesehen, schienen die vier Jahre Unterschied zwischen Jonas und mir kaum der Rede wert.

Ich war schon fast bei der Tuscawaras Bridge, als der Hufschlag von Pferden – begleitet von lauter Musik – ertönte. Ich warf einen Blick hinter mich. Jonas. Ich ging weiter, er zügelte das Pferd und fuhr im Schritttempo neben mir her.

»Du hast mich versetzt«, sagte er.

Ich sah geradeaus und versuchte, mein heftig klopfendes Herz zu ignorieren. »Hab's vergessen.«

Ohne ihn auch nur anzusehen, setzte ich meinen Weg fort, wohl wissend, dass er mich von der Seite betrachtete. Die Musik schwang in der Luft wie Vogelgezwitscher.

»Du hättest mir zumindest sagen können, dass du nicht mitgenommen werden willst«, sagte er. »Ich habe dich gesucht.«

Mein Blick blieb weiter auf die Straße vor mir geheftet. Er sollte nicht wissen, dass ich mich insgeheim freute, ihn zu sehen. Denn wenn ich ihn anblickte, ließe sich das nicht mehr verheimlichen.

Schließlich setzte ich meinen finstersten Blick auf und schaute hoch. »Du kriegst bestimmt Ärger wegen dem Radio.«

»Seit wann machst du dir Gedanken darüber, ob jemand Ärger kriegt?« Er beugte sich vor und drehte die Musik lauter. »Den mag ich.«

Es war wirklich ein wunderschöner Song. Die exotisch anmutende Stimme der Frau klang wie Poesie und wurde untermalt von einer wehklagenden Gitarre.

»Es ist doch viel zu heiß, um in der Sonne zu gehen«, sagte er.

»Ich krieg Schwierigkeiten, wenn ich mit dir fahre.«

»Es muss ja niemand wissen«, sagte er. »Ich setze dich vorne an der Einfahrt ab.«

»Das sagtest du bereits.«

Aber ich blieb stehen. Er hielt das Pferd an und stieg vom Buggy. Einen Moment lang sahen wir uns einfach nur an. So groß hatte ich ihn nicht in Erinnerung. Zum ersten Mal im Leben roch ich das Rasierwasser eines Mannes. Plötzlich stoppte die Musik, und ich hörte nur noch mein klopfendes Herz. Dann nahm er meine Hand und half mir in den Buggy.

Als wir die Straße entlangflogen, spürte ich eine mir unbekannte Freiheit und Erregung. Noch nie hatte ich mich so erwachsen gefühlt. Ich winkte Mrs. Fisher zu, als wir ihre Farm passierten. Bei anderer Gelegenheit hätten wir vielleicht angehalten und mit ihr geplaudert, aber Jonas fuhr weiter, ließ das Radio voll aufgedreht. Ich sagte nichts, als er an der Abzweigung zur Farm, auf der ich wohnte, vorbeifuhr. Ich ahnte, wohin er mich mitnehmen würde, denn es war der einzige Ort auf der ganzen Welt, wo ich jetzt sein wollte.

Nach einer Meile bog er in die Rockridge Road, der Asphalt ging in Schotter über, und nach einer weiteren Viertelmeile endete die Straße.

»Brrr.« Jonas hielt das Pferd an, kletterte vom Buggy und lockerte die Zügel, damit es grasen konnte.

Es war ein schöner Ort, an dem hohe Ulmen Schatten spendeten, im Graben zahlreiche Wildblumen blühten und den Zaun entlang Himbeersträucher wuchsen. Ich überlegte gerade, auch abzusteigen und nachzusehen, ob die Himbeeren schon reif waren – und vielleicht ein paar mit nach Hause zu nehmen –, als er wieder einstieg und sich neben mich setzte. Er griff unter den Sitz, zog eine Kühlbox hervor, reichte mir ein Bier und nahm sich selbst auch eins. Dabei erhaschte ich einen Blick auf die anderen Sachen in der Box – in Wachspapier gewickelte Cookies, ein Stück Käse, Cracker. In dem Moment wurde mir klar, dass er ein Picknick geplant und ich das mit meinem Verhalten durchkreuzt hatte.

Verlegen, weil ich das alles gesehen hatte, schloss er die Kühlbox.

»Am Freitag gibt es bei John Hershbergers Farm ein Baseballspiel«, sagte er. »Willst du mitkommen?«

Ich nippte an meinem Bier, dachte – nein, wusste –, dass meine Eltern mich nicht gehen lassen würden, und überlegte, ob ich mich wegschleichen könnte. Ich blickte ihn nicht an, weil er mir ansehen würde, dass ich nichts lieber täte, als mitzukommen. »Vielleicht.«

»Früher warst du nicht so kompliziert«, sagte er.

Ich warf ihm einen Blick zu, um herauszufinden, ob das eine Beleidigung war. »Ich bin nicht kompliziert.«

»Zuerst sagst du ja, dann versetzt du mich.«

Mir fiel keine Antwort ein. Ein paar Minuten lang herrschte Schweigen. Ich lauschte der Musik, mir gefielen die Stimmen, die Instrumente und Texte, und ich stellte mir vor, wie ich mit Jonas in eine Welt floh, die nicht so verwirrend war wie die, in der wir lebten.

»Warst du schon mal bei der Icebox?«, fragte Jonas schließlich.

Als Icebox wurde eine mysteriöse Badestelle im Painters Creek bezeichnet, die so tief war, dass noch nie jemand den Boden berührt hatte. Unzählige Geschichten kursieren darum, die unvergesslichste drehte sich um einen englischen Jungen, der ertrank, als der Fluss Hochwasser hatte. Die Icebox verwandelte sich in einen Strudel und zog sein Kanu in den Abgrund. Bis zum heutigen Tag waren nachts seine Schreie im Wald zu hören.

»Ja, war ich«, sagte ich, verschwieg ihm aber, dass ich nicht den Mut gehabt hatte, ins Wasser zu gehen.

»Elam Yoder hat erzählt, sein Großvater habe den Strudel gesehen, in den der Junge geraten war«, sagte er.

Ich riss die Augen auf. An Phantasie hatte es mir noch nie gemangelt. Die Vorstellung, dass das Wasser den Jungen bei lebendigem Leib geschluckt hatte, ließ mich schaudern. »Ich kann mir nicht vorstellen, dass das Wasser so tief sein soll.«

»Er hat noch was erzählt.« Jonas hob seine Flasche und trank, beobachtete mich. »Vor ein paar Wochen waren Elam und seine Freunde zum Schwimmen dort, und er wollte herausfinden, wie tief das Loch wirklich war. Er machte also ein Seil an einem großen Stein fest, stieg damit ins Wasser und wollte sich auf den Grund ziehen lassen. Aber bevor er ihn erreicht hatte, ist ihm die Luft ausgegangen.«

Das Mysterium, die Gefahr, stachelten meine Phantasie an. »Hat er irgendwas gesehen?«

»Dass es da unten eine große Höhle gibt. Und alle möglichen seltsamen Strömungen.« Er senkte die Stimme. »Und das Kanu hat er auch gesehen, aber da ist ihm das kalte Grausen gekommen.«

Ich starrte Jonas an, spürte, wie mich die Abenteuerlust lockte. »Warst du auch schon dort?«, fragte ich.

»Zwei Mal.«

»Hast du versucht, auf den Grund zu kommen?«

»Was glaubst du wohl?« Er lachte. »Ich bin ein guter Schwimmer, Katie. Ich hab's versucht, aber ich hab's nicht geschafft. So tiefes Wasser habe ich noch nie gesehen, und je tiefer man kommt, umso kälter wird es.«

Ich hatte ein gewisses Misstrauen gegenüber all diesen Geschichten, aber es machte Spaß, sich so einen gefährlichen und aufregenden Ort hier in Painters Mill vorzustellen.

»Es ist noch früh und sehr heiß.« Jonas blickte über das Land und kniff wegen der Sonne die Augen zusammen. »Wollen wir hinfahren?«

Obwohl mein Verstand Nein sagte, war meine Neugier geweckt. Ich wollte die Icebox wiedersehen, wollte ihre Tiefe ergründen und mit Jonas gemeinsam als Erste bis auf den Grund tauchen.

»Wie weit ist es?«, fragte ich.

»Zwei Meilen. In fünf Minuten sind wir da.«

Ich blickte auf mein Kleid und meine Schuhe. Damit zu schwimmen war keine gute Idee. Aber wie gern würde ich die geschichtsträchtige Wasserstelle erforschen! Ich konnte ja hinterher meine Sachen in der Sonne trocknen lassen, *Mamm* würde es vielleicht gar nicht merken. Und wenn doch, könnte ich immer noch sagen, ich wäre im Wasser gewatet und auf einem Stein ausgerutscht …

»Du hast was zu essen mitgebracht.« Ich lächelte ihn an. »Vielleicht können wir da unser Picknick machen.«

Jonas lächelte ebenfalls. »Zwei Handtücher hab ich auch dabei.«

»Du hast an alles gedacht.« Ich stand auf. »Bestimmt finden wir auch ein paar schwere Steine …«

Er nahm meine Hand. »Komm.«

Die Wasserstelle haben wir nie erforscht. Wir hatten am

sandigen Ufer Sex, auf der Decke, die seine Großmutter vor vierzig Jahren gestrickt hatte. Es war für uns beide das erste Mal, unbeholfen, weltbewegend und wunderschön.

Ich will mir die schmutzigen Details ersparen, aber wir wurden erwischt. Gerade noch lagen wir eng umschlungen auf der Decke, halb angezogen und von Ehrfurcht erfüllt, was gerade passiert war. Wir versuchten beide, damit klarzukommen, was es für unser Leben, für unsere Zukunft bedeutete, als plötzlich das Knirschen von Buggy-Rädern auf Schotter laut wurde. Dann die Stimme meines *Datts*, der meinen Namen rief. Wir bekamen Panik, hatten kaum Zeit, uns richtig anzuziehen. Ein Blick in das Gesicht meines Vaters, und ich wusste, dass er es wusste. Es war der demütigendste Augenblick in meinem jungen Leben. Später erfuhr ich, dass Mrs. Fisher zu meinem *Datt* gegangen war und ihm gesagt hatte, dass sie Jonas und mich zusammen gesehen habe. Wegen unseres Altersunterschieds schaltete sich der Bischof ein. Als die Polizei die Bowmans aufsuchte und mit ihnen über Unzucht mit Minderjährigen sprach, beschloss Ezra Bowman, mit seiner Familie nach Pennsylvania zu ziehen.

Drei Tage später war Jonas weg, und ich hatte ihn seitdem nicht wiedergesehen.

30. KAPITEL

Manche Nächte sind von einer bodenlosen Finsternis voller Albträume und jenen Monstern, die – das hatten unsere Eltern beteuert – es gar nicht gibt. So bin ich fast überrascht, am östlichen Horizont die ersten Spuren des anbrechenden Tages zu entdecken und werde nicht zum ersten Mal daran erinnert, dass Licht stets die Dunkelheit überwindet.

Ich stehe auf der Laderampe an der Rückseite der alten Mühle, rieche nach Teichwasser und Schlamm und kämpfe vergeblich gegen das Zittern an. Mein Unterarm schmerzt bei jedem Herzschlag, meine nasskalten Kleider und Haare kleben an mir. Und doch bin ich verdammt froh, noch zu leben.

Von der Vorderseite des Gebäudes dringen gelegentlich die knisternden Stimmen aus einem Funkgerät zu mir herüber, drinnen schließen die Deputys vom Sheriffbüro gerade ihre Untersuchung ab. Ein cholerischer Lieutenant und ein Ermittler der Pennsylvania State Police haben mich zwei Stunden lang auf dem Rücksitz eines Dienstwagens mit Fragen gelöchert. In Anbetracht der Umstände – ich habe zugegeben, in Notwehr zwei Schüsse abgefeuert zu haben – waren beide Männer sehr daran interessiert, meine .38er zu finden. Mein Verhalten missfiel ihnen, obwohl ich angab, die Waffe beim Fall ins Wasser vermutlich losgelassen zu haben. Auch dass ich in Ohio, einem Nachbarstaat, Polizistin bin, dort eine Zulassung zum verdeckten Tragen einer Waffe besitze und es ein Gegenseitigkeitsabkommen zwischen beiden Staaten gibt, beeindruckte sie zunächst wenig.

Nachdem ich meine Aussage gemacht hatte, verband ein junger Rettungssanitäter meinen Unterarm. Den trage ich jetzt in einer Schlinge, bis ich ihn im Krankenhaus in Lewiston röntgen lassen kann. Der Sanitäter meinte zwar, dass der Arm vermutlich nicht gebrochen sei, der Knochen aber eine Haarrissfraktur haben könnte. Ich warf eine Ibuprofen 600 ein, und langsam geht's mir besser.

Vor einer Weile wurde Henry Stoltzfus' Leiche gefunden, eine halbe Meile flussabwärts. Ein Deputy sagte, die Todesursache sei nicht offensichtlich, dass die Leiche aber keine Schussverletzungen aufwies, was mich sehr erleichterte. Er könnte also ertrunken sein oder sich bei dem Sturz nach unten verletzt haben. Die offizielle Todesursache und -art wird erst nach einer Autopsie feststehen.

Im Morgentau fällt schimmerndes Sonnenlicht durch die Baumkronen und spielt auf der Oberfläche des Baches. Das Wasser ist zurückgegangen, aber die verräterischen Holztrümmer häufen sich vor der Überlaufrinne, wie um Zeugnis abzulegen für die nächtliche Gewalt. Ich muss unaufhörlich an die letzten Minuten mit Henry Stoltzfus denken. An die Verzweiflung in seinem Gesicht, die Hoffnungslosigkeit und den Kummer. Jedes Detail unserer Begegnung bin ich tausendmal durchgegangen, jede Szene habe ich aus Dutzend verschiedenen Blickwinkeln durchgespielt. Jeden einzelnen meiner Schritte habe ich analysiert, jede meiner Antworten und jedes einzelne Wort hinterfragt. Hätte ich anders reagieren und so sein Leben retten können?

»Katie?«

Ich drehe mich um und sehe Jonas die Treppe zur Laderampe heraufkommen. Seine Kleidung ist nass und schmutzig.

»Sag mir, dass ich nicht so verlottert aussehe wie du«, begrüße ich ihn.

Ein Lächeln huscht über sein Gesicht. »Wenn der Bischof mich ohne Hut sieht, kriege ich wahrscheinlich Probleme«, erwidert er.

»Sag ihm, du musstest mich aus dem Bach ziehen.«

»Bist du okay?«

»Dank dir.«

Sein Blick fällt auf die Armschlinge, doch er verkneift sich die überflüssige Frage. »Der Deputy sagte, Henry Stoltzfus ist tot.«

»Sie haben ihn flussabwärts gefunden.« Das Ganze geht mir noch zu nahe, um ausführlicher zu werden.

Ich halte ihm zugute, dass er das akzeptiert.

Eine Weile stehen wir da und sehen aufs Wasser. Auf der anderen Seite des Baches kriecht eine Schildkröte auf einen Holzstamm, der in der Sonne liegt. Ich bin überwältigt von der üppigen Schönheit dieses Ortes. Und ich bin immer wieder schockiert, dass sich so viel Gewalt an einem so schönen Ort abspielen konnte.

»Ich glaube, Henry hat Ananias ermordet«, sage ich.

Als ihm die Konsequenzen meiner Worte bewusst werden, fragt er: »Hat er es gestanden?«

Ich habe getan, was ich tun musste.

Ich wäge meine Antwort ab, nicke. »Indirekt.«

»Hat er gesagt, warum?«

Ich gebe ihm eine Zusammenfassung der wesentlichen Fakten meines Gesprächs mit Henry. »Irgendwann hatte er herausgefunden, wer – und was – sein Vater war: ein Scharlatan, ein Lügner und vielleicht auch ein Mörder. Er empfand es als Verrat und drehte durch.«

Mein Datt *war kein guter Mensch.*

Ich habe Henrys Stimme so deutlich im Ohr, als stünde er neben mir, und einen Moment lang erlebe ich alles noch einmal: Wie sein Gesicht sich verändert, wie ich schieße, die Sekunden in den Tiefen des Wassers, als ich nicht wusste, ob ich es je nach oben schaffen würde.

»Amisch aufgezogen zu werden«, sagt Jonas, »und dann herauszufinden, dass die Eltern ihre wahre Herkunft verheimlicht haben und gar keine Amischen waren … und dass der eigene Vater vielleicht Verbrechen begangen hat.« Er zuckt die Schultern. »Es ist schwer, mit so schlimmen Lügen zu leben. Sie zu verzeihen.«

»Er sah seine ganze Existenz durch mich in Frage gestellt. Alles, woran er glaubte.«

»Aber er hätte mit angesehen, dass ich für etwas ins Gefängnis gehe, was ich nicht getan habe.«

»Er billigte weder deine Wertvorstellungen noch die deines Vaters«, sage ich »In seinen Augen hattest du einen schlechten Einfluss auf die amische Gemeinde, und er wollte dich aus dem Weg haben. Da er wusste, was damals zwischen dir und Ananias vorgefallen war und es böses Blut gegeben hatte, machte er sich das zunutze.«

»Aber er *war* ein *Amischer.*« Von all den Dingen, die Henry Stoltzfus getan hatte, schien ihn am meisten zu stören, dass er die amischen Glaubenssätze verraten hatte. »Ich verstehe das nicht.«

»Solche Reaktionen sind mir nicht fremd, Jonas. Menschen rationalisieren, was sie tun. Sie finden Entschuldigungen, belügen sich selbst. Es ist ein Schutzmechanismus, glaube ich. Und zwar ein sehr machtvoller, besonders in verzweifelten Lagen.« Ich zucke die Schultern. »Vielleicht rechtfertigte Henry sein Verhalten damit, dass er sich einredete, die Kirchengemeinde heilen oder ihren Zusammenhalt fördern zu können, wenn du verschwindest.«

Er nickt, aber ich sehe ihm an, dass er noch immer nicht

begreifen kann, wie ein amischer Mann einem anderen Menschen absichtlich Schaden zufügen – oder ihn sogar töten – kann. »Und der Vorderlader?«, fragt er.

»Den hat er vermutlich im Vorraum stehen sehen, als er mal bei euch im Haus war.«

»Wir hatten nie viel miteinander zu tun ... aber wir sind Amische. Und ein- oder zweimal hat der Sonntagsgottesdienst bei uns stattgefunden, möglich ist es also.«

»Dann wusste er zumindest davon und ist entweder in eurem Haus gewesen, als niemand da war, oder nachts, als alle geschlafen haben. Er hat Ananias damit erschossen und die Waffe bei der Leiche hinterlassen, um dir den Mord anzuhängen.«

»Und was ist mit den Handknochen?«

»Er hatte Angst, dass Fingerabdrücke seinen Vater identifizieren könnten, und zwar nicht als den Amischen, der er vorgab zu sein, sondern als den deutschen Soldaten mit dubioser Vergangenheit – oder Schlimmerem.« Wieder zucke ich die Schultern. »Die ganze Geschichte werden wir nie erfahren.«

Jonas schob die Hände in die Hosentaschen. »Ich weiß nicht, wie es dir gelungen ist, das alles herauszufinden, aber ich bin dir zutiefst dankbar. Du hast viel mitgemacht, wurdest verletzt und hast trotzdem nicht aufgehört.« Er sieht mich lächelnd an. »Du spielst noch immer auf Sieg, ja?«

»Mir wird nachgesagt, ich sei hartnäckig.«

»Hin und wieder.« Er blickt gedankenvoll übers Wasser. »Du wirst nach Painters Mill zurückkehren, zu dem Mann, den du bald heiraten wirst, zu deinem Leben als Polizeichefin.«

Ich schenke ihm mein schönstes Lächeln. »Stimmt alles.«

Er sieht mich an, und die Spannung zwischen uns gleicht der Luft kurz vor einer Blitzentladung. Einen flüchtigen Moment lang bin ich wieder das fünfzehnjährige amische Mädchen, das ihn aus ganzem Herzen geliebt und so sehr vermisst hatte, dass es sterben wollte.

»Ich bin ein glücklich verheirateter Mann«, sagt er dann.

»Ich weiß«, sage ich, »und es bekommt dir gut.«

Er hält meinen Blick fest, so dass ich nicht wegsehen kann. »Ich habe in all den Jahren oft über dich nachgedacht«, sagt er ruhig. »Was gewesen wäre, wenn meine Eltern damals nicht entschieden hätten wegzuziehen. Ich habe mich gefragt, was geschehen wäre, wenn ich für mich beschlossen hätte, in Painters Mill zu bleiben. Noch lange Zeit danach habe ich mich gefragt, wann ich dich wiedersehen würde.«

»Wir waren zu jung«, sage ich.

»Um ein Haar wäre ich deinetwegen zurückgekommen.«

»Jonas –«

Er will weiterreden, doch ich hebe die Hand und lege ihm die Finger auf den Mund. »Manche Dinge sollen nicht sein«, sage ich leise.

Er blickt mich so eindringlich an, als sähe er mich nach einer langen Trennung zum ersten Mal wieder und wäre nicht sicher, ob ich wirklich vor ihm stehe oder ob ich noch derselbe Mensch bin, und er es unbedingt herausfinden müsste. »Ich hätte dich geheiratet«, flüstert er. »Ich wollte dich.«

Damit hatte ich jetzt wirklich nicht gerechnet. Und noch viel weniger hätte ich es für möglich gehalten, dass seine Worte mich so tief berühren – und schmerzen. Die Beziehung mit Jonas ist ewig lange her, ein leuchtender Punkt in meiner Vergangenheit, aber mehr auch nicht. Und das wird auch immer so bleiben. Eine schöne Erinnerung, durch die Zeit von aller Verwirrung und allem Schmerz bereinigt. Die Zeit ist eine große Heilerin.

»Alles ist so gekommen, wie es kommen sollte«, sage ich.

»Sag das mal meinem neunzehnjährigen Ich.«

Er beugt sich zu mir vor, streckt beide Hände aus, um mein Gesicht zu umschließen, aber ich umfasse sanft seine Handgelenke und stoppe ihn. Wir beide wissen, dass eine so intime Berührung für einen verheirateten amischen Mann unangemessen ist. Auch wenn er bereit ist, das Risiko einzugehen, ich bin es nicht.

Ein Lächeln huscht über sein Gesicht.

Und er geht.

31. KAPITEL

Über die Jahre habe ich eine ganze Reihe von Fällen abgeschlossen, darunter auch einige schwere Verbrechen, die Gründlichkeit und verbissene Entschlossenheit erforderten und Hunderte von Stunden in Anspruch nahmen – meinen vollen Einsatz. Die Mehrzahl bildeten kleinere Delikte, die zwar die gleiche Sorgfalt benötigten, aber in geringerem Umfang. Doch unabhängig von der Art des Falles, bin ich am Ende immer froh, ihn abschließen zu können. Es ist ausgesprochen befriedigend, einen Missetäter zu fassen. Das Wissen, zu einer stichhaltigen Aufklärung beigetragen und gute Arbeit geleistet zu haben, ist eine große Genugtuung.

Auch wenn es sich diesmal nicht um einen meiner »offiziellen« Fälle handelte, wurde ein Mörder aus dem Verkehr gezogen und ein unschuldiger Mann vom Vorwurf, ein Verbrechen begangen zu haben, freigesprochen. Und ich spielte bei der Aufklärung eine wichtige Rolle, obwohl ich diesmal nicht in meiner Funktion als Polizistin involviert war. Trotz alledem ist dieser Fall für mich nicht abgeschlossen. Es gibt noch zu viele unbeantwortete Fragen, zu viele lose Enden. Wer war Ananias Stoltzfus wirklich? Wo kam er her, und was hatte er getan? Wie viel hatte Mia gewusst? Und wie hatte Henry die wahre Identität seines Vaters entdeckt?

Alle diese Fragen können wahrscheinlich erst in Wochen oder Monaten beantwortet werden – wenn überhaupt. Momentan sind meine Annahmen nichts weiter als Vermutungen, und sicher bin ich mir nur in einem: Ananias Stoltzfus war kein guter Mensch und vielleicht sogar ein ganz übles Subjekt. Dass sein Sohn die Sache in die eigene Hand nahm und das am Ende mit seinem Leben bezahlte, hat absolut nichts mit Gerechtigkeit zu tun.

Ich stehe am Eingang der alten Mühle und beobachte die Sanitäter, die den Leichensack mit Henry Stoltzfus in den Krankenwagen befördern. Es ist fast zwölf Uhr mittags. Jonas und ich haben unsere Aussagen zu Protokoll gegeben, Henrys Familie wurde benachrichtigt, und die Leute von der Spurensicherung sind vor zwanzig Minuten abgezogen. Seit Stunden werde ich hier nicht mehr gebraucht, ich sollte inzwischen geduscht und gepackt haben und auf dem Weg nach Painters Mill sein.

Und warum bist du dann immer noch hier, Kate?

»Chief Burkholder!«

Ich drehe mich um und sehe Kris Vance auf mich zukommen. Da der Fall jetzt gelöst ist und er sich keine Gedanken mehr machen muss, mit mir zusammen gesehen oder von mir ausgefragt zu werden, scheint er vollkommen entspannt.

»Soll ich Sie zurück zu Ihrem Auto mitnehmen?«, fragt er.

Wir schütteln uns die Hände. »Ich parke bei den Hershbergers, auf der anderen Seite, gleich hinter den Bäumen da«, sage ich.

»Liegt auf meinem Weg und erspart Ihnen, den Hügel hinauf zu müssen.« Er zeigt zu seinem Wagen, und wir gehen die Stufen hinunter. »Das gibt mir Gelegenheit, mich zu entschuldigen.«

»Ihre Vorgesetzten haben es Ihnen ja nicht gerade leicht gemacht, Informationen an mich weiterzugeben«, sage ich.

»Das stimmt zwar, aber ich hab mich auch blöd verhalten. Tut mir leid, dass ich nicht hilfreicher war. Sie hatten recht, und wir unrecht.« Er lächelt reuevoll. »Ich habe meine Lektion gelernt.«

Über das Dach seines Streifenwagens hinweg erwidere ich sein Lächeln. »Der Sheriff wird mich wohl eher nicht anrufen.«

»Unter uns gesagt, er ist ein noch größerer Trottel als ich.« Grinsend lässt er den Motor an und fährt den matschigen Weg entlang. »Es wird Sie sicher freuen zu hören, dass die State Police die sterblichen Überreste zur DNA-Analyse ans forensische Labor schickt.«

»Eine positive Identifizierung wäre ausgesprochen hilfreich, es gibt noch eine Menge ungelöster Fragen zu klären.«

»Keiner von uns hatte Henry Stoltzfus als Täter auf dem Schirm«, sagt er. »Dabei hatten wir ihn all die Jahre direkt vor der Nase. Netter Typ, Familienmensch, lupenreine Weste. Zu keinem Zeitpunkt war er auf der Liste der Verdächtigen.«

»Irgendwann muss Henry herausgefunden haben, wer oder was sein Vater war.« Ich zucke die Schultern, denke über einen möglichen Auslöser nach, aber mir fällt nichts ein. »Ihm gefiel nicht, was er entdeckt hatte, und da ist er … durchgedreht.«

»Anscheinend stoßen sogar Amische an ihre Grenzen.« Er biegt in die Einfahrt der Hershberger-Farm und bleibt hinter meinem Explorer stehen.

»Na ja, hauptsächlich wollte ich mich entschuldigen, dass wir Sie von den Ermittlungen ausgeschlossen haben, Chief Burkholder. Sie sind eine echt gute Polizistin, und mit Ihrer Kenntnis der Amischen wären Sie eine wertvolle Hilfe gewesen … hätten wir Ihnen eine Chance gegeben.«

Ich öffne die Tür, steige aus und beuge mich vor, sehe ihn an. »Halten Sie mich auf dem Laufenden über das DNA-Ergebnis, ja?«

»Versprochen.«

Ich schlage die Tür zu, winke, und dann ist er weg.

Einen Moment lang bleibe ich in der Einfahrt stehen, etwas verloren und leicht beunruhigt. Dann ziehe ich den Autoschlüssel für den Explorer aus der Tasche und drücke auf den elektronischen Türöffner. Aber ich steige nicht ein.

Ich gehe davon aus, dass in Kürze Amische hier eintreffen, um Mary Elizabeth und ihrem Mann Trost zu spenden und sie bei den Arbeiten in Haus und Hof zu unterstützen. Ich bin vermutlich die Letzte, der sie jetzt begegnen will. Aber ich möchte ihr vorschlagen, mit mir in Kontakt zu bleiben, denn in den kommenden Wochen werden noch viele neue Erkenntnisse über ihren Vater ans Licht kommen. Die Entscheidung will ich jedoch ihr überlassen. Aber ich will ihr jetzt zumindest mein Beileid aussprechen.

Ich schließe den Explorer wieder, gehe zum Haus und die Treppe hinauf, klopfe an die Tür. Während ich warte, lege ich mir meine Worte zurecht, doch als nach über einer Minute noch immer niemand kommt, gebe ich auf. Auf dem Weg zurück zum Wagen bemerke ich, dass das Scheunentor ein Stück offen steht.

Ich bleibe davor stehen und werfe einen Blick in das spärlich beleuchtete Innere. Der Geruch von Rauch hängt in der Luft, und im hinteren Bereich brüllen Rinder. Weiter vorn fällt schwaches Licht durch die Fenster. Rechts von mir führt eine Treppe zum Heuboden, an der Wand hängen Gartengeräte – eine Schaufel, eine Mistgabel und eine Hacke. Links reihen sich Viehställe den Gang entlang. Drinnen verharre ich kurz, damit meine Augen sich an das trübe Licht gewöhnen.

»Mary Elizabeth?«, rufe ich. »Hier ist Kate Burkholder.«

»Was wollen Sie hier?«

Ich blicke nach links, wo Mary Elizabeth im einfallenden

Licht eines Fensters steht. Langes Kleid und Schürze, schwarze Halbschuhe; die Bänder ihrer *Kapp* hängen offen runter. Ich sehe, dass sie geweint hat.

»Ich wollte nicht abreisen, ohne Ihnen zu sagen, wie leid mir das mit Ihrem Bruder tut.«

Bei der Erwähnung ihres Bruders zuckt sie zusammen. »Selig die Trauernden; denn sie werden getröstet werden.«

»Matthäus 5,4.«

Dass ich den Bibelvers kenne, scheint ihr zu gefallen. Sie sieht mich an und wischt sich mit der Hand die Tränen von der Wange. »Ein Deputy hat mir gesagt, dass Sie dort waren, als es passierte.«

Ich nicke.

»Hat er irgendetwas gesagt?«, fragt sie. »Hat er einen Grund genannt?«

Ich suche in meiner Erinnerung etwas, was ihre Frage beantwortet, ohne ihren Kummer zu vergrößern. »Er sagte, dass er niemandem Schmerz zufügen wollte. Dass es ihm leidtut.«

Sie schließt fest die Augen, presst die Finger auf ihren Nasenrücken. »Wie konnte er uns so etwas antun? Unserem *Datt?* Jonas? Ich begreife es einfach nicht.«

Die Antworten, die sie braucht, kann ich ihr nicht geben, denn ich kenne sie nicht. Das wenige, was ich über ihren Vater weiß, würde ihre Verzweiflung nur vergrößern. Ich bin keine von denen, die sie trösten können. »Das ist sicher alles sehr schwer für Sie«, sage ich. »Sie könnten das Tagebuch Ihrer *Mamm* suchen, wenn Sie so weit sind. Vielleicht finden Sie darin ein paar Antworten.«

Sie zieht ein Taschentuch aus der Tasche und putzt sich die Nase. »Ich kann mir nicht vorstellen, dass das Geschreibsel einer alten Frau einen guten Menschen dazu bringt, jemanden zu töten.«

»Manchmal schreiben wir die Dinge auf, die uns den größten Schmerz bereiten«, sage ich.

»Mein eigener Bruder.« Die amische Frau presst die Hand auf ihren Mund, doch den Schluchzer kann sie nicht unterdrücken. »Er hat unseren *Datt* zu der alten Mühle gelockt und wie ein Tier erschossen. Hat ihn den Kojoten und Aasgeiern und Gott weiß was allem zum Fraß überlassen und uns all die Jahre belogen.« Sie wischt mit dem Taschentuch die Tränen weg. »Und die Hände eines Mannes abtrennen? Wie kann man so etwas tun? Ich ertrage die Vorstellung nicht.«

Die Welt um mich herum bleibt stehen, der Boden unter mir schwankt. Etwas läuft mir eiskalt den Rücken hinunter. »Hat Henry Ihnen das gesagt?«, frage ich.

Sie sieht mich an, schnieft. »Was gesagt?«

»Dass die Hände abgetrennt waren.«

Sie schüttelt den Kopf. »Das muss ich irgendwo gelesen oder gehört haben. Vermutlich nur Klatsch. Sie kennen ja die Amischen.«

Ich starre sie an. Innerlich schrillen meine Alarmglocken. Das ist das einzige Detail, das die Polizei nie publik gemacht hat. Und selbst wenn die Information durchgesickert sein sollte – wie ja auch zu mir –, so ist doch die Verstümmelung eines geliebten Menschen keine Nachricht, deren Quelle man je vergisst.

Alle meine Sinne sind in Alarmbereitschaft, mir ist bewusst, dass hinter mir die Schiebetür offen steht, über mir der Heuboden ist, zu meiner Linken die Ställe sind und die Rinder draußen brüllend umherlaufen.

Mary Elizabeth starrt mich an. Ihre Wangen sind tränennass, und doch ist jetzt ein eiskalter Ausdruck in ihrem Blick. »Sie hätten abreisen sollen«, sagt sie.

Ich taste mit der Hand zum Holster, in dem normalerweise

meine .38er steckt, aber jetzt natürlich nicht. An die .22er Magnum im Knöchelholster komme ich nicht so leicht dran. Die andere Hand lege ich auf die Jackentasche mit dem Autoschlüssel. Mein Handy liegt nach dem Wasserbad zum Trocknen im Explorer. Ich weiß nicht, ob es noch funktioniert. Mist.

»Sie haben das Tagebuch«, sage ich.

»*Mir* hat die Polizei es nach dem Tod meiner *Mamm* gegeben«, flüstert sie. »Nicht *Datt*, nicht Henry.« Sie macht ein trauriges Gesicht. »Sie hatte mir so sehr gefehlt, ich wollte wissen, warum sie es getan hat.« Sie schüttelt den Kopf. »Es zu lesen war entsetzlich. Herr im Himmel, ich wünschte, ich hätte es nie getan.«

Ich starre sie an, auf meine Waffe am Knöchel konzentriert. Ich habe keine Ahnung, was diese Frau weiß oder was sie getan hat, ob sie bewaffnet ist oder wie weit sie gehen würde. Ich weiß nicht, wo ihr Mann ist. Aber ich weiß, dass mir Gefahr droht. Deshalb sollte ich in die Hocke gehen, den Hosensaum hochschieben, die Pistole aus dem Holster ziehen …

»Wie sehr meine *Mamm* gelitten hat«, sagt sie. »Die Sachen, die er gemacht hat, der Horror, den sie keinen Tag vergessen konnte. Solche gottlosen Sachen.«

Den Blick weiter auf Mary Elizabeth geheftet, bewege ich mich rückwärts Richtung Scheunentor. »Henry hat es gewusst«, sage ich, um Zeit zu schinden.

»Er wusste, dass Sie es herausfinden würden.« Sie legt den Kopf schief und sieht mich an wie ein verletztes Tier, mit dem man Mitleid haben muss und das gleich von seinem Leid erlöst wird.

»Keiner wollte, dass Ihnen etwas passiert. Wir sind friedliebende Menschen. Wir wollten nur, dass Sie *verschwinden*.«

Blitzschnell gehe ich in die Hocke, reiße den Saum des Hosenbeines hoch. In dem Moment höre ich über mir ein Geräusch, blicke nach oben, wo sich eine Wand aus Heu auftürmt, und greife nach der .22er, aber ich bin zu langsam. Dutzende Strohballen fallen herunter, ich mache einen Satz zur Seite, doch ein Ballen erwischt mich an der Schulter, ein weiterer knallt mir in den Rücken, ich lande bäuchlings auf dem Boden, von einem enormen Gewicht niedergedrückt. Und die Welt um mich herum verstummt.

32. KAPITEL

Ich liege still da, benommen, Adrenalin durchflutet meinen Körper. Ich habe alle viere von mir gestreckt, eine Wange auf den Boden gepresst. Mein Mund ist voller Erde, meine Nase voller Staub, und auf meinem Rücken liegt ein erdrückendes Gewicht. Alles ist dunkel um mich herum, ich hole tief Luft und bekomme Dreck in den Hals, huste keuchend mit bebender Brust. Panik streckt ihre Finger nach mir aus.

Lieber Gott, ich kann mich nicht bewegen.

Ich erinnere mich an herabfallendes Stroh, große Ballen, die auf mich niederknallen. Ich versuche, den Kopf zu heben, doch es geht nicht, ich spanne den Arm an, um mich vom Boden abzudrücken, aber das Gewicht auf mir ist zu schwer. Ein Anflug von Klaustrophobie überfällt mich, eine Urangst, ich stöhne vor Anstrengung bei dem unsinnigen Versuch, mich zu bewegen. Ein Schrei entkommt meinem Mund. Lieber Gott …

Immer mit der Ruhe, Chief, du schaffst das.

Durch das Dunkel dringt Tomasettis Stimme zu mir, ich lausche ihr bewegungslos, konzentriere mich auf die Worte. *Du schaffst das.* Langsam lockert die Panik ihren Würgegriff. Ich beuge meinen Arm, schiebe die Hand zum Gesicht, wische Spucke, Erde und Strohhalme vom Mund und hole noch einmal Luft, diesmal nicht zu tief. Ich bewege mein Bein, versuche, das Knie zu heben, aber ich schaffe es nur, die Spitze meines Stiefels in den Boden zu stoßen.

Die ganze Zeit über lausche ich, ob ich Stimmen höre, doch

ich höre nur mein hämmerndes Herz und den pochenden Puls in den Ohren. Bei dem Versuch, mich auf die Seite zu drehen, merke ich, es ist nicht genug Platz. Wieder bleibe ich still liegen und gehe in Gedanken die Abfolge der Ereignisse durch. Das war kein Unfall. Jemand hat oben auf dem Heuboden gestanden und die Ballen auf mich heruntergestoßen. Adrian?

Der Gedanke löst eine weitere Panikattacke aus, ich kämpfe dagegen an, zwinge mich, ruhig zu bleiben und rational, was mir nicht gelingt. Also konzentriere ich mich auf meinen körperlichen Zustand. Ich habe keine Schmerzen, bin nicht verletzt, aber ohne frische Luft und mit dem Gewicht des Heus auf meinen Lungen werde ich nicht lange überleben.

Ich habe keine Ahnung, wie viele Ballen auf mir liegen, aber jeder einzelne wiegt zwischen fünfundzwanzig bis dreißig Kilo. Sie sind rechteckig, und beim Aufprall haben sich vermutlich die Schnüre gelockert. Meine stärksten Muskeln habe ich in den Beinen. Wenn es mir gelingt, nur einen Ballen beiseitezuschieben, kann ich vielleicht darunter hervorkriechen.

Ich beuge beide Arme, stelle die Hände auf den Boden und versuche, mich wie beim Liegestütz hochzudrücken. Stroh piekst in meinen Körper, meine Kopfhaut, und obwohl ich drücke, so fest ich kann, ist es aussichtslos.

Mit viel Mühe schiebe ich mich auf die linke Seite, versuche mein rechtes Bein zu heben, zu rollen und das Knie unter mich zu schieben. Der Heuballen auf mir rutscht, aber ein anderer kommt nach. Zuerst glaube ich, meine Lage verschlimmert zu haben, doch plötzlich habe ich das Knie unter mir, ich drehe mich, drücke den Rücken gegen den Ballen, spüre, wie ein weiterer Ballen sich bewegt. Stöhnend vor Anstrengung, drücke ich fester, bringe das andere Knie unter mich, kann jetzt auf allen vieren kriechen. Heu löst sich und rieselt in meine Augen, meinen Mund, mein Haar. Dann sehe ich schwach einfallendes Licht. Meine Arme zittern vor Anstrengung, ich atme japsend, würge Schmutz, schiebe das Knie vor und den Fuß unter mich, drücke mich vom Boden ab. Der Ballen rutscht von mir runter, kühle Luft streift über mein schweißtriefendes Gesicht. Ich atme tief ein, quetsche mich zwischen zwei Ballen hindurch, sehe Dachsparren über mir, den gebrochenen Balken. Und dann bin ich frei.

Ich blicke mich um. Mary Elizabeth ist nirgends zu sehen, auch von Adrian keine Spur. Meine Umgebung nicht aus den Augen lassend, greife ich nach unten, ziehe das Hosenbein hoch und hole die kleine Magnum aus dem Holster.

Die Waffe im Anschlag und alle Sinne in Alarmbereitschaft, schleiche ich zu der Wand unter dem Heuboden, drücke mich daran entlang zur Tür. Ich habe es fast geschafft, als Mary Elizabeth in die Scheune tritt. Bei meinem Anblick klappt ihr Mund auf, und die Tüte in ihrer Hand fällt zu Boden.

»Heben Sie Ihre verdammten Hände!«, rufe ich, die Magnum auf sie gerichtet. »Hände hoch! *Sofort!*«

Sie hebt beide Hände und starrt mich an, als wäre ich ein Geist.

»Wo ist Adrian?«, will ich wissen.

Sie blinzelt, schüttelt den Kopf, als traue sie ihren Augen nicht. »Haus«, stößt sie kaum hörbar aus.

»Runter auf den Boden. Auf den Bauch. *Sofort!*«

Als sie nicht schnell genug reagiert, gehe ich zu ihr hin, packe sie am Nacken und drücke sie nach unten. »Runter! Arme ausstrecken und nicht bewegen! Verstanden?«

Sie gehorcht. Ich habe weder Handschellen noch ein Handy oder meine gewohnte Waffe, aber dafür gibt es Ballenschnur im Überfluss.

Ich blicke auf sie hinunter. »Wenn Sie sich bewegen, erschieße ich Sie. Ist das klar?«

Ohne mich anzusehen, ruckt sie mit dem Kopf.

Die Pistole auf ihren Oberkörper gerichtet, gehe ich zum nächsten Strohballen, hole dabei mein Taschenmesser aus der Jacke und durchtrenne die Schnur, ziehe sie raus.

»Hände auf den Rücken«, sage ich. »Sofort.«

»Aber ich kann nicht –«

Ich schlage ihr mit der flachen Hand ins Gesicht. »Los, machen Sie!« Ich höre die Wut in meiner Stimme, spüre, wie sie in mir hochkocht, und muss mich zurückzunehmen, bevor ich zu weit gehe.

Ohne die Tür und den Heuboden aus den Augen zu lassen, gehe ich neben ihr in die Hocke, wickele die Schnur mehrere Male um ihr Handgelenk, ziehe den Arm auf den Rücken und binde ihn mit dem anderen Handgelenk zusammen, zurre die Schnur fest und verknote sie dreifach. Die Fessel ist nicht ideal, sie wird ihre Blutzirkulation behindern und vermutlich ihre Haut aufschürfen, aber sie erfüllt ihren Zweck, bis jemand vom Sheriffbüro eintrifft.

In Anbetracht dessen, was die Frau getan hat, dürfte die Unannehmlichkeit einer temporären Fessel ihr geringstes Problem sein.

* * *

Zu meiner Überraschung funktionierte mein Handy, obgleich es in den Bach gefallen war. Die Leute vom Sheriffbüro trafen nach vierzehn Minuten ein. In der Zwischenzeit hatte ich Kabelbinder aus der Werkzeugkiste meines Explorers geholt und Adrian gefunden, als er im Haus gerade die Treppe herunterkam. Wäre die Situation nicht so ernst gewesen wäre, hätte ich über seinen Gesichtsausdruck bei meinem Anblick gelacht. Er leistete keinen Widerstand, als ich die .22er Magnum auf seinen Oberkörper richtete. Ich fesselte ihn mit dem Kabelbinder, brachte ihn in die Scheune und zwang ihn, sich bäuchlings neben seine Frau zu legen.

Das ist jetzt zwei Stunden her. Seitdem habe ich meine Aussage gemacht, zuerst gegenüber Sergeant Gainer vom Mifflin County Sheriff's Department und dann gegenüber einem Ermittler von der Pennsylvania State Police. Beide stellten übereinstimmend fest, dass ich Glück habe, noch am Leben zu sein.

Mein Adrenalinspiegel ist längst gesunken und hat der Erschöpfung Platz gemacht. Und ich bin müde und übellaunig. Ich sitze am Lenkrad meines Explorers, sehne mich nach einer heißen Dusche und acht Stunden ungestörtem Schlaf, als Sergeant Gainer sich meinem Wagen nähert.

»Ich dachte, Sie wären schon längst weg«, sagt er zur Begrüßung.

»Ich arbeite daran«, erwidere ich.

»Wir haben die Hershbergers verhaftet. Der Staatsanwalt arbeitet gerade an der Anklage. Es kommt eine Menge zusammen, wenn wir erst einmal alle Zusammenhänge verstanden haben. Morgen früh werden die beiden dem Haftrichter vorgeführt, falls Sie dabei sein wollen.«

»Ich glaube, ich verzichte«, sage ich.

»Geht's zurück nach Painters Mill?«

Bei der Erwähnung meiner Heimat muss ich lächeln. Ich denke an Tomasetti, meine Kollegen vom Revier, und in dem Moment habe ich so großes Heimweh wie noch nie. »Gleich morgen früh.«

»Die Untersuchungen sind zwar noch nicht abgeschlossen, Chief Burkholder, aber es sieht so aus, als hätten sie die Scheune abbrennen wollen, während Sie unter dem Heu begraben waren.« Er zeigt auf den nahen Schuppen. »Da drin haben wir einen Benzinkanister, Lumpen, Streichhölzer und ein paar Einmachgläser voller Benzin gefunden.«

Ich kann ein Schaudern nur mühsam unterdrücken. »Und sie hätten es auf den sogenannten Vandalen geschoben, der letzte Nacht hier und vor ein paar Tagen in der Mühle das Feuer gelegt hat.«

»Vermutlich geht das alles auf Henrys Konto«, sagt er.

»Er wollte die Polizei von sich und seiner Schwester ablenken«, murmele ich.

»Genau.« Er nickt. »Wahrscheinlich hat er uns auch den Hinweis gegeben.«

»Sie meinen die Handknochen im Brunnen?«, frage ich.

»Er wollte, dass wir uns auf Bowman konzentrieren, und hat uns die fabrizierten Beweise serviert.« Er verzieht das Gesicht. »Wahrscheinlich ist er es auch gewesen, der Sie im Motel angegriffen und in den Bergen von der Straße abgedrängt hat.«

Ich nicke, denn mir wird klar, dass meine Beschreibung des Angreifers passen würde. »Er war verzweifelt«, sage ich. »Er dachte, er könnte mir Angst machen und mich dazu bringen, die Stadt zu verlassen.«

»Ich gehe davon aus, dass man Sie nicht zum ersten Mal unterschätzt hat.« Er schenkt mir ein selbstironisches Lächeln.

Ich lächele zurück, ich mag ihn. Beinahe.

»Wird eine Weile dauern, bis alles sortiert und klar ist.« Er schiebt die Mütze hoch, kratzt sich am Kopf. »Wir wissen zur Zeit nicht einmal, wer von beiden Ananias Stoltzfus erschossen hat.«

»Die Antwort darauf könnte in Mia Stoltzfus' Tagebuch zu finden sein«, sage ich.

»Apropos Tagebuch.« Gainers Gesicht verdüstert sich. »Wir haben vorhin den Durchsuchungsbeschluss vollzogen, und ich habe das Buch gefunden und darin geblättert. Nachher im Büro wird's in die Liste eingetragen und versiegelt. Es reicht Jahrzehnte zurück, und einiges war auf Deutsch geschrieben. Aber es gab noch genug auf Englisch, aus dem gut zu ersehen war, dass Mia Stoltzfus einige schwere Anschuldigungen gegen ihren Mann erhob.«

»Welcher Art waren die Anschuldigungen?«

»Es ging um Dinge, die er während des Krieges getan hat.« Er sieht jetzt aus, als würde ihm gleich das Frühstück hochkommen, so bleich ist er geworden. »Wenn Sie mich fragen, Chief Burkholder, das ganze Tagebuch ist ein einziger Albtraum.«

Auch mir ist zunehmend unbehaglich. »Weiß man schon, wie Mary Elizabeth an das Buch gekommen ist?«

»Ich habe mir den Polizeibericht von Mia Stoltzfus' Selbstmord noch mal angesehen.« Er hält inne. »Das Tagebuch hätte an den überlebenden Ehegatten ausgehändigt werden müssen, wurde aber versehentlich Mary Elizabeth übergeben.«

Womit ein weiteres Puzzleteil zugeordnet werden kann. »Sie wusste also, was für ein Mensch ihr Vater war.«

Gainer nickt. »Wenn auch nur irgendetwas von dem, was ich gelesen habe, wirklich stimmt, wundert es nicht, dass sie durchgedreht ist.« Er schüttelt den Kopf. »Sobald wir mit ihr darüber reden, werden wir eine Menge mehr erfahren. Meine Vermutung ist, dass auch ihr Bruder involviert war.«

Ich denke an mein letztes Gespräch mit Henry. Familiendynamik. »Er hat sie geschützt«, sage ich. »Selbst wenn Mary Elizabeth abgedrückt hat, hat Henry geholfen, das Verbrechen zu vertuschen. Er war derjenige, der es Jonas Bowman anhängen wollte. Am Ende hat er für seine Schwester den Kopf hingehalten.«

Wieder nickt Gainer und sieht mich ernst an. »Auch auf die

Gefahr hin, dass ich meinen Ruf als Rindvieh schädige … Sie haben da echt gute Polizeiarbeit geleistet. Danke dafür.« Er lächelt verlegen.

»Ich hatte einen Vorteil«, sage ich.

»Sie sind amisch.«

Jetzt muss auch ich lächeln. »Ich kannte Jonas Bowman.«

Er reicht mir die Hand und drückt sie fest. »Kommen Sie aber nicht auf die Idee, sich bei unserer nächsten Wahl hier auf die Stelle als Sheriff zu bewerben.«

»Das würde mir nicht im Traum einfallen«, sage ich und fahre los.

33. KAPITEL

Ich bin nicht gut im Abschiednehmen. Weshalb ich es tunlichst vermeide. Ein »Bis zum nächsten Mal« ist mir wesentlich lieber, selbst wenn beide Seiten wissen, dass es ein nächstes Mal kaum geben wird. Ich hatte überlegt, mich einfach so zu verdrücken, wollte aber nicht ein zweites Mal lose Enden zurücklassen. Als ich jetzt in die Einfahrt der Bowmans einbiege, bin ich froh über meine Entscheidung, auch wenn der Abschied schmerzhaft sein wird. Aber das gehört zum Leben dazu.

Ich parke zwischen Haus und Werkstatt, und wie immer steht die Werkstatttür offen. Als ich aus dem Explorer steige, werde ich vom Heulen der Säge, dem Zischen der Druckluftleitungen und dem Brummen des Generators begleitet.

Jonas und Reuben stehen an einer riesigen Drehbank und arbeiten an einer Holzspindel, die vermutlich das Bein eines Küchentisches werden wird. Junior hockt im Schneidersitz auf dem Boden vor sechs an der Wand aufgereihten Schranktüren, die er zweifarbig in Merlot und Ahorn beizt. Eine hat er fertig, bleiben noch fünf. Effie steht im hinteren Bereich der Werkstatt, in einer Hand einen Besen und in der anderen eine Kehrschaufel. Es ist offensichtlich, dass sie viel lieber eine der Maschinen um sie herum bedienen würde, als Sägespäne zusammenzukehren. *Recht hast du*, denke ich.

»Katie!«

Junior kommt grinsend zu mir gelaufen, einen Spritzer Holzbeize an der Stirn und Schweiß auf den Wangen.

Ich zeige auf die Türen, an denen er gerade arbeitet. »Die Farbkombination gefällt mir.«

»*Datt* fand zuerst, dass Merlot und Ahorn nicht zusammenpassen«, erzählt der Junge, »aber dann hat Effie beide Farben auf ein Stück Holz gepinselt, und das gefiel ihm dann doch.«

»Und da haben wir entschieden, alle Esszimmermöbel mit beiden Farben zu beizen«, merkt Effie an.

Sie hat Besen und Schaufel weggestellt, steht jetzt an Juniors Arbeitsplatz und streicht mit den Fingern über eine der unbehandelten Türen.

»Du hast ein gutes Auge für Farben«, sage ich.

»*Datt* sagt, die Beschläge darf ich auch aussuchen«, sagt sie.

»Katie.«

Beim Blick über die Schulter sehe ich Jonas und Reuben auf uns zukommen. Es ist nur ein paar Tage her, dass ich dem Jungen zuletzt begegnet bin, aber er kommt mir bereits viel größer vor. Und wieder staune ich, wie sehr er seinem Vater ähnelt, als dieser im gleichen Alter war.

»Du fährst nach Hause«, sagt Jonas.

»Ich konnte nicht abreisen, ohne mich zu verabschieden«, sage ich mit übertrieben heiterer Stimme. Es ist albern, aber es fällt mir schwer, ihn anzusehen, und so konzentriere ich mich auf die Kinder, betrachte eingehend ihre Gesichter, um sie so in Erinnerung zu behalten, wie sie jetzt sind.

»*Datt*, was ist mit …«, flüstert Junior. »Du weißt schon.«

Ich sehe den Jungen erstaunt an. »Das klingt fast so, als erwarte jemanden eine Überraschung.«

»Sie!«, ruft Effie und hält sich kichernd die Hand vor den Mund.

Schließlich sehe ich Jonas an. Ich fühle die Intensität seines Blickes, meine aufwallenden Emotionen. Etwas in mir befindet sich im freien Fall, und ich weiß, dies ist einer der Momente, die ich nie vergessen werde.

Ich lächele. »Das Feingefühl haben sie wohl von ihrem *Datt.*«

Jonas verdreht die Augen. »Reuben, geh und hol sie.«

Der Junge eilt zu einer viel benutzten Werkbank, nimmt drei große Kerzenständer herunter, kommt andächtig damit zurück und reicht sie mir.

»Für Sie«, sagt er. »Von uns allen.«

»Ich hab sie gedreht.« Effie sieht mich gespannt an. »Meine Ersten.«

»Ich h-hab sie gebeizt«, meldet sich Junior zu Wort.

»Sie sind wunderschön.« Ich betrachte die Kerzenständer von allen Seiten, bewundere die Kunstfertigkeit. »Sie gefallen mir sehr.«

»Wir wollen dir danken«, sagt Jonas. »Für alles, was du für uns getan hast.«

»Es war *Mamms* Idee«, merkt Effie an.

»Ich werde sie immer in Ehren halten«, sage ich, hoffend, dass niemand den Frosch in meinem Hals bemerkt oder mein schnelles Blinzeln.

Ich sehe Jonas an, weiß nicht, ob ich meiner Stimme trauen kann. Auch er sieht mich an, und in dem Moment sind wir wieder Teenager. Die Welt hat kein Gewicht, unsere Träume kennen keine Grenzen, und unsere Herzen sind frei.

Ich halte ihm die Hand zum Abschied hin. »Danke.«

Er blickt auf meine Hand, als wäre er unsicher, ob er sie ergreifen soll. Aber dann nimmt er sie, und die Berührung wirkt elektrisierend. Ich spüre die Schwielen an seiner Hand, seinen festen Griff, die Wärme seiner Haut an meiner, und tausend Erinnerungen kommen hoch.

»Katie!«

Dorothy kommt aus dem Haus gelaufen, eine braune Papiertüte in der Hand. »Die Säge hat aufgehört zu heulen.« Sie grinst ihren Mann an, dann kommt sie zu mir und reicht mir die Tüte. »Ich habe dir für die Fahrt ein Dattel-Nuss-Brot gebacken.«

Der Duft von Zimt und Ahorn strömt aus der Tüte, als ich sie entgegennehme. »Ich werde es mit Genuss verzehren, da kannst du sicher sein.«

Ich schüttele jedem Kind die Hand, umarme Dorothy und danke ihr für das Brot. Dann sehe ich ein letztes Mal Jonas an. »Es ist zwar viel verlangt, aber versuch in Zukunft bitte, allem Ärger aus dem Weg zu gehen«, sage ich.

»Das wollte ich dir auch gerade raten«, sagt er.

Und ich gehe.

34. KAPITEL

Amische haben für alles Mögliche ihre Redensart. Eine davon, bei der es um Familie geht und die ich über all die Jahre nicht vergessen habe, lautet in etwa: Zuhause ist überall dort, wo man mit seinen Lieben ist. Seit Jahren habe ich nicht mehr an den Spruch gedacht, aber als ich jetzt das Schild passiere, das mich in Painters Mill willkommen heißt, geht es mir wieder durch den Kopf. Und der Trost, den mir dieser Ort spendet, fühlt sich an wie eine warme, behagliche alte Jacke, die sich an meinen Körper schmiegt.

Während der Fahrt dachte ich vor allem an Jonas Bowman, die gemeinsame Vergangenheit und wie die prägenden Jugendjahre unser Leben geformt haben. Hätten die Dinge sich anders entwickelt, hätte ich ihn vielleicht geheiratet. Vermutlich hätten wir Kinder gehabt und besäßen eine Farm irgendwo hier in Painters Mill. Natürlich wäre das der falsche Weg für mich gewesen, und für ihn vermutlich auch. Trotzdem war diese kurze Zeit, die wir als Teenager miteinander verbracht haben, ausgesprochen kostbar. Im Rückblick ist der Schmerz, den ich empfinde, bitter und süß zugleich.

Auf dem Weg entlang der Main Street überlege ich kurz, im Revier zu halten und Lois Bescheid zu sagen, dass ich zurück bin, doch ich entscheide mich dagegen. Denn mehr als alles andere will ich so schnell es geht zu Tomasetti. Er ist meine Familie, meine Liebe, mein Leben. Das Bedürfnis, ihn zu sehen, ihn zu berühren und den Klang seiner Stimme zu hören, ist jetzt so stark, dass ich den Tacho bis zum Anschlag hochjage.

Ich rase durch Millersburg und weiter auf der Ohio 83 Richtung Norden, überfahre südlich von Wooster an der Landstraße beinahe das Stopp-Schild. Beim Einbiegen in unsere Straße nehme ich gerade noch rechtzeitig den Fuß vom Gas, um nicht auf dem Schotter zu schlittern, und sehe im Rückspiegel Staub aufwirbeln. Mein Herz schlägt höher, als unser altes Farmhaus in Sicht kommt, das wir im letzten Sommer bei einem Streichmarathon an einem Wochenende neu gestrichen haben. Der Rasen ist frisch gemäht, und im seitlichen Garten blüht ungebändigt der Phlox. Nächstes Jahr, denke ich, wird ein richtiger Garten angelegt. Vielleicht pflanzen wir einen Ahornbaum vor dem Haus, als Ersatz für die Fichte, die den letzten Winter nicht überlebt hat.

Tomasettis Tahoe parkt auf seinem üblichen Platz. Bei der Hangscheune zu meiner Linken steht ein mir unbekannter alter Pick-up mit einem rostigen Viehanhänger, dessen hintere Tür offen steht und dessen Laderampe ausgezogen ist. Aber Vieh ist nirgends zu sehen. Die große Schiebetür der Scheune steht weit offen, und innen ist Licht, vermutlich ist er dort.

Ich parke hinter dem Tahoe, lasse meine Reisetasche und den Laptop im Explorer und fange auf halbem Weg zur Scheune an zu laufen und bin atemlos, als ich durch die Tür komme. Aber nicht vor Erschöpfung, sondern weil ich es nicht abwarten kann, ihn endlich zu sehen.

Der Geruch von frisch gemähtem Gras und Benzin liegt in der Luft. Der Rasentraktor steht links an der Wand, daneben hängen die Gartengeräte – Schippe, Hacke und Rechen – in Reih und Glied. Ein Sack Dünger steht neben einem Sack Grassamen. Aber keine Spur von Tomasetti. Ich wende mich um und sehe, dass links von mir Licht aus einem Gang fällt.

Er steht vor einem der Viehställe. Die Schiebetür ist offen.

Er ist so vertieft in das, was in dem Stall vor sich geht, dass er mich erst bemerkt, als ich schon Anlauf nehmen will, um ihm um den Hals zu fallen.

Er muss zweimal hingucken, so überrascht ist er. Als Nächstes entdeckt er meinen Arm in der Schlinge, dann treffen sich unsere Blicke, und er grinst. »Also das ist doch mal eine freudige Überraschung«, sagt er und kommt auf mich zu.

Ich lächele. »Der Garten sieht gut aus, du warst fleißig.«

»Du hast ja keine Ahnung.«

Als er mich erreicht, ignoriere ich die Schlinge, werfe ihm die Arme um den Hals, und er drückt mich fest an sich. »Du bist früh«, murmelt er.

»Du hast mir gefehlt«, flüstere ich ihm ins Ohr.

Auf den Zehenspitzen drücke ich ihm einen Kuss auf die Wange. Er dreht den Kopf, und ich küsse ihn, lang und intensiv und beschämt, weil ich fast weine und nicht weiß, warum.

»Ich mag es, wenn ich dir fehle«, murmelt er.

Ich löse mich ein wenig aus seiner Umarmung, und einen Moment lang grinsen wir uns einfach an. »Wem gehört der Pick-up?«, frage ich.

»Uns«, sagt er. »War spottbillig, da konnte ich einfach nicht Nein sagen.«

Ich lasse ihn los und blicke zum Stall, in dem eine nackte Birne brennt. »Und was ist das?«

»Mr. Baker wollte ein paar Mastkälber kaufen«, sagt er, »und hat mich gestern gebeten, ihn nach Kidron zur Versteigerung zu fahren.«

Ein Laut dringt aus dem Stall zu uns, halb Meckern, halb wie das Maunzen eines Katzenbabys. Ich blicke über seine Schulter und sehe, dass das Licht in Wirklichkeit eine Wärmelampe ist und hinabscheint auf …

»Komm mit.« Er nimmt meine Hand und führt mich zur

Stalltür. Lockeres gelbes Stroh bedeckt den Boden, in dessen Mitte eine kleine braune Ziege steht und am Heu eines Futterspenders knabbert, den ich nie zuvor gesehen habe. In der Ecke drängen sich drei winzige braune Zicklein unter einer Wärmelampe.

»Du hast Ziegen gekauft?« Eine dumme Frage.

»Genau genommen eine Nigerianische Zwergziege.«

»Falls es dir nicht aufgefallen ist, es sind insgesamt vier.«

»Die Mama hat heute Morgen Drillinge bekommen.« Er grinst, ist aber offensichtlich unsicher, ob mir das gefällt.

Ich gehe in den Stall, beuge mich vor und streiche der ausgewachsenen Ziege über den Rücken. »Hi, Mama«, sage ich leise.

Dann gehe ich zu den Babys und knie neben ihnen nieder. Sie sind winzig und weich wie Plüschtiere, und keines wiegt mehr als vier oder fünf Pfund.

Tomasetti tritt neben mich und nimmt eines der Babys hoch. Hinter mir läuft die Mutterziege unruhig umher und steckt schließlich den Kopf zwischen uns, um ihr Neugeborenes im Auge zu behalten.

»Ich glaube, du machst die Mama nervös«, sage ich.

»Wir beide haben uns heute Morgen ziemlich gut kennengelernt.«

»Du hast ihr bei der Geburt ihrer Jungen geholfen?«, frage ich und ziehe vorsichtig meinen Arm aus der Schlinge.

»Sie ist ein alter Hase.« Tomasetti legt mir das Junge in den Arm. »Stütz seinen Kopf und Bauch, ja, so ist es richtig.«

Ich blicke auf das winzige Lebewesen, und mir wird ganz warm ums Herz. »Tomasetti, du wirst doch nicht etwa zum Softie.«

»Heute Morgen hab ich die Kleinen ziemlich aufgemischt«, sagt er trocken. »Die wissen bereits, wer der Boss ist.«

»Ihr toughen Kerle seid alle gleich.« Ich lache. »Wir arbeiten zu viel, um Tiere zu halten.«

»Sie sind pflegeleicht und obendrein gute Milchlieferanten«, sagt er. »Ich weiß doch, wie gern du Ziegenkäse isst.«

»Schon klar, dass du meine Schwäche für Ziegenkäse ins Feld führst.« Da die beiden anderen Jungen zu ihrer Mutter gegangen sind und saugen, setze ich das Kleine von meinem Arm auf den Boden.

Als ich aufstehe und aus dem Stall gehe, sehe ich Tomasetti nicht an. Weil ich es nicht kann. Ich bin von Gefühlen überwältigt und kurz davor, mich lächerlich zu machen. Und das wegen Ziegenbabys!

Er folgt mir in den Gang und wartet. Ich stehe mit dem Rücken zu ihm, blinzele wild, bin verlegen und komme mir albern vor, weil er mich sicher beobachtet und sich fragt, was mit mir los ist.

Dann berührt er meinen Arm. »Kate.«

Da ich ihn nicht ansehe, dreht er mich sanft zu sich um, ich lasse es geschehen, den Blick aber weiter auf den Boden geheftet.

»Ich nehme an, es ist nicht wegen der Ziegen«, sagt er.

Mein Lachen ist voller Emotionen, was durch die Stille im Stall noch verstärkt wird. Als ich tief einatme, klingt es ein wenig wie ein Schluchzen.

Dann habe ich mich so weit im Griff, dass meine Gefühle mich nicht mehr verraten, und sehe ihn an. Er erforscht mein Gesicht, weiß, dass irgendetwas im Gange ist, und sucht nach der Ursache.

»Schwerer Trip?«, fragt er.

Ich denke kurz darüber nach, versuche herauszufinden, was genau mich so durcheinanderbringt. Und mir wird klar, dass es weder mit meinem Trip zu tun hat, noch mit den Ereignissen im Verlauf der Ermittlungen. Es geht um uns beide und die Welt, in der wir leben. Um den Lauf der Zeit, die Zerbrechlichkeit des Lebens und das Rad, das nie aufhört, sich zu drehen.

»Man glaubt, alle Zeit der Welt zu haben«, sage ich. »Manchmal hat man das aber nicht, und wenn man nicht aufpasst, riskiert man, etwas Kostbares zu verlieren.«

Er legt den Kopf schief und mustert mich eingehend. »Woher kommt das denn?«

»Ich hab viel Zeit damit verbracht, vor dir wegzulaufen … vor uns«, sage ich. »Vor dem, was wir haben. Es war nicht richtig, dir das anzutun. Ich glaube, irgendwie hatte ich immer das Gefühl, es nicht zu verdienen.«

Er nimmt meine Worte auf mit einer Ruhe, die für Tomasetti typisch ist. »Warum glaubst du, ist das so?«

»Ich will es nicht vermasseln.«

Ein Lächeln huscht über sein Gesicht, aber es hat nichts Gönnerhaftes. Es ist gedankenvoll und mitfühlend, und ich weiß, dass er es kapiert. Dass er mich kapiert.

»Ich bin noch da.« Er legt die Hand auf meine Wange. »Irgendwie habe ich das Gefühl, wir werden es schon packen.«

Die Worte bringen mich gefährlich nah an den Rand der Tränen. »Bischof Troyer würde uns nicht trauen«, sage ich.

Falls es ihn überrascht, dass ich schon den Bischof gefragt habe, ob er uns das Ehegelübde abnimmt, zeigt er es nicht. »Wir finden jemand anderen.«

»In Sugarcreek gibt es eine Mennonitenkirche. Ich hab mit dem Pfarrer gesprochen.«

»Ich bin offensichtlich nicht der Einzige, der fleißig war.«

Ich lege meine Hand auf seine. »Wir sind keine Mennoniten, Pfarrer Tom kann uns nicht in der Kirche trauen. Aber er kann es hier tun, auf unserer Farm.«

»Pfarrer Tom gefällt mir immer besser.«

Wieder lache ich, unendlich froh über seine Fähigkeit, mich zum Lachen zu bringen, wenn ich mich innerlich zerrissen fühle.

»Wir reden schon eine ganze Weile übers Heiraten«, sagt er ruhig.

»Und ich hab immer wieder kalte Füße gekriegt.«

Er fährt mit der Hand über meinen Rücken, neigt den Kopf und küsst mich auf den Mund. »Warum jetzt der Sinneswandel?«

»Das ist kein Sinneswandel«, sage ich. »Mir ist einfach klar geworden, dass es an der Zeit ist.«

»Du weißt, dass ich dich beim Wort nehmen werde.«

»Ich glaube, das wäre klug«, sage ich. »Es heißt, ich sei wankelmütig.«

»Was hältst du davon, wenn wir die Zicklein ihrer Mama überlassen, ins Haus gehen und die Flasche Malbec aufmachen, die ich für besondere Gelegenheiten aufgehoben habe.«

»So ein Angebot kann ich natürlich nicht ausschlagen.«

DANK

Wie bei jedem meiner Bücher, bin ich auch diesmal wieder den MitarbeiterInnen von Minotaur Books zu großem Dank verpflichtet. Allen voran meinem wundervollen Lektor, Charles Spicer, der mir stets hilft, das Buch noch besser zu machen. Ich danke zudem meiner Agentin Nancy Yost – ich weiß dich und deine Freundschaft mehr zu schätzen, als du dir vorstellen kannst. Und natürlich danke ich auch allen anderen des Teams von Minotaur Books – für all eure Unterstützung und kompetente Hilfe: Jennifer Enderlin, Andrew Martin, Sally Richardson, Sarah Melnyk, Sarah Grill, Kerry Nordling, Paul Hochman, Allison Ziegler, Kelley Ragland, David Baldeosingh Rotstein, Marta Fleming, Martin Quinn, Joseph Brosnan, Lisa Davis, Laurie Henderson, Cathy Turiano, Terry McGarry, Omar Chapa und Rowen Davis.

Linda Castillo
Dein ist die Lüge
Der neue Fall für Kate Burkholder

Als Adam Lengacher auf seiner Farm eine schwer verletzte Frau findet, bittet er Polizeichefin Kate Burkholder um Hilfe. Kate erkennt die Frau sofort: Sie heißt Gina Colorosa, vor 10 Jahren waren sie ein Team bei der Polizei in Columbus und beste Freundinnen. Doch jetzt ist Gina auf der Flucht. Ihre eigenen Kollegen wollen sie aus dem Weg räumen, weil sie ihnen auf die Schliche gekommen ist. Kate versucht, Licht ins Dunkel zu bringen. Doch je näher Kate der Wahrheit kommt, desto näher kommt ihnen auch der Mörder.

Aus dem amerikanischen Englisch
von Helga Augustin
352 Seiten, broschiert

Linda Castillo

Quälender Hass

Rache, Hass und ein gottesfürchtiges Leben

Eine verlassene Farm, eine brutal ermordete, ältere amische Frau, ein entführtes siebenjähriges Kind: Als Kate Burkholder von den Vorkommnissen erfährt, ist sie genauso schockiert wie die gesamte Gemeinde von Painters Mill. Sie setzt alle Hebel in Bewegung, um das Kind zu finden. Zunächst gibt ihr die ultrakonservative Familie noch bereitwillig Auskunft, doch Kate merkt, dass sie ihr etwas verschweigt. Was ist so brisant, dass die Wahrheit nicht ausgesprochen werden darf? Und warum werden Großmutter und Enkelin zur Zielscheibe?

Aus dem amerikanischen Englisch von
Helga Augustin
352 Seiten, broschiert

Weitere Informationen finden Sie auf
www.fischerverlage.de

AZ 596-70449/1

Linda Castillo
Brennendes Grab

Eine brennende Scheune wird zur tödlichen Falle –
Der 10. Fall für Polizeichefin Kate Burkholder

Die Nachricht von der brennenden Scheune auf der Gingrich-Farm geht spät am Abend ein. Kate Burkholder macht sich sofort auf den Weg, die Feuerwehr ist alarmiert. Was zunächst nach Brandstiftung aussieht, entpuppt sich aber nach dem Fund einer männlichen Leiche als brutaler Mordfall.

Aus dem Amerikanischen
von Helga Augustin
352 Seiten, broschiert

Weitere Informationen finden Sie auf
www.fischerverlage.de

AZ 596-70426/1